KB036871

블랙
아이드
수잔

블랙 아이드 수잔

펴낸날 | 2020년 11월 20일 초판 1쇄

지은이 | 줄리아 히벌린
옮긴이 | 유소영
펴낸이 | 이태권

펴낸곳 | 소담출판사
　　　　서울특별시 성북구 성북로5길 12 소담빌딩 301호 (우)02880
　　　　전화 | 02-745-8566 팩스 | 02-747-3238
　　　　등록번호 | 1979년 11월 14일 제2-42호
　　　　e-mail | sodambooks@naver.com
　　　　홈페이지 | www.dreamsodam.co.kr

ISBN | 979-11-6027-189-8   03840

이 도서의 국립중앙도서관 출판시도서목록(CIP)은 서지정보유통지원시스템 홈페이지 (http://seoji.nl.go.kr)와 국가자료공동목록시스템(http://www.nl.go.kr/kolisnet)에서 이용하실 수 있습니다.(CIP제어번호:CIP2020042888)

* 책값은 뒤표지에 있습니다.
* 잘못된 책은 구입하신 곳에서 교환해드립니다.

BLACK EYED SUSANS

여성 작가
스릴러 시리즈 01

블랙
아이드
수잔

줄리아 히벌린 지음
유소영 옮김

소담출판사

| 목차 |

프롤로그

내 인생의 32시간이 사라졌다.

단짝 리디아는 그 시간을, 컴컴한 옷장 구석에 처박혀 있는 낡은 옷가지로 상상하라고 한다. 눈을 감는다. 문을 연다. 물건을 옮긴다. 그리고 찾아보라고.

기억에 남아 있는 것들은 차라리 잊어버렸으면 좋겠다. 주근깨 네개. 눈앞 5센티미터도 안 되는 거리에서 커다랗게 열려 있던, 검은색이아닌 파란색 눈동자. 보드랍고 연한 뺨을 갉아먹던 벌레들. 잇새에 씹히던 흙. 난 이런 것들을 기억한다.

나의 열일곱 번째 생일, 케이크에 꽂힌 초가 타들어가고 있다.

작은 불꽃이 서두르라고 나를 향해 손짓한다. 나는 싸늘한 철제 서랍 안에 누운 **블랙 아이드 수잔**을 생각한다. 문지르고 또 문지르지만 아무리 샤워를 해도 그 냄새는 씻겨나가지 않는다.

행복하렴.

소원을 빌어 봐.

나는 얼굴에 미소를 짓고 집중한다. 방 안의 모든 사람들은 나를 사랑하고, 내가 다시 집에서 안정을 찾길 바란다.

예전의 테시로 돌아오기를 바란다.

제발 기억나지 않게 해 주세요.

나는 눈을 감고 촛불을 불어 끈다.

1부 테사와 테시

"어머니는 날 죽였고,

아버지는 날 먹었네.

여동생은 내 뼈를 한데 모아,

비단 천으로 싸서,

노간주나무 아래 묻었어.

삑, 삑, 나는 이렇게 어여쁜 새!"

−1988년 10살의 테시, 할아버지 앞에서 낭독한 〈노간주나무〉의 한 구절

테사, 현재

좋든 싫든, 나는 어린 시절로 이어지는 구불구불한 길을 걷고 있다.

어린아이가 나무토막과 두루마리 화장지로 뒤죽박죽 쌓은 장난감 같은 집이 언덕 꼭대기에 서 있다. 굴뚝은 우스꽝스러운 각도로 비스듬히 기울어졌고, 지붕 양쪽에는 작은 고깔 지붕의 탑이 곧 발사될 미사일처럼 붙어 있다. 여름밤마다 나는 우주로 날아간다고 상상하면서 그 고깔 밑에서 잠들었다.

남동생은 겁을 냈지만, 나는 창문을 통해 기와지붕 위로 올라가서 날카로운 괴물 석상의 귀와 창틀을 붙잡고 균형을 잡으며 무릎걸음으로 조금씩 지붕 위 작은 전망대를 향해 전진했다. 정상에 다다르면 소용돌이 문양이 새겨진 난간에 기댄 채 끝없이 펼쳐진 텍사스의 평원과 내 왕국의 별들을 바라보았다. 밤의 새들에게 작은 플루트를 불어 주기도 했다. 바람이 얇은 흰색 면 잠옷을 펄럭거리면 나는 성 꼭대기에 내려앉은 한 마리 낯선 비둘기였다. 동화 속의 한 장면처럼 들릴 것이다. 사실이 그랬다.

황당무계한 동화 속의 시골집을 짓고 살기 시작한 것은 할아버지였지만, 그건 사실 내 동생 바비와 나를 위해 지은 집이었다. 대단히 웅장한 집은 아니었으나, 돈을 어떻게 마련했는지는 아직도 모르겠다. 할아버지가 동생과 내게 작은 고깔 지붕을 하나씩 선물했기 때문에 원할 때는 언제든지 세상을 피해 숨어들어 갈 수 있었다. 그 집은 어머니가 세상을 떠난 뒤 우리를 위로하려는 할아버지의 마음, 우리만의 디즈니 놀이동산이었다.

할아버지가 딸 곁에 나란히 묻힌 뒤 할머니는 집을 팔려고 했지만, 아주 오랫동안 도무지 팔리지 않았다. 사려는 사람이 없었다. *괴상하게 생겼어. 저주받은 집이야.* 사람들의 흉한 말들이야말로 저주였다.

내가 발견된 뒤, 온갖 신문과 텔레비전에 그 집이 도배되다시피 했다. 지역 신문은 '그림Grim 음산한, 공포 동화로 유명한 그림은 Grimm이다 동화속의 성'이라는 별명을 붙였다. 나는 철자가 틀렸다는 것도 몰랐다. 텍사스에서는 흔히 철자를 다르게 쓰니까. 예를 들어, 우리는 단어에 부사형 접미사 'ly'를 항상 붙이지 않는다.

그 괴짜 같은 집 때문에 사람들은 내가 실종된 일과 **블랙 아이드 수잔** 살인 사건에 분명 할아버지가 어떤 관련이 있을 거라고 수군거렸다. 주 정부가 살인범을 검거해서 사형을 선고한 지 일 년이 지난 뒤에도 사람들은 여전히 속닥댔다. *마이클 잭슨의 네버랜드 목장이지 뭐야.* 매년 크리스마스마다 아이들을 차에 태우고 와서 불을 환히 밝힌 생강과자 집 창문 안을 슬쩍 들여다보고 현관 포치에 놓인 바구니에서 막대사탕을 하나씩 집어가던 사람들이었다.

초인종을 눌렀다. 이제 '발퀴레의 기행' 노래는 흘러나오지 않았다. 아무것도 예상하지 않고 있던 터라, 이 집에 완벽하게 어울리는 나이 지긋한 부부가 문을 여는 것을 보고 조금 놀랐다. 머리에 수건을 쓰고 손에 걸레를 든, 통통하고 피곤해 보이는 매부리코의 여인은 마치 신발 안에 사는 노파old woman in the shoe, 신발 안에 살면서 아이들을 키우는 할머니

이야기를 담은 영국 전래동요를 연상시켰다.

나는 더듬거리며 부탁했다. 그러자 노부인의 눈동자에 곧바로 알아듣는 빛이 스쳤고, 입가의 표정도 약간 부드러워졌다. 그녀는 내 눈 아래 남아 있는 작은 초승달 모양의 흉터도 알아보았다. 벌써 18년 전의 일이며 난 이미 딸도 있는 어른인데 노부인의 눈빛은 *불쌍한 소녀구나*, 이렇게 말하는 것 같았다.

"내 이름은 베시 워무스예요. 이쪽은 제 남편 허브고요. 들어와요." 부인이 말했다. 허브는 찌푸린 얼굴로 지팡이를 짚고 서 있었다. 수상하다고 생각하는 게 분명했다. 그를 탓할 수는 없었다. 아무리 내가 누군지 확실히 안다 해도 낯선 사람일 테니까. 이 마을의 800킬로미터 반경 안에 사는 주민들은 모두 나를 알 것이다. 나는 그 카트라이트 집의 소녀, 오래전 10번고속도로 젠킨스네 근처 공터에서 목 졸린 여대생과 한 무더기 사람 뼈와 함께 버려져 있던 그 소녀다.

나는 타블로이드 신문일반 신문의 절반 크기로 흥미 위주의 짤막한 기사에 유명인의 사진을 크게 싣는 신문 일면에 대문짝만하게 실렸던 스타이자 캠프파이어 때 등장하는 공포 괴담의 주인공이었다.

나는 **블랙 아이드 수잔** 네 명 중 한 명이었다. 운이 좋았던 단 한 명.

몇 분밖에 안 걸릴 겁니다. 나는 약속했다. 워무스 씨는 다시 얼굴을 찌푸렸지만, 부인은 "그렇게 해요"라고 답했다. 잔디는 언제 깎아야 하는지, 느닷없이 찾아와서 들여보내달라는 빨강머리의 말라깽이 불청객은 어떻게 해야 할지 등의 중요한 일에 대한 결정은 부인 쪽이 내

리는 게 분명했다.

"우리는 같이 못 내려갈 거요." 남자는 문을 더 활짝 열며 퉁명스럽게 말했다.

"우리 둘 다 이사 온 뒤로 거기는 거의 내려가 본 적이 없어요." 워무스 부인은 얼른 말을 받았다. "일 년에 한 번쯤 내려갔나. 습기도 많고 부서진 계단도 있어요. 넘어져서 엉덩이뼈라도 부러지면 우리 둘 다 낭패니까. 이 나이에 어디 한 군데 부러지면 한 달 내에 요단강 건너기 십상이지. 죽고 싶지 않으면 65세 이후에는 병원에 아예 발을 안 들이는 게 좋아요."

부인이 암담한 이야기를 늘어놓는 동안, 나는 거실에 우뚝 얼어붙은 채 밀려오는 기억에 휩싸여 더 이상 거기에 없는 것들을 찾고 있었다. 어느 여름, 손을 다쳐 응급실에 단 한 번 다녀왔을 뿐 지도하는 어른 하나 없이 바비와 단 둘이서 무사히 조각했던 장승 조각. 손수건 돛단배를 타고 거칠게 파도치는 바다를 항해하는 작은 쥐를 그린 할아버지의 작품.

지금은 그 자리에 토마스 킨케이드의 회화가 걸려 있었다. 방에는 꽃무늬 소파가 두 개 놓여 있었고, 선반과 입체형 액자에 온갖 장식품이 들어차 있었다. 독일풍의 맥주잔과 촛대, '작은 아씨들' 인형 세트, 크리스털 나비와 개구리, 최소 50개는 되어 보이는 섬세하게 조각된 영국풍의 찻잔들, 까만 눈물 한 방울이 흘러내리는 어릿광대 도자기. 모두 자신들이 어쩌다 같은 곳에 모이게 됐는지 의아한 것 같았다.

째깍거리는 시계 소리가 평화로웠다. 열 개의 골동품 시계가 한쪽 벽을 차지하고 있었고, 고양이가 꼬리를 실룩거리는 시계 두 개는 서로 정확히 똑같은 시각을 가리키고 있었다.

워무스 부인이 이 집을 택한 이유를 알 것 같았다. 자기 나름대로 그녀 역시 우리 같은 사람이었다.

"이쪽으로 오세요."

나는 거실에서 구불구불 이어지는 좁은 복도를 고분고분 뒤따랐다. 이 길이라면 칠흑 같은 어둠 속에서도 롤러스케이트를 타고 지나갈 수 있었다. 부인은 통로를 지나가며 계속 불을 켰다. 문득 사형장으로 끌려 들어가는 죄수 같은 기분이 엄습했다.

"텔레비전에서 봤는데, 집행은 한 달 뒤라면서요." 나는 깜짝 놀랐다. 마침 바로 그쪽으로 생각이 미치던 참이었다. 담배 연기에 찌들어 거친 남자 목소리, 허브 워무스 씨였다.

범인이 숨을 거두는 모습을 맨 앞자리에 앉아서 지켜볼 생각인지 묻겠지, 나는 침을 꿀꺽 삼켰다. 그러나 그는 내 어깨를 어색하게 두드리며 말했다. "나라면 안 갈 거요. 일 초도 다시는 생각하지 말아요."

나는 워무스 씨를 오해하고 있었다. 누군가를 잘못 판단하는 것은 이게 처음도 아니고, 마지막도 아닐 것이다.

워무스 씨를 쳐다보느라 고개를 돌리고 있다가, 나는 복도가 급격히 휘어지는 지점에서 벽에 머리를 박았다. "괜찮습니다." 나는 얼른 워무스 부인에게 말했다. 그녀는 손을 들었지만 차마 욱신거리는 내 뺨을 만지지 못하고 망설였다. 흉터와 너무 가까운 자리였기 때문이었다. 뼈만 남은 손가락에 걸려 있던 석류석 반지 때문에 생긴 흉터였다.

내게 영원히 잊히지 않기를 바랐던 **수잔**이 남긴 선물. 나는 워무스 부인의 손을 부드럽게 밀어냈다. "이렇게 빨리 복도가 꺾이는 걸 잊고 있었어요."

"정신 나간 집이야." 워무스 씨는 나지막하게 말했다. "도대체 세인트 피트에 살면 뭐가 문제라는 건지." 대답을 기대하지는 않는 것 같았다. 뺨을 부딪친 부분이 욱신거리기 시작했고 흉터도 나직하게 톡, 톡, 울리고 있었다.

통로는 다시 직선으로 이어졌다. 끝에 평범한 문이 있었다. 워무스 부인은 앞치마 주머니에서 만능열쇠를 꺼내더니 자물쇠에 넣어 쉽게 돌렸다. 어떤 문이든 모두 열 수 있는, 똑같이 생긴 이런 열쇠가 예전에는 스물다섯 개 정도 있었다. 할아버지의 실용적인 기벽이었다.

서늘한 공기가 밀려나왔다. 죽어가는 것들, 자라나는 것들의 냄새가 풍겼다. 한 시간 전 집을 나선 뒤 처음으로 후회가 밀려왔다. 워무스 부인은 손을 들어 머리 위에서 흔들거리는 줄을 잡아당겼다. 먼지 낀 알전구에 불이 켜졌다.

"이걸 쓰시오." 워무스 씨는 작은 맥라이트 손전등을 주머니에서 꺼내 찔러주었다. "독서용으로 갖고 다니는 전등이오. 전기 스위치 위치는 아시오?"

"네." 반사적으로 대답이 나왔다. "계단 맨 밑에 바로 있지요."

"열여섯 번째 계단을 조심해요." 워무스 부인이 말했다. "뭐가 갉아먹었는지 구멍이 났어요. 내려갈 때 늘 계단 숫자를 센답니다. 천천히 둘러보세요. 난 차를 끓일 테니까. 용무가 끝나면 이 집의 내력에 대해 듣고 싶네요. 우리 둘 다 흥미진진할 거예요. 그렇지, 허브?" 워무스 씨는 다시 툴툴거렸다. 그는 약 200미터 저쪽 플로리다의 깊고 푸른 바다에 작고 흰 공을 날려버리는 생각을 하고 있을 것이다.

나는 두 번째 계단에서 망설이다 불안해서 다시 고개를 돌렸다. 누가 이 문을 닫으면, 백 년 동안 아무도 나를 찾아내지 못할 것이다. 나는 열여섯 살 소녀를 노렸던 죽음이 여전히 어딘가 도사리고 있다고 굳게 믿고 있었다.

워무스 부인은 장난스럽게 손을 슬쩍 흔들어 보였다. "찾으시는 걸 찾기 바라겠어요. 중요한 것 같으니까."

만약 이것이 서막이라면, 나는 시작하지 않을 것이다.

나는 쿵쿵 시끄럽게 내려가다 어린아이처럼 열여섯 번째 계단을 펄쩍 뛰어넘었다. 바닥에 내려서서 다시 줄을 당기니, 눈부신 형광등 불빛이 방 안을 가득 채웠다.

텅 빈 묘지였다. 예전에 이 방은 물건들이 탄생하던 곳이었다. 이젤에 반쯤 완성된 그림이 놓여 있고, 기묘하게 생긴 섬뜩한 공구들이 페그보드에 걸려 있고, 한쪽에는 커튼이 쳐진 암실에서 사진들이 생명을 얻기를 기다리고, 구석에서 마네킹이 파티를 열던 곳. 바비와 나는 그 인형들이 살아 움직이는 것을 분명 한 번 이상 목격했다.

낡은 서랍장에는 종이로 싸 놓은 우스꽝스러운 정장 모자들과 진주알이 정확히 3002개 박힌 할머니의 웨딩드레스, 소매에 갈색 얼룩이 묻은 할아버지의 제2차 세계대전 군복이 보관되어 있었다. 바비와 나는 그 얼룩이 틀림없이 피라고 생각했다. 할아버지는 용접공, 농부, 역사가, 미술가, 이글스카우트보이스카우트의 마지막 단계 지도자, 시체안치소 사진사, 소총수, 목공, 공화당원, 골수 남부 민주당 지지자였다. 시인이었고, 도대체 마음을 정하지 못하는 분이었다. 나도 사람들에게 그런 소리를 듣는다.

할아버지는 여기 혼자 내려오지 말라고 엄명을 내렸지만, 우리가 내려와도 몰랐다. 유혹은 너무나 컸다. 특히 할아버지가 카운티 시체안치소에서 잠시 일하던 시절의 범행 현장 사진이 들어 있는, 금단의 먼지투성이 검은색 앨범이 가장 매혹적이었다. 어느 부엌의 리놀륨 바닥에 뇌수가 흩어진 채 눈을 커다랗게 뜨고 누워 있는 가정주부, 키우던 개가 물에서 끌어올린 벌거벗은 판사의 시체.

나는 사방 벽의 벽돌을 타고 탐욕스럽게 자라는 곰팡이를 응시했다. 지저분한 콘크리트 바닥에 지그재그로 깨진 커다란 틈에서 무성하게 번식한 검은 이끼.

할아버지가 죽은 뒤 이곳을 사랑한 사람은 없었어. 나는 얼른 지하실 반대편으로 가서 썩 좋은 생각이 아니라는 이유로 오래전 버림받은 석탄 난로와 벽 사이 틈으로 들어갔다. 뭔가 발목 위를 가볍게 지나갔다. 전갈인가, 바퀴벌레인가. 나는 움찔하지 않았다. 더한 것도 내 얼굴 위를 기어 다닌 적이 있으므로.

난로 뒤쪽은 한층 어둑어둑했다. 손전등 불빛으로 벽을 훑어 내려가니, 동생을 속이기 위해 붉은 심장 모양을 그려 놓았던 재투성이 벽돌이 눈에 띄었다. 어디에 숨길까 장소를 물색하는데, 동생이 몰래 훔쳐보고 있었다. 나는 손가락으로 가볍게 하트 가장자리를 세 번 더듬었다.

붉은 심장에서 벽돌을 열 칸 더 세어 올라간 뒤, 다섯 칸 옆으로 갔다. 어린 바비의 손이 닿을 수 없는 높이였다. 나는 주머니에서 스크루드라이버를 꺼내 부스러진 모르타르에 박고 파내기 시작했다. 첫 벽돌이 떨어져 나와 바닥에 쿵 떨어졌다. 이렇게 한 장 씩, 세 장 더 떼어냈다.

나는 손전등으로 구멍을 비추었다. 솜사탕처럼 엉킨 거미줄, 그 뒤에 사각형 회색 덩어리가 눈에 띄었다.

17년 동안 내가 만든 묘지 안에서 기다리고 있던 그것.

테시, 1995년

"테시, 듣고 있니?"

의사도 여느 사람들과 마찬가지로 멍청한 질문을 하고 있다.

나는 마침 소파 옆자리에 있어서 무릎 위에 펼쳐 놓은 잡지를 보다 고개를 들었다. "왜 해야 되는지 모르겠어요."

오로지 의사의 신경을 거슬리기 위해, 잡지를 한 장 넘겼다. 그러나 내가 읽고 있지 않다는 건 그도 알고 있었다.

"그런데 왜 여기 왔어?"

나는 잠시 무거운 침묵을 지켰다. 침묵은 이런 심리치료 시간에 내가 행사할 수 있는 유일한 권력이다. 그러다 나는 입을 열었다. "아시잖아요. 아빠가 가라고 해서 왔어요." 내가 다른 사람들을 미워하니까. 아빠가 너무 슬퍼하시고, 나는 그걸 견딜 수가 없어서. "동생은 내가 변했대요." *쓸데없이 정보를 많이 주지 말자. 어떻게 배운 게 없냐.*

의사가 자세를 바꿔 앉자, 의자 다리가 마루 위에서 삐걱거렸다. 공격 태세다. "네 자신이 변했다고 생각하니?"

너무 뻔하잖아. 나는 진절머리가 나서 다시 잡지로 눈을 돌렸다. 잡지 종이는 차갑고 매끄럽고 뻣뻣했다. 달짝지근한 향수 냄새가 났다. 앙상하게 마르고 화난 표정의 여자들이 가득 실려 있는, 그런 종류의 잡지다. 문득 궁금했다. 혹시 저 의사도 나를 이런 모습으로 볼까? 나는 작년에 몸무게가 9킬로그램이나 빠졌다. 육상부에서 만든 근육도 대부분 다 사라졌다. 세 번째 수술을 마친 뒤 내 오른발에는 묵직한 새 깁스가 감겨 있다. 억울한 감정이 뜨거운 증기처럼 허파에서 울컥 뿜어져 나왔다. 나는 심호흡을 했다. 아무것도 느끼지 않는 것이 내 목표다.

"좋아." 그는 말했다. "어리석은 질문이었구나." 나는 그가 나를 뚫어지게 쳐다보고 있다는 걸 알고 있었다. "이런 질문은 어떨까, 이번에 왜 나를 골랐지?"

나는 잡지를 던지듯이 내려놓았다. 그가 예외적으로 나를 환자로 받았다는 점을 기억하려고 노력했다. 아마 지방 검사의 부탁을 받았을 것이다. 그는 십 대 소녀를 거의 진료하지 않는다.

"'약을 처방하지 않는다, 상담 기록을 절대 출판하지 않고 나 모르게 나를 연구 대상으로 이용하지 않는다, **블랙 아이드 수잔** 사건의 생존자를 치료한다는 사실을 누구에게도 발설하지 않는다'라고 서약하는 법률 문서에 서명하셨으니까요. 최면치료도 하지 않으신다 했고."

"내가 그렇게 할 거라고 믿니?"

"아뇨." 나는 대꾸했다. "그래도 혹시 그런 상황이 벌어지면, 난 백만 장자가 될 수 있겠죠."

"15분 남았구나. 이제부터 네가 원하는 대로 시간을 사용해 보자."

"잘됐네요." 나는 앙상하게 마르고 화난 표정의 여자들로 가득 찬 잡지를 다시 집어 들었다.

테사, 현재

내가 할아버지의 집에서 나온 지 두 시간 후, 윌리엄 제임스 헤이스 팅스 3세가 우리 집에 도착했다. 짙은 검은색 덧문이 달려 있고 장식이나 곡선이라고는 찾아볼 수 없는 1920년대 단층집이다. 현관을 들어서면 색채와 생명이 넘쳐나지만, 외관은 익명성이 보장되는 집이 좋았다.

소파에 앉은 귀족적인 이름의 남자는 처음 만나는 사람이었다. 스물여덟 살이 채 안 될 것 같았다. 키가 최소 190센티미터는 되어 보였고, 팔은 축 늘어졌고 손이 매우 컸다. 그의 무릎이 커피 탁자에 부딪혔다. 변호사라기보다 전성기 프로야구 투수를 연상시키는 외모여서, 공을 집어 들면 길쭉한 체형도 어색해 보이지 않을 것 같았다. 소년 같은 인상이 귀여웠다. 미남이라기에는 코가 너무 컸다. 흰색 맞춤 재킷과 흰색 셔츠에 검은 바지를 입은 여자가 같이 와 있었다. 업무 목적으로만 패션을 적당히 의식하는 유형. 짧게 자른 타고난 금발 머리. 반지를 전혀 끼지 않은 손. 짧게 잘라 따로 칠하지 않은 납작한 손톱. 몸에 지닌 유일한 장식은 비싸 보이는 메달이 달린 반짝이는 금목걸이뿐이었다. 메달에는 선을 아무렇게나 그린 낙서 같은 낯익은 문양이 새겨져 있었지만 무슨 문양인지 찬찬히 살펴볼 여유는 없었다. 경찰 같기도 했지만, 그럴 리는 없었다.

아직 먼지와 오래된 거미줄로 뒤덮인 회색 물체가 우리 사이의 커피 탁자에 놓여 있었다.

"윌리엄보다 빌이라고 부르세요." 남자는 말했다. "윌리는 더더욱 안 됩니다." 그가 미소 지으며 말했다. 배심원한테도 자주 써먹는 대사일까. 그렇다면 더 나은 대사를 찾는 게 좋을 것이다. "테사, 전화로 말씀드렸지만 연락 주셔서 너무나 반갑습니다. 놀랐지만 반가웠어요. 여기 세거 박사, 조애나가 같이 왔습니다. 시간 낭비하지 말고 본론으로 들어가지요. 조애나는 내일 그… **수잔들**의 유골 발굴 작업을 맡은 법과학자입니다. 조애나가 당신의 타액을 채취할 겁니다. DNA 분석용이지요. 증거물 분실과 과학적 오류로 문제가 자주 발생하기 때문에 박사님이 직접 채취하겠다고 하셨어요. 당신이 정말 진지하게 임해 주신다면 말이죠. 앤젤라는 전혀 예상치 못한…."

나는 일부러 헛기침을 했다. "난 진지해요." 앤젤라 로스차일드 생각을 하니 갑자기 가슴이 찡했다. 테렐 다시 굿윈이 무죄라고 주장하며

6년 동안 나를 괴롭혀온, 작은 체구의 은발머리 여자였다. 미심쩍은 부분을 하나하나 물고 늘어져서, 결국 내가 아무것도 확신할 수 없게 만든 사람.

앤젤라는 성자였고, 불독이었고, 약간은 순교자라고 할 수도 있었다. 그녀는 텍사스 주정부의 압력으로 억울하게 유죄판결을 받은 사람들의 누명을 벗기는 데 자기 인생의 마지막 절반과 부모에게 물려받은 유산 전부를 쏟아부었다. 매년 1,500명 이상의 강간범과 살인범이 그녀에게 일을 의뢰했기 때문에 대상도 잘 선정해야 했다. 그런 전화와 편지 앞에서 하느님 노릇을 해야 하는 일이 버거워서 그만둘까 생각한 적도 있다고 내게 말한 적이 있을 정도였다. 나는 딱 한 번, 처음 그녀에게서 연락을 받았을 때 사무실에 가본 적이 있었다. 댈러스에서 경찰 사망률이 높기로 유명한 낙후된 동네의 오래된 교회 지하실이었다. *내 의뢰인이 햇빛 구경도 못하고 스타벅스 커피 한 잔조차 마실 수 없다면 나 역시 마찬가지야*, 앤젤라는 말했다. 지하실에는 커피포트가 있었고, 다른 일을 병행하는 변호사 세 명과 법대생 자원봉사자 여러 명이 드나들었다.

아홉 달 전, 앤젤라는 청바지와 여기저기 긁힌 검정색 카우보이 부츠 차림으로 테렐이 보내온 편지 중 한 통을 들고 바로 이 소파에 앉아 있었다. 그녀는 내게 읽어달라고 호소했다. 수많은 일들을 해달라고 호소했고, 기억을 되찾아 준다는 전문가들을 한 번만 만나달라고 호소했다. 그러다 그녀는 산더미 같은 테렐 다시 굿윈 사건 관련 기록에 얼굴을 파묻은 채 심장마비로 사망했다. 앤젤라의 부고를 쓴 기자는 이 장면이 시적이라고 생각했다. 그녀가 죽은 그 주 내내 나는 죄책감으로 견딜 수 없을 정도였다. 그제야 깨달았다. 앤젤라는 내게 묶인 고삐 중 하나라는 것을. 나를 포기하지 않은 몇 사람 중 하나였다는 것을.

"이게… 우리에게 보여 주려던 겁니까?" 빌은 내가 할아버지의 집 지하실에서 가져온 지저분한 비닐 식료품 봉투에 금이라도 가득 차 있다는 듯이 쳐다보며 물었다. 탁자 유리 위에는 자갈이 거칠게 섞인 모르타르 자국이 묻어 있었고, 그 옆에는 내 딸 찰리의 갈색 머리카락 한 가닥이 엉킨 분홍색 헤어밴드가 놓여 있었다.

"통화할 때 가서… 찾아봐야 한다고 말씀하셨지요." 빌이 말했다. "앤젤라에게 이… 프로젝트에 대해 말씀하신 적이 있지만… 정확히 어디 있는지는 잘 모르겠다고 하셨습니다."

질문이 아니었다. 나는 대답하지 않았다.

그의 눈길은 미술가와 십 대 소녀의 삶의 흔적이 여기저기 묻은 거실을 훑었다. "며칠 뒤 사무실에서 다시 뵙고 싶습니다. 제가 먼저… 검토한 뒤에요. 항소 근거를 저와 같이 짚어 보셔야 합니다." 덩치 큰 남자인데도 그에게는 어딘가 부드러운 데가 있었다. 부드러움이 그의 무기라면 법정 안에서는 어떤 스타일일까.

"타액 채취를 해도 될까요?" 세거 박사가 벌써 라텍스 장갑을 끼며 사무적인 태도로 갑자기 끼어들었다. 내 마음이 바뀔까 봐 걱정하는 것 같았다.

"그럼요." 우리 둘 다 일어났다. 그녀는 내 입 안쪽을 면봉으로 살짝 문지른 뒤 극미량의 세포를 시험관 안에 넣고 밀봉했다. 내 DNA를 다른 피해자 세 명의 시료와 같이 확보하려는 것이다. 그중 두 명은 아직도 공식적으로 '제인 도Jane Doe 특히 법정에서 여자의 이름을 모르거나 비밀로 할 경우에 쓰는 가명', 즉 신원미상이다. 법과학자에게서 열기가 뿜어 나오는 것이 느껴졌다. 기대감의 열기.

나는 탁자 위의 봉투와 빌에게 다시 주의를 돌렸다. "이건 저를 치료한 정신과 의사 중 한 사람이 제안한 실험이었어요. 저 안에 들어 있는 것보다 거기 없는 것이 무엇인가가 더 중요할 겁니다." 내가 테렐 다시 굿윈을 닮은 흑인을 그리지는 않았다는 뜻이었다.

내 목소리는 침착했지만 심장은 요동치고 있었다. 나는 어린 테시를 이 남자에게 넘겨주고 있다. 실수가 아니기를 바랄 뿐이었다.

"앤젤라… 그녀는 정말 고맙게 생각했을 겁니다. 아니, 고마워하고 있을 거예요." 빌은 미켈란젤로의 그림처럼 손가락을 하늘 쪽으로 가리켜 보였다. 그 몸짓이 위안을 주었다. 거짓말과 치명적인 실수에 끈질기게 집착하는, 믿지 못할 의뢰인들을 매일같이 무수히 마주쳐야 하는 사람. 그런 직업을 지닌 사람이 아직도 신을 믿는다니. 아니, 어쨌든 뭔가에 대한 믿음을 가지고 있다니.

세거 박사의 주머니에서 전화가 울렸다. 그녀는 화면을 바라보았다. "이 전화는 받아야 해요. 제가 가르치는 박사과정의 학생이거든요. 차로 나와요, 빌. 아, 그리고 잘하셨어요. 올바른 일을 하신 겁니다." 약간의 비음 섞인 목소리. 오클라호마 출신인가. 나는 기계적으로 미소 지었다.

"곧 따라 나가지요, 조애나." 빌은 서두르는 티를 내지 않고 서류 가방을 닫더니 조심스럽게 봉투를 집어 들며 일어설 준비를 했다. 새거 박사가 문을 닫자, 그의 손이 멈췄다. "방금 아주 대단한 분을 만나신 겁니다. 조애나는 미토콘드리아 DNA 천재예요. 아무리 변질된 유골 에서도 기적을 만들어낸답니다. 911 테러 현장에도 달려가서 4년 동안 줄곧 일했습니다. 불탄 뼛조각에서 수천 명의 신원을 분석해내는 역사 를 새로 썼습니다. 처음에는 YMCA에서 살았지요. 노숙자들과 같이 공 동 샤워 시설을 쓰고, 하루 14시간씩 일하고. 굳이 그럴 필요도 없고 자 기가 해야 할 일이 아닌데도, 가능할 때면 언제든 슬퍼하는 가족들에 게 과학적인 원리를 잘 알아듣도록 설명해 주곤 했어요. 북쪽 타워 식 당가에서 일하던 멕시코 노동자와 웨이터 가족들과 이야기하려고 스 페인어도 배웠지요. 지구상 최고의 법과학자 중 한 명이고, 내가 만나 본 사람들 중 가장 친절한 인간 중 하나입니다. 저분은 테렐 다시 굿윈 에게 기회를 주려는 겁니다. 부디 이쪽 편에 선 사람들을 이해해 주시 길 바라겠어요. 그런데 테사, 당신은 왜? 왜 갑자기 우리 쪽에 서기로 하셨습니까?"

그의 목소리에서 약간의 날카로움이 느껴졌다. 일을 망치면 안 된 다고 부드럽게 말하고 있는 것이다.

"몇 가지 이유가 있는데요." 나는 약간 떨리는 목소리로 말했다. "그 중 한 가지는 보여드릴 수 있어요."

"테사, 난 전부 다 알고 싶습니다."

"직접 보시는 게 나을 거예요."

나는 더 이상 말하지 않고 앞장서서 좁은 복도로 향했다. 늘 음악 소리가 쿵쿵 흘러나오는 찰리의 지저분한 보라색 소굴 앞을 지나 맨 끝의 문을 열어 젖혔다. 원래 이럴 계획은 아니었다. 적어도 오늘은 이렇게 할 생각이 없었다.

빌은 내 침실에 거인처럼 어슬렁거리며 들어오더니, 찰리와 내가 지난여름 갤버스턴의 회색 바닷가에서 주운 조약돌을 단 골동품 샹들리에에 머리를 박았다. 그는 황급히 고개를 숙이다가 자기도 모르게 팔꿈치로 내 가슴을 스쳤다. 그는 당황해하며 사과했다. 순간, 이 낯선 남자의 다리가 내 담요를 둘둘 감고 있는 광경이 뇌리를 스쳤다. 마지막으로 이 방에 남자가 들어온 게 언제인지 기억나지 않았다.

나는 빌이 내 개인 공간을 샅샅이 파악하는 모습을 고통스럽게 바라보았다. 할아버지 집을 그린 만화풍의 초상, 화장대 위에 널린 금은 장신구, 연보라색 눈으로 정면을 쳐다보는 찰리의 근접 사진, 의자 위에 깔끔하게 개어 쌓아 놓은 흰 레이스 팬티가 눈에 띄자 서랍 안에 넣어 놓을 걸 하는 후회가 밀려왔다.

도대체 이게 무슨 수작인지 어리둥절한 기색이 역력한 얼굴로, 빌은 벌써 주춤주춤 문 쪽으로 물러서고 있었다. 변호사를 자기 침실로 곧장 데려오는 미친 여자한테 불쌍한 테렐 다시 굿윈의 운명을 맡긴 게 아닐까, 생각하는 것이 눈에 보였다. 빌의 표정을 보니 웃음이 터질 것 같았다. 물론 다섯 살 이상 연하로 보이는 남자, 내 취향과 정반대되는 남자에 대해 잠깐이나마 환상을 품은 것은 사실이었다.

지금 그에게 보여 주려는 것 때문에 나는 매일 밤잠을 이루지 못하고 뒤척인다. 『안나 카레니나』를 펼쳐도 눈은 같은 구절에 맴돈다. 바람결에 집 안 어딘가 삐걱거리는 소리가 들릴 때마다, 딸이 한밤중에 맨발로 토닥토닥 걷는 발소리가 들릴 때마다, 곤히 잠든 입에서 새어 나오는 숨소리가 복도 저편에서 들릴 때마다 귀를 쫑긋 세운다.

"걱정 마세요." 나는 억지로 목소리를 가볍게 했다. "내 취향은 돈 많고 덜 이타적인 남자니까. 게다가 아시다시피… 난 나이를 먹을 만큼 먹었잖아요. 이쪽으로 오세요."

"그런 건 아닙니다." 하지만 목소리에서는 안도감이 느껴졌다. 그는 두 걸음 만에 다가왔다. 시선이 내 손가락을 따라 유리창 밖으로 향했다.

나는 하늘이 아니라 흙을 가리키고 있었다. 아직 시들지 않은 블랙 아이드 수잔 한 무더기가 창틀 밑에서 구슬 같은 검은 눈으로 나를 올려다보며 조롱하고 있었다.

"지금은 2월이에요." 나는 조용히 말했다. "블랙 아이드 수잔은 여름에만 이렇게 활짝 피죠." 나는 잠시 사이를 두었다. "사흘 전 내 생일에 누가 심었어요. 누군가 내게 보여 주려고 일부러 키워서 내가 잠자는 방 창문 아래에 심어 놓은 거예요."

✳ ✳ ✳

젠킨스네 공터는 **블랙 아이드 수잔** 사건 피해자들이 유기되기 2년 전에 화재가 발생해서 깡그리 타버린 곳이었다. 외로운 비포장도로에서 길 잃은 운전자가 함부로 던진 성냥개비 하나 때문에 빠듯한 형편의 늙은 농부는 밀 작물 전체를 잃었고, 이후 밭은 구겨진 거대한 이불 천처럼 그저 노란 꽃으로 뒤덮인 황무지로 변했다.

우리의 무덤도 화재 때문에 움푹 팬, 바닥이 고르지 않은 경사진 구덩이였다. 우리가 거기 버려지기 오래전부터 블랙 아이드 수잔이 피어나서 화려하게 들판을 단장하고 있었다. 블랙 아이드 수잔은 버려져서 누렇게 뜬 땅에서 종종 제일 먼저 번성하는 탐욕스러운 식물이다. 치어리더처럼 아름답지만 경쟁심이 강하다. 빠르게 번식해서 다른 종을 몰아낸다.

끄지 않고 아무렇게나 던진 한 개비 성냥, 그 때문에 연쇄살인범 이야기에 영원히 새겨질 우리의 별명이 탄생했다.

내 앞에서 전화로 이런저런 질문에 대답하고 싶지 않았는지 빌은 침실에 선 채 조애나에게 긴 문자를 보냈다. 잠시 후 같이 밖으로 나가자, 조애나는 작은 유리병을 창밖의 얼룩덜룩한 검은 흙에 꽂고 있었다. 그녀가 허리를 숙이자 목걸이에 새긴 필기체 글씨가 햇빛에 반짝거리며 꽃잎을 스쳤다. 그 문양이 무슨 의미였는지 여전히 기억나지 않았다. 고대의 종교적인 상징이었던가.

"일반 흙 말고 다른 것도 사용했군요." 조애나가 말했다. "흔한 원예용 흙, 그리고 로우스 같은 쇼핑몰에서 살 수 있는 씨앗을 썼겠지요. 장담할 수는 없지만. 경찰에 신고하셔야 합니다."

"전화해서 누가 예쁜 꽃을 심어 놨다고 하라고요?" 냉소적으로 되받고 싶지는 않았지만 그렇게 됐다.

"이건 주거침입이에요." 빌이 말했다. "협박이고요. 살인범의 소행이라고 단정할 수는 없습니다. 신문을 읽은 어느 미치광이의 짓일 수도 있겠지요." 입 밖에 내지는 않았지만 알 수 있었다. 그는 내 정신 상태를 믿지 못하고 있었다. 테렐이 무죄라고 판사를 설득할 만한 근거가 창문 밑의 이 작은 화단 말고도 더 있기를 바라는 것이다. 한편으로 그는 혹시 내가 직접 꽃을 심은 게 아닐까 의심하고 있었다.

그에게 어느 정도로 이야기할까?

나는 숨을 들이마셨다. "경찰에게 전화할 때마다 인터넷에 떠요. 전화가 오고, 편지가 오고, 페이스북 광팬들이 달라붙겠지요. 현관문 앞에 누가 선물도 놓아둘 거예요. 쿠키, 개똥 봉투. 아니, 개똥으로 만든 쿠키. 그냥 개똥만 넣었다면 다행이겠죠. 남의 이목에 오르내릴 때마다 내 딸의 학교생활도 힘들어집니다. 몇 년 동안 아름다운 평화 속에서 잘 살아왔는데 형 집행 때문에 모든 게 다시 흐트러지고 있어요." 오랫동안 앤젤라에게 *싫어, 싫어, 싫어,* 대답을 되풀이한 것도 바로 그 때문이었다. 조그마한 의심이라도 생기면 밀어내야 했다. 결국 나는 앤젤라를 이해했고, 그녀도 나를 이해했다. *다른 방법을 찾아볼게요,* 그녀는 다짐했다.

하지만 이제 상황은 달라졌다. 앤젤라는 죽었다.

그는 내 창문 밑까지 접근했다.

나는 머릿결에 달라붙은 하늘하늘한 먼지를 손으로 털어냈다. 할아버지의 지하실에서 묻어온 것일까? 몇 시간 전 그 곰팡내 나는 공간에 무작정 손을 집어넣었던 것을 떠올리자 분노가 한층 격해졌다. "지금 짓고 계시는 그 표정 말인데요. 아직 트라우마에 시달리는 그 옛날 열여섯 살 소녀 취급하는 동정과 불편함, 엉터리 이해가 섞인 얼굴. 난 아주 옛날부터 그런 표정을 봐왔어요. 그때부터 나는 나 자신을 스스로 보호해왔고, 지금까지 잘 지내왔어요. 이제 난 행복해요. 난 더 이상 그 소녀가 아닙니다." 늦겨울 햇살이 얼굴을 따뜻하게 비추고 있었지만, 나는 긴 갈색 스웨터를 몸에 한층 단단히 감았다. "내 딸이 곧 집에 올 거예요. 미리 상황을 설명해 주지 않았으니 오늘은 아이가 두 분을 만나게 하고 싶지 않습니다. 내가 당신들에게 연락했다는 걸 딸은 모르고 있어요. 아이의 생활은 최대한 평소대로 해 주고 싶어요."

"테사." 조애나는 한 걸음 내게 다가와서 멈췄다. "나도 알아요."

그녀의 목소리에는 끔찍한 무게가 실려 있었다. *나도 알아요.* 폭탄이 하나 둘 셋, 바다 밑바닥에 떨어지는 듯한 울림.

나는 그녀의 얼굴을 살폈다. 타인의 슬픔으로 인해 새겨진 미세한 주름살. 저 청록색 눈동자는 내가 상상조차 할 수 없는 끔찍한 광경들을 목격했을 것이다. 재가 하늘에서 빗물처럼 내릴 때 냄새 맡고 만지며 숨 쉬었을 것이다.

"그러세요?" 내 목소리는 나직했다. "그랬으면 좋겠어요. 당신이 두 묘지를 발굴할 때 나도 참석할 생각이니까요."

우리 아빠가 그 관 값을 냈어.

조애나는 성스러운 십자가를 만지듯 손가락으로 장신구를 문질렀다.

문득 나는 그녀의 세상에서 그것이 십자가와 다름없다는 것을 깨달았다. 그녀가 목에 걸고 있는 것은 금으로 된 이중나선이었다.

하나로 꼬인 생명의 사다리.

DNA 사슬이었다.

테시, 1995년

일주일 뒤, 화요일 오전 10시 정각. 나는 동행과 함께 의사의 폭신한 소파에 다시 앉아 있었다. 오스카는 안심하라는 듯 젖은 코를 내 손에 문지르더니 긴장을 늦추지 않고 내 옆 바닥에 엎드렸다. 오스카는 지난주부터 내 개가 되었고, 나는 오스카 없이 아무데도 가지 않는다. 뭐라고 하는 사람도 없었다. 사람들은 다정하고 충성심 강한 오스카에게 희망을 걸고 있었다.

"테시, 재판은 석 달 뒤야. 90일 남았지. 지금은 네가 감정적으로 준비가 되도록 돕는 게 내겐 가장 중요한 일이다. 피고 변호사와 아는 사이인데 아주 탁월한 사람이야. 무고한 사람의 생명이 자기 손에 달려 있다고 진심으로 믿으면, 더욱 탁월한 솜씨를 발휘하지. 이 사건에서도 그는 그렇게 믿고 있어. 내 말이 무슨 뜻인지 알겠니? 그는 널 대충 봐주지 않을 거야."

이번에 의사는 곧장 본론으로 들어갔다.

내 손은 무릎 위에 얌전하게 놓여 있었다. 짧고 파란 체크무늬 주름 치마와 흰 레이스 스타킹, 검은 인조가죽 부츠 차림이었다. 금빛이 도는 빨강 머리에다, 진부한 표현의 대가였던 할아버지가 '요정의 가루'라고 표현한 주근깨가 얼굴에 잔뜩 나 있지만 나는 원래 새침한 성격은 아니다. 그때도, 지금도 마찬가지다. 오늘은 가장 가까운 친구인 리디아가 옷을 골라 주었다. 내가 어울리는 옷을 고르려는 노력조차 더 이상 하지 않는 것을 참을 수가 없어서 그녀가 직접 내 지저분한 서랍장과 벽장을 뒤졌다. 리디아는 나를 포기하지 않는 몇몇 친구 중 하나다. 요즘 그녀는 영화 〈클루리스〉에서 패션 힌트를 얻고 있지만 나는 그 영화를 보지 않았다.

"네." 나는 대답했다. 그것이 내가 여기 와 있는 두 가지 이유 중 하나였다. 나는 무서웠다. 11개월 전 오하이오 주 데니스 그랜드 슬램 식당에서 아침 식사를 하던 테렐 다시 굿윈이 체포되고 내가 법정에서 증언해야 한다는 소식을 들은 뒤로, 나는 하루하루를 쓰디쓴 알약처럼 헤아리고 있었다. 오늘은 90일이 아니라 88일 전이었지만 의사의 말이 틀렸다고 굳이 지적하지는 않았다.

"아무것도 기억나지 않아요." 나는 이 주장을 계속 고수하고 있었다.

"검사가 그건 상관없다고 했을 거다. 넌 살아 숨 쉬는 증거야. 이건 무고한 소녀와 끔찍한 괴물의 대결이지. 자, 네가 기억하는 것부터 시작해 보자. 테시? 테시? 지금 무슨 생각하니? 바로 지금 말이다. 말해 봐…. 다른 데 보지 말고. 알겠지?"

나는 천천히 목을 돌려서 무표정한 회색 눈동자로 그를 응시했다.

"까마귀가 내 눈을 쪼아 먹으려던 게 기억나요." 나는 억양 없이 말했다. "내가 의사 선생님을 못 본다는 걸 아시잖아요. 어딜 보건 무슨 상관이에요?"

테사, 현재

사실상 이곳은 그들의 세 번째 묘지다. 오늘 밤 포트워스에 있는 세인트메리 공동묘지에서 발굴되는 두 명의 **수잔**은 범인이 먼저 죽인 피해자였다. 그는 처음 시체를 숨긴 장소에서 유골을 다시 파낸 뒤, 나와 같이 닭 뼈다귀처럼 들판에 던졌다. 모두 네 사람이 동시에 유기되었다. 나는 메리 설리번이라는 소녀 위에 던져졌다. 법의관은 그녀가 사망한 지 하루 이상 지났다고 판단했다. 나는 할아버지가 아버지에게 중얼거리는 말을 들었다. "악마가 벽장을 비운 모양이군."

자정이었다. 나는 100미터 정도 떨어진 나무 아래에 와 있었다. 현장을 봉쇄한 경찰 출입금지 테이프 밑으로 살그머니 들어왔다. 이런 밤에 유령 말고 공동묘지를 돌아다닐 사람이 누가 있다고 봉쇄까지 했을까. 한데, 내가 그러고 있었다.

두 무덤 위에 세운 흰 텐트가 종이 등처럼 창백하게 빛을 발하고 있었다. 예상했던 것보다 훨씬 많은 사람들이 와 있었다. 물론 빌도. 신문에 사진이 실렸던 검사도 알아볼 수 있었다. 그 옆에는 몸에 잘 맞지 않는 정장 차림의 머리가 약간 벗겨진 남자가 있었다. 경찰이 최소한 다섯 명, 거기다 외계인 같은 방호복을 입은 인력 다섯 명이 텐트 안팎을 오갔다. 법의관도 그중 한 명일 것이다. 이건 경력을 좌우하는 중요한 사건이었다.

앤젤라의 부고를 썼던 기자는 자신의 글이 녹슨 정의의 빗장을 다시 벗겼다는 것을 알고 있을까? 매달 사형을 집행하는 주에서 작게나

마 여론을 일으켰다는 것을? 유골을 발굴하고 새로운 재판을 고려하
도록 판사의 마음을 움직였다는 것을? 결국 전화를 하도록 나를 설득
했다는 것을?

정장 차림의 남자가 갑자기 돌아섰다. 얼른 나무 뒤로 몸을 숨기는
순간, 사제의 흰 칼라가 언뜻 보였다. 발굴 대상이 어떤 사람인지 모르
면서도 피해자들의 존엄을 지키고 정중하게 다루기 위해 은밀하게 일
을 진행하며 각고의 노력을 다하는 모습을 보니 눈시울이 시큰했다.
기자는 한 사람도 보이지 않았다.

오늘 밤, 땅 밑에서 나올 여자들은 17년 전 그 옛 밀밭으로 운반될
때 이미 유골 상태였다. 나는 목숨만 간신히 붙어 있었다. 메리의 추
정 사망 시각은 최소 30시간 이상 이전이었다. 경찰이 우리를 찾아냈
을 때 메리의 유해는 이미 포식자의 활동으로 심하게 훼손된 상태였
다. 나는 그녀를 보호하려고 했지만 밤중에 정신을 잃었다. 아직도 가
끔 내 귀에는 들쥐 떼들의 들뜬 대화가 들려온다. 나를 사랑하는 사람
들에게 이런 이야기는 할 수가 없다. 당시 일을 기억하지 못한다고 생
각하도록 하는 게 낫다.

의사들은 심장이 나를 살렸다고 했다. 나는 선천적으로 느린 심장
박동을 타고났다. 게다가 전국 최고의 고등부 허들 육상 선수로서 한
창때 신체 상태였다. 평상시 숙제를 하거나 햄버거를 먹을 때, 매니큐
어를 칠할 때도 맥박수는 분당 37회였고 밤에 잘 때는 분당 29회까지
떨어졌다. 십 대 청소년의 평균 심장 박동수는 70회 정도다. 휴스턴의
유명한 심장외과 의사가 마음을 놓아도 된다고 했지만, 아빠는 매일

새벽 2시에 깨어 내가 숨을 쉬고 있나 확인하는 버릇이 있었다. 심장도 유별났지만 달리기 속도도 그랬다. 주위 사람들은 올림픽에 나가도 되겠다고 속삭였다. 빨강머리인 데다가 기록이 잘 나오지 않거나 옆 레인 선수의 팔꿈치에 밀려 허들에서 넘어지면 분통을 터뜨리는 성깔 때문에 내 별명은 '작은 불꽃'이었다.

의사들은 내가 무덤 안에서 살아남으려고 안간힘을 쓰고 있을 때 심장 박동수는 분당 18회까지 내려갔을 거라고 했다. 심지어 현장에 출동한 구급요원은 내가 죽었다고 생각했다.

지방 검사는 내가 **블랙 아이드 수잔** 살인범 때문에 놀랐다기보다 나 때문에 범인이 놀랐을 거라고 배심원단에게 말했다. 범인이 당황한 나머지 증거를 없애기 위해 적극적으로 나선 거라고. 테렐 다시 굿윈의 배에 생긴 커다란 타박상과 대형 사진으로 전시된 녹색, 파란색, 노란색의 울긋불긋한 멍은 내 작품일 거라고. 아무 근거가 없더라도 사람들은 씩씩한 영웅이 활약했다는 멋진 판타지를 좋아한다.

검은 밴이 천천히 후진해서 텐트에 접근하고 있었다. 오제이 심슨O.J. Simpson, 영화배우이자 전 미식축구선수. 심슨 재판은 인종차별 문제와 법리공방으로 미국 전역을 떠들썩하게 했다이 아내를 죽이고 그녀의 집 대문에 자기 핏자국을 남긴 사건이 바로 그 해였다. 테렐 다시 굿윈이 범인이라는 확실한 DNA 증거는 없었다. 오른쪽 소매에 그와 혈액형이 동일한 혈흔이 묻은 너덜너덜한 재킷이 1.6킬로미터 떨어진 진흙탕 속에서 뒹굴고 있었을 뿐이었다. 핏자국이 너무 미세하고 변질된 상태였기 때문에 당시 초창기 법과학 기술로 본격적인 DNA 분석은 불가능했다. 그때는 그

것으로 충분했지만, 이제 아니다. 나는 조애나가 마법을 행하기를, 그래서 두 소녀의 신원을 밝혀내 주기를 기도했다. 이 일이 우리 모두에게 평화를 가져다주기를 간절히 바랐다.

떠나려고 돌아서는데 발끝에 뭐가 걸렸다. 순간 몸이 앞으로 휘청거렸다. 나는 헉 숨을 들이쉬며 얼른 두 손을 내밀어 낡은 비석을 짚었다. 나무뿌리에 밀린 비석이 쓰러져서 반으로 쪼개져 있었다.

누가 소리를 들었을까? 나는 얼른 주위를 둘러보았다. 텐트는 반쯤 접혀 있었다. 누군가 웃고 있었다. 그림자들이 분주하게 움직이고 있었지만 이쪽으로 오는 사람은 없었다. 나는 몸을 일으키고, 욱신거리는 손을 청바지에 문질러 죽음의 흔적과 흙을 털어냈다. 휴대전화를 바지 뒷주머니에서 꺼내 버튼을 누르자 다정한 빛이 흘러나왔다. 나는 그 빛으로 묘비를 비추었다. 내 손에서 흐른 붉은 피가 크리스티나 드리스킬의 묘를 지키는 잠든 양 조각 위에 묻어 있었다.

크리스티나는 1872년 3월 3일 세상에 태어났다가 같은 날 세상을 떠났다.

나는 돌멩이가 섞인 흙을 바라보며 발밑에 묻힌 작은 나무관이 나무뿌리에 휘감겨 삐딱하게 기울고 뚜껑이 열려 있는 광경을 상상했다.

나는 리디아를 생각하고 있었다.

테시, 1995년

"원래 자주 우는 편이니?" 부드러운 말투의 첫 질문이었다.

"아뇨." 울어서 얼굴이 부었을 때는 얼린 숟가락을 눈 밑에 대면 좋다는 리디아의 미용 비법도 효과가 없었다.

"테시, 눈이 멀기 전에 마지막으로 본 게 뭔지 말해 보렴." 의사는 부은 얼굴 이야기를 길게 하지 않았다. 지난번 마지막으로 이야기했던 주제를 다시 이어갔다. 영리한 전략이군, 나는 마지못해 인정했다. 의사는 리디아 말고는 아무도 감히 내 앞에서 입 밖에 내지 않는 '눈이 멀었다'란 표현까지 사용했다. 사흘 전 리디아는 굳은 솜사탕 같은 꼴이니 제발 일어나서 머리 좀 감으라고 내게 말했다.

내 앞에서 분위기를 풀기 위한 가벼운 대화는 시간 낭비라는 점을 이미 간파한 것 같았다.

엄마 얼굴이 보였지. 아름답고, 친절하고, 자애로운 얼굴이. 눈앞에 마지막으로 또렷이 나타난 이미지는 그 모습이었지만, 엄마는 내가 여덟 살 때 세상을 떠났고 나는 눈을 커다랗게 뜨고 있었다. 엄마의 얼굴, 곧 모든 것이 사라지고 어른거리는 회색 바다가 시야를 덮었다. 나를 그렇게 실명의 세계로 인도한 하느님이 친절했다는 생각이 가끔 든다.

아빠에게 내가 진전을 보인다고 보고하도록 오늘 상담에서는 의사한테 뭔가 말해야지. 보다 협조적으로 보여야지. 나는 그렇게 다짐하고 헛기침을 했다. 화요일 아침마다 출근도 미루고 나를 여기로 데려다 주는 아빠. 무슨 이유에서인지, 이 의사가 다른 대부분의 의사들처럼

아빠에게 거짓말을 할 거라는 생각은 들지 않았다. 그가 질문을 던지는 방식은 다른 의사들과 달랐다. 내 대답도 마찬가지였다. 이유는 알 수 없었다.

"병실 창가에 카드가 잔뜩 놓여 있었어요." 나는 아무렇지도 않게 대답했다. "그중 앞면에 돼지 그림이 그려진 카드가 있었어요. 나비넥타이를 메고 중절모를 쓴 돼지. 그리고 이런 글귀가 있었어요. '빨리 나아서 더 힘차게 꿀꿀거리기를!' 돼지 그림, 마지막으로 본 건 그거예요."

"하필 그런 글귀라니 재수가 없었구나."

"그런가요?"

"그 카드에 신경 쓰였던 다른 점이 있었니?"

"아무도 서명을 읽을 수가 없었어요." 용수철 모양으로 마구 휘갈긴 곡선이었다.

"그럼 누가 보낸 건지 모르겠구나."

"모르는 사람들도 각지에서 카드를 많이 보냈어요. 꽃, 봉제인형. 선물이 너무 많아서 아빠가 소아암 병동에 보내달라고 했을 정도였어요." 그러다 FBI가 단서를 포착하고 전부 다 연구실로 가져갔다. 나중에 생각하니 유용한 실마리는 한 올도 찾지 못했으면서 괜히 죽어가는 아이들에게서 소중한 것만 빼앗은 게 아닌가 싶어 마음이 아팠다.

돼지는 분홍색 발굽으로 데이지 한 송이를 들고 있었다. 나는 그 부분을 의사에게 말하지 않았다. 약기운에 취한 상태로 겁에 질려 병원 침대에 누워 있던 열여섯 살 소녀는 노란 데이지와 블랙 아이드 수잔이 어떻게 다른지 몰랐다.

갑스 안쪽 피부가 미칠 듯이 가려웠다. 나는 정강이와 깁스 사이의 좁은 틈에 손가락 두 개를 집어넣었다. 발목의 가려운 지점까지 손이 닿지 않았다. 오스카가 도와주려는지 사포 같은 헛바닥으로 내 다리를 핥았다.

 "좋아, 어쩌면 그 카드가 계기였을지도 모르겠구나." 의사는 말했다. "아닐 수도 있고. 이제 시작이다. 난 이렇게 할 생각이야. 법정에 출두할 준비를 하기 전에 우선 네 전환장애에 대해 이야기할 거다. 시간 관계상 그 부분은 건너뛰었으면… 하는 사람들이 있었는데 여전히 문제가 되고 있어."

 아, 그러신가요?

 "일단 나하고 이 방 안에 있을 때는 시간이 멈춘다고 생각하렴." 압력을 느낄 필요는 없다는 말이었다. 우리는 회색 바다를 함께 항해하는 중이고, 바람은 내가 조절한다. 그가 내게 한 최초의 거짓말이었다.

 전환장애. 멋지고 있어 보이는 용어다.

 프로이트는 이런 증상을 '히스테리성 실명'이라고 했어.

 온갖 값비싼 검사를 다 했는데도 육체적으로는 잘못된 데가 한 군데도 없대.

 전부 머릿속에서 생긴 문제인 거지.

 불쌍한 녀석이 세상을 보고 싶어 하지 않는 거야.

 예전의 그 아이로 돌아가진 못하겠지.

 사람들은 왜 내가 귀까지 멀었다고 생각하지?

 나는 다시 의사의 말에 집중했다. 영화 〈도망자〉의 토미 리 존스가 연상되는 말투였다. 강인한 텍사스 남부 억양. 아주 영리하고, 자신이 영리하다는 것을 잘 아는 사람.

"… 이런 트라우마를 겪은 젊은 여성에게 드물지 않은 증상이야. 이렇게 오랫동안 지속되는 건 흔치 않지만. 11개월째지?"

삼백이십육일이에요, 선생님. 하지만 소리 내어 정정하지는 않았다.

의사가 의자를 가볍게 삐걱거리며 고쳐 앉자, 엎드려 있던 오스카가 나를 보호하려는 듯 일어섰다. "예외는 있어. 예전에 남자아이를 치료한 적이 있는데, 다섯 살 때부터 하루 8시간씩 연습한 직업 피아니스트였지. 어느 날 아침에 일어나 보니 손이 움직이지 않았어. 마비된 거야. 우유잔도 들어 올릴 수가 없는 상태였어. 의사들도 원인을 찾지 못했지. 그런데 하루도 어긋나지 않고 정확히 2년 뒤에 손가락이 꼼지락거리기 시작했어."

의사의 목소리가 좀 더 가까워졌다. 내 옆으로 다가온 거다. 오스카는 내게 알리려고 코로 내 팔을 툭 건드렸다. 의사는 가늘고, 차갑고, 매끄러운 뭔가를 내 손에 밀어 넣었다. "이걸로 해 보렴."

연필이었다. 나는 손에 쥐고, 깁스 옆면 틈새로 깊숙이 밀어 넣었다. 즉각 강렬한 충족감이 퍼졌다. 의사가 재킷 자락을 펄럭이며 의자로 돌아가는지 가볍게 공기가 움직였다. 분명 토미 리 존스를 닮지는 않았을 것이다. 하지만 오스카가 어떻게 생겼는지는 상상할 수 있었다. 갓 내린 눈처럼 흰 털, 모든 것을 꿰뚫어 보는 파란 눈동자, 붉은 목줄, 누군가 나를 건드릴 때 번득이는 날카롭고 작은 이빨.

"그 피아니스트는 선생님이 다른 환자한테 자기 이야기를 한다는 사실을 알까요?" 어쩔 수가 없었다. 내게 냉소는 도무지 내려놓을 수 없는 채찍 같았다. 그러나 화요일 오전의 세 번째 상담에서 나는 의사가 차츰 내게 가까워지고 있다는 것을 인정해야 했다. 처음으로 죄책감이 약간 느껴졌다. 더 노력해야 할 것 같은 기분이 들었다.

"솔직히 말하자면 알고 있어. 그를 다룬 클라이번 다큐멘터리에 내가 출연했거든. 요점은 이거다. 넌 다시 볼 수 있어."

"난 걱정하지 않아요." 나는 퉁명스럽게 답했다.

"그것도 종종 나타나는 전환장애의 한 가지 증상이야. 예전처럼 돌아갈 수 있을까, 걱정하지 않는다는 것. 하지만 네 경우, 난 그게 진심이라고 생각하지 않는다."

최초의 직접적인 의견 충돌이다. 그는 조용히 기다렸다. 화가 차츰 끓어올랐다.

"난 선생님이 예외적으로 나를 환자로 받은 진짜 이유를 알아요." 도전적인 말투를 내려고 할 때 늘 그렇듯 목소리가 약간 갈라졌다. "우리 아버지와 공통점이 있어서잖아요. 선생님 딸도 실종됐으니까."

테사, 현재

서류와 파일 폴더가 산더미처럼 쌓인 앤젤라의 실용적인 철제 책상은 내가 기억하는 그대로였다. 세인트 스티븐스 가톨릭교회는 2번 애비뉴와 해처 도로가 교차하는 지옥 같은 거리에 도전적으로 자리잡고 있었고, 그녀가 일하던 자리는 돌과 벽돌로 지어진 교회 건물의 넓게 뚫린 지하 공간 한쪽 구석이었다. FBI가 미국에서 가장 위험한 지역 25위 안에 포함시킨 댈러스 시내 우범지대 한복판이었다.

바깥은 텍사스의 정오였지만 여기는 아니었다. 음울하고 시간이 정지한 곳, 폭력의 역사로 얼룩진 곳이었다. 교회조차 8년째 버려져 있었고, 마약상은 이 지하실을 범죄 소굴로 이용했다.

내가 처음이자 마지막으로 여기 왔을 때, 앤젤라는 이 건물을 교회로 임대한 희망찬 젊은 사제가 직접 네 번이나 벽에 회칠을 했다고 했다. "벽에 팬 자국이나 총알구멍은 십자가에 박힌 못처럼 영원히 없어지지 않겠지요." 사제는 그녀에게 말했다. *잊지 말자.*

방 안의 유일한 광원은 책상 전등이었다. 전등 위쪽에 액자 없이 핀으로 꽂힌 인쇄물이 희미하게 불빛을 반사하고 있었다. '돌팔매질 당하는 성 스티븐' 19세에 그린, 세상에 알려진 렘브란트 최초의 그림. 다른 지하실에서 이젤 앞에 구부정하게 서 있던 할아버지를 통해 나는 키아로스쿠로, 즉 명암법을 배웠다. 강한 빛과 짙은 그림자, 렘브란트는 이 기법의 대가였다. 사악한 사람들이 퍼뜨린 거짓말 때문에 군중에게 살해당한 최초의 기독교 순교자 성 스티븐 앞에 눈부신 천국의 문이 열리는 모습을 묘사한 그림이었다. 세 명의 사제가 위쪽 구석에 한데 움츠리고 있었다. 그가 죽어가는 모습을 바라보며 아무것도 하지 않고.

지하실에 어느 쪽이 먼저 들어왔을까. 이 그림이었을까, 아니면 앤젤라가 들어온 뒤 성 스티븐의 운명이야말로 자기 책상에 어울리는 상징이라고 생각한 걸까? 그림의 가장자리는 부드럽고 너덜너덜했다. 곰보자국 같은 골판지 벽에 노란 압정 세 개와 빨간 압정 하나로 꽂혀 있었다. 왼쪽 가장자리가 살짝 찢어져서 테이프로 붙여져 있었다.

바로 5센티미터 옆에 천국 그림이 하나 더 있었다. 줄이 그어진 공책 용지에 그린 스케치. 막대 다섯 개에 밝은 오렌지색 햇살을 받으며 비스듬하게 기울어진 나비 날개가 달린 그림이었다. 어린아이가 비뚤비뚤 적은 활자체가 하늘을 가로지르고 있었다. '앤젤라의 천사들'

나는 이 그림이 80년대 포트워스의 한 술집 바깥에서 서던메소디스트대학교 여학생을 강간한 혐의로 기소된 견습 배관공 도미니쿠스 스틸의 여섯 살 난 딸이 오래전 선물한 스케치라는 것을 앤젤라의 부고 기사를 읽어 알고 있었다. 피해 당사자와 다른 두 여학생 클럽 회원이 도미니쿠스를 범인으로 지목했다.

그날 밤 도미니쿠스가 피해자에게 접근해서 시시덕거린 것은 사실이었다. 그는 덩치가 크고 흑인이었으며 춤 솜씨가 좋았다. 그전까지 백인 여대생들은 그를 좋아했지만 취한 채 의식 없이 쓰러져 있던 친구를 골목 안에 버려두고 도망쳤던 회색 후드 차림의 남자가 분명 그였다고 단정했다. 증거물 보관소에 15년 동안 저장되어 있던 정액에서 추출한 DNA 검사 결과 도미니쿠스의 무죄가 입증되었다. 도미니쿠스의 어머니는 '앤젤라의 천사들'에 대해 기자에게 말한 최초의 인물이었고, 이후 이 사랑스러운 별명은 계속 그녀를 따라다녔다.

나는 앤젤라를 천사라고 부르고 싶지 않았다. 그녀는 해야 하는 모든 일을 한 사람이었다. 필요할 때는 거짓말도 서슴지 않았다. 내가 그걸 아는 이유는 그녀가 나와 찰리를 위해서 거짓말을 했기 때문이었다.

나는 한 발 내딛었다. 밑에 무엇이 덮여 있는지 아무도 모를 노란 싸구려 리놀륨 바닥에 공허한 부츠 소리가 메아리쳤다. 비슷하게 온통 종이로 뒤덮인 다른 책상 네 개가 지하실 여기저기 놓여 있었지만 사람은 없었다. *다들 어디 있지?*

지하실 반대편에 파란 문이 곧장 눈에 띄었다. 나는 슬그머니 다가갔다. 가볍게 문을 두드렸다. 아무 반응도 없었다. 앤젤라의 의자에 잠시 앉아서 기다리는 게 좋을 것 같았다. 그녀가 늘 투덜거렸던 삐걱거리는 의자 바퀴를 굴려 책상 뒤로 가서 렘브란트의 천국이나 감상하고, 순교자의 역할에 대해 묵상하면서.

대신, 나는 손잡이를 돌려 문을 살짝 열었다. 다시 문을 두드렸다. 활기찬 음성이 들렸다. 문을 끝까지 열었다. 긴 회의 탁자가 있었다. 천장에서 눈부신 불빛이 쏟아지고 있었고, 빌의 놀란 얼굴이 시야에 들어왔다. 다른 여자 한 명이 커피잔을 넘어뜨리며 의자에서 벌떡 일어났다.

내 시선은 컵에서 쏟아진 호박색 액체를 따라 탁자 위를 훑었다.

머리가 욱신거렸다.

긁힌 탁자 위 끝에서 끝까지 수십 장의 드로잉이 펼쳐져 있었다.

테시의 드로잉.

진짜 드로잉, 진짜가 아닌 드로잉.

나는 칠판에 흰 분필로 적힌 12-28이라는 점수를 응시하고 있었다. 언뜻 일방적으로 한쪽이 이기고 있는 유소년 야구 경기나 댈러스 카우보이 패전 게임 스코어 같았다. 하지만 차트에 적힌 글자를 읽어 보니, 앤젤라와 자원봉사 법률팀이 석방시킨 12명과 그러지 못한 28명이라는 뜻이었다.

커피를 쏟은 텍사스대학교 법대 3학년생 실라 더닝은 방을 나갔다. 빌은 얼른 내 드로잉을 챙겨서 치우고 뜨거운 커피를 머그잔에 새로 따라서 내 앞에 놓았다. 그는 거듭 사과했고, 나도 여러 번 대답했다. *괜찮습니다. 괜찮습니다. 어차피 나도 언젠가 다시 보게 될 그림이었고, 들어올 때 더 크게 노크해야 했어요.*

때로 내 안에 있는 테시가 그리울 때가 있다. 테시라면 화가 나서 진심을 있는 그대로 내뱉었을 것이다. *당신들 재수 없어. 내가 온다는 거 알고 있었잖아. 할아버지의 집 벽에서 꺼내온 뒤에 내가 미리 펼쳐보지 않았다는 것도 뻔히 알았으면서.*

"여기까지 와 주셔서 감사합니다." 그는 내 옆의 의자에 앉아 탁자 위에 노란 새 종이를 놓았다. 그는 청바지와 나이키 운동화, 약간 보풀이 생긴 녹색 풀오버 스웨터 차림이었다. 어깨가 너무 넓은 체형이라 스웨터가 많이 짧았다. "혹시 마음이 변하지는 않으셨지요?"

"그럴 이유가 있나요?" 나는 날카롭게 반문했다. 내 안에 아직 테시가 있기는 했다.

"내키지 않으시면 여기서 이야기하지 않아도 됩니다. 이 방 말입니다." 그는 나를 뚫어지게 응시했다. "여긴 우리 팀의 전략기획실입니다. 보통 의뢰인은 못 들어오게 하지요."

내 시선은 벽을 훑어보았다. 칠판 옆에는 커다랗게 확대한 다섯 남자의 사진이 붙어 있었다. 현재 진행 중인 사건일 것이다. 네 명은 흑인이었다. 젊은 테렐 다시 굿윈이 가운데에 있었다. 그는 빨간색과 회색의 고등학교 야구복 차림의 남자와 어깨동무를 하고 있었다. 동생인 것 같았다. 미남이었고, 미간이 넓은 눈매, 조각 같은 광대뼈, 카페라테색 피부가 똑같았다.

반대쪽 벽은 범행 현장이었다. 멍하니 벌린 입, 텅 빈 눈, 혼란스럽게 얽힌 팔다리. 나는 시선을 거두었다.

고개를 돌려 보니 무슨 타임라인 같은 것이 그려진 거대한 화이트보드가 있었다.

내 이름이 있었다. 메리의 이름도 있었다.

뭐라 말하려고 입을 열려다 보니 빌은 포개 올린 내 다리와 검은 부츠 위로 약간 드러난 흰 허벅지에 눈길을 주고 있었다. 이 치맛단을 내릴 생각이었지만 계속 잊어버리고 있었다. 나는 탁자 아래로 다리를 숨겼다. 그는 다시 직업적인 표정을 되찾았다.

"나는 의뢰인이 아니잖아요." 나는 쓸쓸한 액체를 한 모금 마시고 머그잔 옆면의 글귀를 읽었다. *변호사는 당신의 편*Lawyers Get You Off: get you off는 '감옥에서 꺼내준다', '성적으로 흥분시킨다'는 이중적인 뜻을 지닌 말장난

윌리엄은 내 눈길을 따라 글귀를 확인하더니 눈동자를 굴렸다. "우리 컵은 대체로 더럽습니다. 언제 한번 대대적으로 설거지를 해야 하는데." 역시 이중적인 뜻이었다. 내 다리를 훔쳐보다 걸린 민망한 순간

을 모면하기 위한 농담.

"여기도 괜찮아요, 윌리엄."

"빌이라고 부르세요." 그는 일깨워 주었다. "나를 윌리엄이라고 부르는 사람은 일흔 살 넘은 노인들뿐입니다."

"화요일에 유해 발굴은 순조롭게 잘 됐나요?" 나는 물었다. "조용히 끝냈더군요. 신문에도 안 나고."

"그 대답은 이미 알고 계실 텐데요."

"나무 옆에서 나를 본 게 당신이었군요."

"그 빨강머리는 어둠 속에서도 놓치기가 힘들더군요."

그렇다면 이 남자도 거짓말쟁이다. 오늘 나는 길게 곱슬거리는 머리를 어깨 너머로 늘어뜨리고 있었다. 열여섯 살 시절과 똑같은 진홍색이었다. 하지만 이틀 전 공동묘지에서는 머리를 단단히 묶어 올리고 딸 찰리의 야구 모자를 뒤집어쓴 차림이었다.

"속았네요. 감쪽같았어요." 나는 불편하게 고쳐 앉으며 말했다.

지금 내 대화 상대는 수수료를 받고 기밀유지를 해야 할 의무를 지지 않은 변호사였다. 물론 순진한 갈색 눈동자, 단정하게 깎은 머리, 약간 튀어나온 귀, 자몽 하나를 다 감쌀 만큼 커다란 손을 지닌 잘생긴 옆집 소년이라고 생각할 수도 있었다. 정말 친하고 재미있던, 그저 친구였던 남자가 어느 순간… *아, 그만 두자.*

그는 씩 웃었다. "여동생이 제 뺨을 때리기 직전의 표정이신데요. 질문하신 점에 답변하자면, 우선 법인류학자가 유골을 보고 있습니다. 그 뒤에 조애나와 그쪽 기술팀이 참여할 겁니다. 다음 주 **블랙 아이드**

수잔 작업을 진행할 때 우리 둘 다 참관해도 좋다고 했습니다. 개인적으로 초대하라고 저한테 부탁하더군요. 조애나가 당신을 발굴 작업에 참관하지 못하도록 지시했으니 일종의 공물이라고 생각하셔도 됩니다. 조애나는 그 점을 아주 유감으로 생각하고 있어요."

나는 약간 몸을 떨었다. 방 안에는 환기구도, 난방장치도 눈에 띄지 않았다. *텍사스의 2월은 싸늘하게 앙심을 품은 여자야,* 아버지는 말씀하시곤 했다. *3월은 그 여자가 처녀성을 잃는 달이지.*

"유골 분석은 매주 월요일 아침에 진행합니다." 그는 말을 이었다. "조애나는 인맥까지 동원해서 **블랙 아이드 수잔** 사건을 최우선 순위로 끌어올렸습니다. 괜찮으시다면 제가 데리러 가죠. 연구실은 당신 집에서 차로 20분가량 떨어진 곳입니다."

"이번에는 오염 위험이 없나요?" 조애나가 유골 발굴 작업에 내 참석을 불허한 이유가 이것이었다. 그녀는 조금도 규칙에서 어긋나지 않도록 작업을 진행했다.

"우리는 유리창을 사이에 두고 지켜볼 겁니다. 새 연구실은 교육시설로 정비되어 있어요. 최신식이지요. 세계 각지에서 유골이 날아와요. 조애나의 기술을 직접 보려는 학생들과 과학자들도 참관합니다." 그는 가볍게 미소 짓고 펜을 집어 들었다. "시작할까요? 저는 2시까지 다른 곳에 가 봐야 합니다. 급여를 주는 회사 일 때문에." 뭐하는 일인지 몰라도 소속 법률회사 웹사이트에는 기업 중재인이라고 적혀 있었다. 정장을 어디다 숨겨 놓고 있을까.

"네, 시작하세요." 실제 기분보다 훨씬 편한 말투가 나왔다.

"95년 증언 말입니다. 혹시 그 이후 변한 게 있습니까? 지난 17년 동안 사건이나 범인에 대해 달리 기억난 점은요?"

"아뇨." 나는 단호하게 말했다. *기꺼이 돕고 싶지만, 어느 정도만.* 나는 스스로에게 다시 일깨웠다. 내게는 보호해야 할 십 대 아이 둘이 있었다. 하나는 과거의 나 자신, 하나는 그 보라색 방에서 잠자는 아이.

"분명하게 해줘야 하니, 몇 가지 질문을 하겠습니다. 괜찮겠지요?"

나는 고개를 끄덕였다.

"당신을 공격한 사람의 얼굴을 묘사할 수 있습니까?"

"아니오."

"그를 어디서 만났는지 기억하십니까?"

"아니오."

"들판에 버려지던 순간의 기억이 있습니까?"

"아니오."

"법정에서 증언하던 날 이전에 우리 의뢰인, 테렐 굿윈을 본 기억이 있습니까?"

"아니오. 내가 아는 한, 없어요."

"'아니오'라고 간단하게 답변하시는 것이 좋습니다. 그게 사실이라면."

"맞아요, 사실이에요."

"실종된 15시간 동안 무슨 일이 있었는지 기억나는 게 있습니까?"

"아니오."

"마지막으로 기억하시는 건… 월그린에서 생리대를 샀던 일?"

"초코바도요. 네, 맞아요." 포장지가 무덤에서 발견되었다.

"그날 밤, 당신이 건 911 통화는 들으셨지요? 한데 전화를 걸었던 기억이 없다, 맞습니까?"

"맞아요, 네."

"테사, 다시 여쭙겠습니다. 혹시 마음을 돌려 가벼운 최면치료를 받아 보실 생각은 전혀 없습니까? 잃어버린 시간에서 혹시 뭐라도 기억을 찾을 수 있을지도 모릅니다. 제게 주신 드로잉을 전문가에게 검토하게 하는 건 어떨까요? 뭐라도 되살릴 수만 있다면, 판사 앞에서 재심을 청구하는 데 도움이 될지도 모릅니다."

"최면은 절대 안 됩니다." 나는 조용히 말했다. "관련 자료를 충분히 읽어 봤기 때문에 엉터리 기억이 나올 수 있다는 것을 알고 있어요. 하지만 그 스케치를 정신과 의사에게 검토하게 한다? 네, 그건 괜찮겠군요. 도움이 될지 모르겠지만."

"좋습니다, 좋아요. 제가 아는 사람이 있어요. 예전에 같이 일했던 분입니다. 당신도 좋아할 거예요." 나는 웃음을 터뜨릴 뻔했다. 그는 내가 그 마지막 말을 얼마나 많이 들었는지 모를 것이다.

그는 완벽한 90도 각도로 펜을 탁자 위에 놓았다, 펜을 돌렸다, 멈췄다, 다시 돌렸다. 빌은 크고 무거운 침묵을 활용할 줄 아는 사람이었다. 법정에서도 아주 영리할 것 같다는 생각이 들었다.

"당신이 여기 앉아 계시는 이유가 있을 겁니다, 테사. 제게 말씀하지 않으시는 이유, 전 그 이유를 정말로 알아야 합니다. 그 대답에 따라 당신이 아직도 테렐 다시 굿윈을 범인이라고 믿고 있을지도 모르기 때문이에요."

바로 이 질문에 어떻게 대답할 것인가를 생각하느라 간밤에 잠을 이루지 못했다. "내가 증인석에서… 테렐을 해쳤다는 기분이 들어요." 천천히 나 자신에게 말했다. "내가 많은 사람들에게 조종당했다고요. 오랜 세월 동안. 결국 그를 범인으로 입증하는 결정적인 물리적 증거가 없다는 사실을 앤젤라 때문에 확신하게 됐어요. 그리고 창문 밑에 심어진 블랙 아이드 수잔도 보셨지요." 아직도 누군가 나를 감시하고 있다.

"네." 그의 입술은 일자로 굳어졌다. "하지만 판사는 그 꽃을 당신의 지나친 피해망상이나 단순한 미치광이의 소행일 거라고 일축할 겁니다. 당신 스스로 벌인 자작극이라고 추측할지도 몰라요. 마음의 준비가 되어 있습니까?"

"당신도 그렇게 생각해요? 내가 지어낸 이야기라고?"

그의 시선은 단도직입적이며 대담했다. 몹시 신경에 거슬렸다. 과연 빌은 이 모든 것을 들을 자격이 있는 사람일까? 그가 던진 질문은 분명 마음에 들지 않았다.

회의 중에 나를 이 방에 우연히 들어오게 한 것도 의도적이었다는 생각이 들기 시작했다. 대뜸 과거로 돌아가게 만들려는 의도, 비협조적인 내 두뇌를 날카로운 것으로 찌르려는 의도.

"내 드로잉이 마법의 탄환은 아니에요." 나는 불쑥 말했다. "화난 소녀의 붓질에 너무 큰 희망을 걸지는 마세요."

테시, 1995년

목요일, 지난번 상담에서 겨우 이틀 지났다.

의사는 내가 화를 낸 직후, 화요일 상담을 20분 앞당겨서 끝내고 24시간 후로 다시 약속을 잡았다. 내가 자기 딸 이야기를 꺼내서 화가 났는지 그냥 그 이야기를 들을 마음의 준비가 안 되어 있었는지 알 수 없었다. 지난 한 해 동안 내가 정신과 의사에 대해 알게 된 점이 있다면, 환자가 자신을 놀라게 하는 상황을 좋아하지 않는다는 사실이었다. 그들은 딱딱해진 빵부스러기를 길에 뿌려 놓는 역할을 원한다. 설사 그 길이 아무것도 보이지 않는 빽빽한 숲으로 이어진다 해도.

"좋은 아침이다, 테사." *정중한 인사다.* "지난번에는 네가 내 허를 찔렀어. 솔직히 말하자면 어떻게 대응해야 할지 알 수가 없더구나. 너를 위해서, 그리고 나를 위해서."

"오늘은 오지 말까 했어요. 아니면 평생토록." 진심은 아니었다. 몇 달 만에 처음으로 나는 티끌만한 권력이나마 소유한 것 같은 기분을 느꼈다. 눈을 가린 앞머리도 잘랐다. 나는 어제 리디아와 같이 상가에 가서 머리를 새로 했다. *싹둑싹둑, 다 잘라 주세요,* 나는 고집했다. 부드럽고 서글프게, 바닥에 머리카락 떨어지는 소리가 들리는 것 같았다. 나 자신을 바꾸고 싶었다. 남자처럼 보이고 싶었다. 머리 손질이 다 끝나자 리디아는 비판적으로 평가했다. 정반대의 효과를 낳았다는 것이었다. *머리가 짧아지니 더 예뻐,* 그녀는 말했다. 매일 창조주에게 감사해야 할 짧고 작은 코를 더욱 강조한다. 넓은 텍사스의 하늘에 날아다니는 비행접시처럼 눈도 돋보인다고 했다. 리디아는 요즘 SAT미국수학능력시험 때문에 비유법을 연습하고 있었다. 2학년 때 우리가 처음 팔짱을 낀 바로 그 순간, 프린스턴에 갈 생각이라고 내게 선언했던 친구였다. 나는 프린스턴이란 곳이 멋진 왕자님들이 바글거리는 소도시인 줄 알았다.

의사는 서성거리고 있는 것 같았다. 방 안을 이리저리. 오스카가 알려 주지 않았기 때문에 확실히 알 수는 없었다. 한 시간 전에 주사를 맞아서 그런지 개는 졸고 있었다. 아빠는 오스카를 진짜 맹인안내견을 소개받기 전에 거치는 임시 견으로 생각한다. 충성스러운 오스카를 훈련받지 않았다는 이유로 떠나보내야 한다는 것이 요즘 내 걱정거리였다.

"네가 그렇게 느꼈다는 건 놀랍지 않아." 의사의 목소리가 내 뒤에서 들렸다. "내가 처음부터 터놓고 말해야 했어. 내 딸에 대해서. 널 맡기로 한 것과 내 딸은 아무런 상관이 없지만 말이다." 의사의 두 번째 거짓말이다. "그건 아주 오래전 일이야."

신경 쓰였다. 어둠 속에서 피구를 하듯, 그의 목소리는 계속 위치를 움직이며 다른 곳에서 날아오고 있었다.

2초 뒤, 의자가 작게 삐걱거렸다. 덩치가 큰 사람도 아니고, 깡마른 사람도 아니다. "아빠한테서 내 딸에 대해 들었니?"

"아뇨."

"그럼… 어디서 우연히 들었니?" 거의 소심하게 들리는 질문이었다. 자신 없는 일반인이 던질 만한 질문. 의사 역시 거의 논해 본 적이 없는 영역인 것 같았다.

"이야기야 늘 들리죠." 나는 애매하게 답을 피했다. "시각 말고 다른 감각들은 요즘 초능력으로 변한 것 같아요." 마지막 말은 전혀 사실이 아니었다. 모든 감각이 엉망진창이었다. 할머니가 만들어 주는 베이컨 드레싱을 뿌린 강낭콩 튀김에서는 젖은 담배 맛이 났다. 남동생의 귀여운 목소리는 힐다 아주머니가 손톱에 붙인 빨간색 인조 손톱으로 유리를 긁는 것처럼 들렸다. 멍청한 사람들이나 듣는다고 늘 속으로 생각했던 컨트리 음악이 흐르면 갑자기 눈물이 났다.

의사에게 이런 이야기는 아직 하고 싶지 않았다. 그냥 갑자기 지각 능력이 민감해졌다고 생각하게 하자. 테렐 다시 굿윈과 **블랙 아이드 수잔** 사건 수사에 관한 기사를 닥치는 대로 가져와서 한 단어도 빼놓지 않고 읽어 주는 리디아 이야기도 떠벌이고 싶지 않았다. 리디아는 내 두뇌에 접근하려는 모든 정신과 의사에 대해 샅샅이 뒷조사를 하고 있었다.

나는 그저 리디아의 분홍색 오리털 담요 위에 누운 채 앨라니스 모리셋의 신음하는 듯한 구슬픈 음악을 틀어 놓고, 도서관에서 복사해온 자료를 들뜬 목소리로 읽어 주는 친구의 목소리에 귀를 기울였던 것뿐이었다. 그때가 가장 안전하다고 느껴지는 시간들이었다. 리디아는 지금도 나를 변함없이 대하는 유일한 사람이었다.

고요한 누에고치 속에 연약하게 웅크리고 있으면 죽을지도 모른다고, 리디아는 열일곱 살짜리만 가질 수 있는 직관적인 확신 같은 것을 품고 있었다. 조심스럽게 대한다고 해서 내가 나아지는 게 아니라고.

무슨 이유에서인지 이 의사가 나를 이해하는 두 번째 인간일지도 모른다는 생각이 들었다. 그는 딸을 잃었다. 개인적으로 고통과 아주 가까운 친구일 것이다. 나는 그 점에 기대를 걸었다.

테사, 현재

나는 아이폰으로 사진을 한 장 더 찍었다. 전부 세 장. 닷새 전에, 블랙 아이드 수잔이 고개를 숙인 채 까만 눈이 맥없이 땅을 바라보기 전에 찍었어야 했다.

내가 전부 다 이야기한 건 앤젤라뿐이야, 나는 생각했다. *이제 그녀는 죽었어.*

블랙 아이드 수잔이 창밖에서 시들어가는 모습에 속으면 안 된다. 서른네 개의 눈 하나하나에 봄이 되면 우리 집 마당 전체를 꽃으로 뒤덮을 만한 씨앗이 들어 있다. 나는 원예 장갑을 끼고 차고에서 꺼낸 제초제통을 집어 들었다. 과연 그가 이 과정을 기쁘게 지켜볼까? 경험상 농약이 최선의 방법이었다. 열일곱 살 이후 블랙 아이드 수잔을 뿌리째 뽑은 적은 없었다.

산들바람이 불어와 제초제가 흩날렸다. 씁쓸한 금속 맛이 혀에 느껴졌다.

서두르지 않으면 찰리를 데려오기로 한 시간에 늦는다. 나는 암세포 같은 약물을 마지막으로 한 번 더 뿌렸다. 장갑을 벗어서 제초제통과 같이 놓아둔 채, 부엌 작업대로 달려가서 자동차 열쇠를 집어 들고 지프에 올라탄 뒤 10분 거리인 1학년 체육관을 향해 차를 몰았다. 파이팅 콜츠 팀 훈련장. 머리를 하나로 묶은 여자아이들이 수다를 떨거나 문자를 주고받으며 인도로 몰려나왔다. 빨간색 운동용 바지는 선정적일 정도로 몸에 달라붙어서 항의를 할 만한데도 학부모들은 조용했다.

갑자기 차 뒷문이 열렸다. 나는 언제나처럼 깜짝 놀랐다. "안녕, 엄마." 찰리는 냄새 나는 물건들이 불쑥 튀어나오곤 하는 파란 나이키 더플백과 책이 가득 든 배낭을 차 안에 던져 넣었다. 배낭은 콘크리트 더미처럼 쿵 떨어졌다. 찰리는 차에 뛰어올라 문을 닫았다.

매끄럽고 천사 같은 얼굴, 섹시한 다리, 아직 맞서 싸울 정도로 성장하지 못한 탄탄한 근육. 순진무구하기도 하고, 그렇지 않기도 했다. 이런 부분은 의식하고 싶지 않았지만, 나는 괴물이 찰리를 바라보는 시선으로 아이를 바라보도록 훈련되어 있었다.

"내 노트북 짜증나." 찰리가 말했다.

"학교는 어땠니? 연습은?"

"배고파. 정말이야, 엄마. 간밤에 숙제를 출력하지 못했어. 엄마 컴퓨터를 쓰는 바람에."

이 아름다운 소녀, 내 인생의 사랑. 하루 종일 보고 싶었던 딸은 벌써 내 신경을 곤두세우고 있었다.

"맥도날드?" 나는 물었다.

"좋아."

나는 훈련 뒤 맥도날드 드라이브스루에 들러도 이제 죄책감을 느끼지 않았다. 어차피 딸은 2시간 뒤에 건강에 좋은 풀코스 저녁을 해치울 테니까. 적어도 하루 네 끼를 먹는데도, 키 크고 날씬한 몸매를 유지하고 있었다. 찰리는 내게서 예전 육상선수의 식욕과 빨강머리, 제 아버지에게서는 기분에 따라 색깔이 바뀌는 눈동자를 물려받았다. 보라색 기운이 돌면 행복하다는 뜻이었다. 회색은 피곤한 상태, 검은색은 화가 단단히 났다는 뜻이다.

찰리의 아버지가 수천 킬로미터 떨어진 아프가니스탄 육군 기지에 파견 나가 있지 않다면 얼마나 좋을까, 다시 이런 생각이 들었다. 15년 전 잠시 진지하게 사귀었다가 임신했다는 사실을 알기 한 달 전에 헤어진 사이가 아니라면 얼마나 좋을까. 물론 찰리는 엄마 아빠가 결혼한 적이 없다는 것을 전혀 신경 쓰지 않는 것 같았다. 루카스 콕스 중령은 시곗바늘처럼 규칙적으로 양육비를 송금하고 꾸준히 연락을 유지했다. 오늘 밤에는 찰리와 같이 스카이프로 통화해야겠다.

"컴퓨터 이야기는 나중에 하자, 알겠지?"

대답이 없었다. 문자를 보내고 있을 것이다. 나는 차를 출발시켰다. 삼각프리즘을 만들고 샬럿 브론테『제인 에어』의 저자를 분석하느라 8시간을 형광등 아래에서 보냈으니, 아이도 스트레스를 해소할 여유가 필요할 것이다. 간밤에 찰리가 『제인 에어』를 소파에 내던지고 페이스북에 접속했을 때, 책 표지의 여주인공에는 새 콧수염과 악마의 뿔이 그려져 있었다. *주인공이 너무 투덜거려,* 찰리는 오늘 아침 입에 베이컨을 잔뜩 밀어 넣으며 투덜거렸다.

몇 분 뒤, 우리는 드라이브스루에 들어섰다.

"뭐 먹을래?" 나는 물었다.

"음."

"찰리, 전화 내려놓고 주문부터 해."

"응." 활기찬 음성. "난 빅맥하고, 맥북 프로."

"재미있구나."

사실 나는 딸의 이런 면이 사랑스러웠다. 건방진 유머 감각과 자신감, 웃고 싶지 않을 때도 날 웃게 만드는 능력. 나는 찰리가 빅맥을 절반 정도 먹었다 싶을 때까지 문제의 이야기를 꺼내지 않았다. 차 안에서 우리 둘만 있을 때 내 말이 딸의 머릿속에 제대로 입력될 확률이 항상 더 높았다.

"생각을 바꿔서 테렐 굿윈 사건에 협조하기로 결정했어." 나는 말했다. "새 담당 변호사와 이야기도 했단다. 유명한 법과학자가 증거를 재분석할 거야. 그분이 이번 주에 내 DNA를 채취해갔어."

짧은 침묵. "잘했어, 엄마. 정말 엄마가 원하는 일인지 확신을 가져야지. 요즘 그 때문에 고민이 많았잖아. 요즘은 DNA 증거로 사람들이 많이 풀려나. 우리 과학 선생님이 그랬는데, 텍사스 주 댈러스에서 사형수가 무죄로 풀려난 경우가 전체 주 중에서 세 번째로 많대. 사람들은 텍사스라면 그냥 다 죽인다고 생각하잖아." 햄버거 포장지를 구기는 소리가 들렸다.

"바닥에 던지지 마라." 나는 반사적으로 말했다. 머릿속에는 이런 생각이 스쳤다. 무고한 사람이 사형 선고를 받은 경우가 다른 주보다

더 많아서가 아닐까?

"그리고 앤젤라도." 찰리가 덧붙였다. "좋은 분이었어. 그분은 완전히 믿고 있었고, 엄마 잘못은 없다고 했어."

"또 뉴스에 오르내릴 거야." 찰리는 그런 일에 면역이 되어 있지 않다.

"전에 겪어 봤잖아. 친구들이 신경 써 줄 거야. 난 괜찮아, 엄마."

이 순진함에 거의 울고 싶은 기분이었다. 한편으로, 재판에서 증언했던 당시의 나보다 지금의 찰리가 세 살 더 어리다는 것이 믿기지 않았다. 아이는 훨씬 더 잘 준비되어 있는 것 같았다.

나는 집 앞 진입로에 차를 세우고 시동을 껐다. 찰리는 부스럭거리며 짐을 챙겼지만 나는 돌아보지 않았다. "모르는 사람과 같은 차를 타면 안 된다. 절대로. 혼자 걷지 마. 기자들과는 이야기하지 말고." 좁고 밀폐된 공간에서 내 목소리는 의도보다 훨씬 날카롭게 들렸다. "엄마가 집에 없으면 문을 닫자마자 보안 시스템을 켜야 돼."

수천 번도 더 말했던 지시라 되풀이하기도 우스운 일이었지만, 언제부터인가 너무 마음을 놓고 있었다. 앤젤라의 장례식 이후, 나는 찰리가 어디 있는지 한순간도 놓치지 않고 동선을 파악하겠다고 맹세했다. 며칠 전에는 로스앤젤레스에서 낡은 자동차와 재활용 유리로 계단을 설계하는 프리랜스 디자인 프로젝트를 거절했다. 앞으로 2년 동안 생계를 유지할 수 있을 정도로 규모가 큰 계약이었다.

"엄마." 찰리는 십 대 특유의 잘난 척하는 말투로 한심하다는 듯 대꾸했다. "할 수 있다고요."

내가 뭐라 대답하기도 전에, 딸은 전투에 참전하는 군인처럼 잔뜩 짐을 짊어지고 차에서 내리더니 집 열쇠를 쥐고 현관문으로 달려갔다. 그녀는 몇 초 만에 집에 도착했다. 가르친 대로 대비가 되어 있는 딸. 순진무구하기도 하고, 아니기도 한 아이.

우리 둘 다 한 번도 입에 올리지 않은 질문이 있었다. *그런데 그가 아니라면, 과연 누구일까?*

나는 전화를 만지작거리며 천천히 딸을 따라갔다. 현관에서 바닥에 내팽개친 더플백에 걸려 넘어질 뻔하고 찰리를 부르려다가, 그냥 입을 다물었다. 나는 노트북이 놓인 거실의 작은 책상으로 가서, 아까 내가 내 주소로 보낸 이메일을 열고 다운로드해서 인쇄 버튼을 눌렀다. 몇 미터 떨어진 곳에서 종이가 나오는 소리를 들으며 나는 찰리가 옳다고 생각했다. 우리 집은 과학기술 문명을 보다 효율적으로 배치할 필요가 있다.

프린터는 시들어가는 꽃 사진 세 장을 토해냈다. 찰리의 방문은 내가 지나칠 때 이미 닫혀 있었다.

몇 초 뒤, 나는 까치발로 서서 침실 옷장 꼭대기 칸에 놓인 신발 상자를 끄집어냈다. 대문자로 '세금 관련 서류'라고 적혀 있었다.

범인은 블랙 아이드 수잔을 여섯 번이나 심었다. 내가 어디 살든 상관없이. 나를 계속 궁금하게 하려는 것이다. 이제 확신할 수 있었다.

어떨 때는 워낙 시간이 길었기 때문에 앤젤라를 만나기 전 대체로 나는 진범이 감옥에 갇혀 있다고 스스로를 설득할 수 있었다. 처음 블랙 아이드 수잔이 피었을 때는 스토커의 짓이라고, 그 뒤에는 바람결에 날아온 씨앗 때문이라고 생각했다.

'세금 관련 서류'라는 제목이 붙은 아식스 러닝화 사이즈 7호 신발 상자에는 그때마다 찍어둔 사진이 들어 있었다. 혹시나 해서 찍어둔 사진들이었다.

나는 상자를 침대 위에 놓고 뚜껑을 열었다. 맨 위 사진은 할아버지의 오래된 즉석 폴라로이드 카메라로 찍은 것이었다.

처음, 재판 직후에는 내가 미친 것이거나 변덕스러운 기후 변화 때문에 블랙 아이드 수잔이 10월에 느닷없이 핀 거라고 생각했다. 한데 땅을 건드린 흔적이 있었다. 나는 낡은 부엌 숟가락으로 정신없이 수잔 뿌리를 파냈다.

식구들의 생활이 겨우 일상 비슷하게 돌아가고 있었기 때문에 나는 이 일을 아무에게도 말하고 싶지 않았다. 정신과 상담도 끝났다. 테렐 다시 굿윈은 교도소에 갇혀 있었다. 아빠는 처음으로 데이트를 하고 있었다.

그날 흙을 파다가 숟가락 끝에 놀라운 물건이 하나 더 걸렸다. 단단한 오렌지색 플라스틱, 오래된 약병이었다. 라벨은 뜯겨나가 있었다. 아이들이 열지 못하도록 한 뚜껑이었다.

찰리가 음악 소리를 높였다. 벽을 통해 진동이 울렸지만 작은 오렌지색 병 안에 돌돌 말려 있던 종이에 적힌 글씨를 파묻어 버리지는 못했다.

오 수잔, 사랑하는 수잔
나의 맹세는 영원하리

흐르는 네 눈물은 내 키스로 닦으리

다시는 너를 아프게 하고 싶지 않아

하지만 네가 입을 열면,

리디아도

수잔으로 만들 수밖에.

테시, 1995년

그가 사무실을 나선 뒤, 나는 짙은 회색의 짧은 크레용 세 자루를 손가락으로 문질러 보았다. 차가운 금속 스프링으로 제본된 스케치북, 딕시 물잔, 붓 몇 자루, 경첩이 삐걱거리는 좁고 길쭉한 물감통. 의사는 물감색 순서를 왼쪽부터 오른쪽까지 네 번 되풀이해서 알려 주었다. 검정, 파랑, 빨강, 녹색, 노랑, 흰색.

무슨 색을 선택하느냐에 대단한 의미가 있기라도 한가. 나는 이미 여러 색을 혼합해서 보라색과 회색, 오렌지색, 청록색을 만들까 생각하고 있었다. 멍 색깔, 석양 색깔.

앞을 보지 못하는 상태로 그림을 그린 것은 이번이 처음은 아니었다. 엄마가 돌아가신 직후, 할아버지는 내가 슬픔에 빠지지 않도록 계속 다른 곳으로 관심을 끌려고 노력했다.

우리는 낡은 삼나무 피크닉 탁자에 앉아 있었다. 연필을 쥐고 그림을 그리면서 내 손이 보이지 않도록 할아버지는 종이 접시 중심에 연필을 두 번 찔러 넣어 우산 모양을 만들었다. "머릿속에서 그림을 그리는 게 가장 기본이다. 눈은 필요 없어. 윤곽부터 그려 봐라."

종이 접시 가장자리에 새겨진 희미한 파란 꽃 모양과 내 손가락이 땀으로 끈적거렸다는 사실은 기억나지만 그날 내가 무엇을 그렸는지는 생각나지 않는다.

"기억은 퇴비 같은 거야." 의사는 자기 책상으로 나를 인도하며 말했다. "썩지 않는단다."

이 연습을 통해 그가 무엇을 끌어내려 하는지 나는 정확히 알고 있었다. 그의 최우선 목표는 내 시력을 치료하는 것이 아니었다. 그는 내 발목이 왜 산산조각 났는지, 내 눈 밑에 찍힌 분홍색 반달 모양의 상처는 무슨 도구 때문에 생긴 것인지 알아내려는 것이었다. 내가 얼굴을 그리기를 바라는 것이었다.

의사가 직접 그런 말을 하지는 않았지만 나는 알고 있었다.

"이 안에는 무한한 저장 공간이 있어." 그는 내 머리를 두드렸다. "모든 상자를 다 뒤져 보면 돼."

문을 닫고 나가기 전에 그가 한 마디만 더 잘난 체했다면 나는 소리를 질렀을 것이다.

뭉툭한 연필처럼 희미하게 두런거리는 아빠의 목소리가 문밖에서 들려왔다. 오스카는 책상 밑 공간에 자리를 잡더니 내 깁스 위에 머리를 놓았다. 압력, 하지만 기분 좋은 압력이었다. 등에 놓인 엄마의 손 같은. 의사의 목소리가 문을 통해 흘러 들어왔다. 그들은 세상에 아무 일도 없다는 듯 태연하게 스포츠 경기 결과를 논하고 있었다.

크레용이 종이 위를 오가기 시작하자 머리가 텅 비었다.

✳ ✳ ✳

딸깍, 문 열리는 소리에 깜짝 놀랐고 오스카도 퍼뜩 놀랐다. 스케치북이 미끄러져 바닥에 툭 떨어졌다. 시간이 얼마나 흘렀는지 알 수 없었다. 이런 일은 처음이었다. 앞이 보이지 않게 된 뒤로 언제든지 오차 범위 5분까지 시간을 추측할 수 있기 때문이었다. 리디아는 원시적인 생체시계 덕분이라고, 동면하던 동물이 캄캄한 동굴에서 혼자 깨어 다시 세상 밖으로 나가는 것도 똑같은 능력이라고 했다.

의사의 냄새가 났다. 동생 바비가 딜러즈 백화점에 가면 늘 잔뜩 뿌리던 토미 향수 냄새였다. 정신과 의사가 토미 힐피거를 뿌린다니, 역시 토미 리 존스 같았다. 어느 모로 보나, 토미.

"어떻게 돼가는 중인지 확인할까 하는데." 그가 말했다.

그는 옆으로 다가와서 허리를 굽히고 바닥에 떨어진 스케치북을 주워 내 앞에 가볍게 다시 놓았다. 펼쳐진 면에 그린 그림을 제외한 다른 드로잉은 모두 뜯겨나가 그의 책상 위에 흩어져 있었다. 머리가 욱신거렸다. 나는 일시 정지 버튼을 누르듯 손가락으로 관자놀이를 꾹 짚었다.

"봐도 될까?" 그는 물었다. 쓸데없는 질문. 이미 탐욕스럽게 훑어보고 있다는 걸 내가 뻔히 아는데. 그는 한 장 집어 들었다가 내려놓고 다시 다른 그림을 집어 들었다.

의사의 실망감으로 공기는 후끈하고 무거웠다. 자기가 가르치는 이류 학생이 놀라움을 선사하지 않을까 기대했던 교사 같았다.

"처음이라서 그렇지." 그는 말했다. 어색한 침묵. "물감을 사용하지 않았구나." 은근한 질책?

그는 굳었다. 좀 더 허리를 굽히고 내 어깨에 닿을 듯 말 듯 숨을 내쉬며 스케치북을 뒤집었다. 위아래가 바뀐 모양이었다. "이건 누구지?"

"아직 다 안 끝났어요."

"테시, 이건 누구야?"

나는 그 페이지를 짙은 회색 크레용으로 완전히 검게 칠했다. 책상 서랍에서 2호 지우개를 꺼내 머리 주위에 까치집처럼 헝클어진 머리카락을 묘사했다. 손톱으로 긁어서 커다란 눈과 섬세한 광대뼈, 코, '오' 모양으로 벌린 도톰한 입술을 그렸다.

나는 가장자리를 생각하고 있었다. 검은 화면 속에는 얼굴을 고정시키는 목이 없었다. 그녀는 우주공간 속에 고요하게 비명을 지르는 성좌처럼 떠 있었다. 내가 그린 것은 얼굴이었지만 그가 바라던 얼굴은 아니었다.

"선생님 딸이에요." 왜 그를 고문하고 싶은 충동을 느꼈을까? 알 수 없었다. 리디아라고 할 수도 있었다. 엄마라고 할 수도 있었고, 나라고 할 수도 있었다. 하지만 나는 그렇게 대답하지 않았다.

그가 갑작스럽게 물러서는지 가벼운 공기의 흐름이 느껴졌다. 날때리고 싶은 걸까? 오스카가 목구멍 깊은 곳에서 낑낑거리는 소리를 냈다.

"내 딸과 전혀 닮지 않았어." 의사의 목소리가 약간 갈라졌다. 희게 실금이 간 완벽한 검은색 달걀 모양이 머릿속에 떠올랐다.

나는 그의 대답이 부적절하고 우스꽝스럽다는 것을 알고 있었다. 열일곱 살의 나는 이미 능숙한 화가였지만 이 스케치는 분명 형태가 일그러져 있을 것이고 심지어 유치했다. 당연히 그의 딸을 닮았을 리가 없다. 나는 그녀를 만난 적도 없었다. 게다가 실명 상태였다.

그는 의사였다. 내가 이 상담을 의사의 사적인 문제와 연결시키게 내버려둔 것은 그의 잘못이었다.

언제부터 나는 이렇게 잔인한 짓을 할 수 있게 되었을까?

테사, 현재

창틀 아래 무른 흙을 삽으로 파고 제초제를 뿌린 블랙 아이드 수잔을 뽑아내서 차곡차곡 쌓으며 나는 리디아 생각을 하고 있었다. 금속 삽에는 여기저기 핏빛 녹 자국이 있었지만, 아직 윤기 나는 부분이 내 침실 창문의 방충망 사이로 새어 나오는 불빛에 번득였다.

노란 커튼이 달빛 아래 희게 펄럭거리며 휘날렸다. 찰리가 잠들 때까지 기다리는 동안 나는 소파에 털썩 주저앉아 지미 키멜 쇼 재방송을 보며 식료품 쇼핑 영수증 뒷면에 적힌 목록을 지워나갔다. 그렇게 하면 그 목록이 덜 위험해지기라도 한다는 듯이.

나는 전부 다 질서정연하게 적어서 읽어 보고 싶었다. 지난 16년 동안 내가 블랙 아이드 수잔을 발견한 곳들을 전부 다. 가장 중요한 질문에 대한 답은 이미 알고 있었다. *이 모든 장소에 혼자 다시 찾아가야 할까? 빌과? 조애나와? 시간낭비가 아닐까? 혹시 짐작했던 것보다 더 미친 여자라고 생각하지 않을까?*

워낙 오랜 세월이 흘렀기 때문에 범인이 나를 위해 뭔가 묻어 놓았더라도 찾아낼 수 있을 것 같지는 않았고, 사진이 있어도 바로 그 지점을 찾을 수 있을 것 같지도 않았다. 비가 내리면 땅은 늘 변한다.

나는 칠흑 같은 밤에 무릎을 땅에 대고 앉아 손으로 흙을 파헤치며 자문했다. *내 생각이 틀린 게 아닐까.* 2년 전 창문을 교체했을 때 인부가 우연히 흘린 나사 하나가 나왔다. 그리고 종잇조각 하나. 흰 뼈 같은 억센 담쟁이 뿌리.

리디아는 이런 상황에서 어떻게 해야 하는지 언제나 잘 알고 있었다. 그녀는 과학적이고 논리적인 사고방식을 갖고 있었으며, 감정을 밀어두고 내게 없는 냉정한 시각으로 모든 것을 관찰하는 능력이 있었다. 우리가 여덟 살이던 여름, 리디아는 컬러링북 메우기에 빠져 있었지만 나는 텍사스의 인정사정없는 햇빛 아래 보도에서 녹아내리는 크레용으로 새로운 색깔을 창조하곤 했다.

초등학생 시절 나는 바람에 맞서 달리는 것을 좋아했다. 리디아는 담요 위에 양반다리를 하고 앉아 우리가 읽기에는 너무 조숙한 책을 읽으며 나를 기다렸다. 『위대한 개츠비』, 『햄릿』, 『1984』. 나중에 내가 땅에 앉아 숨을 몰아쉬고 있으면 리디아는 시원한 손가락으로 내 손목을 짚고 맥박을 세었다.

리디아가 지켜보고 있으면, 나는 죽을 리가 없었다. 내가 누런 밀랍 인형 같은 모습으로 관 속에 누운 어머니를 바라보는 동안 내 귀에 속삭인 것도 리디아였다. *네 엄마는 저기 없어.* 그녀는 처음부터 유난히 죽음에 관심이 많았다.

'영국 역사상 흥미로운 순간'이라는 세계사 프로젝트를 받았을 때, 베이커 선생님이 가르치던 1학년 학급 삼분의 이가 비틀즈에 대해 썼다. 나는 중세 런던 브리지 모형을 꼼꼼하게 만들면서 그 많은 가게와 집들이 위에서 잔뜩 내리누르고 있는데도 웅장한 템스 강물 위로 다리가 무너지지 않도록 지켜 주시는 하느님의 기적에 대해 생각했다.

리디아는 바닥이 보이지 않을 정도로 음산하게 소용돌이치는 악의 강물을 선택했다. 베이커 선생님은 급우들에게 네가 한 숙제를 읽어 주라고 리디아에게 말했다. 그 내용을 들으면 학생들이 졸지 않을 거라고 생각했기 때문이었다.

리디아가 검시 보고서에서 인용한 첫 구절을 낭송하던 으스스한 목소리는 잊을 수가 없다.

시체는 침대 한가운데 나체로 누워 있었다. 어깨는 평평했지만, 몸의 축은 침대 왼쪽으로 비스듬히 기울어져 있었다. 머리도 돌려 왼쪽 뺨을 침대에 대고 있었다.

대부분의 급우들이 '나는 바다코끼리I Am the Walrus'가 존 레논의 마약 복용 경험에 대한 노래인지 아닌지 생각하고 있을 때, 리디아는 잭 더 리퍼의 마지막 피해자 이야기에 푹 빠져 있었던 것이다.

메리 켈리는 도셋 스트리트 16번지 하숙집 13호실에서 소름끼치

는 죽음을 맞았다. 키는 170센티미터, 스물다섯 살의 풍만한 창녀였고, 집세 27실링이 밀린 상태였다. 죽기 몇 시간 전 그녀가 방에서 노래 부르는 소리가 들렸다고 한다.

세월이 흐른 지금, 내가 런던 브리지에 대해서는 전혀 기억하지 못하면서도 이런 시시콜콜한 내용까지 환히 기억하고 있는 이유는 기억 전문가에게 물어볼 필요도 없다. 리디아는 발표할 때 영국 억양을 사용했다. 최초의 칼 공격을 묘사하기 위해 주먹으로 가슴을 세 번 치기도 했다.

우스꽝스러웠다. 오싹했다.

보고서를 쓰기 위해, 리디아는 2주 동안 주말마다 텍사스크리스천 대학교 도서관에 틀어박혀서 온갖 논문과 19세기 의학 보고서, 자칭 '리퍼 전문가'들의 에세이를 읽었다. 자료를 플라스틱 바인더에 수집해와서 반납하기 전에 내게 마지막 페이지를 펼쳐 보라고 했다.

나는 공포 음란물에서 눈을 뗄 수가 없었다. 내장이 쏟아져 나온 메리 켈리가 여인숙 침대에 누워 있는 흑백 사진이었다. 구글도 없던 시대에 리디아가 어디서 그런 사진을 찾았는지 모르겠다. 워낙 원래부터 집요한 성격이었다.

왜 지금 이런 생각이 나는 걸까? 손으로 땀을 닦다가 이마에 흙이 묻었다. 나는 부엌으로 돌아가서 쓰레기통 발판에 발을 대고 흙에서 파낸 것들을 그 안에 넣었다. 그러다 문득 생각났다.

종잇조각을 그냥 버린 것은 가학적인 시가 적혀 있지 않았기 때문이었다. 나는 그 종이를 쓰레기통에서 다시 꺼내 좀 더 찬찬히 살펴보았다. 초코바 포장지와 비슷한 종이였다. *혹시 내가 실종된 날 밤, 월그린에서 샀던 종류의 초코바 포장지일까? 루즈벨트 때문에 매주 화요일마다 샀던 그 초코바?*

루즈벨트는 내가 수요일마다 달리던 조깅로에서 늘 보던 사람이었다. 매일 정오만 되면 낡은 빨강색 양동이 위에 서서 루즈벨트 대통령 취임 연설 전문을 읊었기 때문에 그런 별명이 붙었다.

수요일 방과 후 내가 지나칠 때쯤에는 이미 연설이 끝난 한참 뒤였다. 우리 사이에는 관례가 있었다. 나는 속도를 늦추지 않고 그가 좋아하던 초코바를 허공에 던졌다. 그는 절대 놓치지 않고 낚아채며 이를 다 드러내고 활짝 웃었다. 이 관행은 육상 시즌 동안 행운을 가져다주는 의식이 되었고, 루즈벨트를 만난 뒤로 나는 단 한 번도 경기에서 진적이 없었다.

습관은 그렇게 굳어졌다. 화요일 밤마다 나는 초코바를 샀다. 한 번에 여러 개를 사지 않았다. 월요일이나 토요일에도 사지 않았다. 매주 화요일 밤에 딱 하나만 샀고, 그는 수요일 오후에 제대로 받았다. 나는 이기고, 이기고, 계속 이겼다.

한데 그 잃어버린 시간 동안, 나는 평소의 나라면 절대 생각하지도 않았을 행동을 했다. 그 초코바를 먹어치운 것이다. 병원에서 토한 위장 내용물 속에 흔적이 있었다.

절대로, 절대로 경주에서 지고 싶었을 리가 없다. 다시는 뛰지 않는다고 생각했기 때문에 그날 밤 초코바를 먹었던 걸까?

나는 부엌 창고 선반에서 비닐봉투를 하나 꺼내 그 안에 포장지를 넣고 봉했다. 범인이 이 종이를 만졌을까? 먹으면서 내 창문 아래 서 있었을까? 가슴이 쿵쾅거렸다. 그때 거실 소파에서 휴대전화 벨 소리가 울리며 집 안에 가득한 적막을 깨뜨렸다.

헤이스팅스, 윌리엄

"늦은 시각이에요, 빌." 인사는 생략했다.

"하루가 어떻게 지났는지 모르겠습니다." 그는 말했다. "내일 9시 45분, 연구진들이 유골 분석을 시작하니까 15분 전까지 노스텍사스대학교 연구실로 나오는 거 잊지 마시라고 전화드렸습니다."

어떻게 잊을 수 있겠어? 소리치고 싶었지만, 그냥 이렇게 대답했다. "직접 운전해서 갈게요." 그가 전화한 것은 이 때문이었을 것이다. 나를 태워가겠다고 작정한 것 같았다.

빌은 잠시 사이를 두었다. "전화로는 이야기하지 않는데, 조애나 말로는 법인류학자가 벌써 뭔가를 발견했답니다."

테시, 1995년

"집에서 그림 그리는 건 잘 돼가니?" 의사는 내 엉덩이가 쿠션에 닿기도 전에 물었다.

"가져오는 걸 깜빡했어요." 거짓말이었다. 새로 그린 아홉 점의 드로잉은 내가 의도한 장소에 있었다. 참견하기 좋아하는 남동생이 엿보지 못하도록 '특대 생리대'라고 적힌 빨간색 메이시 백화점 셔츠 상자에 숨겨 놓았다.

갑자기 전화벨이 울렸다. 상담 시간을 몇 분 잡아먹는, 세상에서 가장 반가운 소리. 응급 호출이었다.

"미안하다, 테시." 의사가 말했다. "잠깐만 기다려다오. 병원에 환자가 새로 입원했는데 간호사가 내게 몇 가지 물어볼 게 있대."

의사의 음성이 방 반대쪽에서 흘러왔다. 몇 마디가 귀에 들어왔다. 엘라빌, 클로노필. 통화할 때 남들이 못 듣게 해야 하는 것이 아닐까? 수화기 반대편에 있는 나 같은 환자를 상상하면서 감정적으로 몰입하고 싶지 않았기 때문에 나는 듣지 않으려고 기를 썼다. 다른 데 집중하기 위해 의사의 느릿한 말투와 리디아의 인물 묘사를 연결시키려고 노력해 보았다.

이건 리디아의 아이디어였다. 어제 내 응원을 등에 업은 리디아는 버스를 타고 텍사스크리스천대학교 캠퍼스로 가서 오후에 의사가 강의하는 신경심리학 강좌에 몰래 숨어들어갔다. '아나스타샤와 애거서 크리스티가 만나다: 기억상실에 관한 회색 물질 탐구'라는 제목이었다.

리디아가 강좌 제목을 알려 주었을 때, 나는 약간 몸서리쳤다. *너무 작위적이잖아.* 하긴 나는 비판할 핑계만 찾고 있었으니까.

콘택트렌즈가 뻑뻑할 때 쓰는 커다랗고 둥근 안경을 계속 쓰고 있으면 리디아는 대학생 틈에도 쉽게 섞일 수 있었다. 리디아의 아버지는 딸이 태어날 때부터 서른 살인 사람이라고 입버릇처럼 말했고, 리디아는 이 말을 치명상처럼 가슴에 품고 있었다. 나는… 음… 리디아에게 말할 수는 없지만, 요즘은 리디아의 아버지가 옆에 있으면 약간 불편한 기분이 든다.

어렸을 때 벨 아저씨는 끝내주는 칠리 요리법을 개발했다. 또 우리를 데리고 사격장에 가기도 했고, 노동절과 독립기념일마다 텍소마 호수에서 배를 태워 주곤 했다. 하지만 성미가 변덕스러웠고, 공격적일 때가 있었다. 게다가 내가 열네 살로 접어든 뒤에는, 그의 눈길은 때때로 머물지 말아야 할 곳으로 가기도 했다. 어쩌면 사춘기가 한창인 소녀에 대해 그저 대부분의 남자들보다 솔직했는지도 모른다. *알고 있는 게 더 낫겠지*, 이런 생각으로 난 리디아의 집에 갈 때는 긴 반바지를 입었다.

첩보 활동도 성과가 있었고 우리 아빠가 남긴 프리토파이도 먹었기 때문에 간밤에 리디아는 유난히 활기가 넘쳤다. "애거서 크리스티가 1922년에 11일 동안 실종되었는데 아무도 어디 있는지 전혀 몰랐다는 거 알고 있어?" 그녀는 내 침대 한구석에서 숨죽인 채 말했다.

평소처럼 앉아 있을 그녀의 모습이 눈에 선했다. 편안하게 연꽃 자세로 다리를 꼬고 앉은 자세, 분홍색 꽃무늬 닥터마틴 신발은 바닥 어딘가 굴러다닐 것이고, 검은색 머리카락은 진분홍색 헤어밴드로 산더미처럼 묶어 올렸을 것이다. 분홍색은 리디아에게 어울리는 색깔이었다.

그날 열렸던 오제이 재판 관련 소식이 배경으로 윙윙거렸다. 그 소리는 피할 수가 없었다. 아빠는 내 방 서랍장 위에 텔레비전을 놓아두는 것을 꺼렸고 끊임없이 소리가 흘러나오는 것도 싫어했지만 '소음이 들려와야 덜 외롭게 느껴진다, 귀를 기울여서 듣는 건 아니다'라고 하자 즉시 허락했다.

절반은 거짓말이었다. 마샤 클락OJ 심슨의 살인 사건 재판 담당 여검사의 또박또박한 목소리에는 신경을 달래 주는 데가 있었다. 어떻게 그녀의 말을 믿지 않을 수 있을까?

"애거서는 딸에게 잘 자라고 키스하고 사라졌어." 리디아는 말을 이었다. "사람들은 그녀가 '사일런트 풀'이라는 연못에 빠져 죽은 게 아닐까 생각했지. 거기서 그녀의 망가진 차가 발견되었거든."

"사일런트 풀?" 나는 회의적으로 말했다. 리디아와 함께 있을 땐, 제정신인 사람이라면 어느 정도 이런 태도를 취하게 된다.

"정말이야. 네가 직접 읽어 봐." 그녀는 종이 한 장을 내게 내밀었다. 다른 사람이었다면, 무례하게 쿡 찌르는 것처럼 느껴졌을 것이다. 하지만 그녀는 리디아다. 그녀와 같이 있으면 내 시야는 덜 회색이 된다. 간질간질한 풀밭에 대자로 누워서 늦여름 해 저무는 하늘을 바라볼 때처럼 한층 밝았다. 나는 애거서 크리스티가 자기 소설 속 한 페이지를 직접 체험했다는 사실에 대한 근거를 마치 대단히 중요한 자료인 양 손으로 만져 보았다.

"어쨌든, 그녀의 차는 그 연못에서 발견됐어." 리디아는 되풀이했다. "바람둥이였던 크리스티의 남편이 아내를 죽이고 차를 거기 버린 게 아닌가 하는 추측도 있었어. 소동이 벌어지는 동안 아서 코난 도일 경은 크리스티가 어디로 갔는지 밝히기 위해 그녀의 장갑 한 짝을 영매에게 가져다 보이기도 했대. 이런 내용이 다《뉴욕타임스》1면에 실렸어." 종이 부스럭거리는 소리가 계속 들렸다. "한데 그녀는 돌아왔어.

알고 보니 기억상실증이었던 거야. 11일 동안."

"그게 그 의사 강의의 핵심이었어?" 마음이 놓이기도 했고, 아니기도 했다.

"음. 강의 제목 때문에 관심이 가서 그 전에 도서관에 들렀어. 강의실에 들어가니까 네 의사 선생님이 해리성 둔주의 병인론, 그것이 해리성 기억상실증과 어떤 관련이 있는지 이야기하고 있더라고."

리디아의 머릿속에서 살아간다는 것은 아주 힘들 것이다. 폭발하는 별처럼 눈부시도록 밝고 혼돈스러울 것 같았다. 뇌의 양쪽 반구가 끊임없이 전쟁을 벌이고 있겠지. 영리하고 끈기 있는 리디아는 살인과 유명인사 중독이었다. 오제이 재판은 LSD강력한 환각제 중 하나였다. 그녀는 무의미한 사실 하나에도 짜릿해했다. 요전날 밤에는 오제이 심슨이 차로 경찰을 피해 도주하는 추적극 직후에 그가 경찰에게 오렌지주스 한 잔을 청했다는 이야기를 킬킬거리며 주절대더니, 제한효소 절편길이 다형성Restriction Fragment Length Polymorphism, 범죄자의 유전자 감식이나 친자 확인에 활용할 수 있는 현상 개념을 전혀 이해하지 못하는 배심원단에 대해 10분 동안 장광설을 늘어놓았다.

"그래서 애거서 크리스티는 어떻게 됐어?"

"스파 호텔에 가명으로 투숙하고 있다가 발견됐어. 크리스티는 신문에 난 자기 사진을 알아보지 못했다고 했어. 자살 충동이 있는 심리적 몽환상태였다고 주장한 의사들도 있었어. 그게 해리성 둔주와 비슷한 건데, 그래서 강의 제목이 그렇게 된 거지."

"난 차라리 난롯가에서 편안한 추리소설을 썼던 사람 좋은 노부인으로 상상하고 싶어."

"알아. 에드나 세인트 빈센트 밀레이Edna St. Vincent Millay가 남성 편력이 있는 모르핀 중독자였다는 사실을 알게 되는 것과 비슷하지. 에드나 애거서 같은 이름이라면 이름에 어울리게 살아야 하잖아."

나는 예전과 조금 비슷하게 웃음을 터뜨렸다. 아마 소리가 침실 문밖으로 새어나가서 아빠의 얼굴에 패인 주름살도 조금은 펴졌으리라.

"남편이 바람을 피우는 추리 소설 작가가 실종되다, 홍보용 연출 같은데."

"너에 대해서도 그런 말을 하는 사람들이 있을걸." 나의 단짝이 대꾸했다. 리디아에게는 흔치 않은 말실수였다. 정곡을 찔려 오른쪽 옆구리가 욱신거렸다.

"미안해, 테시. 불쑥 나온 말이었어. 당연히 그건 사실이 아니지. 의사는 진짜 푹 빠질 만한 교수던데. 진짜 머리가 좋았어. 가짜가 아니야." 그녀는 잠시 말없이 앉아 있었다. "마음에 들었어. 신뢰해도 좋을 것 같아. 안 그래?"

다시 정곡을 찔렀다. 15시간 뒤 진료실 소파에 앉아서, 나는 리디아의 말이 일으킨 파급효과를 가만히 곱씹어 보았다. 객관적이고 충실한 내 친구 리디아는 의사를 일단 믿어도 좋겠다고 했다. 혹시 손이라도 번쩍 드는 미친 짓을 한 건 아니겠지. 질문을 한다든가. *시선을 끈다든가.* 이 생각을 깊이 해 봤어야 했다.

의사는 방금 실례를 청하고 밖으로 나갔다. 의사가 없는 시간이 길어질수록 방은 점점 어두워졌다. 시력을 상실하면 별 차이가 없을 것 같겠지만 그렇지 않다. 냉방기가 환풍구를 통해 시끄럽게 바람을 내뿜고 있었지만 숨 쉬기가 점점 어려워졌다. 나는 무릎을 잔뜩 끌어올려 두 팔로 껴안았다. 혓바닥에서는 죽은 송어 냄새가 났다. 더 늦기 전에 그 누구도 나를 찾아서 꺼내 주지 않을 것 같은 두려움이 점점 커졌다.

이것도 시험이에요, 선생님?

더 이상 견딜 수 없다는 판단을 내린 순간, 의사가 다시 성큼성큼 들어왔다. 자리에 앉자 의자에서 삐걱거리는 소리가 났다. 나는 밀려오는 감사한 마음을 억누르려고 애썼다. *돌아오셨군요.*

"생각보다 오래 걸렸어. 놓친 시간은 다음 상담에서 보충하자구나. 30분 남았다. 이번 주에는 네 엄마에 대해 이야기하고 싶은데, 너만 괜찮다면."

"난 그 때문에 여기 온 게 아니에요." 내 대답은 빨랐다. "그건 아주 오래전에 극복했어요. 엄마가 죽은 사람들은 많아요." 안개가 시야 가장자리를 가렸다. 겁먹은 개똥벌레 무리처럼 미세한 불빛이 사방에서 우왕좌왕 오갔다. 내 머릿속에 새로운 손님이 들어왔다. *혹시 정신을 잃을 징조가 아닐까? 내가 차이점을 어떻게 알지?* 입술이 일그러졌다. 나는 킬킬 웃음 뻔했다.

"그럼 이야기해도 아무런 문제가 없겠구나." 의사는 합리적으로 말했다. "나한테도 말해 주렴. 엄마가 돌아가신 날, 넌 어디에 있었니?"

정말 몰라서 묻나? 앞이 안 보이는 소녀 앞에서 숨길 필요도 없어서 책상 위에 내놓은 그 두꺼운 파일 안에 다 들어 있잖아.

발목이 욱신거리면서 얼굴에 난 초승달 모양의 흉터와 왼쪽 쇄골 밑에 조심스럽게 그어진 선으로 신호를 보냈다. *내가 얼마나 기분이 안 좋은지 눈에 안 보이는 걸까? 물러나야 한다는 걸 모르는 걸까?*

그의 얼굴 조각들이 제자리를 찾지 못하고 빙글빙글 돌았다. "회청색 눈동자, 갈색 머리, 철테 안경. 토미 리 존스 같은 분위기는 전혀 아니야." 리디아는 말했다. 아직도 어떤 외모일지 전혀 감이 잡히지 않았다. 앞이 안 보이는 상태에서 그릴 수는 없었다.

지금까지의 상담 중 최악의 시간이었다. 게다가 이제 막 시작이다.

"나무 위 오두막에서 놀고 있었어요." 나는 말했다. 개똥벌레는 여전히 놀라 우왕좌왕하고 있었다.

테사, 현재

세례라도 받을 것처럼 흰 천으로 몸을 감싼 첫 번째 **수잔**이 도착했다. 유골을 들고 온 여자도 머리끝부터 발끝까지 흰 옷차림이었다. 입과 코는 마스크로 가리고 있어서 갈색 눈동자밖에 보이지 않았다. 친절해 보이는 눈이었다.

그녀는 천을 풀고 **수잔**의 유골을 조심스럽게 유리창 쪽으로 들어올렸다. 유리창 반대편 방에 서 있던 소규모 참관자 대부분은 이를 놓칠세라 아이폰을 들어 올렸다. 마치 영화배우처럼 눈부신 플래시 불빛이 유골 위에 쏟아졌다.

두개골은 공포영화 소품 같았다. 눈은 바다 밑바닥으로 이어지는 구멍이었다. 아래턱 대부분은 없었다. 썩은 치아 몇 개가 버려진 굴속의 종유석처럼 매달려 있었다. 그저 공허였다. 그 공허가, 끔찍한 구멍 두 개만이 한때 그녀도 인간이었다는 사실을 상기시킬 뿐이었다. 이쪽을 응시할 수 있었다는 사실을.

기억해? 치아 없는 입에서 울리는 목소리가 귓가에 울렸다. 불발탄이 내 가슴 속에서 폭발했다. 충격이었지만, 사실 놀랄 것도 없었다. **수잔들**의 목소리가 마지막으로 귀에 들린 것은 일 년도 더 전이었다. 사라졌다고 생각한 것이 어리석었다.

지금은 안 돼. 나는 손으로 그녀의 입을 틀어막는 모습을 떠올렸다. 머릿속에서 미국 국가를 미친 듯이 불렀다.

폭탄이 허공에서 폭발한다. 조애나가 내 팔을 움켜잡고 있었다.

"늦어서 미안합니다." 나는 조애나의 괴짜 같은 평범함을 구세주처럼 꿀꺽 삼켰다. 흰색 실험복, 카키색 바지, 보라색 나이키 운동화, 해골과 뼈 그림이 그려진 끈으로 목에 건 플라스틱 배지. 화학 약품 냄새가 살짝 풍겼지만 불쾌하지는 않았다.

심호흡을 하자. 나는 유리창 반대편에 있어. 이쪽의 지옥에.

조애나는 모인 사람들을 향해 가볍게 고개를 끄덕였다. 빌과 나를 제외하고 참관 허가를 받은 사람은 네 명이었다. 박사과정 학생 세 명, 그중 하나는 옥스퍼드대학교, 두 명은 노스텍사스대학교. 그리고 스웨덴에서 온 아주 연한 금발 미녀 과학자 브리타였다.

우리는 가장 가학적인 죽음을 관찰하러 온 낯선 사람들 사이가 아닌 척하며 15분 동안 같이 있었다. 학생들의 호기심 어린 시선이 나를 향했지만 아무도 질문을 던지진 않았다.

조애나가 들어오기 전, 우리는 브리타가 2주 뒤 스톡홀름의 연구실로 돌아가기 전에 절대 놓치지 말아야 할 댈러스와 포트워스의 명소 세 곳에 대해 한참 토론했다. 근육질의 러셀과 레밍턴 청동상, 신문지 모자를 쓴 아름다운 흑인 소년으로 유명한 아몬 카터 박물관, 풍만한 명작 위에 쏟아지는 은색 빛과 16세기 카드 도박사들과 같이 있는 불운의 젊은이로 유명한 킴벨 미술관, 그리고 오스왈드가 총을 겨누었던 광기 어린 눈빛의 음모론자들이 '아니, 그렇게 된 게 아니야'라고 떠들며 도발적으로 보도를 배회하는 식스 플로어 박물관.

브리타가 빌을 바라보는 눈빛을 보니 곧 같은 침대에서 뒹굴 것 같은 분위기였다. 오늘 아침 그가 내게 보낸 눈빛은 그저 퉁명스러운 미소뿐이었다.

"스티븐 킹이 케네디 대통령 암살 사건을 막고자 시간여행을 하는 남자의 이야기를 다룬 작품을 쓸 때 거기 식스 플로어 박물관에서 자료조사를 했습니다." 빌이 말하고 있었다.

"훌륭한 책이죠." 조애나가 말했다. "킹은 천재예요. 하지만 텍사스를 이해하지 못하더군요. 오클라호마 출신인 제게도 보였어요. 안녕! 빌, 테사, 사리타, 존, 그레첸. 브리타, 오늘 시간을 내셨군요. 반가워요. 이제 시작하는 것 같네요."

두개골은 이제 작업대 위에 놓인 채 우리를 응시하고 있었다. 흰 옷차림의 여자들은 아직 퍼즐 조각의 포장을 벗기고 있었다. 긴 진주색

다리뼈에 이어 찬 바람에 꺾인 나뭇가지처럼 상태가 좋지 않은 다리뼈 하나 더.

"오늘 실험실 지휘자는 태미입니다." 조애나가 말했다. 두 사람은 잠시 손을 흔들었다. 무균복 차림의 다른 4명의 여자들은 연구실 안 투명 유리 후드 앞에 각자 자리를 잡았다. 형광등 불빛은 잔인하고 차가웠다.

"연쇄살인범의 냉장고를 들여다보는 것 같군요." 빌이 내 귓가에 중얼거렸다.

조애나는 이쪽을 흘끗 보았지만 그 말을 들었는지는 알 수 없었다. "저 법과학 분석관들은 각자 맡은 일이 다릅니다." 그녀는 설명했다. "마거릿은 뼈를 작게 잘라내고, 토니샤는 그 뼛조각을 표백제와 에탄올과 물로 세척합니다. 이어 젠이 가루를 내면, 거기서 DNA를 채취하게 됩니다. 베시는 작업을 따라다니면서 기구가 최대한 무균상태를 유지하도록 소독하는 게 임무입니다. 이게 규정이에요. 항상."

조애나의 시선은 유리창 너머에서 벌어지는 작업에 집중하고 있었다. 물을 만난 물고기처럼 편안한 분위기, 자의식이 엿보이지 않는 명석함, 냉소 없는 공감.

조애나는 유리창 안팎에 참석한 모든 사람들의 이름을 기억하고 있었다. 설탕 정제법이라도 논하는 것 같았다.

"절대 규정을 잊어서는 안 됩니다." 갑자기 엄격해졌다. "대충하면 안 돼요. 예전에 내가 그런 추궁을 받은 적이 있습니다. 내 인생 최악의 순간이었어요."

그녀는 더 이상 설명하지 않았다. 지금까지 실제 사건 이야기는 한 마디도 없었다. 누구의 유골인지, 왜 특별한지.

"우리는 두개골과 단단한 뼈, 특히 대퇴골을 선호합니다." 조애나는 말을 이었다. "여기서 미토콘드리아 DNA 서열을 가장 길게 추출할 수 있고, 유골의 신원에 대한 정보를 확보할 가능성이 가장 높습니다. 포식자 때문에 유골이 훼손되었고 한 번 이상 옮겨졌다는 점을 감안할 때, 우리에게 이 세 가지 표본이 있다는 건 행운이에요."

두개골이 후드 밑에 놓였다. 톱 돌아가는 소리가 느긋한 토요일 도로에서 흘러오는 소음처럼 유리 너머에서 흘러왔다.

첫 **수잔**이 작업대로 돌아왔다. 가로세로 2.5센티미터 가량의 사각형 구멍이 머리 꼭대기에 나 있었다.

끝없이 계속된 훼손, 그리고 다시 훼손.

미안해, 나는 소리 없이 말을 건넸다. 하지만 이빨 없는 두개골의 공허한 대답은 머릿속에 울려 퍼지지 않았다.

두 번째 작업대에서 두개골 조각을 세척하는 동안 드레멜 톱이 다리뼈에 구멍을 냈다. 기술자들은 우리의 존재를 잊고 편안한 리듬에 몸을 맡기고 있었다. 내가 기대했던 것이 무엇인지는 알 수 없었지만 이렇게 초현실적이고 사무적인 절차는 아니었다.

"**블랙 아이드 수잔** 사건 유골 작업을 한다는 건 특히 흥미로우시겠어요." 사리타가 밝게 말했다. 옥스퍼드에서 온 학생이었다. 음절마다 툭툭 끊어지는 영국 억양. 검은 구두는 굽이 너무 높았다. "기술자들도 참여하는 게 영광이겠죠. 이분들은 최고일 테니까요."

조애나의 몸이 굳는 것이 내 몸처럼 느껴졌다. "그들에게나, 내게나 이 사건은… 이 유골은… 내가 맡은 다른 유골과 다를 바가 없어요. 개개의 유골이 대변하는 것은 같습니다. 결과를 애타게 기다리는 가족이지요."

우리 모두를 향한 훈계였다.

"왜 뼈 세 개를 선택하셨습니까?" 빌이 갑자기 화제를 돌렸다. "신원 미상의 유골 두 구에 대해서? 한 번에 한 구의 피해자에서 뼈 하나만 다루실 거라고 생각했는데요."

"그 질문을 기다리고 있었습니다." 아직 날카로움이 가시지 않은 목소리였다. "피해자의 유골은 장시간 포식자의 활동으로 인해 손상된 상태였습니다. 범인이 최소 한 번 이상 옮겼고요. 당시 사건 기록을 보니 현장의 붉은 진흙 외에도 외부에서 묻어온 흙이 발견되었습니다. 그러니 당연히 모든 뼈가 보존되어 있지는 않았습니다. 두 개의 관에서 발굴한 유골을 우리 법인류학자가 늘어놓고 일일이 세어 보았죠. 오른쪽 대퇴골이 세 개 나왔습니다."

누가 헉 하고 숨을 들이쉬는 소리가 들렸다. 잠시 후 나는 그것이 내 숨소리였다는 것을 깨달았다.

"시체가 세 구라는 겁니다. 두 구가 아니라." 대신 산수 계산을 해 주듯이 빌이 속삭였다.

블랙 아이드 수잔 사건 피해자는 네 명이 아니라 다섯 명이었다. 죽은 여자 메리와 짐승에게 뜯어 먹힌 신원 미상의 시체 세 구, 그리고 나. 한 명 더 늘었다. 애타게 기다리는 가족도 하나 더.

나야, **수잔** 한 사람이 몰래 공모하는 듯한 말투로 넌지시 말했다. *해답을 가진 건 나라고.*

이 목소리를 들을 수 있는 사람은 나뿐이지만, 조애나는 묘한 눈빛으로 나를 쳐다봤다.

테시, 1995년

그가 맨 처음 무엇을 보고 있을지 궁금했다.

입이 없는 소녀. 붉은 눈가리개를 쓴 소녀. 호랑나비가 걸린 거미집. 해변에서 달리고 있는 얼굴 없는 사람. 으르렁거리는 곰, 내가 가장 좋아하는 등장인물이었다. 나는 이빨을 특히 공들여 그렸다.

"오늘 네가 그린 그림을 가져왔니?" 조금 전 의사의 첫 질문이었다.

엄마가 세상을 떠난 날에 대한 이야기가 아니라면 뭐든 좋았다. 지난 상담 시간은 뜨거운 쇠꼬챙이로 배꼽을 쑤시는 기분이었다.

그래서 의사는 뭘 알아냈지? 내가 아무것도 못 들었다는 것. 아무것도 못 봤다는 것. 희미한 피의 이미지가 기억에 남아 있지만 경찰은 현장에 핏자국이 없었다고 했으니 그것도 잘못된 기억이다. 이 모든 대화는 요점을 한참 빗나간 것 같았다. 머릿속만 한층 복잡해졌다.

좋아, 오늘은 그림을 가져왔다. 의사가 물어보자마자 나는 원통 모양의 흰 마분지 통을 내밀었다. 원래 리디아의 침대 옆 벽에 걸린 〈펄프 픽션〉 포스터가 들어 있던 통이었다. 종이와 크레용, 마커펜을 유치

원생처럼 어질러 놓고 3시간 동안 침실 양탄자에 널브러져 그림을 그린 뒤, 리디아가 조심스럽게 내 드로잉을 말아서 통에 넣어 주었다.

이틀 전 내 생각을 불쑥 말했을 때, 리디아는 별로 탐탁하게 여기지 않았다. 나는 사정했다. 그녀는 내 두려움을, 누군가 나보다 먼저 내 비밀을 알아낼지도 모른다는 두려움을 누구보다 잘 이해했다.

그래서 리디아는 다시 버스를 타고 텍사스크리스천대학교 도서관으로 향해, '투사적 그림 검사의 임상적 적용'이라는 책을 훑어보았다. 게다가 리디아니까, 정신병 환자들의 그림을 연구한 1846년 책 『광기의 상상L'Imagination dans la Folie』이라는 책도. 리디아는 집-나무-인간 검사 원칙도 내게 알려 주었다. 집은 환자가 자기 가족을 어떻게 보는가, 나무는 자기 세상을 어떻게 보는가, 인간은 자기 자신을 어떻게 보는가를 뜻한다고 한다.

그림을 다 그리고 나니 검은색 크레용은 다 닳아서 납작해졌다. 엉터리를 그럴 듯하게 그린 것 같아서 흡족했다. 덩달아 리디아도 검은색과 노란색이 섞인 거대한 꽃이 성난 표정으로 한데 모여 있는 그림을 그렸다.

의사는 내 맞은편에 앉은 채 아무 말도 하지 않았다. 스케치북을 팔락거리며 한 페이지씩 넘기는 소리가 들렸다.

사람을 조종하는 데 능한 이 교활한 인간들은 어디서 침묵하는 기술을 배워오는 게 틀림없다.

마침내 그는 헛기침을 했다. "기술적으로는 훌륭하구나. 특히 시력을 잃었다는 걸 감안할 때 말이다. 하지만 대체로 진부해." 목소리에는 감정이 없었다. 그저 사실의 적시였다.

흉터가 욱신거리기 시작했다. *하느님, 감사합니다.* 진심으로 그린 그림을 안 준 게 천만다행이었다.

"내가 선생님을 좋아하지 않는 이유가 이거예요." 나는 뻣뻣하게 대꾸했다.

"네가 날 좋아하지 않는다는 건 몰랐어."

"몰랐어요? 선생님도 다른 의사들과 똑같네요. 아무 관심도 없어요."

"관심이 있어, 테시. 나는 네게 일어나는 일에 대해 아주 관심이 많단다. 그래서 네게 거짓말을 안 하는 거다. 딱 봐도 시간을 많이 들인 그림이구나. 넌 아주 영리하고 재능이 많은 소녀다. 난 단지 이 그림들을 믿지 않는다는 거야. 화난 짐승, 목소리 없는 소녀, 깊은 바닷가를 따라 달린다는 설정, 이 잭슨 폴록Jackson Pollock, 추상표현주의 미술의 대표 화가 풍의 검은색과 빨간색 소용돌이. 다 지나치게 예뻐. 지나치게 쉽고. 이 스케치를 서로 연결시키는 감정이 하나도 보이지 않아. 모두 따로 떨어져 있어. 트라우마는 이렇게 작용하는 게 아니야. 네가 지금 느끼는 감정이 무엇이든… 그 감정으로 모든 것이 연결되지."

의사는 상체를 숙이는지 의자를 삐걱거리며 내 앞에 종이 한 장을 내밀었다. "이 한 장만 빼고. 이건 다르구나."

"무슨 그림인지 알아맞혀 보라고요?" 나는 냉소적으로 보이려고 애썼다. 어떻게 나를 이렇게 빨리 간파했을까. 어떤 그림에 의미가 담겨 있다고 생각했을까.

"할 수 있겠니? 알아맞혀 봐."

"정말 이 장난을 계속 하자는 거예요?" 나는 오스카의 목줄이 손에 파고들도록 생명줄처럼 붙들었다. 오스카는 고분고분 일어섰다. "집에 갈래요."

"네가 원하면 언제든지 집에 가도 돼. 하지만 너도 알고 싶은 것 같구나." 꿈쩍도 않고 앉아 있었으니 뻔히 보였을 것이다.

"말해 주세요." 나는 분노에 휩싸인 채로 힘겹게 내뱉었다.

"목 졸린 꽃이 만발한 들판, 음흉한 눈빛, 움츠리고 있는 소녀. 이건 무섭구나. 엉망진창이고. 이건 진짜야."

리디아의 그림이었다. 알라니스의 노래를 따라 부르며 2시간 동안 그린 그림. 인조인간 같은 얼굴에 인조인간 같은 미소를 그려야지.

리디아는 자기가 스누피조차 제대로 그릴 줄 모른다고 웃곤 했다.

어린 소녀에 대한 이야기는 하지 않았다. 나도 보고 싶었다.

나는 목줄을 떨어뜨리고 소파 가장자리까지 몸을 바싹 내밀었다. 미처 입을 다물 사이도 없이 말이 쏟아져 나왔다.

"내가 계속 그렸던 게…" 나는 숨을 들이마셨다. "커튼이었다면 뭐라고 하시겠어요? 계속 커튼만 그렸다면. 차라리 미쳐버렸으면 싶을 때까지 계속."

"음, 그럼 그 이야기부터 하자꾸나."

의사의 목소리가 약간 높아졌다. 희망일까?

테사, 현재

나는 현관에 달린 자물쇠 두 개 중 첫 번째 구멍에 열쇠를 넣고 흔들었다. 머릿속은 아직도 순백의 연구실과 마른 나뭇조각 같은 뼈, 소녀의 작은 뼛조각 세 점에서 뭔가 단서가 나올지도 모른다는 실오라기 같은 희망으로 가득 차 있었다. 집으로 오는 길에 고맙게도 머릿속의 **수잔들**은 침묵을 지켰다. 자물쇠가 말을 잘 듣지 않아서 계속 흔들고 있는데 문득 그림자가 내 그림자를 덮쳤다. 나는 헉 하고 놀랐다.

"왜 그렇게 놀라, 수?"

유피미아 아웃러는 오른쪽 집에 사는 이웃이었다. 나는 에피, 찰리는 미스 에피(결혼 경력이 한 번인가 두 번인가 있긴 했지만)라 불렀고, 같은 블록의 몇몇 버릇없는 소년들은 '미스 에핑 크레이지'라고 불렀다. 전직 과학 교수이자 주민들의 비밀을 귀신같이 알아내는 첩자였고, 초기 치매환자였다. 그녀는 나를 종종 '수'라고 불렀는데 내 과거 때문이 아니라 뉴저지에 사는 자기 외동딸의 이름이 '수'였기 때문이었다. 수는 자기 어머니가 여든 살이 되자 '알게 뭐야, 눈에서 멀어지면 마음에서도 멀어지는 법'이라고 생각했는지 발길을 끊었다.

"깜짝이야, 놀랐잖아요." 나는 말했다. "오늘 잘 지냈어요?"

에피는 대공황 시절부터 재활용한 것처럼 보일 정도로 쭈글쭈글한 알루미늄 포일에 길쭉하고 작은 물건을 싸서 오른손에 들고 있었다. 왼손에 든 꽃병에는 전문가의 단정한 솜씨로 꽂은 꽃 한 다발이 꽂혀 있었다. 노란색과 검은색 꽃은 없었다. 머리에는 찰리와 내가 4년 전

갤버스턴의 바닷가 행상에게 사서 선물한 팔랑거리는 파란색 체크무늬 햇빛 모자를 쓰고 있었다. 햇볕에 거칠어진 얼굴에서 여전히 십 대 같은 도발적인 눈이 나를 빤히 쳐다보았다.

"당신 주려고 바나나 빵을 만들었어. 벌거bulgur, 밀을 쪄서 빻아 만든 곡류를 일컫는 말도 좀 넣고. 이 꽃은 오늘 아침에 당신 대신 내가 들여 놨어. 어떤 남자가 당신 집 현관 포치에 놓아두더라고. 바람이 불면 날아갈 것 같아서. 게다가 당신하고 의논할 문제도 있고."

"잘하셨어요. 고마워요." 나는 두 번째 자물쇠를 돌렸다. 이번 데드볼트도 약간 뻑뻑했다. 손을 좀 봐야겠다. 세 번째 자물쇠를 달던가. 나는 문을 밀어 열었고, 에피는 허락도 기다리지 않고 낡은 녹색 크록스 신발을 끌고 따라 들어왔다.

"우선 식료품 좀 정리하고요." 나는 꽃에서 눈길을 피했다. "꽃과 빵은 여기 작업대에 놓아두시고, 말씀부터 해 보세요. 무슨 문제인지. 냉장고에 아이스티가 있어요. 찰리가 간밤에 만든 거예요. 카페인, 설탕, 민트, 레몬… 전부 다 넣었어요. 민트는 찰리가 어두워진 뒤에 당신 정원에서 슬쩍 했대요."

"찰리가 특히 좋아한다는 걸 알고 빵에 벌거를 넣었어. 어디 차 좀 마셔 볼까."

벌거가 도대체 뭔지 찰리가 알 턱이 없었지만, 지난주 에피가 준 오트밀과 캐럽carob, 지중해 원산의 콩과 식물 쿠키보다는 한 단계 나았다. 찰리는 소똥을 먹는 기분이라고 유쾌하게 한마디 했다.

에피는 스스로 대단한 요리사라고 자부했다. 문제는 과학자처럼 사

92

고한다는 점이었다. 예를 들어, 호박 파이를 만들 때 역사와 전통을 자랑하는 리비스 퓨레 통조림을 사용하지 않고 생호박부터 찌는 식이었다. 작년 추수감사절 만찬에서 기억에 남은 것은 오직 덩어리 과육과 질긴 호박 섬유질, 다량의 통조림으로 된 생크림뿐이었다. 그래도 괜찮았다. 추수감사절은 대체로 심심한 강물처럼 사건 없이 기분 좋게 흘러가기 마련이지만 그 해 추수감사절은 찰리와 내가 언제까지나 떠올리며 웃을 수 있을 테니까.

"《뉴욕타임스》는 벌거를 '기억해야 할 밀'이라고 했어." 에피가 알려주었다. "그 신문은 여하튼 뭐든지 너무 심오해. 과학면이 아니라면 진작 집어치웠을 거야. 십자말풀이가 죽은 뇌세포를 살린다고 하니까 읽는 거지. 그 사람들이 뭘 알아? 죽었다고 아주 죽은 게 아니야. 레반트 커피잔을 뜻하는 알파벳 네 개짜리 단어가 뭔지 그 사람들이 알겠어?" '그 사람들'이란 대체로 에피의 담당 신경외과 의사를 지칭했다.

"자프zarf." 나는 반사적으로 대답했다.

"뭐, 당신은 여러 모로 예외긴 하지." 그녀는 작은 주방과 거실을 구분하는 검은색 화강암 바 주변을 오가며 신부 드레스 같은 천이 걸린 식당 탁자의 버니나 재봉틀을 유심히 보았다. "이번 주 프로젝트는 뭐야? 또 돈 많은 여자들이 주문한 건가?"

나는 냉장고 문을 발로 차서 닫았다. "그 돈 많은 여자들의 딸이 쓸 물건이에요. 발레용 스커트, 대회용으로요. 망사 속옷도 달고, 연보라색 레이스도 달고, 스와로브스키 수정도 수놓고."

"끝내주네. 돈 많이 받았겠는걸."

사실 돈을 많이 받지는 못했다. 슬프게도 돈 많은 여자들은 꼼꼼하고 솜씨 좋은 장인들이 만드는 물건의 진가를 더 이상 알아보지 못한다. 요즘은 마우스 클릭 한 번이면 뭐든지 중국에서 살 수 있다.

"그냥 소소한 부업이에요." 나는 말했다. "보스턴의 어느 발레단 의상디자이너가 봄 공연 주역 배우의 옷을 부탁했어요. 수락하기 전에 내가 뭘 해야 하는지 제대로 알고 싶어서요."

"해 주면 그 사람들이 행운이지. 당신은 이제 세계적으로 일하는 것 같군. 이번 주에는 그 무슨 미친 배우 친구를 위해 계단 설계를 하러 캘리포니아로 간다고 했잖아. 영화 내내 방귀를 뀐다는 그 친구 말이야. 낡은 카마로던가 무슨 자동차로 만들어달라고 했다지 않았어? 그리고 당신이 집을 비우는 동안 찰리의 군인 아빠가 와서 딸과 같이 있어 준다면서? 내 지붕에 땜질을 해 주기로 했었지. 이름이 뭐였지, 루시퍼?"

"루카스요. 캘리포니아 일거리는 당분간 보류예요." 설명은 하지 않았다. 내 과거는 한 번도 입에 올린 적이 없었다. 에피가 알고 있을 수도 있고 모를 수도 있다. 내 알바 아니고 이대로가 좋았다. 어쨌든 에피에게 중요한 일이 아니다.

처음 만날 때 상대가 나를 골치 아픈 현대 미술품처럼 바라보는 눈빛을 보면 언제나 알 수 있었다. 게다가 에피는 요즘 세상이 '로켓 우주선에 실려 지옥으로 날아가는 것 같다'고 생각했기 때문에 자기 인생에서 신문을 끊어냈다. 내게는 다행이었다.

그렇다고 해서 구독을 끊은 건 아니었다. 우리가 이 집에 산 4년 동안 에피는 퍼즐을 제외한 《뉴욕타임스》를 읽지 않은 상태로 이따금,

꾸준히 우리 집 문간에 놓아두곤 했다. 찰리가 노력했지만 에피는 아이패드 십자말풀이에는 적응하지 못했다. 그녀는 자신이 아이패드를 조종하는 것이 아니라 그 반대라고 생각했다.

나는 에피를 소파 쪽으로 살살 밀었다. "앉으세요. 무슨 문제예요?"

"그 꽃에 달린 카드를 열어 봐. 무슨 선물이래? 뒤늦은 생일 축하?" 그녀의 눈은 호기심으로 빛났다.

"내가 아는 한 별다른 일은 없는데. 꽃을 놓아두는 사람을 보셨다고요?" 나는 최대한 아무렇지 않게 질문했다. 꽃을 보면 언제나 공포가 엄습했다. 꽃을 보낼 정도로 나를 알고 좋아하는 사람이라면 절대 내게 선물로 꽃을 보내진 않을 테니까.

"릴리버드 화원 작업복을 입은 귀여운 남자였어. 바지가 엉덩이 중간까지 내려가 있던데. 덕분에 눈요기 좀 했지."

그 엉덩이는 오늘 봤을 수도 있고, 어제 혹은 한 달 전에 봤을 수도 있다. 에피에게 시간은 심심하고 기분 좋은 강물이었다.

나는 그녀의 어깨를 두드렸다. 곧 찰리를 데리러 배구 연습장에 가야 했고, 찰리는 벌거를 넣은 바나나 빵 말고 좀 더 든든한 먹을거리를 찾을 것이다. "그래, 문제가 뭐예요?" 나는 되풀이했다. "말해 봐요."

"삽을 훔치는 사람이 있어." 그녀는 작은 정원용 모종삽을 흔들어 보였다. 그제야 삽이 눈에 띄었다. "동네 방범대에 말해 볼 생각이야."

"삽을 훔쳐요?"

"이건 방금 월마트에 차를 몰고 가서 사 온 거야. 세금 제하고 2.99달러짜리. 벌써 6개월은 됐을 거야. 삽을 사기만 하면 없어져. 언제까지 계속 살 수는 없잖아. 당신 집의 삽은 어디 있는지 알아? 동네 삽을 다 조사해 보려고."

"음." 대답이 내키지 않는 기분이 들었다. "집 뒤쪽에 있어요. 잡초를 뽑은 뒤에… 거기 둔 것 같은데요." 땅에 수직으로 꽂아 뒀다. 묘비명처럼.

"경고하지만 100달러 지폐처럼 누군가 주워갈지도 몰라."

"조심할게요. 혹시… 삽은 평소에 어디다 두셨어요?" 나는 조심스럽게 물었다. 정리정돈은 에피에게 민감한 주제라는 것을 알고 있기 때문이었다.

그녀의 집 안에서는 물건이 사방으로 돌아다녔다. 유전공학에 관한 잡지 《사이언티픽 아메리칸》은 냉동실 안에, 여벌의 집 열쇠는 버터 그릇 밑에 테이프로 붙어 있고, 스톨리 보드카 병은 욕실 세면대 아래에 둔 1972년산 녹슨 코멧 표백제 깡통 옆에 나란히 놓여 있었다.

"음. 그건 그렇고, 콩깍지 문제 말인데." 에피는 일어섰다. "작년에는 벌레가 콩을 심하게 갉아먹었어. 올해는 맥주를 부어볼까 해. 엉터리 비법이거니 싶지만 그래도 밟아 죽이는 것보다는 낫지 않겠어? 나도 갈 때가 되면 맥주 독에 빠져 죽는 게 좋을 것 같기도 하고."

나는 웃었다. 팔을 뻗어 그녀를 한번 껴안았다. "내 생활을… 평범하게 만들어 줘서 고마워요."

"이봐, 난 엉망진창이라고." 그녀는 다정하게 포옹을 돌려주었다. "대부분의 사람들은 날 괴짜라고 생각하는데." '대부분의 사람들'이란 대체로 에피의 딸을 의미했다.

"그래도 난 이해해요. 배우를 위해서 계단을 만들어 주는 사람은 어떤 사람이겠어요?" 태양이 구름 뒤로 숨으면 혹시 시력을 잃은 게 아닌가 싶어서 땅콩버터 병을 열 때마다, 누군가 운동장 건너편에서 '**수잔**'이라고 부를 때마다 벌렁거리는 심장을 진정시켜야 하는 사람은 어떤 사람일까?

에피는 현관으로 나가다 우뚝 멈춰 섰다. "물건을 좀 옮겨야 하는데 30분 뒤에 찰리더러 나랑 내 친구 히스테리 환자 좀 도와달라고 해 주겠어? 아니, 히스테리 말고 히스토리. 역사광이야. 물론 약간 히스테리도 있긴 하지. 얼마나 정신 사나운지, 원. 무슨 뜻인지 알겠지?"

"알죠." 나는 씩 웃었다. "찰리 보낼게요."

나는 현관 계단에 서서 에피가 두터운 황금빛 갈색 버뮤다 잔디를 가로질러 잡초가 무성한 자기 집 앞 정원에 들어서는 모습을 바라보았다. 그녀의 햇빛 모자가 수크령이 자란 언덕 너머로 파랑새처럼 까딱거리다가 완전히 사라졌다.

에피는 61년 동안 앤 여왕 시대 양식의 노란 오두막에 살았고, 우리 집은 1920년대 예술 수공예 양식 단층집이었다. 이 동네는 역사적으로 유명한 포트워스의 페어마운트 구역 한복판이었다. 에피는 그간 자기 집 세공 난간과 생선비늘 모양의 기와지붕을 몇 번이나 새로 칠했는지 정확히 기억은 못했지만 '집이 라일락색이던 시절' 혹은 '집이 그 끔찍한 갈색이던 시절', 이런 식으로 시기를 기억했다. 에피는 아직도 구식 캐딜락 자동차를 차고에서 꺼내 타고 이웃에서 매달 열리는 역사유적 보호 회의에 참석하곤 한다. 아이폰만 들여다보는 찰리를 질질 끌고 데려가서 동네 역사를 주입하기도 했다. 한때 전차가 달리던 길이었기 때문에 우리 동네 도로는 웬만한 길보다 폭이 넓었다. 저쪽 헴필에는 한때 지붕에 실물 크기 풍차가 달린 기막힌 저택이 있었는데 어느 날 원인 모를 화재로 무너졌다.

찰리의 손이 자력처럼 다시 휴대폰 쪽으로 끌려가면 에피는 본격적인 이야기보따리를 풀었다. 여기서 겨우 5킬로미터 떨어진 헬스해프에이커Hell's Half Acre, 서부 개척 시대에 홍등가와 술집, 도박장이 밀집해 있던 포트워스 시내 우범지역에 살았던 부치 캐시디와 선댄스 키드영화 〈내일을 향해 쏴라〉의 실제 주인공인 갱스터 두목과 조직원 이야기, 혹은 지금은 입구가 막혀 있는 도시 지하의 음산한 돼지 터널 이야기. "유다 염소라는 표현이 거기서 유래한 거야." 에피는 힘주어 말했다. "자기 혼자 살아남으려고 돼지를 도살장으로 데려간다는 뜻에서. 당시 염소의 길잡이로 포트워스의 지하 터널을 통해 가축 수용소까지 몰려간 돼지의 수는 하루 만 마리에 달했어. 지하철 속의 뉴욕 사람들처럼 줄줄이 끌려다녔지."

에피냐, 트위터냐 하는 경쟁에서는 대체로 에피가 이겼다. "아이들은 장소 감각을 익혀야 해." 그녀는 내게 충고하곤 했다. "자기들이 우주 공간에서 살아가고 이야기하는 게 아니라는 감각 말이야."

부엌으로 돌아간 나는 반원으로 빙글빙글 도는 부엌 의자에 앉아 불편한 현실을 마주했다. 차를 마시며 꽃에 꽂힌 카드를 응시했다. 카드는 얼른 열어 보라고 손짓하고 있었다. 나는 손을 뻗어 플라스틱 홀더에서 카드를 떼어낸 뒤 작은 덮개를 들어 올리고 풍선 그림으로 잔뜩 장식된 두꺼운 사각형 종이를 꺼냈다.

보고 싶어

사랑하는 리디아

카드는 내 손에서 미끄러져 카운터 위로 떨어졌다. 아이스티 잔이
남긴 동그란 물 자국이 카드 모서리에 스며들었다. 리디아의 이름이
보라색으로 번졌다. 내가 기억하는 필적은 아니었지만 리디아가 직접
쓴 것이 아닐 것이다. 원예사가 쓴 걸지도.

리디아가 내게 아무렇지도 않게 꽃을 보낼 이유가? 아직까지도 내
가 매일같이 죽을힘을 다해 꽃과 싸우고 있다는 것을 몰라서? 재판 이
후 다툼의 앙금이 아직 남아 있다는 것도 알 텐데. 리디아의 가족이 말
한마디 없이 떠난 뒤로, 우리는 17년 동안 교류한 적이 없었다. 꽃 선물
은 조롱 같았다.

나는 청바지에 물을 튀기며 꽃다발을 화병에서 잡아챈 뒤 뒷마당으
로 통하는 유리문을 열었다. 몇 초 만에 분홍색 거베라와 보라색 난초
가 퇴비 위에 흩어졌다. 나는 우리집 울타리 뒤쪽 차고 옆에 세워둔 빈
재활용 쓰레기통으로 빈 화병을 들고 나갔다. 찰리가 이틀 전 쓰레기
통을 들여 놓지 않았다고 속으로 툴툴거리면서.

괴물이 리디아의 이름으로 이 선물을 보낸 게 아닐까, 지레 기겁할
이유는 없었다. 나는 집 옆 좁고 긴 잔디 쪽으로 난 대문을 열었다. 옆
집 열린 창문에서 스폰지밥의 끽끽거리는 목소리가 흘러나왔다. 비슷
하게 생긴 테슬라 세단을 각자 모는 까다로운 변호사 부모 말고 베이
비시터가 있다는 뜻이었다.

나는 일상적인 상황과 그렇지 않은 상황에 주의를 기울이는 법을 오래전에 배웠다.

아주 작은 소리에도 백과사전을 집어 드는 법을.

나는 모퉁이를 돌았다. 침실 창틀 아래에 누가 블랙 아이드 수잔을 심어 놓지는 않았다. 평평한 땅 위에 초콜릿 케이크 반죽처럼 소용돌이 자국이 나 있었다. 그런데 나는 땅을 고른 적도, 소용돌이무늬를 그린 적도 없었다.

그리고 모종삽이 보이지 않았다.

테시, 1995년

"네게 세 가지 소원이 있다면, 뭘까?" 그는 되풀이했다.

의사의 최신 게임이었다.

지난번 커튼에서는 별다른 결론이 나오지 않았다. 내가 왜 계속해서 커튼을 그리는지 나도 몰랐다. 나는 그에게 이건 그냥 평범한 커튼이다, 바람이 전혀 불지 않아서 잠잠한 커튼이라고 말했다. 내가 오늘 그림을 가져오지 않자, 의사는 그 이야기를 꺼내지 않았다. 그는 다른 의사들과는 달리 내가 선을 그을 때 알아차렸지만 완전히 새로운 방식으로 나를 짜증스럽게 했다. 이번에는 일주일에 두 번씩 심문을 받으러 오라는 것이었다.

"네?" 나는 물었다. "그러니까 엄마가 푹신한 구름 위에서 내려와 날

안아 줬으면 좋겠다고 말하라고요? 에드거 앨런 포의 시 세계 속에서 살아가는 게 괴롭다고? 세 살 난 사촌이 내 얼굴에 대고 마술로 눈을 낫게 해 준다면서 손가락을 튕기지 말았으면 좋겠다고? 아버지가 텔레비전을 향해 예전처럼 다시 고래고래 소리 질렀으면 좋겠다고 말할까요? 소원을 꼽자면 세 개로는 부족해요. 이건 어때요? 이 멍청한 질문 좀 안 들었으면 좋겠다고!"

"왜 아버지가 다시 텔레비전을 향해 소리 지르면 좋겠니?" 꽤 흥미롭다는 말투였다. 나는 약간 긴장을 풀었다. 의사는 화가 나 있지 않았다.

"아빠가 가장 좋아하는 취미였거든요. 바비 위트가 폭투를 할 때나 사구를 줄 때 소리 지르기. 한데 요즘 아빠는 레인저스 경기를 시청해도 그냥 좀비처럼 앉아만 계세요."

"그게 네 잘못이라고 생각하니?"

이 질문에 대한 답은 너무 뻔하지 않나.

내가 루즈벨트를 만나지 않았으면 초코바를 사러 갈 이유도 없었을 거고, 1994년 6월 21일 오후 8시 3분에 그 약국을 나서지도 않았을 텐데. 내가 이기고, 이기고, 또 이기는 데 그렇게 집착하지 않았더라면 좋았을 텐데.

"포 이야기를 꺼내다니 흥미롭구나." 화제는 벌써 옮겨가고 있었다.

나는 미끼를 물었다. "왜요?"

"이 소파에 앉는 대부분의 사람들은 자기 경험을 보다 일상적인 팝 문화에 비유하거든. 공포영화, 범죄물, 스티븐 킹 이야기를 많이 하지.

요한 바오로도. 넌 언제부터 포의 작품을 읽기 시작했지?"

나는 어깨를 으쓱했다. "할아버지가 돌아가신 뒤부터요. 책을 많이 물려받았어요. 단짝 친구와 함께 한동안 푹 빠져 지냈죠. 올여름에는 『모비 딕』도 읽었어요. 그러니까 그 이야기는 하지 말자고요, 네? 아무 의미도 없는 비유였어요. 이 일이 있기 전에 난 행복한 사람이었다고요. 아무 의미도 없는 일에 집중하지 마세요."

"포는 사람이 죽기 전에 성급히 매장당하는 공포에 평생 사로잡혀 있었어." 의사는 계속 말을 이었다. "죽은 사람의 부활. 그도 어릴 때 어머니가 돌아가셨지. 단순히 우연이라고 볼 수는 없지 않을까?"

망치가 머리를 두드리고 있었다. *어떻게 알았지?* 바보 천치라고 판단한 순간, 의사는 나를 놀라게 했다. 항상 예기치 못한 곳을 찔렀다.

"그 이야기를 해 줄 수 없겠니?" 그는 물었다.

바로 그때 오스카가 자세를 고쳐 앉았다. 다시 쭈그리며 개는 내 드러난 무릎을 핥았다. 힐다 이모는 늘 바보처럼 개한테 '핥지 마! 핥지 말라고!' 이렇게 소리치지만 나는 오스카의 침이 좋았다. 지금은 마치 이렇게 말하고 있는 것 같았다. *해 봐, 이 이야기를 해 보라고. 나도 언젠가 네가 나한테 원반을 던져 줬으면 좋겠어.*

"그 이스트 텍사스 대학생… 메리였나, 메리디스였나." 나는 머뭇거리며 말했다. "우리가 그 무덤에 유기되었을 때 그녀는 살아 있었어요. 나한테 말을 걸었죠. 두 가지 모습이 다 기억나요. 죽은 모습, 살아 있던 모습." 파란 다이아몬드 같던 눈동자, 희뿌연 유리 자갈 같던 눈동자. 눈가에 매달려 있던 구더기, 꿈틀거리던 쌀알들.

의사는 곧장 대답하지 않았다. 그가 기대하던 답변이 아니라는 것을 알 수 있었다.

"경찰은 그럴 리가 없다고 했잖니." 의사는 천천히 말했다. "네가 구덩이 안에 있을 때 그녀는 이미 사망한 상태였다고. 네가 거기 버려지기 한참 전에 죽었다고."

사건 자료를 어쩌나 꼼꼼하게 읽으셨는지.

"네. 하지만 그 들판에서 그녀는 살아 있었어요. 좋은 사람이었어요. 얼굴에 그녀의 숨결도 느껴졌어요. 그녀가 노래도 불러 줬어요. 교회 성가대였잖아요, 기억해요?" 믿어달라고 애원하는 말투였다. 이보다 더 미친 이야기가 많았다. "자기 엄마 이름을 내게 말했어요. 성가대원들의 엄마 이름을 전부 다 말했다고요."

기억만 난다면 얼마나 좋을까.

테사, 현재

나는 아침 폭탄이 터지기를 기다리고 있었다. 혹은 터지지 않기를. 커피를 끓이고, 벌거 바나나 빵 한 조각에 버터를 바르고, 찰리가 샤워실에서 쿵쿵 틀어 놓은 음악 소리에 귀를 기울이며 발레용 스커트에 붙일 레이스 디자인 초안을 그렸다. 내가 얼마나 운이 좋은 사람인지 생각하면서.

아니, 정말이다. 나는 끔찍한 행운아였다. 혹시 그 사실을 잊는다 해도, **수잔들**이 입을 모아 일깨워 준다. 빵도 그럭저럭 맛있었다.

"엄마!" 찰리의 우렁찬 목소리가 자기 방에서 날아왔다. "내 파랑 운동복 어디 있어?"

찰리는 속옷 바람으로 젖은 머리를 빨간색 실처럼 철썩거리며 지저분한 옷가지가 토끼굴처럼 흩어진 자기 방을 뒤지고 있었다.

"무슨 운동복?" 나는 참을성 있게 물었다. 연습용 체육복 두 벌과 경기용 체육복 네 벌이 있었다. '운동할 때 필수적으로' 입어야 하는 운동복은 한 벌에 435달러였고, 그중 세 벌은 내 눈엔 정확히 똑같아 보였다.

"파란색, 파란색, 파란색. 방금 말했잖아. 연습경기에서 그 옷을 입지 않으면 코치가 벌로 달리기를 시킨단 말이야. 나 때문에 팀 전체가 뺑뺑이를 돌지도 몰라." 코치, 어떤 코치인지 알 필요도 없다. 코치는 신이었다.

"어제는 빨강 양말을 잊어버렸다고 캐틀린을 연습에서 쫓아냈어. 얼마나 민망해하던지. 자기 엄마가 양말을 빤 뒤에 자기 남동생 야구용품 바구니에 넣어두는 바람에 그렇게 됐대. 남동생 팀 이름이 레드삭스라나, 쳇."

나는 바닥에 뒹구는 옷 무더기 사이에서 파란색 옷가지를 끄집어냈다. "이거 아니니?"

찰리는 세상이 무너지기라도 한 것처럼 헝클어진 침대 위에 대자로 뻗어 있었다. 그러다 목을 약간 꼬아 이쪽을 보았다. 책상 위의 배낭은 꾸리지 않은 채 입구가 열려 있었고, 생물학 숙제가 아직 널려 있었다.

서랍장 위의 디지털시계를 보니 내 친구 사샤가 딸을 등교시키는 길에 찰리를 데리러 오기로 한 시각이 19분밖에 남지 않았다.

"엄마! 아냐! 그건 숫자가 흰색이고 하의에 테두리 장식이 있잖아. 연습용이야."

"그래, 독심술을 못 배워서 미안하다. 세탁기 안은 찾아봤니? 건조 기는? 자동차 바닥은?"

"나한테는 왜 이런 일만 일어나지?" 찰리는 계속 천장만 응시한 채 움직이지 않았다. *나도 모르겠다, 잘해 보렴*, 한 마디 던지고 돌아설 수도 있었다. 열여섯 어린 나이의 내가 세상을 향해 그런 질문을 던졌을 때 '코치' 같은 존재는 손을 내저어 쫓아내야 하는 초파리 한 마리에 지나지 않았다. 그때 내가 지금의 찰리보다 겨우 두 살 더 많았다는 것을 믿기 힘들었다.

구덩이에 던져진 경험 덕분에 좋아진 점은, 시야가 넓어졌다.

그래서 나는 오늘 아침의 프리즘을 들여다보았다. 2교시에 도사리고 있는 과학시험, 어렸을 때 나보다 더 심리 상담이 필요했을 것 같은 재수 없는 코치, 그날이 왔는지 발 아래로 뒹구는 생리대.

나는 침대 위에서 뒹굴고 있는, 얼룩말 무늬 스포츠브라 차림의 호랑이 한 마리를 바라보았다. 분명 일요일 밤마다 자진해서 옆집으로 가서 미스 에피의 약을 일주일분 통에 정리해 넣어 주는 착한 소녀와 동일한 호랑이였다. 지난주에는 배구팀 후보 세터에게 생일날 경기를 뛰는 기회를 주기 위해 발목이 아픈 척 꾀병을 부렸던 호랑이였다.

"정말 친절한 행동이었구나." 그날 밤 찰리가 아이스 찜질팩이 굳이 필요 없는 이유를 설명했을 때 나는 말했다. "하지만 좋은 생각이었는지는 모르겠다."

찰리는 늘 그렇듯 눈동자를 굴렸다. "엄마, 항상 나쁜 일만 있으라는 법은 없잖아. 코치는 절대 그 애를 경기에 투입하지 않았을 거야. 한데 그 애가 들어가자마자 3점을 땄어. 나 못지않게 잘해. 내 키가 5센티미터 더 큰 것뿐이야."

찰리가 약간은 무서운 텍사스식 문법으로 제법 어른스러운 지혜를 보이는 일은 수도 없이 많았다.

"머리 말리고, 옷 입고, 가방 싸." 나는 명령했다. "이제 15분 남짓 남았어. 운동복은 엄마가 찾아볼게."

"못 찾으면?" 하지만 찰리의 다리는 이미 침대 가장자리로 넘어와서 움직이고 있었다.

8분 뒤, 나는 바구니 뒤에서 체육복을 찾았다. 등판에 흰 숫자 10, 거의 보이지 않을 정도로 가느다란 하의 테두리. 시큼한 땀과 데오도란트 냄새. 벗을 때 신경 쓰지 않고 대충 던져 넣은 게 분명했다. 못 찾은 것이 당연하다.

나는 운동복을 현관문 옆에 둔 찰리의 더플백에 쑤셔 넣고 빨강 양말을 확인했다. 밖에서 자동차 경적 소리가 짧게 두 번 울렸다.

찰리가 나타났다. "찾았어?"

"응." 딸은 마음이 아플 정도로 완벽해 보였다. 작은 불꽃같은 고데기로 보글보글 지지지 않은 축축한 곱슬머리. 립글로스만 발라서 돋보이는 주근깨 가득한 얼굴. 청바지에 무늬 없는 흰 티셔츠. 절대 목에서 벗지 않는 성 미카엘 목걸이. 품위 있는 크리스천 패션 액세서리를 대표하는 제임스 에이버리 장신구는 찰리의 아버지가 지난 크리스마스에 해외에서 보내 준 선물이었다. 제임스 에이버리는 1954년 텍사스 힐 컨트리의 두 칸짜리 차고에서 사업을 시작했다. 60년이 지난 지금 그의 장신구는 성스럽고 값도 비싸다.

하지만 찰리에게 커빌 공장에서 생산된 이 금속 조각은 신분의 상징이 아니었다. 그냥 부적, 목에 건 아버지가 칼을 든 성자의 모습으로 자신을 안전하게 지켜 줄 거라는 상징이었다. 우리 모두를 안전하게 지켜 줄 거라는. 루카스도 처음 참전했을 때 자기 어머니가 선물한 행운의 부적을 평생 몸에 지니고 다녔다.

"좋아 보이는구나. 유난히 예뻐 보여. 시험 잘 봐라."

찰리는 더플백을 어깨에 메고 문 옆 탁자에 놓인 아침 도시락을 쳐다보았다.

"아무리 그래도 부거 빵은 안 먹어." 그녀는 견과류바와 바나나를 배낭 옆 주머니에 집어넣었다. 다시 경적 소리. 지금쯤이면 에피가 거실 창문으로 내다보고 있을 것이다.

"오늘 정말 짜증나!" 찰리는 긴장된 공기와 혼란스러운 족적을 욕실에서 자기 방까지 길게 남기고 문을 뛰쳐나갔다.

나는 닫히는 방충망 문을 붙잡고 파란 미니밴 운전석에 앉아 있는 사샤 쪽으로 손을 흔들었다. 자동차 앞유리에 반사되는 강렬한 햇빛 때문에 얼굴은 보이지 않았다. 유리도 안이 보이지 않는 검은색이었다. 저쪽에서 마주 손을 흔드는지도 알 수 없었다.

그렇다고 해서 혹시 찰리를 기다리는 동안 사샤가 차 밖으로 던져져서 저 참나무 뒤쪽 안 보이는 데 쓰러져 피를 흘리고 있는 건 아닌지 차까지 뛰어가서 확인하는 건 지나친 기우일 것이다. 에피의 모종삽을 트렁크 한가득 훔쳐낸 자가 불을 뿜는 내 천사를 지옥에 데려갈 생각으로 운전석에 앉아 있지는 않을까, 걱정할 것까지는 없다.

나는 문을 닫은 뒤 매끄럽고 차가운 나무에 몸을 기댄 채 심호흡을 했다. 평범한 다른 엄마들도 자기 아이의 안전에 대해 비슷한 걱정이 불쑥 치밀어 올라오는 경험을 하겠거니 마음을 달랬다.

나는 딸기 크림치즈를 넉넉히 바른 에피의 빵 조각을 챙겨 다시 냉장고에 넣었다. *점심에 먹어야지.* 커피잔을 씻고 개수대 위에 엎었다.

이후 10분 동안, 재봉틀 덜덜거리는 소리만이 이따금 정적을 깨뜨렸다. 내 발은 페달을 누르고, 손가락은 새틴 옷감을 다루고 있었다. 정지, 시작. 정지, 시작. 엄마가 돌아가시기 전 어린 시절, 집 안에서 늘 들리던 소리.

뼈를 써는 톱 소리 따위는 없었다.

하지만 내 상념은 한 줄로 완벽하게 완성된 미세한 바늘땀을 따라가지 않았다. 누군가 블랙 아이드 수잔을 심어 놓았던 곳들을 향해 멋대로 날아가고 있었다. 잠시 눈을 감는 사이, 바늘땀은 철길을 벗어난 기차처럼 지그재그로 엇나갔다.

이틀 전 만든 목록은 야채칸 바닥에 테이프로 붙어 있었다. 미스 에피한테서 옮았나.

45분 뒤, 나는 지프 페달을 밟고 있었다.

리디아와 헤어지고 오랜 뒤, 나는 이곳에 돌아왔다. 오고, 또 왔다. 어쩌면 리디아도 돌아왔으면 하는 마음이 조금은 있었을 것이다.

그러다가 발길을 끊었다.

다르기도 하고, 같기도 했다. 유리처럼 울렁이는 수면 위에 오리가 떠 있었다. 정처 없이, 연못에 떨어지는 아침 첫 빵 조각을 기다리며.

내 차는 길가에 외로이 서 있었다. 리디아와 나는 헴필에서 웨스트 7번가를 오갈 때 여기서 종종 버스를 탔다.

내 발은 소리 없이 흙을 밟고 있었다. 보통 여기쯤에서 속도가 붙었다.

이 길을 여행할 때 리디아는 늘 이야기하고 웃고 또 이야기했다. 아빠의 푹신하고 낡은 녹색 사냥용 담요와 벌써 미지근해진 다이어트 닥터 페퍼와 같이 끙끙 짊어지고 온 도서관 책에 대해 떠들었다.

『참을 수 없는 존재의 가벼움』

『다이애나: 그녀의 진실』

가벼운 산들바람에 풀잎이 사각거렸다. 하크베리와 피칸 잎 절반은 아직 마음을 정하지 못한 것 같았다. 겨울이 맞나, 아닌가? 리디아와 이 길을 걸을 때 나무의 잎은 무성했다. 나무 그늘은 풋볼 경기장에서 한데 단단히 모여 있는 선수처럼 이글거리는 햇빛을 차단해서 남부 사람들이 아니면 이해할 수 없을 것 같은 어둑어둑하고 아늑한 편안함을 선사했다.

누가 날 보고 있었다면 할 일 없는 사람이라고 생각했을 것이다. 두 시간 뒤였다면 오리에게 빵 부스러기를 던지는 사람들이 북적거렸을 것이고, 녹슨 모종삽을 들고 돌아다니는 이상한 여자한테 가까이 가지 말라고 부모들이 아이들을 잡아당겼을 것이다. 한 번도 사용해 본 적이 없는 긴급 신고번호를 눌렀을지도 모른다.

이런 날이면 그들이 옳은 게 아닐까 하는 생각이 든다. 나라는 사람은 결국, 검은 쓰레기봉투와 낡은 빗자루로 지은 트랙 옆 천막에 사는 저 여자 옆에 나란히 있어야 어울리는 게 아닐지.

아무도 데려오지 않은 것은 그 때문이었다. 증거를 봉할 때면 절대 실수하지 않을 조애나도. 그녀를 데려와야 하지 않았을까 안절부절 못할 빌도. 나는 제정신이고, 제정신이 아니기도 하다. 다른 사람들에게 알리고 싶지 않았다.

리디아가 그렇게 좋아하던 포의 글귀가 무엇이었더라? *나는 끔찍한 제정신이 오랫동안 계속되어서 미쳐버렸다.*

오리와 연못은 이제 등 뒤로 한참 멀어졌다. 바다의 파도소리가 들려왔다. 물론, 진짜 바다는 아니었다. 리디아와 나는 눈을 감고 바다에 왔다고 상상하곤 했다. 바다로 가는 인근의 유일한 길은 트리니티 강인데, 반대쪽 공원을 구불구불 지나 갤버스턴까지 수백 킬로미터를 흘러간다. *라 산티시마 트리니다드*La Santisima Trinidad − 성스러운 삼위일체(영어로 트리니티), 1690년 탐험가이자 충독이었던 알론소 데 레온이 명명했다. *장소에 대한 감각, 에피가 즐겨 하는 말이다.*

나는 기둥을 세기 시작했다. 하나, 둘, 셋, 넷, 다섯. 이제 바다는 내 머리 위에 있다. 나는 왼뿔 모양의 보라색 모자를 쓴 붉은 암소를 향해 계속 성큼성큼 걸었다. 새로 생긴 동상이었다.

멍청한 암소가 아니라 유니콘이라는 것을 깨닫는 데는 잠시 시간이 걸렸다. 그 옆에 같이 서 있는 인어는 나와 찰리처럼 빨강머리를 길게 늘어뜨리고 있었다. 덥석 깨물 생각 없이 입을 위로 향하고 있는 물고기의 밝은 녹색 꼬리가 바다 위에 둥둥 떠 있었다. 평화, 사랑, 이해.

리디아가 랭카스터 다리의 다섯 번째 교각 아래에 담요를 펼치던 그 시절, 이 희망을 주는 예술작품들은 없었다. 지금은 시야가 닿는 콘크리트 교각마다 어린아이 같은 낙서가 뒤덮여 있다. 예전에는 보기 흉한 녹색 페인트가 지저분하게 칠해져 있었고, 생존하는 데 아무것도 필요하지 않은 것 같은 수초 덩굴 같은 것이 엉켜 있었다.

머리 위로 들려오는 차량들의 웅웅거리며 쌩쌩 지나가는 소리.

비밀스러운 지하 세계에 대한 지식.

세상이 무너지고 진동하는 혼란이 언제라도 닥칠 수 있지만 그럴 리는 없을 거라는 전율과 공포.

근처 빽빽한 숲에서 뭔가 튀어나올지도 모른다는 두려움.

모두, 모두, 모두 같았다. 똑같았다.

나는 거대한 철골와 콘크리트 구조 아래 바싹 마른 땅을 유심히 둘러보았다. 여전히 불모였다. 단단하고 헐벗은 땅. 하지만 그가 블랙 아이드 수잔을 심었던 곳은 내가 꼬불꼬불한 트랙에서 달리기를 마치고 리디아와 만나던 5번 교각 옆이 아니었다. 여기, 몇 미터 떨어진 숲 가장자리. 아름드리 삼나무 아래였다. 블랙 아이드 수잔이 만발하는 계절에 갑자기 그 꽃이 나타났기 때문에 확신할 수는 없었다. 꽃을 본 뒤 그냥, 다시는 여기 오지 않았다. 스물네 살 때, 리디아와 내가 헤어진 지 7년이 지난 해였다.

등 뒤에서 작게 부스럭거리는 소리가 들렸다. 나는 깜짝 놀라 돌아섰다. 교각 뒤에서 한 남자가 나타났다. 나는 여차하면 무기로 사용하려고 삽을 꽉 쥐었다.

한데 남자가 아니었다. 키 크고 마른 체구였지만 기껏해야 열네 살 정도 된 것 같았다. 창백한 피부, 헐렁한 청바지, 빛바랜 잭 존슨 티셔츠. 어깨에는 검은 미니 배낭을 메고 있었다. 허리에는 사막 위장복 무늬 케이스를 씌운 휴대전화가 꽂혀 있었다. 오른손에 든 것은 분명 금속 탐지기 같았다.

"학교 안 갔니?" 나는 불쑥 말했다.

"난 집에서 홈스쿨로 공부해요. 뭐하세요? 여기서 식물을 가져가면 안 돼요. 어쨌거나 공원이라고요. 잎만 꺾어 갈 수 있어요."

"그럼 집에 있어야 하는 것 아니니? 공부해야 하는 것 아니야? 네가 공원 이쪽에서 돌아다니는 걸 보면 네 엄마가 안 좋아하실 것 같은데." 마음이 놓이고 곤두섰던 신경이 누그러졌다.

"보물찾기를 하고 있어요. 전국 식물 축제의 날인가, 무슨 날이에요. 엄마는 여동생과 같이 연못 저쪽에 있어요. 신기한 오리의 시력에 대해서 가르치고 계세요. 오리들은 인간보다 4배인가, 더 멀리까지 볼 수 있대요."

소년의 엄마가 근처에 있었다. 홈스쿨로 자녀를 교육시키는 엄마라면 아마 전화에 저장된 비응급 경찰 신고번호를 여러 번 사용했을 것이다. 그녀의 주의를 끌고 싶지는 않았다.

소년에게는 다른 식물을 수집한 흔적이 없었다. "요즘 식물 애호가들은 금속탐지기도 사용하니?"

"무슨 소리예요." 그는 손톱을 물어뜯으며 나를 찬찬히 바라보았다. "그건 아주 오래된 삽이군요."

그는 물러나지 않았다.

"뭐 하시는 거예요?" 소년은 다시 물었다.

"나는 뭘 좀 찾고 있어. … 내가 어렸을 때 누가 남겨둔 물건이 여기 어디에 있을지도 몰라서. 전국 식물 축제의 날에 식물을 훔칠 생각은 없어."

실수였다. 너무 친한 척했다. 너무 솔직했다. 소년의 눈에 호기심이 스쳤다. 옆으로 넘긴 갈색 옆머리 너머로 눈동자가 보였다. 잘생긴 아이였다. 입 모양만 삐딱하지 않다면 심지어 귀여운 외모였다.

"도와드릴까요? 혹시 찾는 물건 안에 금속이 있어요? 반지나 그런 건가요? 지팡이로 이렇게 훑어보면 돼요. 이 공원에서 제가 뭘 찾았는지 말씀드려도 못 믿을 걸요." 소년은 내 발을 아슬아슬하게 피하며 옆에 바짝 다가왔다. 손에 든 기구의 빨간 불빛이 반짝거렸다. 미처 깨닫기도 전에, 그는 탐지기로 내 다리를 아무렇지도 않게 쓸었다. 이어 반대쪽 다리도. 이제 허리 쪽으로 올라오고 있었다.

"얘, 그만해." 나는 뒤로 펄쩍 물러났다.

"미안해요. 혹시 뭘 갖고 있지 않나 해서요. 칼, 총, 이런 거. 여기서는 정말 이상한 사람들도 많이 마주쳐요."

"이름이 뭐니?" 나는 물었다. 심장이 쿵쿵 뛰고 있었다. 설마 내 심장에 달린 금속 장비를 감지할 정도로 기구를 높이 들이대지는 않을 것이다.

엄마와 여동생 이야기가 과연 사실일까 궁금했다. 홈스쿨 이야기도.

"제 이름은 칼이에요." 소년은 느긋하게 답했다. "그쪽은요?"

"수." 나는 거짓말을 했다.

소년은 이름 교환을 공모의 개시로 받아들인 것 같았다. 그는 내가 잡초를 밟았던 흔적이 있는 주변 땅을 전문가 같은 태도로 검사하기 시작했다.

"여기요?" 그는 물었다.

"그 정도. 지름 반 미터 정도 넓이로 땅을 파 볼까 생각했어." 어떻게 빠져나가지? 내가 떠난다 해도, 소년은 틀림없이 혼자 수색할 것이다.

"찾는다는 물건은… 혹시 남자친구가 남긴 물건이에요?"

나는 오싹했다. "아니, 남자친구는 아니야."

"경보가 울리지 않아요. 여긴 없어요." 실망한 음성이었다. "그래도 한번 파 볼까요?"

이게 무슨 꼴이람. 전국 식물 축제의 날에 내가 이 녀석의 가장 흥미진진한 사건이 되다니.

"아니, 난 운동이 필요해. 하지만 고마워."

그는 나무에 기대서서 문자를 보내기 시작했다. 나에 대한 내용이 아니기를 바랄 뿐이었다. 몇 분 뒤, 그는 작별 인사도 없이 멀어졌다.

30분 뒤, 나는 오래된 나무뿌리를 마구 난도질해서 아기 침대 절반 넓이, 30센티미터 깊이의 사각형 구덩이를 팠다.

칼이 옳았다.

여기는 아무것도 없었다.

그가 혹시 지켜보고 있는지 궁금하지 않을 수 없었다. 칼 말고, 나의 괴물이.

나는 무릎을 꿇은 채 퍼석거리는 검은 흙을 다시 구덩이에 서둘러 밀어 넣었다. 동물 사체를 묻은 무덤 같은 흔적이 남았다.

전화가 울렸다. 별 소리 아니었지만 심장이 내려앉았다.

찰리의 문자였다.

성질 부려서 미안해, 엄마.

찰리는 생물 시험을 통과했다.

나는 전화기를 주머니에 넣고 다리 아래 깊은 그늘 속으로 걸음을 옮겼다. 머리 위에서 웅웅거리는 자동차 소리를 들으며 바다를 상상하던 두 소녀를 생각했다. 쥐라기 공원이 현실에서 가능한 일인지 토론하고, 씹어 먹기 좋은 최고의 아이스크림을 팔기 때문에 소닉 드라이브인이 최고라고 극찬하는 것 말고 할 일이 없던 소녀들. 물론 그중 하나가 구덩이에 버려지고 다른 하나가 친구를 끌어내리려고 애쓰게 되기 전의 일이었다.

그만 두고 가자.

연못에 다다르니 한 어머니가 분홍색 베레모를 쓴 작은 아이 옆에 무릎을 꿇고 있었다. 소녀는 부리를 맞대고 눈싸움을 벌이고 있는 오리 한 쌍을 가리키고 있었다.

소녀가 들떠 까르르 웃는 웃음소리가 파문을 일으키며 연못을 건너왔다. 더 많은 오리들이 그쪽으로 몰려갔다. 낡고 알록달록한 퀼트 담요가 소녀 뒤에 펼쳐져 있었다. 파란 이글루 쿨러도 있었다.

칼은 보이지 않았다.

테시, 1995년

그는 지껄이고 있었다. 주절, 주절, 주절.

어떤 사건이 일어난 뒤에 초자연적인 경험을 하는 것은 그리 드문 일은 아닌 모양이다.

나 말고도 죽은 사람과 대화했다는 사람들이 있었다. 대단한 일은 아니었다. 의사가 대놓고 말하지는 않았지만 난 흔해 빠진 환자였다.

"초자연적인 경험은 사건이 벌어지는 동안에도…" 의사는 말했다. "혹은 이후에도 일어날 수 있어." *사건, 왕족의 결혼식이나 대학 풋볼 결승전 같은 사건.* "때로 살아남은 피해자는 그 사건에서 죽은 사람이 계속 자신에게 말을 건다고 믿는 경우가 있어." 사건이라는 단어를 한 번만 더 쓰면 소리를 지르고 싶었다. 내가 참고 있는 유일한 이유는 오스카였다. 오스카는 자고 있었고, 나는 개를 놀라게 하고 싶지 않았다.

"내 환자 중 한 사람은 가장 친한 친구가 수상스키 사고로 죽었어. 친구가 물 밖으로 나오지 못한 게 특히 트라우마였지. 시체는 찾지 못했어. 그래서 환자는 자기 친구가 천국에서 자기 인생을 조종하고 있다고 믿게 됐단다. 평범한 일들이나, 액운이 온다든가. 너와 비슷한 상황에 처한 사람들은 환한 대낮에 갑자기 귀신을 보기도 해. 미래를 예언하기도 하고. 징조를 너무 믿다 보니 집밖으로 나오지 못하는 사람도 있어."

나와 비슷한 상황에 처한 사람들? 아무렇지도 않은 표정으로 그런 말을 하는 거야? 그는 분명 히죽 웃고 있을 것이다. 물론 엉킨 낚싯줄과 인간을 잡아먹는 나무둥치나 치렁치렁 흘러가는 다른 여자의 머리카락이 도사리고 있는 물속에 머리를 집어넣는 것은 좋은 생각이 아니다. 리디아의 아버지는 컴컴한 호수의 물 밑에 도사리고 있는 것들을 조심해야 한다고 늘 주의를 주었다. 39도의 날씨에 우리가 아무리 땀을 많이 흘리고 불평해도 그는 항상 낡은 나일론 구명조끼를 입으라고 했다.

"그건 말도 안 돼요." 나는 말했다. "액운 같은 거요. 난 미치지 않았어요. 이건 실제 있었던 일이에요. 분명히 실제 있었던 일이라고요. 그녀가 내게 말을 했어요."

나는 그가 말하기를 기다렸다. *너는 당연히 실제 일어난 일이라고 믿겠지, 테시. '믿겠지'를 강조하면서.*

하지만 그는 그렇게 말하지 않았다. "살아 있을 때 말을 했니, 죽었을 때였니?"

"살아 있었을 수도 있고, 죽었을 수도 있고. 모르겠어요." 나는 망설이며 얼마나 자세히 말을 할지 생각했다. "새파란 눈동자가 기억나는데, 신문에는 갈색이라고 나왔어요. 그런데 꿈속에서는 눈 색깔이 가끔 바뀌어요."

"꿈은 자주 꾸니?"

"약간." *그 이야기는 하지 말자.*

"메리디스가 네게 뭐라고 했는지 정확히 말해 보렴."

"메리. 그 애 엄마는 메리라고 불렀어요."

"좋아, 메리. 구덩이 안에서 메리가 네게 가장 처음 한 말이 뭐지?"

"배가 고프다고 했어요." 갑자기 입 안에 상한 땅콩 맛이 돌았다. 나는 구역질을 하지 않으려고 애쓰며 혀로 이를 핥았다.

"네가 먹을 걸 줬니?"

"그건 중요하지 않아요. 기억나지 않아요."

세상에, 땅콩버터로 양치질을 한 기분이군. 토할 것 같았다. 나는 내 주위 공간을 상상했다. 옆으로 토하면 가죽 소파에 튀겠지. 고개를 숙이면 오스카에게 맞는다. 정면으로 마음껏 토하면 의사한테 날아갈 거야.

"메리는 엄마가 걱정할 거라고 속상해했어요. 그 말을 하다가 자기 엄마 이름도 말했고요. 도나. aw가 들어가는. 메리의 엄마에게 빨리 연락해야 한다는 생각에 몹시 다급했던 기억이 나요. 내가 빨리 기어 올라가서 메리 엄마에게 메리가 잘 있다고 알려 주고 싶었거든요. 그런데 움직일 수가 없었어요. 머리, 다리, 팔. 트럭이 내 가슴을 누르고 있는 기분이었어요."

나는 메리가 살아 있는지 아닌지 알 수 없었어. 난 죽은 상태였거든.

"중요한 건 내가 메리 엄마 이름의 철자를 알고 있다는 거예요." 나는 고집스럽게 말했다. "D-a-w-n-a. D-o-n-n-a가 아니라. 그러니 실제 있었던 일이 분명해요. 안 그러면 내가 어떻게 그런 걸 알겠어요?"

"이 질문은 해야겠구나, 테시. 아까 신문 이야기를 했지. 누가 네게 신문 기사를 읽어 줬니?"

나는 대답하지 않았다. 이 말을 했다가는 리디아가 아빠에게 야단맞을 것이다. 내가 언론의 호들갑에 오염되지 않은 상태로 증언하기를 바라는 변호사들도 야단치겠지. 나는 어느 비서가 '필요하다면 앞이 안 보인다는 점도 유리하게 이용할 수 있겠죠'라고 말하는 것을 들은 적이 있었다.

누구에게도 리디아를 빼앗길 수는 없었다.

"시간 감각이 얽혔을 수도 있어." 의사가 말했다. "메리 엄마의 이름과 철자를 나중에 알게 됐을 수도 있지."

"그것도 흔한 일인가요?" 냉소적인 말투.

"드문 일은 아니야."

의사는 작은 박스에 계속 체크 표시를 하고 있었다. 나는 백 개까지 세었다.

나는 부츠 앞코로 미친 듯이 탁자 다리를 차고 있었다. 어쩌다 발이 미끄러져서 오스카를 차자 개는 깽 하고 비명을 질렀다. 지난 한 달 동안 오스카의 이 작은 비명소리보다 더 끔찍하게 느껴진 것은 없었던 것 같았다. 나는 허리를 숙이고 개의 털에 얼굴을 묻었다. *미안해, 정말 미안해.* 오스카는 곧장 혀로 내 팔을, 접촉할 수 있는 가장 가까운 곳을 핥았다.

"수헬리베붕탄질산플네나마." 나는 오스카의 따뜻한 몸에 얼굴을 묻고 거듭 중얼거리며 개를 달랬다. 나 자신을 달랬다.

"테시." 걱정스러운 음성. 웃음기가 사라진 목소리였다. 나를 너무 심하게 몰아붙였다고 생각하는 것 같았다. 나는 킬킬거렸다. 정신 나간 애처럼 들렸다. 오늘은 기분이 정말 상당히 좋았기 때문에 더 이상했다. 그냥 오스카를 발로 찬 것이 미안할 뿐이었다.

나는 고개를 들었고, 오스카는 내 발을 깔고 다시 엎드렸다. 꼬리가 빗자루처럼 바삐 내 다리를 쓸었다. 개는 괜찮다. 우리 둘 다 괜찮다.

"이건 주기율표를 순서대로 기억하는 기억술이에요."

"무슨 뜻이지?"

"수소, 헬륨, 리튬, 베릴륨, 붕소, 탄소, 질소, 산소… 수헬리베붕탄질산."

"알겠다. 한데 그게 메리와 무슨 상관이지?" 의사는 정말 걱정스러운 것 같았다.

"메리는 다른 **수잔들**의 엄마 이름도 기억할 수 있도록 암호를 만들자고 했어요. 나중에 찾아가자고. 찾아가서 아이가 무사하다고 전하자고."

"그 암호가… 주기율표와 무슨 관계가 있지?"

"아뇨." 나는 답답하다는 듯 말했다. "주기율표는 구덩이 안에서 또

렷한 정신을 유지하려고 계속 외웠던 거예요. 정신을 잃지 않으려고. 모든 게 빙글빙글 도는 것 같았거든요. 별 같은 게 보였어요." 달, 아주 작고 희미한 미소. *포기하지 마.* "어쨌든, 메리는 엄마들 이름을 잊지 않도록 기억술을 써 보자고 했어요. 내가 잊지 않도록. N-U-S. 엄마 이름마다 알파벳 하나씩. Nasty Used Snot. 이런 식으로. Snot이라는 단어는 분명 들어 있었어요. 그러다가 내가 진짜 단어가 되도록 순서를 바꿨어요. SUN으로요."

의사는 다시 놀란 듯 침묵을 지켰다.

"다른 엄마들의 이름은, 뭐지?"

"기억나지 않아요. 아직은." 이 말을 입 밖에 내려니 고통스러웠다. "그 세 글자뿐이에요. SUN. 하지만 노력하고 있어요." 굳은 결심이었다. 나는 매일 밤 침대에서 이름을 계속 훑고 있었다. U가 가장 힘들었다. 어슐라? 유니? 메리를 실망시킬 수는 없다. 모든 **수잔들**의 엄마 이름을 찾고 싶었다.

의사는 생각에 잠겼다.

나는 이제 흔해 빠진 환자가 아닌 모양이다.

"구덩이에는 신원미상의 유골이 두 구 있었어. 세 구가 아니라." 의사는 마침내 말했다. 마치 이 이야기에서 논리를 찾아야 한다는 듯.

테사, 현재

우리 셋이 들어가니 유명한 조애나 세거 박사의 사무실은 가득 찼다. 스타 과학자에게서 내가 막연히 기대했던 분위기와는 전혀 달랐다. 커다란 창밖에는 포트워스의 스카이라인이 아름답게 펼쳐졌지만, 조애나는 문을 향한 채 살아 있는 사람들을 맞이하고 있었다. 현대적인 검은색 책상이 사무실 공간을 거의 다 차지했고, 그 위에는 법과학 저널과 논문이 널려 있었다. 교회 지하실에 있던 앤젤라의 책상을 연상시켰다. 열정이 정리정돈을 앞섰고, 따로 청소하는 사람이 없다는 뜻이었다.

혼돈 속에서 유명한 물건이 눈에 들어왔다. 총액 십만 달러에 달하는 소프트웨어를 돌리는 골리앗 컴퓨터였다. HD 화면에는 라임그린색과 검은색 바코드가 롤러코스터처럼 배치되어 있었다. 그 외에 방 안에 색깔은 거의 없었다. 미소 띤 멕시코 데스마스크와 음산한 바비 인형처럼 진열대에서 비웃고 있는 해골 신부를 제외하고는. 멕시코인들은 원래 죽음에 대해 움츠러들지 않는, 보다 현실적인 관점을 갖고 있다. 아마 조애나도 그런 자세를 공유할 것이다.

유리 상자 안에 걸린 심장 같은 물체를 찬찬히 들여다보기가 무서웠다. 진짜 심장일 것 같았기 때문이었다. 방부 처리된 흙빛이 감도는 심장. 탁한 광택을 보니 바디 월드 전시를 보러 찰리와 함께 댈러스에 갔던 때가 떠올랐다. 관람객이 인간 내부의 복잡한 아름다움을 감상할 수 있도록 인체를 폴리머로 보존한 전시였다. 이후 찰리는 수백만 달러를 들인 이 순회 전시회가 중국에서 처형된 죄수의 시체를 이용했다는 의혹이 있다는 기사를 읽고 일주일 동안 악몽에 시달렸다.

나는 이 심장도 어디서 왔는지 절대로, 절대로, 절대로 알고 싶지 않았다. 벽에는 수많은 표창장이 걸려 있었다. 저건 부시 대통령의 서명이던가?

빌은 나를 신경 쓰지 않고 전화로 이메일만 훑어보고 있었다. 그는 긴 다리를 놓을 자리가 없어서 거의 문간까지 의자를 뒤로 빼서 물러앉아 있었다. 내 무릎도 치마 아래에서 분홍색으로 피가 몰릴 정도로 책상에 눌렸다.

이 무대의 주인공은 조애나였다. 우리는 기다리고 있었다.

그녀는 귀에 전화를 대고 책상 반대편 좁은 공간에 끼어 앉아 있었다. "앉으세요." 그녀가 한 마디 하는 순간, 전화벨이 울렸다. "음." 그녀는 몇 분가량 듣기만 하다가 이렇게 말했다. "좋아요. 끝나면 알려 주세요."

"아주 좋은 소식이에요." 조애나는 수화기를 올려놓으며 말했다. "유골 중 두 구에서 미토콘드리아 DNA를 성공적으로 추출했습니다. 대퇴골에서. 두개골은 성과가 없었어요. 다시 검사해야겠습니다. 손상 정도는 심하지만 이번에는 대퇴골에서요. 계속 할 겁니다. 포기할 수는 없어요. 반드시 적당한 뼈를 찾을 겁니다." 그녀는 망설였다. "다른 뼈에서도 DNA를 추출하기로 결정했습니다. 만의 하나 실수가 있을 수도 있으니까요."

나는 상상할 수가 없었다. 다른 소녀들. 안 그래도 머릿속에서 수잔들의 불협화음이 요란한 판인데.

그러나 조애나의 끈기는 인정하지 않을 수 없었다. 유골 절단을 참관한 이후 내 아이패드는 아주 바빴다. 이 최첨단의 법과학 연구실은 포트워스에서는 비밀로 통하는지 몰라도 세계 각지의 범죄 수사관들에게는 그렇지 않은 모양이었다. 건물은 은색 함선의 동체처럼 캠프 보위에서 삐죽 튀어나와 있었고, 안에는 온갖 소름끼치는 보물들이 들어차 있었다. 신원을 알아내겠다는 마지막 희망을 안고 주 경계선과 대양을 넘어온 어린아이 치아와 두개골, 엉덩이뼈와 턱뼈. 이 연구실은 다른 어떤 곳에서도 해내지 못하는 결과를 얻어내고 있었다.

"잘 됐군요. 조애나." 빌의 목소리에서는 피곤한 안도감이 느껴졌다.

벽돌을 가득 실은 트럭을 한 손으로 밀고 다른 한 손으로 나를 끌면서 언덕을 올라가고 있는 듯한 피로감이었다. 오늘 아침, 나는 내 십 대 시절의 그림을 검토하고 있는 '전문가'를 같이 만나러 가자는 제안에 마지못해 동의했다. 조애나의 사무실에 잠시 들른 것은 즉흥적인 결정이었고, 그녀도 환영해 주었다. 커튼의 소용돌이무늬에서 얼굴을 찾아내는 작업을 하기 전에 몇 분이나마 자유롭게 숨 쉴 수 있는 여유였다. 눈길이 상자 안의 심장으로 계속 향하지만 않는다면.

"방금 통화한 사람은 내 상관이에요." 조애나는 말을 이었다. "바로 지금 이 순간, 두 소녀의 DNA는 전국 실종자 데이터베이스에 입력되고 있을 겁니다. 희망을 너무 부추기고 싶지는 않아요. 피해자 가족이 실종자의 DNA를 시스템에 등록해두지 않았다면 쓸데없는 노력입니다. 이 소녀들이 실종되었을 당시에는 데이터베이스가 존재하지도 않앉어요. 희망을 포기하지 않고 계속해서 경찰을 귀찮게 하고 매일 밤 기도를 올리는 가족이라야 가능한 일입니다. 안젤리나 졸리 영화처럼 쉽게 풀리지는 않을 테니까, 그 점은 잊지 마세요."

이 표현을 몇 번이나 되풀이했을까. 수백 번, 수천 번이었겠지.

조애나는 왼손으로 잡지 가장자리에 낙서를 하고 있었다. DNA 가닥이었다. 작은 신발이 달려 있었다. 뛰고 있는 것 같았다. 춤을 추고 있거나.

"이제 6주 남았습니다." 빌이 말했다. "하지만 이 시점에 이보다 진전이 없었어도 결국 승소한 사건도 있었어요. 다들 끈기 있게 일해 주셔서 감사한다고 전해 주십시오. 피해자 신원에 대해 정보가 많을수록 타당한 의혹을 제기할 여지가 커질 겁니다. 심리에서 그런 것들을 모두 제시하고 싶어요."

조애나의 손이 멈췄다. "테사, 혹시 미토콘드리아 DNA의 법과학적 사용에 대해 아는 게 있나요? 우리가 여기서 하는 일을 당신도 이해하셨으면 좋겠습니다."

"약간, 모계를 통해 물려받는다는 정도요. 엄마, 할머니, 이렇게. 당신이 존 웨인 게이시의 피해자 중 한 사람의 유골을 DNA로 감식해서 30년 후에 신원을 파악해냈다는 기사도 읽었어요."

"제가 한 일은 아니지만, 이 연구실에서 한 일입니다. 19번째 피해자로 알려진 윌리엄 번디, 게이시의 시카고 집 좁은 지하 공간에서 발견된 유골이었지요. 그 가족에게는 아주 좋은 일이었습니다. 과학을 위해서도요."

존 웨인 게이시. 내 사건이 일어나기 한 달 반 전인 1994년에 약물 주사로 사형이 집행되었다.

조애나의 펜이 다시 움직이기 시작했다. 춤추는 DNA 남자에게는 이제 하이힐을 신은 파트너가 생겼다. 조애나는 펜을 귀 뒤에 꽂았다. "6학년 학생들이 견학 오면 늘 들려주는 간단한 과학 수업을 해 볼까요? 인간의 세포에는 두 가지 DNA가 있습니다. 핵 DNA와 미토콘드리아 DNA. 핵 DNA는 저 옛날 오제이 심슨 재판 때 사용되었던 종류인데, 혹시 한 줌의 의혹이라도 있을까 해서 하는 말이지만 심슨이 범인이라는 건 확실합니다. 하지만 그 사건은 범행이 갓 발생한 현장이었지요. 오래된 유골의 경우에는 보다 오랜 기간 훼손되지 않고 지속되는 미토콘드리아 DNA에 의지해야 합니다. 추출하는 것이 더 까다롭지만 지속적으로 기술이 발전하고 있어요. 맞습니다. 수십 년 전의 조상들과 일치합니다. 그래서 이번 사건 같은 미결 사건에 완벽한 수사 도구지요. 아주 오래된 미결 사건인 러시아 로마노프 황제 가문의 경우에도 아나스타샤 공주가 가족이 살해된 지하실에서 탈출했다는 신화가 낭설이었다는 사실이 법의학적으로 밝혀졌어요. 내가 공주다, 혹은 그 자손이라고 주장하는 사람은 모두 거짓말쟁이라는 사실을 과학적으로 증명할 수 있게 된 겁니다. 대단한 성과죠. 역사를 새로 썼습니다."

나는 고개를 끄덕였다. 아나스타샤 공주에 대해서는 잘 알고 있었다. 리디아는 이런 낭만적인 음모 이론에 푹 빠져 있었다. 아이들과 같이 볼셰비키에게 개처럼 처형당한 니콜라스 2세와 알렉산드라 왕비의 살아남은 유일한 딸이라고 저마다 주장하는 열 명의 여자들. 유해 요소가 없도록 완전히 각색해서 우여곡절 끝에 모두가 행복한 결말로 끝나는 애니메이션도 사촌 엘라를 돌볼 때 같이 시청했다. '언니도 공주야?' 엘라는 영화가 끝나자 내게 물었다. '기억을 잃어버린 소녀 아니야?'

빌은 끊임없이 움직이고 있었다. 초조해 보였다. "머리카락은요, 조애나?"

"아직 작업 중이에요. 반출 신청 전에 우리가 생각했던 것보다 약간 더 절차가 까다롭습니다. 다른 증거물 상자예요."

"머리카락?" 내가 물었다. "무슨 머리카락이요?"

"수사기록은 아직도 정말 자세히 모르시는군요?" 빌이 약간 초조하게 대답했다. "머리카락은 테렐의 유죄판결을 끌어내는 데 사용된 두 가지 증거 중 하나입니다. 농장 길에 떨어져 있던 진흙 묻은 재킷에서 나왔어요." 진흙 묻은 재킷, 피 묻은 장갑. 갑자기 오제이 심슨의 영토로 돌아온 것 같았다.

"사건에 대해서는 많이 읽지 않는 것을 원칙으로 해왔어요." 나는 딱딱하게 말했다. 빌의 답답하다는 듯한 태도가 불쾌했다. "오래전 일이고, 나는 증언할 때만 법정에 들어갔었어요. 머리카락은 기억나지 않아요."

조애나는 펜을 멈추고 나를 유심히 바라보고 있었다. "빨강머리였습니다."

내 머리카락이다.

"재판에서는 그 증거가 마지막에 나왔습니다. 현미경으로 관찰한 검찰 측 전문가는 당신 머리카락이었다고 증언했습니다. 당신 머리에서 떨어진 것이 100퍼센트 확실하다고. 과학적으로 엉터리 주장이었어요. 머리카락을 현미경으로 관찰해서 특정인의 머리카락이라는 것을 입증하는 것은 불가능합니다. 유일한 방법은 DNA 분석이에요. 우리가 지금 하는 일이 그겁니다."

하지만… '인구의 2퍼센트만이 빨강머리다.' 할머니가 내 귀에 못이 박히도록 주입한 상식이었다. 처음에는 네 살 때 가위로 오렌지색 머리 타래를 잘라내는 것을 보셨을 때, 이어 6년 뒤 금발로 염색하고 싶어서 머리에 레몬 열세 개의 즙을 바르고 텍사스 주의 햇빛 아래 연어 조각처럼 앉아 있는 모습을 보셨을 때.

빨강머리는 내게 또 하나의 행운의 상징이었다. 특별했다.

"재킷에 대해서는 물론 알고 있어요." 나는 침착하게 말했다. "그 사람… 테렐이 들판 근처에서 히치하이크를 하는 모습을 목격한 사람이 있다는 것도 알고요. 단지 머리카락은 모르고 있었어요." 잊어버렸든가.

빌은 갑자기 일어섰다. "그렇다면 DNA 검사 결과로 부당한 유죄판결이 뒤집힌 사건 중 70퍼센트가 부정확한 목격자 진술이 원인이었다는 것도 모르시겠군요. 길가에서 발견된 재킷은 테렐에게 너무 작은 크기였다는 사실도 모르시겠고. 재킷에 묻은 빨강머리? 그건 뻣뻣한 직모였습니다. 학교 졸업사진을 보니 당신은 불꽃처럼 이글거리는 곱슬머리던데요. 하다못해 푸들 털이었을 수도 있어요."

푸들도 곱슬거리는 털을 가지고 있다. 그러나 빨강 푸들이 있을 것 같지는 않았다. 힐다 아주머니가 키우던 푸들을 파란색으로 염색한 적이 있긴 했다.

하지만 나는 그의 분노를 이해했다. 표출해야만 했던 기분도.

말하진 않았지만 나는 그가 무슨 생각을 하는지 알고 있었다. 테렐 다시 굿윈이 17년이라는 세월을 잃어버린 것은 빨강머리나 길가에 부주의하게 던져졌던 재킷, 어둠 속에서 메르세데스를 몰고 지나치다가 그를 목격했다고 단정했던 여자 때문이 아니었다.

테렐 다시 굿윈이 사형수가 된 이유는 겁을 먹고 정신이 나간 상태에서 증언했던 **블랙 아이드 수잔** 때문이었다.

테시, 1995년

얼른 말하고 싶어서 견딜 수가 없었다.

"지난주는 힘들었을 거라는 거 알아." 의사는 입을 열었다. "하지만 재판이 시작되기까지 두 달밖에 남지 않았어. 네가 아는 것과 알지 못하는 것이 무엇인지 판단하고, 준비가 되도록 돕기에는 아주 **빠듯한** 시간이야."

정확하게는 59일이다.

"빛 최면도 다시 고려해 봐야겠어." 그는 말했다. "네가 최면에 대해 어떻게 생각하는지는 알고 있지만 어둠 속에 숨겨진 것들이 있단다. 고작 한 뼘 차이로, 테시. 한 뼘."

약속했잖아. 약 처방은 싫어. 최면도 싫어.

심장이 쿵쾅거렸고, 뜨거운 도로 위의 고양이처럼 숨이 가빴다. 지난 8월 공원에서 꼬박 5킬로미터를 달렸을 때처럼. 리디아가 배낭에서 구급 종이봉투를 꺼내야 했다.

리디아는 언제나 침착하게, 언제나 곁에 있었다. *숨 쉬어. 들이쉬고, 마시고. 들이쉬고, 마시고.* 종이봉투가 바스락거리며 부풀었다가 쪼그라들었다.

"어떻게 생각하니?" 의사는 집요했다. "나는 네 아버지한테 이야기해 봤어."

이 협박과 다음에 이어질 문장 사이의 침묵이 고통스러웠다. 나는 평소 내가 눈의 초점을 어디에 맞췄는지 기억을 더듬었다. 아래쪽? 위쪽? 상대의 목소리에? 이건 중요했다.

"네 아버지는 네가 원하지 않으면 최면을 돕지 않겠다고 했어." 그는 마침내 말했다. "그러니 우리 둘이 결정하면 돼."

이 순간만큼 아버지를 사랑했던 적이 없었다. 바람도 이길 수 있다고 믿던 불꽃같은 빨강머리 딸이 좌절하고 말라가는 모습을 지켜봐온 남자의 단순하고 깊은 존중의 표현에 안도감이 밀려왔다. 아버지는 내 미래를 아직 뭔가 의미가 있는 훼손된 트로피처럼 떠받들고 있었다. 그 무게가 아무리 버겁더라도.

그는 이 문밖에 앉아서 나를 위해 싸우고 있었다. 매일같이, 나를 위해서. 나는 달려 나가서 아버지의 품에 몸을 던지고 싶었다. 입을 꾹 다물어버린 모든 밤에 대해서, 공들여 만들어 준 그 모든 음식을 먹지 않은 데 대해서, 온갖 조심스러운 제안들을 거절해버린 데 대해서 사과하고 싶었다. *테시, 현관 포치에서 그네를 타지 않을래? 잠시 산책할까? 데어리 퀸에 가서 아이스크림이나 먹을까?*

"우리의 목표는 같아, 테시." 의사는 말했다. "네가 낫는 것. 재판은 그 한 부분이야."

이 문을 들어선 뒤로 나는 아직 한 마디도 하지 않았다. 아주 많이 이야기를 할 생각이었는데도. 눈에 눈물이 고였다. 그들의 속마음이 무엇인지 나는 모른다. 그들을 실망시키고 싶지 않았다.

"테시." 최후의 일격. 내 이름을 명령조로 더럽히는 말. 그가 나보다 더 현명하다는 사실을 일깨우는 말.

"네가 다시 시력을 회복하는 데도 도움이 될 거야." 그는 말했다.

아. 웃음을 터뜨리고 싶었다.

그는 모른다. 아직 아무도 모른다. 내가 이미 시력을 회복했다는 사실을.

테사, 현재

다시는, 절대 다시는 되풀이하고 싶지 않았다. 다시는 정신과 의사의 소파에 앉고 싶지 않았다. 다시는 백사장을 달려가는 소녀의 그림과 입이 없는 소녀의 그림에 대해 생각하고 싶지 않았다. 다시는 방 안의 다른 사람이 과도를 들고 내 비밀을 천천히 도려내려고 한다는 이

불쾌한 기분과 싸우고 싶지 않았다.

낸시 자일즈 박사는 정중하게 방해된다고 말함과 동시에 빌을 문밖으로 내 보냈다. 아니, 그렇게 정중한 태도도 아니었다. 그녀가 예쁜 산양 같은 외모를 지녔다는 점 때문에 날카로운 분위기가 무뎌진 것 같았다. 빌이 철없는 소년처럼 쫓겨난다고 투덜거리는 것을 보니 두 사람이 오래전부터 친밀하게 알고 지낸 사이가 아닐까 하는 생각이 들었다. 하지만 빌은 여기 오는 길에 그런 말을 한 적이 없었다.

할아버지는 하느님이 인간으로 하여금 퍼즐 풀기에 바쁘도록 엉뚱한 곳에 조각을 놓아둔다고, 또한 하느님이 존재한다는 사실을 잊지 말라고 완벽한 곳에 조각을 놓아둔다고 말씀하셨다. 그 말을 하셨을 때 우리는 낯설고 경이로운 달 표면의 풍경 같던 빅 벤드 국립공원의 외진 장소에 서 있었다.

자일즈 박사의 얼굴이야말로 장엄한 풍경 그 자체였다. 벨벳처럼 부드러운 갈색 피부, 호수처럼 반짝이는 눈동자. 코, 입술, 광대뼈 모두 아주 재능 있는 천사가 깎아 놓은 듯한 솜씨였다. 그녀는 자신의 아름다움을 알고 있었고 치장도 단순했다. 보브 스타일로 짧게 깎은 머리카락, 무릎 중간까지 오는 파란 치마 정장. 그녀가 머리를 움직일 때마다 귀에서 늘어뜨린 금 귀걸이 끝에 매단 커다란 골동품 진주 한 알이 달랑거렸다. 나이는 칠십에 가까워 보였다.

하지만 자일즈 박사의 사무실은 화려한 셔츠를 입고 주머니에서 약간 으깨진 초코바를 꺼내 건네는, 내가 좋아하는 뚱뚱한 삼촌 같았다. 벽은 달걀노른자 색이었다. 빨간색 벨벳 소파, 구석에 베개 대신 던져

놓은 봉제 코끼리 인형, 편안한 격자무늬 의자 두 개. 나지막한 책장에는 다채로운 색깔이 가득했다. 그림책, 해리 포터, 레모니 스니켓, 다양한 인종을 대표하는 아메리칸 걸 인형 시리즈, 트럭과 플라스틱 공구, 포테이토헤드 부부 인형, 마커와 크레용 쟁반이 놓인 탁자, 아동용으로 설정한 아이맥, 아이가 서툰 솜씨로 즐겁게 낙서한 냉장고 문. 한쪽 구석 바구니에는 고도불포화지방산이 잔뜩 든 금지된 스낵이 가득 들어 있었지만 먹지 말라고 손을 찰싹 때릴 엄마는 없었다.

내 눈길은 액자를 끼운 그림에 머물렀다. 의사의 사무실에 흔히 있는 점잖은 추상화는 아니었다. 샤갈의 마술적이고 음악적인 동물과 사랑스러운 파란색. 마그리트René Magritte, '이것은 파이프가 아니다'란 파이프 그림으로 유명한 벨기에 초현실주의 화가의 벽난로에서 튀어나오는 증기 엔진 기관차와 거대한 녹색 사과, 메리 포핀스Mary Poppins, 영국의 아동물 작가 P.L. 트래버스가 쓴 마법사 유모 이야기 주인공. 우산을 쓰고 하늘에서 내려오는 이미지로 유명하다처럼 중절모를 쓰고 허공에 둥둥 떠 있는 남자들.

완벽해, 나는 생각했다. 초현실적인 것이 있다면, 그것은 어린 시절이니까.

"일반적으로 제 손님들은 약간 더 어린 분들입니다." 자일즈 박사는 기분 좋게 농담을 던졌다. 음침한 내 그림을 어디 뒀나, 사무실을 살피는 것을 보고 오해한 것이다. 긴장한 신경을 다독이려고 애썼지만 진정되지 않았다. 땀이 밴 손바닥은 아까 내가 들어설 때 녹색 아이스캔디를 들고 사무실에서 뛰쳐나오던 다섯 살짜리 아이의 손보다 더 끈적일 것 같았다.

"빌이 원하는 것을 정확히 해낼 수 있을지 모르겠어요." 그녀는 소파 반대편에 자리를 잡고 한쪽 다리를 반대쪽 무릎 위에 올렸다. 치마가 약간 밀려 올라갔다.

편안하고 격식 없는 태도, 혹은 의도적이고 연습한 태도.

"빌은 항상 거의 불가능한 목표를 세워요. 소년 시절부터 그랬어요." 그녀는 말을 이었다. "나이 들수록, 끔찍한 사건을 목격하면 할수록 내 목표는 점점… 덜 구체적으로 변하더군요. 보다 유연해졌다고나 할까. 인내심도 생겼지요. 피로감이 쌓였다기보다 내가 더 현명해진 거라고 생각해요."

"그런데… 그가 나를 데려왔군요." 나는 말했다. "마감 날짜가 정해진, 아주 구체적인 이유로."

"한데 그가 당신을 데려왔어요." 그녀의 입가에 웃음기가 돌았다. 어린아이의 마음이라면 쉽게 녹을 것 같은 미소였지만 나는 어린아이가 아니다.

"그럼 내 그림을 같이 볼 생각이 없으시군요?"

"그럴 필요가 있나요? 빌은 실망하겠지만, 당신이 바다 위 파도에 살인자의 이름을 적어 놓은 것도 아닐 텐데. 그렇지 않나요?"

"아니죠." 나는 헛기침을 했다. "그렇지는 않아요." 맞는 말인지는 알 수 없었다. 시력을 회복한 밤, 나는 무엇보다 먼저 그 그림의 붓질 하나하나를 살펴보았다. 혹시나 해서. *무의식이 어떤 것을 그려낼 수 있는지 누가 알겠냐고?* 리디아는 극적으로 물었다.

"당신 같은 트라우마를 겪은 뒤 그린 그림들은 아주 잘못 해석되는 경우가 종종 있습니다." 자일스 박사는 몸이 뒤로 기울어지지 않도록 코끼리 인형을 자기 등 뒤에 괴었다. "색깔 사용과 붓질의 세기에는 많은 의미가 있어요. 하지만 아이들은 단순히 좋아하는 색깔이기 때문에 핏빛처럼 붉은색을 그림에 사용하기도 하지요. 그림은 그날, 그 순간의 기분을 보여 줄 뿐입니다. 누구나 어떤 날은 부모님이 지긋지긋하게 싫기도 하잖아요? 아이가 아버지를 화난 모습으로 휘갈겨 그렸다고 해서 그가 아동학대범이라는 뜻은 아니고, 난 절대 그런 식으로 증언하지 않습니다. 나는 주로 어린 환자들이 자기감정에 소모되지 않고 표출할 수 있도록 도와주는 도구로 그림 기법을 사용합니다. 말로 표현하려면 훨씬, 훨씬 더 어려우니까요. 굳이 당신에게 말씀드릴 필요는 없을 것 같군요."

"자일스 박사님…"

"낸시라고 부르세요."

"네, 낸시. 무례하게 들릴지는 모르겠지만… 그렇다면 왜 빌의 요청으로 굳이 이 일을 맡으셨나요? 정말 이야기할 것이 없다고 생각하신다면." *내 그림이 절반 이상 계산된 것이었다는 사실을 알아볼까? 내가 말을 해 주어야 할까?*

조애나의 냉정하고 으스스한 유골 분석, 상자 안의 심장, 인간이 얼마나 끔찍한 짓을 저지를 수 있는지 너무나 잘 알고 있는 소파 위 분홍색 코끼리. 오늘 내가 소화시켜야 하는 현실은 이 정도만으로도 충분했다.

한 시간 반 뒤, 나는 찰리의 배구 경기 관람석에서 목이 쉬도록 소리치는 피곤한 엄마들에 둘러싸여 있을 것이다. 그들에게 세상에서 가장 중요한 일은 아마겟돈이 임박한 중동 정세에 대한 걱정도, 녹아내리는 빙하도, 사형수 감옥에서 마지막을 기다리는 결백한 남자들의 운명도 아닐 것이다.

그들에게 세상에서 가장 중요한 일은 공이 땅에 떨어지느냐 아니냐 하는 것이다.

그런 뒤 나는 냉장고에서 당근 주머니를 꺼내고 내가 먹을 햄과 치즈 핫 포켓 하나와 찰리가 먹을 것 세 개 해서 전부 네 개를 전자레인지에 넣고, 산더미 같은 옷가지를 세탁기에 집어넣고, 라벤더색 실크에 하늘하늘한 흰 레이스 천을 덧댈 것이다. 이런 것들은 지금까지 내가 대체로 제정신을 유지하면서, 대체로 행복하게 하루하루 살아올 수 있게 해 준 한 줄기 빛 같은 활동이었다.

"오해하지 마세요." 낸시는 계속 말하고 있었다. "당신 그림에 아무 의미가 없다는 게 아닙니다. 당신의 경우는… 복잡해요. 의사의 심리 상담 기록을 열람하게 해 주신 결정에 대단히 감사하고 있습니다. 도움이 많이 되었습니다만, 마지막 의사의 메모는 아주 자세하지 않더군요. 그중 많은 그림들을 그릴 당시, 당신은 시력을 잃은 상태였지요? 당시 담당 의사는 대부분 가짜로 그린 그림이었다고 생각한 것 같아요." 그렇다면 알고 있군. 잘 됐다. "또한 담당 의사는 커튼 드로잉의 의미에 대해서 환자와 함께 탐색할 수 있는 모든 방향을 다 검토했다고 믿었습니다. 당신이 자발적으로, 진심으로 그렸다고 말한 그림들이었지요."

박사는 허리에서 진동하는 삐삐를 내려다보더니 숫자를 확인하고 껐다. "그러니 그림의 의미를 평가절하할 이유는 많습니다. 적어도 당시 의사는 그렇게 판단했어요. 동의하십니까?"

"네." 목구멍이 말랐다. *무슨 이야기를 하려는 거지?* 불쑥 이런 생각도 떠올랐다. *의사가 뭐라고 기록했는지 나도 보고 싶다고 물어봐야 했을까?*

머릿속의 **수잔**이 불쑥 말했다. *의사가 뭐라고 했는지 넌 알고 싶지 않을걸.*

"물론 가짜로 넣은 요소가 무엇인지 정확히 알기는 항상 좀 어렵습니다." 자일스 박사는 말을 이었다. "무의식은 바빠요. 진실도 대체로 조금씩 배어 나오지요. 물론 저는 커튼에 끌립니다. 커튼 드로잉들은 한 가지 유명한 사례를 연상시켰는데, 이걸 들려드리는 것도 의미 있을 것 같군요. 희한한 우연이고 사람에 따라 징조로 받아들일 수도 있겠습니다만 이 사례의 환자 이름도 테사입니다. 물론 아마 가명일 거고, 이야기 자체도 많이 달라요. 그녀는 가정 내 성폭력 피해를 입은 어린 소녀였는데 트라우마가 너무 심해 자신에게 폭력을 저지른 사람이 누구인지 말하지 못했습니다. 소녀는 상담사가 집 안을 볼 수 있도록 자기가 살던 이층집의 단면도를 그렸어요. 꼭대기 층에 침대 여러 개가 있었지요. 아이는 그 집에 사는 많은 사람들 전부를 위한 침대라고 했어요. 아래층에는 거실과 유난히 커다란 찻주전자가 있는 부엌을 그렸습니다. 한데 상담사는 소녀에게 침대에 대해 묻지 않고 대신 주전자가 왜 그렇게 중요한지 물어봤어요. 소녀는 매일 아침 집 안 식구들

전부가 학교나 직장에 갈 때 그 주전자에서 뜨거운 물을 부어 인스턴트커피를 만든다고 대답했지요. 그래서 상담사는 주전자를 통해 그 끔찍했던 소녀의 하루를 다시 짚어가기 시작했습니다. 테사는 그날 아침 집을 나서기 전에 주전자를 사용했던 사람을 순서대로 하나씩 기억했어요. 마지막까지 남은 사람, 주전자를 사용하지 않은 사람이 소녀와 함께 집에 홀로 남은 거지요. 폭력범. 소녀는 그제야 자신에게 무슨 일이 벌어졌는지 말할 수 있었습니다."

그럴 마음이 없었는데도 불구하고 박사는 나를 매료시켰다.

"확신할 수는 없겠지요." 그녀는 부드럽게 말했다. "하지만 나는 당신에게 평범한 물건이 마찬가지로 강력한 도구가 될 수 있다고 믿습니다. 그 물건은 어딘가에 속해 있어요. 우리는 그 장소를 둘러보아야 합니다. 원하신다면 우선 연습을 해 볼 수도 있어요."

머리가 욱신거렸다. 좋다고 대답하고 싶었지만 내가 과연 할 수 있을지 알 수 없었다. 내가 기대했던 것이 전혀, 전혀 아니었다.

박사는 내 침묵을 정확하게 해석했다. "오늘 당장 아니라도 됩니다. 가까운 시일 내에?"

"그러죠. 네. 곧."

"제가 숙제를 하나 드려도 될까요? 기억을 더듬어서 커튼을 다시 그려 보세요. 그런 다음 전화하세요. 제가 시간을 내겠습니다." 그녀는 내 무릎을 두드렸다. "잠시 실례하겠습니다."

그녀는 방 안쪽의 닫힌 문으로 향했다. 관절염이 있는지 다리를 약간 절뚝거렸다. 문이 약간 열리자 개인 휴식 공간이 모습을 드러냈다.

따뜻한 불빛, 커다란 골동품 책상.

박사는 얼른 돌아와서 명함을 내밀었다. 손에 다른 것은 없었다. 내 그림을 갖고 오지는 않았다. 오늘 당장은 아니다. 거짓말은 아니었다.

"밑에 제 휴대전화 번호도 적었습니다." 그녀는 말했다. "가시기 전에 한 가지 질문이 더 있는데요. 괜찮으시다면."

"하시죠."

"들판 그림말인데요. 거대한 꽃이 두 소녀를 향해 조롱하듯 웃는 그림."

소녀들. 복수다. 둘.

"아무 뜻도 없어요." 나는 말했다. "내가 그린 게 아니에요. 내 친구가 그렸어요. 같이 그림을 그렸죠. 저랑 같이 그려서 헷갈리게 하려고…, 공범인 셈이죠." 나는 어색하게 웃었다.

낸시는 내게 이상한 눈빛을 보냈다. "친구는 괜찮으신가요?"

별난 질문 같았다. 이렇게 오랜 세월이 지난 후에 그게 왜 중요하지?

"고등학교 마지막 해 이후 만난 적이 없어요. 친구는 졸업하기 전에 이사를 갔거든요. 재판 직후에." 그냥 갑자기 사라졌다.

"힘드셨겠네요." 단어 하나하나가 조심스러웠다. "사고 이후 그렇게 좋았던 친구를 잃는다는 게."

"네." 굳이 설명하고 싶지 않은 이유들도 많았다. 나는 문을 향해 걸음을 옮겼다. 리디아 이야기까지 하고 싶지는 않았다. 오늘은 아니다.

하지만 자일즈 박사는 나를 보내 주지 않았다.

"테사! 그 장면을 그린 소녀, 당신 친구 리디아는 진심으로 두려웠던 것 같아요."

"그런데 방금 그 그림에… 두 소녀가 있다고 하셨잖아요. 난 줄곧 한 명만 그린 줄 알고 있었어요. 피 흘리는 소녀." 아주 작은, 작은 붉은색 소용돌이.

"처음에는 저도 그런 줄 알았습니다." 그녀는 말했다. "형태가 또렷하지 않아서. 한데 자세히 들여다보면 손이 네 개 있어요. 머리도 두 개 있고. 소녀 둘 중 하나는 다른 소녀 위에 엎드린 자세로 보호자 역할을 하고 있습니다. 붉은색은 꽃 괴물의 공격 때문에 흘린 피로 보이지 않아요. 보호자 쪽이 빨강머리인 것 같습니다."

테시, 1995년

계속 앞이 안 보이는 척하기는 힘들었다. 벌써 이틀째다. 나는 아빠를 상대로 오래 버틸 수 없다는 것을 알고 있었다. 관찰할 시간이, 신체 언어를 분석할 시간이 필요했다. 내가 자기들을 안 본다고 생각할 때 다들 나에 대해 어떤 기분을 느끼는지 알아낼 시간이 필요했다.

의사는 책상에서 뭔가 휘갈겨 적었다. 종이 긁히는 소리를 들으니 비명을 지르고 싶었다.

그는 혹시 내가 마음을 돌려 말을 하려 한다고 생각했는지 걱정스럽게 눈살을 찌푸리고 나를 쳐다보았다. 아니면, 자세를 고쳐 앉았다고 생각했나. 나는 팔짱을 낀 채 앞만 똑바로 쳐다보고 있었다. 아까 약속 시간에 진료실에 들어와서 나는 이제 끝났다고 말했다. 끝났다. 끝났다. *끝났다고.*

분명 약속했잖아요, 나는 의사에게 말했다.

어지러운 파랑새처럼 둥둥 허공에 뜬 채 비밀 이야기를 술술 털어놓는 최면 따위는 절대 하지 않겠다. 나는 처음부터 규칙을 정했는데 이 규칙을 잊어버리는 게 그렇게 쉽다면 앞으로 어떤 짓을 할지 누가 알겠나? 나중에는 행복해지는 약도 먹이겠네? 나는 『프로작의 나라 Prozac Nation』를 읽었다. 책 속의 소녀는 슬펐고, 엉망진창이었다. 나는 그렇지 않았다.

나는 그녀처럼 되고 싶지 않았다. 쉬는 시간마다 신경안정제를 털어 넣고 고등학교 시절 내내 잠만 자는 랜디처럼, 매일 앨리스 인 체인스Alice in chains, 시애틀을 대표하는 얼터너티브 락그룹 티셔츠를 입고 와서 내 옆 사물함을 쓰는 남학생처럼 되고 싶지 않았다. 그의 어머니는 유방암이라고 했다. 병세에 대해 묻고 싶지는 않았지만 사물함에서 마주칠 때마다 나는 예의상 항상 미소를 지었다. 랜디는 내가 입원해 있을 때 고양이가 입가에 체온계를 물고 있는 그림이 그려진 귀여운 카드를 병원으로 보냈다. 안에는 이렇게 적혀 있었다. *때로 인생은 너무나 불친절해.* 이 가사를 찾아내는 데 얼마나 오래 걸렸을까. 내 사물함 안은 알라니스로 도배되어 있었으니, 아마 거기서 찾았을 것이다. 앨리스 인 체인스 노래에서는 '가서 자살해라' 뭐 이런 거 말고 좋은 구절을 찾기 힘들었겠지.

리디아는 곧장 알아차렸다. 사소한 단서들. 마태복음 대신 이사야서를 펼쳐 놓은 서랍장 위의 성경, 침대 위 내 쪽으로 약간 더 돌려놓은 텔레비전, 레깅스와 어울리는 분홍색과 녹색 티셔츠, 일 년 동안 바르지 않은 갈색과 복숭아색 메이블린 아이섀도. *그냥 한 가지가 아니야,* 그녀는 말했다. *전부 다 눈에 들어왔어.*

사방에는 놀라운 것투성이였다. 욕실 거울에 비친 내 얼굴도 놀라웠다. 나의 모든 특징이 보다 각진 형태였다. 코는 할아버지의 오래된 해시계 눈금처럼 튀어나와 있었다. 눈 아래 반달 모양의 흉터는 빨간색이라기보다 분홍색으로 눈에 덜 띄게 희미해지고 있었다. 몇 주 전 아빠는 내가 원한다면 성형외과에 가 보자고 조심스럽게 말했지만 잠자는 숲속의 공주처럼 병원에 누워 있는 동안 남자가 칼을 들고 내려다볼 것을 생각하니… 절대 싫었다. 차라리 사람들이 쳐다보는 게 나았다.

오스카는 상상했던 것보다 더 흰색이었지만 어쩌면 그 순간 모든 사물이 약간 눈부시게 보였기 때문일 수도 있다. 내가 정말 눈을 뜬 그날 아침, 침대 발치에서 내 눈에 처음으로 들어온 것이 바로 오스카였다. 머리가 달린 비둘기 깃털 무더기. 나는 오스카의 이름을 부드럽게 불렀다. 개의 혀가 내 코를 핥는 순간, 꿈이 아니라는 것을 확신할 수 있었다.

이 갑작스러운 변화에 극적인 요소는 없었다. 잠들었다가 일어났더니 다시 앞이 보였다. 세상이 다시 날카롭고 고통스럽게 초점을 되찾았다.

의사는 아직 책상 앞에서 뭔가 쓰고 있었다. 나는 벽에 걸린 시계

쪽으로 눈길을 슬그머니 돌렸다. 9분 남았다. 오스카는 내 발치에서 자고 있었지만 귀는 사방으로 쫑긋거리고 있었다. 나쁜 다람쥐 꿈이라도 꾸는 걸까. 나는 운동화를 벗어 던지고 개의 따뜻한 등을 발로 문질렀다.

의사는 내 움직임을 의식하고 망설이더니 펜을 놓았다. 그는 내 맞은편 의자로 천천히 다가왔다. 나는 리디아가 의사를 정말 정확하게 묘사했다고 잠깐 생각했다.

"테시, 정말 미안하다고 말하고 싶구나." 그는 말했다. "우리의 약속을 존중하지 않은 것 말이다. 내가 널 몰아붙였어. 어떤 상황에서든 좋은 상담사라면 절대 하지 말아야 할 일인데도."

나는 침묵으로 응답하며 그의 어깨 너머만 응시했다. 금방이라도 터져 나올 것 같은 눈물을 억지로 참았다.

차라리 보고 싶지 않은 것들이 아직 있었기 때문이었다. 간밤에 학교 성적에 대해 아버지가 조용히 이야기했을 때의 동생의 얼굴. 동생은 원래 언제나 A를 받던 학생이었다. 포커에서 진 뒤 던져버린 카드처럼 탁자 위에 흐트러져 있던 의료보험 청구서, 텅 비어 있는 서글픈 냉장고, 집 앞 진입로의 깨진 틈으로 자라난 잡초, 아버지의 입가에 새겨진 굳은 주름살.

이 모든 것이 나 때문이었다.

계속 노력해야 한다. 좋아지고 싶었다. 이제 앞을 볼 수도 있다. 나아지지 않았나?

의사가 지금 용서를 구하고 있다는 사실 때문에 이런 생각이 드는 걸까? 그에게 승리를 허락해야 하는 것 아닐까? 누구나 실수는 하지 않나?

"네 신뢰를 되찾으려면 내가 어떻게 해야 할까, 테시?"

그는 내 시력이 돌아왔다는 것을 알고 있는 것 같았다.

"딸에 대해 이야기해 주세요." 나는 말했다. "선생님이 잃어버린 딸."

테사, 현재

발레용 스커트 만드는 일이 끝났다.

굳이 필요는 없었지만 가볍게 다림질해 주었다. 찰리는 내 로벤타 IS6300 스팀다리미를 늘 놀린다. 하지만 로벤타는 아마 그간 내게 가장 유능하고 믿음직한 상담사였을 것이다. 한 달에 한 번씩 벽장에서 튀어나왔고, 질문 하나 던지지 않았다. 아무 생각이 없었다. 마술이었다. 그 지팡이를 빌리면 모든 주름이 사라졌다. 즉시, 확실한 결과가 나왔다.

오늘만 제외하고.

오늘 내 머릿속에는 보이지 않는 손이 늘어뜨린 모빌이 빙글빙글 돌고 있었다. 나는 스쳐가는 그림들에 정신이 팔려 있었다. 한 그림에는 리디아의 얼굴이 있었다. 테렐의 얼굴도 있었다. 그들은 검은 눈이 박힌 노란 꽃과 녹슨 삽, 플라스틱 심장 사이에서 춤추고 있었다. 앙상한 뼈가 그들 모두를 떠받치고 있었다.

밴더빌트, 옥스퍼드, 하버드대학교 졸업장에 빛나는 낸시 자일즈 박사가 리디아의 그림을 해석한 것은 이틀 전이었다. 그녀는 프로이트식의 헛소리는 별로 신뢰하지 않는다고 분명히 말했다.

자일즈 박사는 리디아에게 뭔가 문제가 있었다고 생각했다. 리디아가 나를 보호자로 생각했다고. 그럴 리가 없었다. 참나무 옆 땅에 범인이 묻어둔 시에 대한 이야기는 아무에게도 한 적이 없었다. 리디아가 그림을 그린 것은 그 시를 발견하기 이전이었다. 그때 리디아가 없었다면 나는 죽었을 것이다. 그 반대가 아니라.

빌어먹을, 그림을 다시 봐야겠다. 자일즈 박사는 왜 내게 그림을 보겠느냐고 묻지 않았을까? 내가 거짓말을 하고 있다고 생각했을까? 내가 뭔가 알면서도 말하지 않는 것이 있다고? 늘 그렇듯, 상담사의 사무실을 나서자마자 온갖 의혹이 꿈틀거리는 벌레처럼 기어 나왔다.

보고 싶어. 그 오랜 세월 동안 침묵을 지키던 리디아가 내 집에 꽃을 보내고 카드에 이렇게 썼다. 아니, 리디아가 보낸 것이 아닐 수도 있다. 혹시 괴물이 보낸 건 아닐까? 그가 리디아를 죽인 건 아닐까? 내가 미리 경고하지 않는 바람에 트리 하우스 옆에 얌전하게 묻어두었던 시적인 협박을 괴물이 실행에 옮긴 건 아닐까? *네가 입을 열면, 리디아도* **수잔**으로 *만들 수밖에.* 내 현실부정과 어리석음이 테렐과 리디아 둘 다 희생시킨 건 아닐까?

테렐. 나는 요즘 항상 그에 대해 생각하고 있었다. 그가 나를 미워하고 있지 않을까. 콘크리트 바닥에서 팔굽혀펴기를 열심히 해서 팔도 굵겠지. 언제가 될지 모르니 마지막 식사는 뭘 주문할지 이미 결정해두지 않았을까. 그때 문득 떠올랐다. 테렐은 사형집행 직전, 마지막 식사를 주문할 수 없다. 제임스 버드 주니어James Byrd Jr. 아프리카계 흑인으로 세 명의 백인우월주의자의 혐오 범죄에 의해 살해당했다를 픽업트럭에 태우고 질질 끌고 다녀 살해한 범인 중 한 명 때문에 영영 아무도 누릴 수 없게 된 제도였다. 그는 치킨 프라이 스테이크 두 개, 바비큐 반 킬로그램, 베이컨 3층 치즈버거, 미트 피자 하나, 오믈렛 하나, 오크라 한 그릇, 블루벨 일 파인트, 으깬 땅콩을 뿌린 땅콩버터 사탕, 루트비어 세 병을 주문했다. 음식은 사형 집행 전에 배달되었다. 그러나 그는 음식을 먹지 않았다. 텍사스 주는 선언했다. 이제 끝!

나는 이 사악한 인종주의자가 주문한 메뉴는 막히지 않고 외울 수 있었지만 내 세상이 산산조각 난 날은 기억나지 않았다. 테렐을 살릴 수 있는 단 한 가지도 기억할 수가 없었다.

나는 스튜디오 창밖으로 뒷마당 구석의 차고 위층을 바라보았다. 저기 올라가야겠다. 블라인드를 내리자. 연필과 물감을 꺼내 커튼을 그리자. 숙제를 시작하자.

2년 전 언제라도 무너지기 직전의 폐허에서 개조한 차고였다. 에피도 보수 계획을 승인했다. 그녀를 위해서 파란 창가에 화단과 무성한 빨간색 제라늄 꽃을 두고, 나를 위해서는 인터넷과 집에 연결된 보안 시스템을 설치했다.

밝았고, 안전했다.

이전 주인이 파란 1954년식 다지를 세워 놓았던 차고 일층에는 내 테이블톱과 비스킷 조이너, 라우터와 드릴, 네일건과 오비탈샌더, 진공프레스와 용접기가 빼곡하게 들어차 있었다. 찬장 문을 모래톱처럼 부드러운 곡선으로 조각하고, 계단을 현기증 나는 나선형으로 납땜하는 데 필요한 공구들. 사용하고 있으면 근육이 욱신거려서 이제 남자든 괴물이든 얼마든지 상대할 수 있다는 마음이 들게 해 주는 기계들.

위층은 나만을 위해 설계한 곳이었다. 나만의 공간, 보다 조용한 예술을 위한 공간. 그림 작업대와 이젤, 물감, 붓, 재봉틀을 위한 진짜 집을 마련한다는 것이 내겐 정말 중요하게 느껴졌다. 나는 포터리 반 소파와 브레빌 차 주전자, 참나무 위를 훔쳐볼 수 있는 펠라 통유리창에 아끼지 않고 돈을 들였다.

못질이 그치고 일주일 후, 희고 깨끗하고 새로운 냄새가 풍기는 스튜디오에 앉아서 차를 마시다가 문득 나는 내 공간을 원하지 않는다는 사실을 깨달았다. 나는 고립을 원하지 않았다. 학교에서 돌아온 찰리가 문을 불쑥 열고 들어서지 않는 공간은 원치 않았다. 그래서 나는 거실에 그대로 머물렀다. 스튜디오는 동생 바비가 일 년에 두 번씩 로스앤젤레스의 집에서 찾아올 때 머물면서 글을 쓰거나, 내 입에서 나오는 모든 말이 듣기 싫을 때 찰리가 도망가는 공간이 되었다. *모르겠어, 엄마. 엄마가 하는 말이 싫은 게 아니야. 엄마가 말하는 것 자체가 거슬려.*

거실에 수북이 쌓인 양단 천과 디자이너 드레스 패턴, 구슬통과 찰리의 샌들, 교과서, 아무렇게나 놓인 귀걸이, 치아교정기에 사용하는 고무밴드가 한데 굴러다니는 것은 그 때문이었다. 내 딸과 나 사이에는 개미와 빵가루가 돌아다니지 않는 이상, 거실 상태에 대해서는 서로 말하지 않는다는 암묵적인 약속이 있었다. 2주에 한 번씩 일요일 밤마다 같이 청소했다. 거실은 우리가 창조하고, 싸우고, 사랑을 새롭게 가꾸어가는 행복한 공간이었다.

스튜디오는 붐볐다. 벽에 흰 칠을 마지막으로 마치고 내가 입주한 순간, 내 유령들도 같이 따라 들어왔기 때문이었다. **수잔들**은 여기서 마음대로 떠들 수 있었고, 때로는 친구 집에 놀러와서 같이 자는 여자 아이들처럼 입씨름을 했다.

계단을 올라가자. 유령들에게 점잖게 인사하자.

커튼을 치자. 내 머릿속 **수잔들**이 잠자는 맨션 창문에서 그 커튼이 흔들리는지 알아내자. 그들의 도움을 받자.

그러나 할 수 없었다. 아직은… 나는 땅을 파야 했다.

나는 다시 입을 벌린 구멍을 바라보고 있었다. 이번에는 낙엽과 빗물이 초콜릿처럼 걸쭉하게 괴어 있을 뿐 텅 빈 수영장이었다.

한심한 기분이 들었다. 실망스러웠다. 그리고 추웠다. 나는 찰리의 군용 스웨트셔츠 후드를 뒤집어썼다. 5시 27분이었다. 찰리가 두 살 때 이 집에 같이 산 뒤로 한 번도 이 자리에 서 본 적이 없었다. 아까 찰리가 '배고파'라고 문자를 보냈을 때 나는 빨간색 픽업트럭 앞에서 30번 주간고속도로를 반대방향으로 한참 달리고 있었다. 이어 20분 뒤에 '집에 왔어', 5분 뒤에 다시 '멋진 스커트네'라는 문자가 왔다. 1분 뒤에 '응????'이 날아왔다.

전화를 걸어 보았지만 아무도 받지 않았다. 이제 주머니 안에서 휴대전화가 울리고 있었다. 해는 다른 장소로 이동하려는 커다란 오렌지색 공처럼 빠르게 저물고 있었다. 아파트 유리창이 기울어가는 햇살을 받아 불처럼 타오르고 있었기 때문에 집 안은 보이지 않았다. 후드를 뒤집어쓴 채 삽을 들고 어둑어둑한 곳에 서 있는 수상한 인물을 내려다보는 사람이 없기를 바랄 뿐이었다.

"왜 애너 집에 가지 않고." 나는 인사를 생략하고 물었다. "애너 집에 있어야 하는 거 아니야?"

"애너 엄마가 아파." 찰리가 말했다. "애너 아빠가 데려다 줬어. 난 우리 집에 바로 데려다 달라고 했고. 어디야? 왜 문자 답 안했어?"

"전화하려고 했지. 운전 중이었어. 길을 잘못 드는 바람에. 지금은… 일이 있어. 댈러스야. 문은 잠갔니?"

"엄마, 밥은?"

"스윗 마마에서 피자를 주문하렴. 전화 아래 봉투에 돈이 있어. 폴에게 배달해 줄 수 있는지 물어봐. 그리고 문 열어 주기 전에 폴이 맞는지 꼭 구멍으로 내다보고. 음식을 받은 뒤에는 문을 잠그고 비밀번호 꼭 눌러."

"몇 번인데?"

"찰리, 방범 코드 알잖아."

"그 번호 말고. 스윗 마마 전화번호."

지난밤 사이먼 코웰이 〈샤이닝〉에서 잭 니콜슨의 도끼를 닦아 준 젊은 조수였다는 사실을 구글로 알아낸 아이가 이런 질문을 하다니.

"찰리, 정말! 엄마 곧 돌아갈 거야. 늦은 건 단지… 길이 기억날 줄 알았지."

"왜 속삭이는 거야?"

"피자, 찰리. 문구멍 잊지 말고." 하지만 찰리는 벌써 전화를 끊은 뒤였다.

찰리는 괜찮을 거야. 방금 이 말을 한 건 나였나, **수잔**인가? 둘 중 누가 더 잘 알지?

"이봐요." 잡초제거기를 든 남자가 집 반대편에서 빠른 걸음으로 다가오고 있었다. 들켰다. 나는 삽을 나무에 기대 놓았지만 너무 늦었다. 멀리서 봐도 그의 태도에는 기억을 일깨우는 데가 있었다.

"여긴 사유지요!" 그는 소리쳤다. "저녁 시간에 삽을 들고 뭐하는 거요?" 식사시간에 지켜야 할 예의범절을 추궁하는, 위협이 담긴 느릿한 말투. 완벽한 텍사스 특유의 태도였다.

어둠이 무서워서. 이 동네에는 서랍 안에 넣어둔 총을 언제든지 쏘려는 사람들이 많다는 걸 잘 아니까. 난 그렇게 살았거든.

"예전에 이 집에 살았어요."

"삽은? 그건 뭐하는 겁니까?"

불현듯 나는 그가 누구인지 깨닫고 약간 놀랐다. 수리공이었다. 10년도 더 전에 여기서 일했던, 매일 그만두겠다고 욕설을 내뱉던 바로 그 사람이었다. 내 기억으로 그는 이스트 댈러스의 이 개조한 집, '개성 넘치는 4가구 공동주택'으로 선전한 빅토리아풍 건물의 주인이었던 불평 많은 여자의 먼 사촌이었다. 고풍스러운 크라운 몰딩은 희게 부서져서 내 머리에 비듬처럼 내려앉았고, 유리창은 헤라클레스가 와야 열 수 있었으며, 뜨거운 물은 새벽 5시에 일어나는 1층 운동광보다 어쩌다 먼저 욕실에 들어가야 2분 30초 정도 쓸 수 있었다.

내가 그 집을 선택한 이유는 창문이었다. 어느 누구도 기어 올라와서 침입할 수 없었다. 그것도 그랬고, '여성 전용'이라는 광고 문구도 있었다.

"주차 공간에 이 수영장을 판 게 언제였나요?" 나는 물었다. "마빈? 마빈 맞죠?"

"마빈을 기억하시는군. 여자들 대부분이 기억하지. 수영장은 3년 전쯤 생겼어. 원래는 집집마다 번호로 주차 공간을 할당했던 자갈밭이었지. 한데 그렇잖아. 이제 다들 서로 도로에 대려고 싸워야 한다고 투덜거리지. 게다가 거티는 수영장에 물도 안 채워. 돈값도 못하고, 마빈이 낙엽을 안 치운다면서. 마빈은 할 만큼 하고 있는데. 언제 여기 사셨소?"

"10년 전쯤." 애매하게 대답했다. 마빈에게 자기 자신을 3인칭으로 지칭하는 습관이 있었다는 것을 잊고 있었다. 아마 그것이 그가 다른 일자리를 찾지 못한 이유 중의 하나리라.

"아, 그 옛날. 불만투성이 대학생들이 새벽 2시에 마빈에게 전화를 걸어서 자기 애플 컴퓨터가 우주에 연결되지 않는다고 징징거리지 않던 시절이었지."

나는 튀어나오려는 웃음을 밀어 넣었다. 굳이 고쳐주지는 않았다. 좀 더 잘 보기 위해 후드를 벗는 순간, 실수했다는 것을 깨달았다. 나는 흉터를 가리려고 얼굴 옆쪽으로 머리를 넘겼다. 넉넉한 검정 스웨터와 운동화 차림이었고 화장은 전혀 하지 않은 맨얼굴이었지만 마빈은 이 손짓 때문에 나에 대해 새삼 관심이 생긴 모양이었다. 여성 전용 하숙집도 오늘은 따분한 하루였던 것 같았다. 사실 그가 아직 여기서 일하는 것은 여성 전용이기 때문일 것이다.

"궁금한데요." 나는 망설이다 말했다. "혹시 수영장을 팔 때 땅에서 뭐 나온 거 없나요?"

"시체 같은 거? 무슨 소리. 그런 건 없었소. 혹시 묻은 거라도 있나?"

"아뇨, 아뇨. 당연히 아니죠."

마빈은 고개를 저었다. "당신도 그 어린애들과 똑같군. 혹시 유령 프로그램 촬영 장소 물색하러 돌아다니는 거요?"

"무슨 어린애들이요?"

"이 집에 귀신이 붙었다면서 매년 가을마다 위층 왼쪽 집을 임대하는 여학생 클럽이 있어. 신입생들을 겁주는 데 사용하지. 속이 훤히 비치는 잠옷을 입힌 해골을 창밖에 걸어 놓고. 돈 많은 남자친구를 초대해서 동부콩 소스와 트래쉬 캔 펀치를 퍼마신 뒤에 현관 포치에 온통 토해 놓지. 거티는 그 아파트에 웃돈을 받기 시작했어. 하지만 그런다고 마빈이 월급을 더 받느냐? 아니. 마빈은 그냥 아무 소리 없이 꾹 참고 청소만 해야 해."

"왜 그 사람들이… 귀신이 나온다고 생각할까요?" 질문이 입에서 나오자마자 나는 후회했다. *답은 알고 있잖아.*

"오래전 여기 살았던 여자 때문에. **블랙 아이드 수잔** 살인마에게서 살아남은 그 여자. 우리는 그 여자가 이사 오고 일 년 반이 지나도록 모르고 있었어. 좋은 여자였지. 시내 작은 디자인 회사에서 일했어. 계단 위에 딸이 쓸 덧문을 설치하지 못하게 한다고 몇 번 불평도 했고. 거티는 그러면 오래된 집의 매력이 사라진다고 했어."

갑자기 그의 얼굴이 굳었다.

"맙소사, 당신이 그 여자군. 안 그래? 저 윗집에 살던 **수잔**."

"내 이름은 **수잔**이 아니에요."

"빨강머리를 보고 알아봤어야 했는데. 세상에, 아무도 못 믿을 거요. 마빈이 사진 한 장 찍어도 될까? 진짜 당신 맞지? 귀신 아니지?" 순간 그는 진심으로 귀신이 아닐까 걱정하는 것 같았다.

미처 무슨 생각을 하기도 전에, 그는 주머니에서 전화기를 꺼내더니 버튼을 눌렀다. 플래시가 번득이고, 나는 그의 전화 안에 저장되었다. 이제 내 얼굴은 전화에서 페이스북으로, 트위터로, 인스타그램으로, 마빈의 우주와 그 너머로 영원히 전달될 것이다.

"잘 나왔군." 그는 전화기를 들여다보며 혼잣말을 했다. "배경에 삽도 있어."

괴물이 아직 모르고 있다 해도, 이제 곧 알게 될 것이다.

내가 추적에 나섰다는 사실을.

7시쯤 집 앞 진입로에 접어들자, 모든 창문에서 불빛이 환히 흘러나오고 있었다. 찰리가 겁을 먹은 것은 아닌지… 아니, 그저 가는 곳마다 불을 켜고 끄지 않는 습관이 있을 뿐이라고 나는 스스로를 다독였다.

30분 전쯤 찰리와 통화했다. '캐나다식 베이컨과 올리브를 올린 피자를 배달시켜서 먹었다, 괜찮았다'고 했다. 전화 너머는 모든 것이 평범한 것 같았다. 심란했던 마빈과의 만남과 너무나, 너무나 달랐다. 워낙 일상적이었기 때문에 나는 톰 섬에 들러 찰리가 문자로 요청한 점심 메뉴까지 샀다. 옐로 치즈, BF 햄, 미시즈 비의 흰 빵, 포도, 허머스, 프레첼, 미니 오.

"엄마 왔어." 나는 문을 발로 차서 닫으며 소리쳤다. 보안 시스템은 켜져 있었다. 확인. 찰리는 아마 내가 '이런 건 너는 안 보는 게 좋겠어'라고 애매하게 일러둔 넷플릭스 재방송을 봤을 테지만 텔레비전 앞 커피 탁자에서 피자 상자까지 치워두었다.

하지만 찰리는 없었다. 배낭도 없었다. 텔레비전은 따뜻했다. 나는 거실을 지나치며 식료품 봉투를 카운터 위에 열쇠와 함께 올려놓았다.

"찰리?" 아마 자기 방에서 보스 헤드폰을 쓰고 제인 오스틴과 같이 19세기 영국을 못마땅하게 돌아다니고 있을 것이다.

힐다 아주머니는 절대 노크를 하지 않았기 때문에 나는 노크했다. 대답이 없었다. 문을 살그머니 열어 보았다. 활짝 열어젖혔다. 침대는 헝클어져 있었다. 『오만과 편견』은 물병을 올려놓는 받침 역할을 하고 있었다. 옷가지가 사방에 흩어져 있었다. 속옷 서랍은 침대 위에 쏟아져 있었다. 바닥에 진흙이 한 줄 묻어 있었다.

오늘 아침 찰리가 해 놓은 그대로였다. 단지 찰리만 없었다.

나머지 집 안을 둘러보는 데는 1분 정도밖에 안 걸렸지만 울렁거리는 공포가 밀려오기에 충분한 시간이었다. 나는 뒷마당으로 나가는 미닫이 유리문을 벌컥 열고 찰리의 이름을 불렀다. 아름드리 참나무 둥

치와 에피가 목수의 도끼에서 구출해낸 옛날 말뚝을 엮어서 뒤쪽 울타리에 나란하게 설치한 해먹에도 없었다. 스튜디오 창문이 머리 위에서 검게 번득였다. 차고 문은 굳게 닫혀 있었다.

전화, 전화가 필요해.

나는 서둘러 집 안으로 들어가 가방에서 전화기를 찾았다. 어제 소프트웨어 업데이트를 하며 설정한 새 비밀번호를 어색하게 눌렀다. 잠겼다. 젠장, 젠장, 젠장. 네 자리 숫자를 한 번 더 천천히 눌렀다. 다시는 전화를 업데이트하지 않겠다고 다짐했다. 아이콘을 눌렀다.

거기 단어 하나, 하느님이 보낸 집행 유예 선고가 떴다.

@에피네

몇 초 뒤, 나는 에피의 집 문을 요란하게 두들기고 있었다. 에피가 문을 열어 줄 때까지 영원 같은 시간이 흘렀다. 그녀는 목을 끈으로 죄는 긴 흰색 레이스 잠옷을 뒤집어쓰고 있었다. 평소엔 땋아서 쪽을 찌던 희끗거리는 머리카락은 허리까지 늘어져 있었다. 만약 그녀가 커다란 주기율표 대신 양초를 들고 있었다면 아마 펨벌리 정원에서 달아난 신부라고 생각했을 것이다.

"도대체 무슨 일이야?" 에피는 물었다.

침착하자, 침착하자, 침착하자.

"찰리 여기 있어요?" 숨이 가빴다.

"당연히 여기 있지." 에피는 옆으로 물러섰다. 거기 내 딸이, 세상에서 가장 아름다운 모습으로 커피 탁자 옆 바닥에 양반다리를 하고 앉아서 노트에 뭐라 적고 있었다. 모든 것이 눈에 다 들어왔다. 클립으로 묶어 올려서 빨간 칠면조 깃털처럼 얼굴을 둘러싸고 있는 머리카락, 바깥 기온이 50도인데도 아직도 입고 있는 배구용 짧은 운동복, 털이 보송보송한 돼지 모양 슬리퍼, 반짝거리는 금박이 여기저기 벗겨진 손톱. 입술은 무성영화 스타처럼 과장된 동작으로 움직이고 있었다. *살려줘.*

"내가 현관 포치 그네에 앉아 있는데 우리 집 마당 근처에서 어떤 남자가 돌아다니는 게 보이더라고." 에피가 입을 열었다.

피자 배달부. 찰리는 입 모양으로 말하며 눈동자를 데굴 굴렸다. 에피는 여전히 주절거리고 있었고, 내 두뇌는 그저 쿵쿵거릴 뿐이었다. *괴물이 찰리를 데려간 게 아니야.*

"… 당신 차는 안 보이는데 집 안 불은 다 켜져 있었어. 걱정됐지. 전화를 해 보니 찰리가 받아서 내가 곧장 가서 데려왔어. 지금은 그냥 내년에 치를 화학 시험 준비를 약간 도와주고 있었어."

찰리는 심하게 탄, 혹은 다크초콜릿 쿠키가 스마일리 얼굴 모양으로 놓인 커피 탁자 위 접시를 가리켰다. 스마일리 얼굴은 찰리가 만든 것이리라. 찰리는 쿠키 두 개를 집어 자기 얼굴에 눈처럼 갖다 댔다. 탄게 확실했다.

찰리의 익살과 에피의 진심, 먹을 수 없는 쿠키. 내 엄격한 규칙 중하나를 깨뜨렸으니 나중에 찰리를 단단히 혼내야 한다. @ 기호와 디지털 문자 한 단어는 결코 손으로 적은 쪽지와 스카치테이프를 대신할 수 없다는 규칙이었다. 어쩌면 나도 찰리 눈에는 펨벌리에서 도망 나온 신부처럼 구식으로 보일 것이다.

"배려해 주셔서 정말 고마워요, 에피."

"찰리는 피자 배달부였을 거라고 하는데." 에피가 말했다. "어딘가 은밀한 분위기가 있었어. 조심해서 나쁠 건 없잖아."

따뜻한 안도감에 젖어 있는데 이 말에 갑자기 정신이 들었다. 우리가 한 번도 한 적이 없던 그 이야기를 하고 있나? 에피도 내 괴물을 경계한 걸까?

"내 생각에는 그게 누구였는지 알아?" 에피가 물었다.

혹시 찰리 앞에서 하고 싶지 않은 이야기를 꺼내려는 걸까 멍하니 생각하며 나는 고개를 저었다.

"그놈이 분명 삽 도둑이었어." 에피는 말했다.

테시, 1995년

나는 의사의 딸에 대해 몇 가지 알고 있었다. 이름은 레베카, 나이는 열여섯. 의사가 말해 준 것이 아니었다. 리디아가 정보를 캐내서 알게 되었다.

레베카는 미치광이가 존 레논을 세상에서 빼앗고, 고통스럽게 죽어 마땅했던 알프레드 히치콕이 평화롭게 세상을 떠난 해에 실종되었다. 리디아와 나는 지역 신문 《마이크로필름》을 꼼꼼히 열람한 끝에 2년 전 의사가 정상인과 편집증에 대한 연구로 권위 있는 국제상을 수상한 직후 나온 인물 소개를 찾아냈다.

누가 정상인 거야, 리디아는 중얼거렸다. 그녀는 몇 페이지를 넘기더니 히치콕의 부고 기사를 내게 읽어 주었다. 리디아는 특히 자기가 좋아하던 영화 〈열차 안의 낯선 자들〉을 촬영하면서 히치콕이 자기 딸을 고문했다는 사실에 특히 몰입했다. 그는 딸을 회전 대관람차에 태우고 꼭대기에서 기계를 멈추게 한 뒤 세트의 조명을 모두 끄고 어둠 속에 혼자 내버려두었다. 촬영 관계자가 내려 주었을 때 딸은 히스테리 상태였다. 리디아는 기계의 버튼을 누르고 의사의 인터뷰와 히치콕의 부고 기사 둘 다 복사했다. 침대 아래 상자에다 모으고 있는 괴상한 사례 개인 모음집에 어울린다고 생각했던 것이다.

도서관에서 버스를 타고 집에 돌아오는 길에 리디아는 히치콕의 딸 이야기에 정신이 팔린 나머지 레베카에 대해 별로 알아낸 것이 없다는 데는 별 관심이 없었다. *소름끼치는 사디스트잖아.* 곁에 앉은 승객들이 모두 내 눈 밑의 작은 달 모양 흉터만 쳐다보고 있는 동안 리디아는 공표했다.

레베카는 의사의 일생을 요약한 기사에 한 단락으로 소개되어 있었다. 이걸 보니 너무나 슬퍼졌다. 추측컨대, 의사는 기자에게 자기 딸의 실종 사건은 거론하지 않겠다고 말했을 것이다.

지난 상담 시간에도 의사는 역시 딸 이야기는 하지 않겠다는 점을 분명히 했다. 레베카에 대해 질문하자 아주 오랜 침묵이 흘렀던 것이다. 그래서 나는 책상 위에 걸려 있는 사신 그림이 마음에 든다고 말했다. "우리 할아버지도 윈슬로 호머의 밀 시기를 거쳤어요." 나는 말했다. "그리고, 아 참! 이제 앞이 보여요."

놀란 척하는 건지, 정말 놀란 건지는 알 수 없었다. 의사는 '중요한, 중요한 진전'이라고 표현하며 진심으로 흐뭇한 것 같았다. 그는 연필과 내 코를 이용해서 구식 시력 테스트 같은 것을 하다가 눈을 감아 보라고 하더니 최대한 자세하게 자기 얼굴을 묘사해 보라고 했다.

의사는 딸 이야기는 하고 싶지 않지만 자기 딸은 **블랙 아이드 수잔** 사건과 아무 관계가 없다고 다시 말했다. 나는 묻지 않았지만 혹시 관계가 있다 해도 지금은 알고 싶지 않았다.

은근히 행복한 나날이 아닐 수 없었다. 닷새 만에 몸무게는 2.5킬로그램이나 불었다. 다시 앞이 보인다고 하자 아빠와 남동생은 심장이 갈비뼈 안에서 터질 것 같다 싶을 정도로 동시에 나를 꼭 껴안았다. 힐다 아주머니는 설탕을 입힌 코코넛 피칸으로 독일식 3층 초콜릿 케이크를 만들어 주셨다. 내가 먹어 본 케이크 중에 최고였다.

신간이 나오면 페이퍼백으로 출간될 때까지 기다리는 집안인데도 간밤에는 『호스 위스퍼러』란 새 하드커버 책이 침대 옆 탁자에 놓여 있었다.

재판은 52일 남았다. 재판 이후 두어 번의 마무리 시간을 합하면 상담은 열두 번 가량 더 남았다는 뜻이다. 마지막이 다가왔다. 레베카처럼 불필요한 화제를 끌어들이고 싶지 않았다. 그 이야기를 꺼낸다는 것은 비열한 행동이었다.

한데 불행히도 레베카는 요즘 리디아가 가장 정신이 팔려 있는 주제였고, 그녀는 다른 신문을 통해 레베카에 대한 정보를 계속 캐내고 있었다. "뭘 찾아내든 의미 없어." 나는 리디아에게 말했다. *레베카는 예뻤고, 친구가 많았어. 아주 좋은 아이였고, 집안도 좋았고 등등.* 냉정하게 말하고 싶지 않았지만 사실이 그랬다.

알고 있었다. **블랙 아이드 수잔**이 된 이후 내 인생에 대한 온갖 과장된 기사란 기사는 다 읽었기 때문이었다. 그런 기사 속에서 엄마는 '미심쩍은' 정황에서 사망했고, 할아버지는 으스스한 집을 지었으며, 나는 말 그대로 완벽했다. 하지만 사실은? 엄마는 희귀한 뇌졸중을 앓았고, 할머니가 할아버지보다 더 미치광이였으며, 나는 절대 동화 속에 나오는 여주인공이 아니었다. 여주인공들은 일단 전부 피해자긴 하지만. 백설공주는 독사과를 먹었고, 신데렐라는 노예처럼 일했고, 라푼젤은 감옥에 갇혔고…. 테시는… 뼈와 함께 버려졌다.

어느 괴물의 뒤틀린 판타지 때문에.

하지만 의사는 내가 그 이야기를 하면 좋아하겠지. 의사가 의자에 앉는 동안 나는 생각했다.

그는 미소 지었다. "말해 보렴, 테시."

지난주, 의사는 이번 상담은 내가 하고 싶은 이야기를 하자고 했다. 시력이 돌아온 것을 잠시 숨긴 것도 아빠에게 이르지 않겠다고 약속했다. 지금까지 의사는 그 약속을 지켰다. 환자들과 늘 이런 거래를 했을까. 과연 적절한 행동일까?

상관없었다. 오늘 나는 진짜 나를 내보일 준비가 되어 있었다.

"불이 어둑어둑해지면 항상 무서워요. … 다시 시력을 잃을까 봐."

나는 말했다. "가족이 다 같이 올리브 가든에 갔는데 종업원이 저녁식사 분위기를 돋운다고 조명을 어둡게 했을 때도 그랬고, 동생이 텔레비전을 더 잘 보려고 내 뒤에서 거실 블라인드를 내릴 때도 그랬어요."

"그럴 때 다시 시력을 잃을 거라는 생각 대신 그냥 그런 일은 없을 거라고 단호하게 다짐하면 어떨까?"

"정말요?" *아빠가 정말 이 따위 조언에 돈을 내야 해?*

"넌 계속 보고 싶잖니, 테시. 괴물이 네 머릿속에 앉아 조명 스위치를 조종하고 있는 게 아니야. 조종하는 건 너란다. 통계적으로 이런 일이 다시 일어날 확률은 거의 0에 가까워."

아, 이건 약간 유용하군. 최소한 위안은 된다. 이런 일이 애당초 일어날 확률도 사실 0에 가까웠겠지만.

"여기서 또 무슨 일이 일어나고 있니?" 의사는 자기 머리를 손가락으로 두드렸다.

"난… 오제이 심슨 걱정을 했어요."

"정확히 뭐가 걱정스럽지?"

"배심원들을 속여서 무죄판결을 받을지도 모르니까요." 리디아가 빨간 가죽 장갑에 V8 주스를 적셔서 햇빛에 말린 뒤 손을 넓게 뻗으면 오제이와 같은 효과를 얻을 수 있다는 것을 직접 시범으로 보여 줬다는 말은 하지 않았다.

의사는 한쪽 다리를 다른 쪽 다리에 겹쳤다. 그의 옷차림은 내가 상상했던 것보다 훨씬 보수적이었다. 풀을 먹인 흰색 셔츠, 빳빳하게 다린 검은색 정장 바지, 작고 빨간 다이아몬드 무늬가 그려진 느슨한 파란색 타이, 반질반질 윤기나는 검은색 신발. 결혼반지는 없었다.

"그런 일이 일어날 가능성도 사실상 0에 가까워." 그는 말했다. "넌 그저 네게 그런 짓을 저지른 범인이 풀려날까 봐 걱정되는 거야. 머릿속에서 생각만 계속 커질 테니까 오제이 보도는 보지 않는 게 좋겠다."

힐다 아주머니도 냄비에서 튀긴 오크라 한 접시를 갖다 주면서 텔레비전을 끄고 공짜로 이런 조언을 해 주었다.

"테시, 오늘은 네가 하고 싶은 이야기를 하자고 했지만 잠시 다른 이야기를 해야겠다. 네가 도착하기 직전에 검사가 전화했어. 재판 전에 너와 일대일로 만나고 싶다는구나. 혹시 네가 편해진다면 내가 인터뷰를 참관하겠다고 이야기하마. 다음 화요일에 첫 면담을 하고 싶다는데. 원한다면 우리 상담 시간을 이용해도 좋아."

의사는 겹친 다리를 풀고 내 쪽으로 몸을 내밀었다. 자기 보호를 위해 몸을 또르르 마는 풍뎅이처럼 위장이 단단하게 뭉치는 것 같았다.

"시력을 회복한 건 대단한 발전이야. 검사를 만나 재판에 대한 두려움을 떨치는 건 논리적으로 그다음 단계지. 기억을 더듬는 데도… 도움이 될지 모르고. 네 두뇌를 아주 미세하고 안전한 것들이 먼저 빠져나가는 체나 거름망 같은 거라고 생각해 보렴."

부엌 용품에 대한 의사의 헛소리는 귀에 들어오지 않았다.

7일 남았다.

"좋은 소식을 검사에게 전했다고 기분 상한 건 아니었으면 좋겠구나." 의사가 말했다.

"아니에요." 나는 거짓말을 했다.

짐을 꾸려서 몇 달째 내 옷장 맨 뒤쪽 구석에 쑤셔 박아 놓은 작은 가방이 떠올랐다.

도망가려면 너무 늦은 게 아닐까.

테사, 현재

찰리와 나는 현관 포치 그네에서 옛날 놀이를 하고 있었다. 빗방울이 규칙적으로 지붕을 두드렸다.

우리 둘이 앞뒤로 흔들거리는 작은 인형인 척하는 놀이였다. 어린 소녀가 손가락으로 우리 그네를 밀고 있다. 커다랗고 노란 고양이는 장에 넣고 잠가 놨기 때문에 우리에게 덤벼들 수 없다. 소녀는 우리를 위해서 작은 플라스틱 케이크를 굽고 있다. 침대도, 벽장 안의 작은 접시도 모두 정돈했고 칫솔로 양탄자도 쓸었다. 벽장 안에는 괴물도 없다. 벽장이 없기 때문이다.

이 순간만은 모든 것이 완벽했다. 아무것도 우릴 건드릴 수 없다. 우리는 인형의 집 안에 있었다.

무릎에 닿은 딸의 머리가 따뜻했다. 찰리는 더 이상 세 살이 아니기 때문에 공간이 부족해서 무릎을 굽힌 자세로 나와 같이 현관 포치 그네에 옆으로 누워 있었다. 벽돌 기둥 사이로 불어온 바람이 빗물을 날려서 나는 찰리의 맨다리를 내 재킷으로 감쌌다.

찰리는 보다 편안한 자세를 찾아 뒤척이다가 얼굴을 내게 향했다.

보라색 눈동자 주위에 검은 아이라이너를 그려서 눈이 한층 더 크고 사랑스러워 보였지만 한층 냉소적으로 보이기도 했다. 양쪽 귀에는 뭉툭한 은 귀걸이가 두 개씩 박혀 있었다. 한쪽이 다른 쪽보다 약간 더 컸다.

눈 화장은 씻어낼 수 있다. 귀걸이 구멍도 그냥 두면 막힌다. 나는 이런 것들에 너무 호들갑을 떨지 않도록 노력했다. 그러면 딸은 내 오른쪽 엉덩이의 문신, 흉터 사이에 그려 넣은 나비 이야기를 꺼낼 것이다.

석 달 뒤에 찰리가 치아교정기를 빼면 그때부터 정말 걱정이 시작될 것이다. "엄마, 간밤에 에피네 집에서 약간 정신 나간 사람 같았어. 걱정된 건 알지만, 그래도. 엄마의 그런 모습은 한 번도 본 적이 없어. 그 사람의 사형 집행을 막을 수가 없어서 두려운 거야?"

"약간은." 나는 딸의 머리카락을 한 줌 쥐고 만지작거렸다. 찰리는 가만히 있었다. "찰리, 엄마한테 있었던 일에 대해서 자세히 이야기한 적이 없지?"

"엄마가 원하지 않았잖아." 그저 의견이었지, 비난은 아니었다.

"너를 그 일에 끌어들이고 싶지 않아서 그랬던 것뿐이야." 찰리의 순수함이 객관적인 사실과 안전하게 가공한 서술 이외의 다른 것들로 오염되는 것은 원치 않았다.

"그럼 아직도… 그 소녀들에 대해 생각해?" 조심스러운 질문. "나는 그중 한 명에 대해 꿈을 꾼 적이 있어. 메리. 좋은 이름이야. 얼마 전 누가 《피플》지 기사를 내 자전거에 붙여 놨더라고. 그 애 엄마가 인터뷰를 했는데, 테렐 굿윈의 집행 날에는 맨 앞자리에서 구경하겠다고 했어. 정말 그가 범인이 아니라고 확신해?"

나는 벌떡 일어나지 않으려고 침착하게 콘크리트 바닥을 발로 밀어내며 그네를 계속 흔들려고 안간힘을 썼다. 낯선 사람이 찰리에게 선물을 남겼다니. 내 머릿속의 수잔이 슬그머니 찰리에게 옮겨갔다니. 게다가 이 이야기를 이제야 나한테 하다니. 찰리가 이런 비밀을 나한테 이야기하기 어려워서 혼자 품고 있는 것은 절대 원치 않았지만 사실 정확히 그 때문이었다.

"그래." 나는 말했다. "물론 그 소녀들에 대해 생각하지. 어떻게 죽었는지, 그 일로 누가 고통받고 있는지. 특히 지금은 더욱 그렇고. 내가 전에 이야기했던 법과학자가 피해자들의 유골에서 DNA를 추출했어. 아직 두고 봐야 하고 운도 따라야 하지만, 유가족들이 아직도 실종자를 찾고 있다면 우리가 신원을 밝혀낼 수 있을지도 몰라."

"엄마라면 계속 날 찾을 거잖아. 절대 포기하지 않을 거잖아."

나는 눈물을 억지로 참았다. "절대로. 절대로 포기 안 하겠지. 혹시 그 꿈에 대해 이야기해 줄 수 있겠니? 수, 아니 메리에 대한 꿈."

"우린 섬에서 산책을 했어. 메리는 아무 말도 안 했어. 그냥 좋았어. 무서운 꿈은 아니었어."

고마워, 메리.

"그럼 엄마는 테렐이 무죄라고 확신해?" 그녀는 다시 물었다.

"응, 거의 확신해. 증거가 없어." 나는 **블랙 아이드 수잔들**의 17년간의 흔적을 굳이 입에 올리지 않았다. 의혹을 증폭시키는 내 머릿속의 목소리.

"진범이 누구든 그는 돌아오지 않아, 엄마." 찰리는 진심을 담아 말했다. "첫 번째에도 잡히지 않을 정도로 영리했잖아. 다시 그런 모험을 하지는 않을 거야. 정말 무슨 짓을 할 거였으면 오래전에 했겠지. 다른 범행을 저질러서 감옥에 있는지도 몰라. 그런 경우가 많다고 들었어."

딸은 분명 그 일에 대해 많이 생각해 본 모양이었다. 십 대의 두뇌가 그 시절 리디아나 나만큼 복잡하지 않을 거라고 생각했다니, 얼마나 어리석었나. 나는 찰리에게 조애나의 충격적인 통계—미국 내에서 돌아다니는 연쇄살인범 300명 중 대부분은 절대 잡히지 않는다—를 들려주지 않았다.

"내 말 들어 보렴, 찰리. 무엇보다도 나는 네가 평범한 삶을 살았으면 좋겠어. 두려움 속에서 살지 않았으면 좋겠지만 당분간은 아주 조심해야 한다. 테렐이 어떻게 될지… 확실해질 때까지는. 내 임무는 널 보호하는 거야. 넌 그 점을 이해하고 엄마 말을 잘 따라야 해."

찰리는 몸을 일으켰다. "엄마, 내가 아는 사람들 중 절반은 우리보다 덜 평범한 사람들이야. 멜리사 차일더스의 엄마는 어느 토요일 밤 치어리더를 태우고 돌아다니다가 자기들이 싫어하는 여자애들 집 우체통 안에 생닭을 넣어 놨대. 그 애 엄마가 경찰서에서 찍은 증명사진이 페이스북에 있다고. 애너의 엄마는 요전날 우리를 태우러 오기로 해 놓고 아파서 못 온다고 했는데 사실은 술에 취해 있었어. 애너가 그러는데 자기 엄마가 자동차 컵홀더 콜라병에 보드카를 부어 놓고 마신대. 아이들도 이런 거 다 알아, 엄마. 못 숨겨." 모처럼 정보가 여과 없이 쏟아져 나왔다.

"난 애녀의 엄마 차는 이제 절대 안 탈 거야." 찰리는 선언했다.

그네의 움직임. 최면 같았다. *계속 이야기해.*

찰리의 휴대전화에서 내가 모르는 음악이 흘러나오기 시작했다. 찰리는 즉시 전화 쪽으로 손을 내밀었다.

"말리네 집에서 하룻밤 보내도 돼?"

그녀는 벌써 그네에서 내려와 내게서 멀어지고 있었다.

"난 여기가 좋아요. 토요일 밤 플라잉 피쉬 만한 데는 없어." 조애나는 성에가 낀 커다란 맥주잔을 입으로 가져가며 말했다. 그녀는 낡은 리바이스 바지에 빨간색 오클라호마 수너스 티셔츠 차림이었고, 목에는 어떤 차림에도 잘 어울리는 금색 DNA 목걸이를 걸고 있었다.

빌은 다 같이 먹을 굴튀김과 옥수수볼 튀김 바구니를 들고 막 카운터에서 돌아왔다. 그는 격식을 차리지 않은 낡은 청바지 차림이었고 어느 때보다 편안해 보였다. 셔츠 자락은 밖으로 나와 있었다. 머리를 잘라야 할 것 같았다. 그는 나를 위해 가져온 세인트 파울리 걸 맥주잔을 내밀었다. 손가락이 필요 이상 잔에 오래 머물렀다. 맥주 탓이었으리라. 집까지 운전하는 길이 조금 험난할 것 같았다.

"싫어하는 사람이 없지요." 빌은 씩 웃으며 부스 맞은편 조애나 옆에 앉았다. 그의 머리 위 복잡한 게시판에는 스테로이드라도 복용한 것 같은 물고기를 자랑하는 남자 사진이 걸려 있었다.

"저거 진짜일까요?" 나는 찰리의 키만한 바다 괴물을 가리켰다.

"저 알림판은 '거짓말쟁이들의 벽'이라고 불려요." 빌은 돌아보지 않고 옥수수볼 튀김을 하나 입에 넣었다. "지방검찰청에도 저런 거 하나 만들라고 몇 년째 건의를 하고 있지요."

"공정하지 않아요." 조애나는 미간을 찌푸렸다. "최소한 10년 동안 댈러스 카운티는 다른 어느 곳보다 DNA 감식을 통해 무고한 사람들을 많이 방면해냈어요." 찰리가 하던 말과 비슷했다.

"아, 조애나. 당신은 언제나 낙관주의가 지나쳐서 탈입니다." 빌이 말했다. "테렐의 재심에 성공한다면 그때 다시 이야기해 보죠."

식당 간이 탁자와 부스는 시끄럽고 손님들로 가득 차 있었다. 뭐든지 튀겨 먹는 텍사스 특유의 입맛을 지닌 카우보이모자와 야구모자 차림의 손님들이 카운터까지 길게 우리 옆으로 줄지어 있었다. 텍사스 주민들의 이런 취향은 누텔라, 트윙키까지 튀김 솥에 집어넣는 주 박람회에서 절정에 달한다.

찰리가 친구 집에 자러 가려고 대문을 나서자마자 빌에게서 조애나와 같이 맥주 한 잔 하고 있는데 오지 않겠느냐고 문자가 왔다. 이유는 없었다.

나는 망설였지만 오래 끌지는 않았다. 천둥이 우르릉거리고 번개가 번쩍일 때마다 나무와 수풀 그림자가 사람처럼 변하는 을씨년스러운 밤, 여기 나오지 않으면 멀로 와인을 한 병 따고 머릿속의 **수잔들**과 밤을 지새우는 것밖에 할 일이 없다. 나는 비가 와서 유난히 곱슬거리는 머리를 하나로 질끈 묶고 낡은 청재킷을 뒤집어쓴 뒤 지프를 타고 와이퍼로 앞 유리창을 연신 닦으며 쏜살같이 달려왔다.

내가 폭포 밑에서 빠져나온 것 같은 꼴로 들어섰을 때 빌과 조애나는 이미 최소 한 잔씩 마시고 수너스의 쿼터백에 대해 열띤 토론을 하고 있었다. 조애나는 탁자 위에 종이 수건 두루마리를 던져 주면서 왼쪽 눈을 가리키며 눈 밑에 번진 마스카라를 닦으라고 했다. 화제는 테렐이 아닌 조애나의 새 사건, 오하이오 주의 들판에서 발견된 세 살 혹은 네 살 정도 된 소녀의 유골 이야기로 흘렀다가 다시 '나'로 이어졌다.

"그런데 정확히 무슨 일을 하십니까?" 빌이 물었다.

"정확히 뭐라 불러야 할지 저도 모르겠는데요. 난… 문제 해결사 같은 존재예요. 사람들이 전에 본 적이 없는 뭔가를 상상하면 내가 그걸 만들죠. 할머니 반지의 보석을 박아 신부 결혼식에 쓸 화관을 디자인한다거나 산타페의 어느 호텔을 위해서 지었던 천장에 매단 계단 같은 거예요. 《선데이모닝》에서 여성 기능공에 대한 연속 기사를 내면서 다룬 적이 있는데 덕분에 도움이 많이 됐어요. 다행히 수준 높은 기자가 **블랙 아이드 수잔** 이야기는 꺼내지 않더군요. 요즘은 일거리를 선택할 수 있어요. 돈도 더 많이 받고."

"지금까지 만든 것 중에 가장 마음에 드는 게 뭡니까? 그 계단?"

"아뇨. 작년 찰리네 학교 운동회에서 만든 호박 투석기였어요. 학교 역대 기록을 18미터나 깼죠." 나는 맥주를 다시 한 모금 마셨다. "아버지가 물리학 부전공이어서 이런저런 걸 가르쳐 주셨어요." 점심 때 피멘토 치즈를 바른 크래커 두 개밖에 먹지 않아서 빈속이었다. 단단한 근육에 달라붙는 연회색 티셔츠 차림의 빌은 평소보다 더 소년 같아 보였다. 요전날 스웨덴 여자와 혹시 공식적으로 사귀는 사이가 됐을까?

나는 화제를 다른 곳으로 돌리기로 했다. 스포트라이트를 받는 것은 언제나 너무 뜨겁고 밝았다. 혹시 나쁜 소식을 전하려고 내가 취할 때까지 기다리려는 거 아닐까. 내 시선은 잠시 조애나에게 머물렀다. 오늘 밤 그녀는 평범해 보였다. 주부 같기도 하고, 은행원 같기도 하고, 1학년 교사 같기도 했다. 끔찍한 것들을 접해야 하는 그녀의 일상은 수녀스 티셔츠와 충분히 수면을 취한 맑고 파란 눈동자 아래 잘 숨겨져 있었다. 그녀를 보고, 두 개의 탑이 연기를 뿜어내는 지옥 한가운데 서서 머릿속에서 방정식의 해법을 찾는 과학자라고 생각할 사람은 아무도 없을 것이다.

"조애나, 어떻게… 그런 일을 매일 하면서도 아무런 영향도 받지 않을 수 있나요?" 나는 물었다.

그녀는 맥주잔을 내려놓았다. "끔찍한 광경을 보면서도 흔들리지 않는 건 하느님이 내려 주신 재능이에요. 민첩한 손가락, 든든한 배짱. 하지만 집에 돌아가면 끔찍한 생각을 전혀 하지 않는다, 이런 건 아니에요. 인어공주 잠옷 위에 묻은 정액, 턱에 총알이 박힌 뒤에도 살아 있었던 포로. '어떻게 고문당했을까', '이 젊은 엄마는 비행기 사고에서 살아남았을까, 아니면 곧바로 죽었을까?' 나는 이런 의문을 가져요. 피해자들이 어떤 사람들이었을지 생각해요. 그러지 않는 날이 바로 내가 이 일을 그만두어야 할 때일 거예요."

마지막 말은 약간 혀가 꼬부라져서 나왔다. 가장 솔직하게 들리는 말이기도 했다.

"내가 잘하는 건 그것뿐이에요." 그녀는 말했다. "나는 법과학자에요. 내가 아는 건 그게 다예요."

"당신은 너무 사람이 좋아요." 빌이 그녀의 머그잔에 자기 잔을 부딪쳤다. "나는 대체로 매일 누굴 한 대 치고 싶다 이 생각만 하는데."

조애나는 씩 웃고 잔을 들어 보였다. "난 오클라호마 사람이잖아요. 세상에서 제일 사람 좋은 사람들이라서. 누구한테 주먹 날리는 것도 좋아해요. 그러다 보면 가끔 이런 날도 있는 거죠."

"아, 말씀 안 드렸지요. 조애나와 나는 축하하는 중입니다." 빌이 내게 말했다. "가장 먼저 소식을 들려드리고 싶어서요."

"무슨 일인데요?" 나는 물었다. 조애나는 그에게 고개를 끄덕이고 오케이 사인을 보냈다.

"DNA 샘플 중 하나와 일치하는 신원을 찾아냈어요." 무슨 말인지 이해가 되지 않았다. **수잔** 이야기일 리가 없다. 이렇게 빨리.

"전국 실종자 데이터베이스에서 **블랙 아이드 수잔** 유골 중 하나와 일치하는 신원을 찾아냈어요." 조애나가 사무적으로 말했다. "대퇴골에서 추출한 시료에서요."

"괜찮습니까, 테시?" 빌의 얼굴이 걱정스러운 듯 일그러졌다. 그는 자신이 무슨 짓을 했는지 모를 것이다. 나를 테시라고 부르다니. 이번에는 그의 손으로 내 손을 잡더니 놓지 않았다. 그 손길은 지금 미처 마음의 준비가 되어 있지 않은 다른 감정을 불러일으켰다. 나는 손가락을 뿌리치고 젖은 머리카락을 귀 뒤로 넘겼다.

"나는… 괜찮아요. 미안합니다. 그냥 놀라서요. 워낙 세월이 지났잖아요. 어려운 일이라는 통계 이야기도 듣고 해서 그냥 기대를 안 하고 있었어요. 누구… 누구던가요?" 나는 그녀의 이름을 들어야 했다.

"해너." 조애나가 말했다. "해너 스타인. 스무 살. 25년 전 조지타운에서 종업원으로 일하다가 일터에서 실종됐어요. 피해자의 남동생이 지금 휴스턴 경찰이에요. 운이 좋았죠. 그가 실종자 수사에 대한 필수 강의를 듣고, 몇 달 전 CODIS 실종자 및 범죄자, 범행 현장에서 수집한 증거물 등의 DNA 정보가 담겨 있는 미국 FBI 산하 유전자정보은행에 가족의 DNA를 꼭 입력해야 한다고 고집한 거예요. 해너의 미토콘드리아 DNA는 레이첼과 샤론 스타인, 그녀의 엄마와 자매와 일치했습니다. 미토콘드리아 DNA는 모계로 100퍼센트 일치한다는 거 기억하시지요."

"그녀가 실종된 날 테렐이 조지타운 근처에 없었다는 걸 증명할 수 있다면… 그러면 도움이 될 겁니다." 빌의 목소리는 의기양양했다.

"한 가지 더." 조애나의 눈길이 조심스럽게 나를 바라보았다. "그 어머니가 당신이 그 자리에 나와 줬으면 하더군요."

"어느 자리요?" 이번 수잔은 더 이상 치아와 유골 무더기, 육신과 분리된 채 내 머릿속에서 울리는 목소리가 아니었다. 그녀의 이름은 해너. 번개가 번쩍이는 바깥으로 뛰쳐나온, 이제 곧 얼굴이 생기게 될 그림자였다.

"우리에게 공식적으로 소식을 전해 듣기 위해서 어머니가 아들과 같이 오스틴에서 오기로 했어요. 어머니는 특히 당신을 만나고 싶다고 하더군요. 지금까지 자기 사촌이 해너의 실종과 관련이 있다고 의심해 왔답니다. 그녀도… 우리도… 경찰도… 당신이 그 사촌의 얼굴을 한번 봐 줬으면 해요."

"문제는…" 빌이 말했다. "사촌이란 사람은 죽었습니다."

테시, 1995년

두 사람이 의사의 진료실에 나타났다. 남자 하나, 여자 하나.

남자는 검사였다. 베가. 키가 작고 다부진 체구. 사십 대 가량. 손을 단단히 잡고 흔드는 악수. 시선을 똑바로 맞추는 눈빛. 이탈리아인 특유의 과시적인 남성성. 그는 지난해 갑작스레 토네이도가 덮쳤을 때 전교생 절반을 체육관에 몰아넣은 풋볼 코치를 연상시켰다. 복도만 지나가도 분위기가 달라지는 사람이었다.

여자는 고등학교 상급생처럼 보이는 앳된 외모였다. 앤 테일러풍의 갑갑한 옷차림만 아니라면 훨씬 편해 보일 것 같았다. 나는 소파에 앉아 있었고, 여자는 평소 의사가 앉던 자리에서 긴장한 태도로 왼쪽 발 뒤꿈치를 바닥에 두드리고 있었다. 내가, 그녀가 맡은 가장 큰 사건인 것 같았다. 그녀는 자기가 아동 보호 심리상담사 자격으로 참석했다고 했지만 대체로 내가 검사에게 무슨 험한 말을 하지 못하도록 지켜보는 감독관 노릇을 하러 온 것 같았다.

한 시간 전에 베나드릴 두 알을 복용했기 때문에 나는 이 모든 상황에 대해 '그러든가 말든가' 하는 기분이었다. 대체로 약에 의존하는 성격은 아니었지만 내가 검사를 처음으로 만나게 됐다는 말을 들은 리디아의 제안이었다. 그녀는 부모님이 사흘 동안 전투를 시작할 때마다 두 알씩 입에 털어 넣곤 했다. 이번에도 리디아의 판단은 옳았다. 분위기는 긴장되고 무거웠지만 나는 구름 위에 둥둥 뜬 기분이었다.

의사는 기분이 좋지 않았다. 첫째, 내가 그에게 같이 있어달라고 사정하지 않아서였다. 그 순간에는 의사가 있든 말든 별로 상관없을 것 같았고, 끝까지 고집하려면 내 입장에서도 에너지가 필요했다. 베가 검사는 분명 의사를 내보내고 싶어 했다. 나는 조종이라면 일가견이 있는 의사를, 검사가 진료실 문 쪽으로 보내버리는 솜씨에 감탄했다.

그들은 낮고 다급한 말투로 대화하고 있었다. 여자, 베니타와 나도 단어 하나하나 다 들을 수 있을 정도였다. 어색했다. 여자는 어떻게 해야 할지 알 수 없는 것 같았다. 이미 내게, 우리는 굳이 대화할 필요가 없다고 말해버렸기 때문이었다. 불쌍했다.

"머리가 예뻐요." 나는 말했다. 사실이었다. 몇 갈래 반짝이는 빨간색으로 염색한 검정 머리였다. 직접 물들였는지 궁금했다.

"난 네 부츠가 마음에 들어." 그녀는 말했다.

여전히 그들의 대화는 단어 하나 빠뜨리지 않고 다 들렸다.

"'왜'로 시작하는 질문은 하지 마십시오." 의사가 변호사에게 지시하고 있었다.

"30분만 주세요, 선생님. 걱정하실 것 없습니다." 베가 검사는 '선생님'이라는 호칭을 판사나 적대적인 증인에게도 사용할 것 같았다. 나도 크리스토퍼 다든이나 조니 코크란 같은 사람들을 많이 보았기 때문에 익숙했다.

이제 자기 공간에서 쫓겨나는 의사에게도 불쌍한 마음이 들었다.

베나드릴이 나를 정말 착한 아이로 만들고 있었다.

문간에서 소란이 벌어지는 동안 나는 베니타를 처음 시험해 보기로 했다. 아까 그녀는 오로지 나를 위해 여기 왔고, 무슨 질문이든 해도 좋다고 했다. 질문을 안 해도 좋다고. 전적으로 내 마음에 달렸다고. 물론 지금까지 이런 말은 워낙 많이 들어서 구역질이 나올 지경이었다. 아마 정신적 문제를 겪는 증인이나 피해자 관련 교과서를 펼치면 제1장에 그런 말이 나오는 모양이다.

"왜 나한테 '왜'로 시작하는 질문을 하면 안 된다는 거예요?" 나는 그녀에게 물었다.

그녀는 검사를 흘끗 쳐다보았다. 검사는 우리에게 전혀 주의를 기울이지 않고 있었다. 베니타는 내부자 정보를 십 대 환자에게 전달해도 되는지 걱정된 것 같았다. 교과서에는 그런 내용이 없는 모양이었다.

"네게 책임이 있다는 뜻을 내포하기 때문이야." 그녀는 말했다. "예를 들어 '왜 너는 이렇게 했니?', 혹은 '왜 이런 일이 네게 일어났다고 생각하니?' 같은 질문 말이야. 베가 검사님은 '왜'로 시작하는 질문은 하지 않을 거야. 네게는 아무런 책임도 없단다."

흥미로웠다. 의사가 혹시 '왜'로 시작하는 질문을 한 적이 있었던가 생각해 보았더니 확실히 그런 적은 없는 것 같았다. 특정한 말을 뺌으로써 사람을 조종할 수 있단 생각은 해 본 적이 없었다. 성가신 생각이기도 했고, 새로운 걱정거리기도 했다.

문이 딸깍 닫히고 의사는 나갔다. 검사는 의사의 책상 의자에 앉아 나를 뚫어지게 바라보았다.

"좋아, 테시. 미안하다. 오늘은 사건 이야기를 할 마음이 전혀 없으니 혹시 그게 부담스럽다면 마음을 놓아도 좋아. 아마 다음번에도 그 이야기는 꺼내지 않을 거다." 검사는 베니타 쪽으로 고개를 끄덕여 보였다. "네게 심한 충격이었던 아주 개인적인 문제에 대해 아직 너와 아무 관계도 맺지 못한 상태에서 질문을 한다는 건 우리 둘 다 좋지 않다고 생각한다. 그러니 우선 서로를 알아가자꾸나. 네 기억을 고스란히 있는 그대로 보존해서 법정에 나갈 생각이라는 점도 분명히 해두고 싶어."

이건 내가 의사에게서 받은 인상과는 완전히 달랐다. 그와의 대화는 물론 시소게임 같았지만 항상 미묘한 압박이 존재했다. 때로 의사가 나를 의도적으로 혼란스럽게 하려는 게 아닌가 하는 생각이 들 때도 있었다.

누가 사실을 말하고 있는지 궁금했다. 머리가 아팠다. 나는 입장을 바꾸어 베가 검사에게 질문을 던지기로 했다. 그는 분명 매사를 자기 뜻대로 관철하려는 독불장군 유형이었다.

베나드릴이 나를 자유롭게 해 주었다. *될 대로 되라지.*

"왜 이 남자가 유죄라고 그렇게 확신하시는 거예요?"

테사, 현재

나는 금방이라도 다시 뛰기를 반쯤 기대하며 멍청한 플라스틱 심장을 쳐다보고 있었다.

조애나와 나뿐이었다. 해녀의 어머니를 만나는 자리에 적당한 옷차림을 고르는 데만 2시간이나 걸렸는데도 가장 먼저 도착한 것은 나였다. 해녀의 어머니는 아마 죽은 딸의 일부가 지금 내 안에 살아 있다고 여길 것이다. 물론 그녀는 내 안에 살고 있다. 하지만 그 말을 하고 싶지는 않았다. 오늘 고른 옷차림은 코바늘 스웨터와 갈색 가죽 치마, 부츠 그리고 전에 한 번도 내가 직접 착용한 적 없던 엄마의 진주 목걸이였다.

"심장이 멋지죠?" 조애나가 선반에서 상자를 내리더니 뚜껑을 열어 애완견용 고무 장난감처럼 내게 건넸다. 정말 고무 장난감 같은 느낌이었다. 나는 반사적으로 심장을 받아들었고, 방 저쪽으로 던지고 싶은 기분도 반사적으로 들었다. 나는 조심스럽게 심장을 돌려주었다.

"진짜인가요?"

"네. 플라스티네이션plastination, 사체를 부패하지 않게 방부 처리하여 보존하는 방법이라는 과정을 거쳐 보존된 거예요. 내가 직접 만들었답니다."

그 부분은 내 짐작이 틀리지 않았다. 아무리 그래도 그렇지, 내 영웅이자 착한 사람들 편에 서 있는 조애나가 이렇게 무신경할 수 있다니.

"사연을 들려드릴까요?" 그녀는 시계를 보았다. 앞으로 10분 동안 시간 때우기에 적절한 화제라고 생각한 모양이었다.

나는 고개를 저었지만 조애나는 맞춤 제작된 작은 상자에 심장을 다시 넣느라 고개를 숙이고 있었다. "나는 할머니와 같이 추수감사절 전날 친척 아주머니 집에 가려고 오클라호마의 어두운 지방 도로를 달리고 있었어요. 갑자기 브레이크를 밟을 사이도 없이 사슴이 튀어나왔지요."

아, 사슴이었구나. 기분이 나아졌다.

"세게 들이받았어요." 그녀는 말을 이었다. "할머니와 나는 둘 다 괜찮았어요. 하지만 나는 다시 출발하기 전에 사슴이 죽었는지 확인하고 싶었어요. 그냥 죽어가도록 길가에 내버려두고 싶지 않아서. 가 보니 부딪혔을 때 이미 목숨이 끊긴 상태였어요. 사슴을 어떻게 할까 고민하는 동안 픽업트럭 세 대가 길가에 와 섰어요. 그냥 지나치던 운전자 세 명이었는데 다들 사슴을 빼앗아가고 싶어 하더군요. 한데 그중 한 사람이 벨트에 날카로운 칼을 차고 있는 게 눈에 띄었어요."

불안한 전개였다. 심장의 출처는 다시 모호해졌다.

"칼을 찬 남자에게 칼을 빌려주면 사슴을 주겠다고 했죠. 칼을 주더군요. 나는 사슴의 심장을 도려냈어요."

그림 잔혹동화, 오클라호마 스타일이다. 한편으로는 구역질이 나고, 한편으로는 마음이 놓였다.

"그 트럭 운전자들이… 혹시 당신이 법의학자라는 걸 짐작이나 했을까요?" 나는 끼어들었다. "당신이 심장을 왜 갖고 싶은지 이야기했어요?" *당신은 심장이 왜 갖고 싶은지 스스로 알았어?*

"그 이야기가 나왔는지는 기억이 안 나요. 그 사람들은 사슴 고기에만 관심이 있어서."

"그래서 심장을 가지고… 할머니가 탄 차로 돌아와서… 어디 넣었어요?"

"쿨러에요."

"그 상태로 추수감사절 파티에 갔다고요?" 호박 파이와 휘핑크림 옆에 놓고 차를 달렸는지 차마 물어볼 수가 없었다.

"우리를 맞이하려고 달려 나온 아주머니는 찌그러진 자동차 후드와 피를 뒤집어쓴 나를 보고 깜짝 놀랐어요. 우린 그 이야기로 한참을 웃었죠."

어딘가 계속 마음에 걸리는 데가 있었다. "사슴이 살아 있었다면 어떻게 죽일 생각이었어요?"

"모르겠어요. 신발 끈으로 목을 졸랐을까. 방법이야 어쨌든 살아 있는 상태로 두지는 않았을 거예요."

이게 내가 아는 조애나였다. 내가 모르는 조애나기도 했다.

똑똑, 소리가 들렸다. 실험복 차림의 학생이 고개를 들이밀었다.

"조 박사님, 경찰들이 왔습니다. 회의실로 안내했어요. 안내데스크에서 이제 막 가족도 올려 보냈답니다. 빌이 전화했는데 스타인 가족이 빌의 참석을 공식적으로 거절했답니다. 그 집 어머니가 심령술사를 데려왔다는 이야기도 박사님과 테사에게 꼭 전하라고 했습니다."

이 중 어떤 내용에도 조애나는 눈썹 하나 까딱하지 않았다. 할머니와 단 둘이 캄캄한 오클라호마의 도로변에서 낯선 덩치 세 사람과 칼을 맞닥뜨리고도 사슴의 심장을 도려내야 한다는 것밖에 생각하지 않은 사람이었다.

"준비됐나요?" 조애나는 내게 물었다.

형사 둘, 경찰 동생, 어머니, 심령술사 모두 갑갑한 사무실 회의 탁자에 둘러앉아 엄숙한 침묵을 지키고 있었다. 방 안의 장식물이라고는 얼룩진 커피 주전자와 겹겹이 쌓인 스티로폼 컵, 아무도 건드리지 않은 탁자 한복판의 갈색 크리넥스 상자뿐이었다. 갓 칠한 페인트 냄새가 너무 독해서 목구멍이 아팠다. 공식 경찰 정복 차림으로 참석한, 마음 아플 정도로 어린 동생을 제외하면 누가 누구인지 알아볼 수가 없었다. 울어서 충혈된 눈은 보이지 않았다. 수정 구슬도, 심령술사가 입을 법한 헐렁한 민속풍의 셔츠도 없었다. 그 외에 제복이나 배지를 착용한 사람도 없었다.

카우보이 청바지와 타이 차림의 남자가 곧장 일어나서 조애나와 악수했고, 좌중에서 가장 자애롭고 친절한 얼굴을 한 50세가량의 여자도 이어 손을 내밀었다. 형사1, 형사2였다.

다른 어떤 곳으로든 순간 이동하고 싶은 기분으로 나는 의자에 앉았다.

맞은편 여자에게 시선을 돌리자 그녀는 곧장 팔을 뻗어 내 손을 잡았다. 헤어스프레이로 세운 머리카락은 대담한 몇 줄기 금발 염색 때문에 한층 뻣뻣해 보였다. 눈동자는 내가 본 사람 중에 가장 새파란 것 같았다. 레이첼 스타인인가, 나는 짐작했다. 한데 눈살을 찌푸리는 형사2의 얼굴을 보니 아닌 것 같았다.

"부인, 요청하지 않는 이상 이 만남에 끼어들지 마시라고 부탁드리지 않았습니까. 당신은 가족의 허가로 여기 오신 겁니다."

그녀는 마지못해 손을 거두더니 우리가 한 팀이라는 듯 내게 윙크했다. 혐오스러웠다. 심령술사가 악수를 하면서 내게서 뭘 훔쳐갔다고 생각하는지 몰라도 돌려받고 싶었다.

형사는 단조로운 목소리로 소개하고 있었고, 내 시선은 아직 소개

받지 않은 해녀의 어머니에 고정되었다. 창백하고 날카로운 얼굴을 한 60대 여자였다. 조애나는 그녀가 중학교 영어 교사라고 미리 말해 주었다. 그녀에게는 헛소리를 허락하지 않는 깐깐한 분위기가 있었다. 그런데 심령술사를 데려오다니.

시선이 마주친 아주 짧은 순간, 나는 그 눈에서 공포를 엿보았다. 자기 딸의 무덤에서 방금 기어 나온 진흙 괴물을 바라보는 눈빛이었다.

스타인 가족은 오늘 아침 공식적인 신원 확인을 위해 검시관을 만나고 온 길이었다. 그 신원이 전혀 의혹의 여지없이 확실하다고 믿도록 돕는 것이 조애나의 임무였다. 그녀는 미토콘드리아 DNA의 기초와 꼼꼼한 실험실 작업과정, 놀라운 유전적 확률, 0.5퍼센트 오차 범위 안에서 유골이 그 어머니의 딸이라는 것을 설명했다. 10분 정도 걸렸다.

"스타인 부인, 따님의 유골은 아주 조심스럽게 다루고 있습니다." 조애나가 말했다. "당신의 가족에게 이런 일이 생긴 것을 너무나 유감스럽게 생각합니다."

"고맙습니다. 시간 내 주셔서 감사합니다. 저는 이 유골이 해녀라고 믿어요." 그녀는 경찰에게 시선을 돌렸다. 나를 쳐다보는 것을 힘들어한다는 것이 명백했다.

"테사." 형사2 여자가 입을 열었다. 이름은 들었지만 기억이 나지 않았다. "테사라고 불러도 될까요?"

"물론이죠." 목소리가 쉬어 나왔다. 나는 헛기침을 했다.

"이분 따님의 죽음으로… 유죄판결을 받은 사람이 정말… 범인인가

하는 문제를 놓고 언론에서 말들이 워낙 많아서, 스타인 가족은 혹시 따님에게 유난히 관심을 보였던 친척의 사진을 당신이 골라낼 수 있을지 알고 싶어 합니다. 당시 용의자였어요. 살아 있는 분이 아니니 혹시라도 보복에 대한 걱정은 하지 않으셔도 됩니다. 이분들은 그저 마음의 평화를 얻고 싶은 것뿐입니다. 결백한 사람이 사형당하는 것을 원하는 사람은 없습니다." 아무런 유감도 없는 말투였지만 나는 형사의 머릿속에 무슨 생각이 있는지 궁금했다.

갑자기 빌이 그 자리에 있었더라면, 하는 생각이 들었다. 그의 손이 내 손을 다시 잡아 주었으면 하는 기분이었다. *괜찮습니다.*

"당신을 보니 내 딸이 생각나요." 스타인 부인이 말했다. "물론 빨강머리는 아니었지만. 그래도 같은 분위기가… 자유로운 분위기가 있어서."

형사는 여러 사람들의 머그샷(경찰의 범인 식별용 얼굴 사진)이 수록된 종이 두 장을 내 앞으로 밀었다. 지금까지 말없이 무표정하게 앉아 있던 남동생이 몸을 앞으로 기울였다. 누나가 실종되었을 당시 그는 태어나지도 않았다는 사실이 떠올랐다. 부모가 마음의 위안을 위해 가진 늦둥이였을 것이다.

"끔찍한 사람이었어요." 스타인 부인은 띄엄띄엄 끊기는 말투로 내게 말했다. 열두 명의 남자 얼굴이 내 눈앞에서 헤엄치는 것 같았다. 대머리, 백인, 중년 남자들.

"나는 하느님이 그의 차 앞에 사슴을 보냈다고 생각합니다." 남동생의 첫 마디는 차갑고 단단한 주먹 같았다. "그를 코마 상태로 만들어서 우리 손으로 플러그를 뽑을 수 있도록, 내 손으로 쏴 죽일 일이 없도록 말이에요."

나는 어리둥절했다. 정말? 사슴? 조애나와 시선을 마주치고 싶었지만 참았다. 하루 동안 사슴 이야기가 계속 나오다니, 지나친 우연의 일치였다. 모든 일에 아무런 의미가 없을 수도 있는데 그는 너무나 분노하고 있었고 하느님의 섭리를 지나치게 확신하고 있었다.

"유감입니다." 나는 마침내 말했다. "모르겠어요. 제가 기억하지 못하는 게 너무나 많습니다." 바로 그때 뭔가 기억났다. 옷감, 패턴. 전에 어디서 보았는지 알 것 같았지만 단지 그것이 무엇을 뜻하는지 알 수 없었다.

나는 충동적으로 심령술사에게 손을 뻗었다.

"괜찮을까요?" 나는 여형사에게 물었다.

"당신이 괜찮으시다면." 흥미로운 듯한 대답.

스타인 부인은 생명을 얻은 인형처럼 열심히 고개를 끄덕였다. 그녀의 아들은 실망스럽다는 듯 내게 싸늘한 눈빛을 보냈다.

무엇을 믿든 나는 이렇게 해야 했다. 해너를 위해서. 슬픔에 사로잡힌 그녀의 어머니를 위해서. 잘못된 동기로 인해 경찰이 되었는지도 모를 남동생을 위해서. 이 자리에 나오지 않았다는 사실이 눈에 띄는 아버지를 위해서.

"뭔가 기억이 되살아나요." 이것은 엄밀히 말해 사실이었다. "커튼이 있어요. 그 뒤를 보도록 도와주시겠어요?"

심령술사의 땀에 젖은 손바닥에 힘이 들어갔다. 손톱이 내 살에 파고들었다. 미끈미끈한 상어의 입 속으로 빨려 들어가는 기분이었다.

"물론이지요." 심령술사의 눈은 얼음 조각처럼 번들거렸다. 상대가 특별한 사람이라고, 저승으로 통하는 창문이라고 믿게 하려면 가장 먼저 해야 할 말은 무엇일까.

"흑인이군요." 심령술사는 말했다.

나는 조심스럽게 손을 거두고 해녀의 어머니를 향했다. 레이첼 스타인의 눈은 반짝이지 않았다. 단지 늪처럼 입을 벌린 싱크홀이었다. 나는 거기에 발이 걸려 넘어지고 싶지 않았다.

"스타인 부인, 저는 따님과 같은 구덩이에 누워 있었어요. 해녀는 마치 동일한 유전자를 지닌 사람처럼 영원히 저의 일부일 겁니다. 그녀의 괴물은 나의 괴물이기도 해요. 그러니 부디 제 말을 믿으세요. 저는 지금 이 순간 해녀가 나타난다면 무슨 말을 할지 정확히 알고 있습니다. 당신을 사랑한다고 했을 거예요. 그리고 이 여자는 당신에게 상처만 줄 거라고 했을 겁니다. 거짓말쟁이라고."

테시, 1995년

"살인범을 잡을 준비가 됐니, 테시?"

베가 검사는 책상에서 창가로, 다시 소파로 서성거리고 있었다. "너는 정신적으로 강해야 하기 때문이야. 피고 변호사들이 네 머리를 혼란스럽게 하려고 들 거다. 이 작은 서커스를 치를 준비가 되어 있는지 확인해야 해."

의사는 나와 눈을 마주치고 격려하듯 고개를 끄덕였다. 그는 오늘 진료실 밖으로 쫓겨나가지 않았다. 베가 검사와 베니타는 지난주 두 번 더 나를 만나러 찾아왔다. 한 번은 볼링장에서, 또 한 번은 스타벅스에서. 베가 검사는 내게 모카 카푸치노와 구운 할라페뇨를 얹은 핫도그를 사 주었다. 그는 내가 '왜' 달리기를 좋아하는지, '왜' 그림 그리는 것을 좋아하는지, '왜' 양키스를 그렇게 싫어하는지 물어 보았다. 소파에 앉아 의사와 시간을 보내는 것보다는 훨씬 덜 고통스러웠기 때문에 나는 검사와 서로를 알아가는 시간에 고분고분 응했다. 아빠가 말했듯 다들 자기 할 일을 하고 있는 것뿐이었다.

현란한 조명이 반짝이고 핀이 천둥 같은 소리를 내며 넘어지는 디스코 볼링장 16번 레인에서 베가 검사와 나는 볼링 대결을 했다. 베니타는 점수를 적으며 고등학교 시절처럼 스페인어로 뭐라 시끄럽게 소리쳤다. 의사에게 허락을 받아서 교정기까지 임시로 빼는 수고를 했는데도 베가 검사는 나를 대충 봐주지 않았다. 마지막에 꾀병으로 절뚝거리는 척해도 내 괴물을 기소하려는 남자는 스페어, 스트라이크, 스페어를 던져서 게임을 이겼다.

검사는 조종에 능한 사람인 것 같기도 했고, 진심이 있는 사람 같기도 했다. 양쪽 다인 것 같기도 했다. 어쨌든 오늘 공식 재판 준비를 위해 소파에 앉았을 때 나는 만반의 준비가 되어 있었다. 단순히 나갈 방법이 없기 때문에 베가 검사의 팀에 머무르는 것이 아니었다. 나는 이기고 싶었다.

"나는 변호사의 수법을 전부 다 알아." 베가 검사는 벌써 법정에 들어온 것처럼 진료실을 서성거리고 있었다.

"그는 '예, 아니오' 질문을 계속 던지는 걸 좋아해." 검사는 말을 이었다. "대답이 덜 서사적일수록 배심원은 고통에 공감을 덜해. 그는 '네'라는 긍정적인 대답이 나오는 질문을 계속 던질 거야. 넌 계속 '네', '네', '네', '네', '네', 이렇게만 대답하게 되지. 그러다가 확실히 '아니오'가 나올 질문을 하나 끼어 넣어. 한데 너는 '네'라는 대답에만 익숙한 상황이겠지. 이번에도 '네'라고 대답하려다가 얼굴을 붉히고 '아니오'로 고쳐 답해야 하지 않겠어? 그러면 변호사는 혼란스럽냐고 묻는 거야. 이런 식이지."

나는 고개를 끄덕였다. 이 정도는 쉬울 것 같았다.

"머릿속이 복잡해지도록 온갖 날짜와 숫자를 아무렇게나 늘어놓기도 할 거야. 혼란스러우면 언제든지 변호사에게 다시 설명해달라고 이야기해. 매번, 한 번도 빼먹지 말고. 그러면 오히려 변호사 쪽이 위협하는 악당처럼 보일 거야." 검사는 한 발 다가오더니 표정에서 긴장을 풀었다.

"4 곱하기 6은 24, 그 두 배는 48. 거기 다시 50을 곱해서 6을 더하면 몇이지?"

나는 멍하니 그를 쳐다보다가 곱셈을 하기 시작했다.

그는 손가락으로 허공을 찔렀다. "빨리, 테시. 대답해."

"못 하겠어요."

"바로 그 기분이야. 멍하고, 약간 안절부절 못하는. 그거야. 그런 기분이 들 거라고. 지금 느낀 기분보다 네 배 더 강하게." 그는 다시 서성거리기 시작했다. 오스카가 여기 없는 게 다행이었다. 개는 아마 난리를 칠 것이다. "이게 가장 어려운 부분이야. 그는 네가 뭔가 숨기고 있다고 암시하려 할 거야. 범행 당일 생리대를 산 건 기억하는데 범인의 얼굴을 기억하지 못하는 이유는 뭘까? 미치광이 노숙자와 별난 관계였던 이유는 뭘까? 왜 매일 혼자 달렸을까?"

"나는 너무 빨리 달려서 대부분의 친구들이 못 따라와요." 나는 항의했다. "루즈벨트는 그렇게 미치광이도 아니고요."

"음, 테시. 그냥 단순히 반응하지 마. 질문에 대해 생각을 해. '나는 아버지가 허락하신 두 가지 경로로 대낮에만 달렸어요. 루즈벨트는 10년 동안 같은 자리에 앉아 있었고, 경찰은 물론 모든 사람들과 잘 지냈어요.' 이렇게 객관적으로 대답해. 변호사의 수법에 넘어가지 마. 넌 잘못한 게 없어."

"그가 정말… 생리대 이야기를 꺼낼까요?"

"장담해. 그것도 널 불편하게 만드는 방법 중 하나니까. 배심원들이 알아채지 못할 미묘한 수법. 생리대는 배심원단에게는 일상적인 물건이지. 하지만 네게는, 십 대 소녀에게는 아주 사적이고 쑥스러운 물건이잖니. 내 말 믿어. 딕은 성폭행을 당한 아동 피해자에 대해서도 넘지 말아야 할 선이 없는 사람이란다."

그의 시선은 다시 레이저처럼 내게 집중되었다.

"작년 육상경기에는 왜 두 경기 출전이 정지됐지?"

의사가 자세를 고쳐 앉았다. 끼어들고 싶은 것 같았다. 베가 검사는 이를 눈치채고 가만히 있으라는 뜻으로 그쪽을 향해 손을 들어 보였다. 그는 내게서 시선을 떼지 않았다.

지금 베가 검사는 연기를 하고 있는 걸까, 진심일까? 어느 쪽이든 이 질문은 정말 화가 났다. 화가 날 때면 항상 머리카락 뿌리 쪽이 약간 따끔거리면서 바닥에 흐른 뜨거운 물처럼 번지는 기분이었다.

"상대팀 선수가 지역 예선에서 이기려고 내 친구 드니즈를 허들에서 밀었어요. 허들을 잘 모르는 사람이라면 보고 있어도 몰랐을 거예요. 하지만 나는 알아요. 특정한 동작이 있거든요. 그래서 난 경기 후 그쪽으로 가서 그 애한테 속임수 쓴 거 안다고 했어요. 그 애는 날 땅에 밀었고요. 육상경기 진행자들이 달려오자, 그 애는 내가 먼저 밀었다고 했어요. 우리 둘 다 두 경기 출전 정지 처분을 받았어요."

나는 몸을 펴서 검사를 똑바로 쳐다보았다. 내가 화가 났다는 것을, 하지만 통제하고 있다는 것을 보여 주고 싶었다. "잘한 일이었어요. 앞으로는 모두가 그 애를 지켜볼 거 아니에요. 다시는 그러지 못할 거예요."

아무도 말하지 않았다. 그들이 내 말을 믿는지 알 수 없었다. 나를 아는 다른 모든 사람들은 다 믿었다. 리디아는 분개해서 지역 학생육상연맹에 편지를 써 보내기도 했다. '미즈 리디아 프랜시스 벨'이라고 거창하게 서명도 했다.

"완벽해." 베가 검사는 말했다. "서사적이고, 침착하고, 완벽해." 그는 몇 발짝 다가와서 내 어깨에 손을 얹었다.

어깨의 손은 좋은 기분을 느끼게 해 주었다. 하지만 이 검사가 마음에

드는 건지, 그가 내게 돌려주고 있는 것이 좋은 건지 판단하기는 아직 어려웠다. 힘, 괴물이 내게서 빼앗아서 월그린스 하수도에 버린 그것.

베가 검사는 손을 뗐다. 그는 베니타 옆 바닥에 내려놓은 서류 가방을 집어 들었다. "짧은 회의였지만, 오늘은 이 정도로 충분해. 베니타가 언젠가 법정을 구경시켜 줄 거다. 모든 자리에 다 앉아 보는 걸 권하고 싶구나. 배심원석, 판사석. 판사석은 내가 개인적으로 가장 좋아하는 자리지. 증언할 내용을 검토하는 일은 재판 날짜가 더 다가올 때까지 기다렸다가 하자. 그때까지 심리 상담에서도 진척이 있는지 두고 보고."

나만 빼고 모두 일어섰다. 나는 소파에 못 박힌 듯 앉아 있었다.

"2406."

베가 검사는 문간에서 멈췄다.

"바로 그거야." 그는 말했다. "천천히 생각만 하면 항상 올바른 대답을 찾을 수 있어."

테사, 현재

그녀의 이름을 알게 된 이후, 그 이름은 내 머리를 계속 두드리고 있었다. 레이첼 스타인, 해녀의 어머니 이름은 S나 U, N으로 시작하지 않았다. 언젠가 완성할 계획으로 머릿속 한구석에 보관해 놓은 크로스워드 퍼즐의 기억술에 딱 들어맞지 않았다. **수잔들**의 어머니 이름을 잊지 말고 꼭 찾아가라고, 무덤 속에서 메리가 알려 준 알파벳에.

세 번째 유골이 발견된 뒤, 나는 어쩌면 메리와의 대화가 환각이 아닐지도 모른다고 생각하고 있었다. 그 구덩이에는 실제로 나 말고 두 명이 아니라 메리가 말했던 것처럼 세 명의 소녀가 있었다. 우연일 리가 없다. 그렇지 않나?

그래도 흑백처럼 분명한, 운전면허증에 적혀 있고 DNA로 입증된 레이첼 스타인이라는 이름을 생각해 보면 그때나 지금이나 내가 정신이 나간 게 분명하다고 생각하지 않을 수 없었다. 스타인 부인에게 질문 세례를 퍼붓고 싶은 충동을 참아야 했다. 레이첼이 혹시 별명 아닌가요? 중간 이름은요? 혹시 이름을 바꾼 적은 없나요?

더 이상 부인의 머리를 혼란스럽게 할 수는 없었다. 미치광이 심령술사를 몰아낸 자리에 내가 들어앉을 수는 없었다. 해녀의 어머니는 들어올 때보다 더 초췌한 유령 같은 모습으로 공허한 회의장을 나섰다. *이런 문제에 있어 완전한 종결이란 건 신화에 불과해요,* 조애나는 나중에 내게 말했다. *하지만 알게 되었다는 데에는 가치가 있습니다.* 부인의 아들이 나갈 때 어머니를 조심스럽게 부축해야 했다. 백 살은 먹은 것 같은 움직임이었다.

해녀의 남동생과 나는 심령술사를 당장 내쫓아버린다는 암묵적인 약속을 맺었다. 그녀는 발을 헛디뎌 가면서 씩씩거리며 회의실을 나갔다. 내 입에서 '거짓말쟁이'라는 단어를 듣는 순간, 남동생은 고개를 들더니 더할 나위 없이 감사하다는 보은의 눈빛을 보냈다. 심령술사는… 아마 내게 저주를 내린 것 같았다. 그 후 흉터가 1시간 동안 욱신거렸다.

수헬리베붕탄질산.

회의실을 나선 뒤로 나는 이 구절을 머릿속에서 몰아낼 수가 없었다. 메리가 주크박스 버튼을 계속해서 두드리는 것 같았다. 한 번 두드릴 때마다 주먹은 한층 더 세지고 불만스러워졌다. *기억하라고.*

나는 부츠에서 경쾌한 소리를 내며 계단을 올랐다. 한 걸음 수, 두 걸음 헬, 세 걸음 리, 네 걸음 베. 맨 위까지 올라와서 나는 스튜디오 문을 활짝 열었다. 따뜻하고 찌든 공기가 밀려나왔다. 나는 대형 유리창을 활짝 열고 차가운 테킬라 샷 같은 공기를 들이마셨다. 가지 위에 앉은 용감한 큰어치새가 나를 내려다보았다. 내가 먼저 견디지 못하고 눈을 깜빡였다.

나는 먼지가 내려앉은 하드우드에서 바비가 지난번 머물렀을 때 작업했던 프로젝트 몇 페이지를 집어 들었다. 불운한, 사랑하는 남동생. 요즘 그는 싸구려 영화 속편 시나리오를 쓰면서 홀로트로픽 치료법_{호흡법과 명상을 이용하는 심리 치료법의 일종}과 코걸이를 건 섹시한 프로덕션 조수를 통해 스스로 치유하려고 노력 중이었다. 그는 캘리포니아의 대학으로 떠난 뒤 짧은 방문이나 장례식 외에는 돌아오지 않았다. 어쩌면 내가 그렇게 해야 했을 것을. 동생은 성도 라이트로 바꾸었다.

나는 그림 테이블에 쌓인 먼지 위에 심장 모양을 그렸다. 손가락에 먼지가 검게 묻어났다. 찬장에 보관한 차 중에서 백차를 고르고 찻주전자에 물을 올렸다. 찬장 안에 두었던 오래된 꿀에서 시큼한 냄새가 약간 난다 싶어서 머그잔에는 각설탕 두 개를 넣고 모래처럼 녹아내리는 것을 지켜보았다. 메리는 주크박스를 마지막으로 쿵 누르더니 사라졌다.

이 방은 언제나 좋았다. 나는 이 방을 **수잔들**과 공유하고 싶지 않았다. 오늘은 그럴 필요가 없는 것 같았다. 그림 탁자를 종이 수건으로 닦고 종이 한 장을 클립으로 고정하는 순간, 날카로운 소리에 놀라 새가 퍼덕거렸다. 나는 옷감의 접힌 결을 대략 스케치하기 시작했다. 마루 아래에서 쥐가 돌아다니는 것 같은 부드러운 연필 소리. 복잡하고 중요한 작품으로 넘어가고 싶어서 마음이 급했다. 아까 스타인 부인의 단순한 면 블라우스를 응시하는 동안 머릿속에 패턴이 떠올랐다. 중년의 무게에 처진 젖가슴.

놀라웠다. 꽃을 그리는 것이 성가시지 않았다. 한 시간이 흘렀다. 그리고 다시 한 시간. 수많은 꽃잎이 있었고, 잎이 무성한 덩굴이 복잡한 가계도처럼 구불거리며 꽃들을 모두 연결했다. 나는 작은 종이컵에 물을 채우고 수채화 물감 상자를 열었다. 파란색, 분홍색, 녹색.

이 꽃들은 블랙 아이드 수잔이 아니었다.

접힌 옷감은 커튼이 아니었다. 처음부터 아니었다.

나는 엄마의 앞치마를 그리고 있었다. 밖에서는 내가 보이지 않지만 나는 그 아래 얼굴을 숨기고 있다. 천이 코와 뺨을 간질거리는 것이 느껴진다. 여기는 어둑어둑하지만 얇은 면을 통해 빛이 충분히 스며들어오기 때문에 무섭지는 않다. 따뜻하고 푹신한 엄마의 몸이 등을 받쳤다.

앞치마 너머에 있는 것은 보이지 않는다.

시력을 잃었던 때가 떠올랐다.

✳✳✳

물감이 아직 완전히 마르지 않았기 때문에 자일즈 박사는 그림을 조심스럽게 손끝으로 들었다.

끝날 시간이었다. 방 안의 장난감과 책들은 모두 정돈되어 있었다. 탁상등 두 개가 켜져 있었지만 천장의 전등은 꺼져 있었다. 코끼리는 인형 침대 위에서 잘 준비를 마쳤고 담요가 귀까지 덮여 있었다.

"어떻게 생각하세요? 앞치마가 커튼일까요? 커튼은 그 구덩이에 버려진 사건과 아무 상관이 없을까요? 의미가 없을까요?" 목소리가 다급하게 흘러나오는 데에 죄책감이 느껴졌다.

"아무 의미가 없는 것은 없어요." 그녀는 말했다. "앞치마는 아마 당신에게 편안함을 의미하겠죠. 당신이 겪은 첫 번째 트라우마—어머니의 죽음—의 어떤 요소들이 두 번째 트라우마와 연결되어 있다 해도 놀라운 일은 아니에요. 테사, 당신에게 무엇보다 중요한 일은 두려움을 주는 미지의 요소를 제거하는 겁니다. 여기 왔더니 갑자기 오즈의 마법사처럼 커튼 뒤의 살인범이 보인다… 그런 건 기대하지 않았잖아요."

아니, 정확히 그런 것을 기대했다. 나는 오즈에서 자랐으니까.

하지만 박사에게 그렇게 말하지는 않았다. 어머니의 앞치마 그림이 수백 번도 더 그린 커튼 못지않게 나를 불안하게 한다는 말도.

테시, 1995년

"베가 검사와 베니타를 어떻게 생각하니?"

상상 탓일까, 아니면 의사가 약간 질투하는 걸까?

"검사는 좋아요." 나는 조심스럽게 말했다. "둘 다 아주 좋아요." 어른들은 일을 너무 복잡하게 한다. 내가 의사를 더 좋아해야 하는 건가. 이게 무슨 시합이야?

"궁금한 점이나 마음에 걸리는 게 있으면 나한테 말해도 된다. 앨 베가는 약간 자기주장이 강할 때가 있어."

선생님은 안 그렇고요? "지금은 좋아요. 혹시 그런 일이 생기면 말씀드릴게요." 요즘은 의사를 안심시키고 싶다는 욕구가 짜증나게 해주고 싶다는 욕구를 차츰 대체하고 있었다. "한 가지 질문이 있는데요… 다른 문제요."

리디아는 내가 계속 이런 걱정을 떨치지 못하고 사로잡혀 있는 건 한심한 일이라고 했지만 한편으로는 신기하고 재미있는 상황이라고 생각하고 있었다. "내게 말을 한 건 메리뿐만이 아니에요."

"무슨 뜻이지?" 의사는 물었다. "다른 사람도 말을 건다는 거니?"

"다른 **수잔들**도… 가끔 말을 걸어요. 구덩이에 있던 사람들. 항상 그런 건 아니고요. 나는 대단한 문제가 아니라고 생각하는데 리디아는 말을 해 봐야 한다고 해서요."

"리디아는 아주 세심한 친구 같구나."

"네."

"음, 이렇게 시작하면 어떨까? 네가 기억하기로 다른… **수잔들** 중 누군가 네게 처음 말을 건 게 언제지?"

"병원에 있을 때요. 처음 깨어났을 때. 그중 한 사람이 딸기 젤리는 맛이 없다고 했어요. 사실이었고요. 무설탕이었거든요."

"그리고?"

"대체로 경고였어요. 조심해라, 이런 거." *데이지 한 송이를 들고 있는 돼지 그림 카드는 우리가 손대지 말라고 했잖아.*

"그들이 말을 걸 때 널 통제하려고 하니? 원하지 않는 일을 하게 만든다거나?"

"아뇨. 절대 그런 건 아니에요. 그보다… 도움을 주려고 해요. 그리고 나도 그들을 돕겠다고 약속했고요. 일종의 협약이에요." 입 밖에 내니 정말 미친 소리처럼 들렸다. 나를 정신병원에 집어넣으라고 아버지를 설득하려 들면 어쩌지 하는 갑작스러운 공포가 밀려왔다. 이번에는 리디아의 충고가 틀렸다고 100퍼센트 확신했다.

"그래서 너도 대답을 하고?"

"아뇨, 보통은 안 해요. 그냥 듣기만 해요." *신중하게 대답해.*

"너 자신에게 상처를 내라, 이런 말은 안 하지?"

"진심이세요? 도대체 무슨 소리를 하시는 거예요? 내가 자살이라도 하고 싶은 줄 아세요? 귀신 들렸다고요?" 나는 머리 양쪽에 뿔처럼 손가락을 올리고 까딱거렸다.

"미안하다, 테시. 꼭 해야 하는 질문이야."

"자살한다는 생각은 단 한 번도 해 본 적이 없어요." 방어적인 말투,

거짓말이었다. "그를 죽이고 싶다는 생각은 해 봤어도."

"그건 정상적인 생각이야. 나도 그러고 싶구나." 정신과 의사가 할 만한 말로 들리지 않았다. 지금은 따뜻한 공감 같은 게 필요 없었다. 나는 대답을 원했다.

"그래서… 그 목소리 말인데요. 혹시 내가 정신분열 같은 거라고 생각하세요? 경계선 성격장애라거나." 귀신 들리는 것보다 차라리 정신분열이 낫다는 생각이 들었다. 리디아는 정신분열에 대한 자료를 찾는데는 절대 도움을 주지 않았다. 지금껏 내가 가지고 있는 정신분열에 대한 지식은 오직 스티븐 킹을 통해 주워들은 것뿐이었다.

그래서 오스카와 나 둘만 동네 도서관으로 향했다. 거의 앞을 못 보는 여든다섯 살 난 자원봉사자가 근무 중이었기 때문에 도움을 청해도 안전할 것 같았다. 그녀는 카트라이트 집 소녀를 알아보지 못했다. 노인네들은 나를 **블랙 아이드 수잔**이라고 부르지 않고 그렇게 불렀다.

15분 뒤 책을 대출하려는 사람들이 여덟 명이나 늘어선 가운데 그녀는 『정상과 광기에 대한 존재론적 연구An Existential Study in Sanity and Madness』, 『뻐꾸기 둥지 위로 날아간 새One Flew Over the Cuckoo's Nest』, 할리퀸 로맨스 소설 『외래환자 케이트Kate of Outpatients』를 가지고 나왔다. 모두 1960년대에 출간된 책이었다. 존재론적 심리학자의 저술은 미친 사람들을 건드리지 말고 미친 상태로 놓아두라는 게 요점이었다. 나는 이 책과 뻐꾸기 책을 다시 선반에 꽂아 놓고 『외래환자 케이트』만 대출했다. 리디아와 나는 연극하듯이 번갈아가며 이 책을 낭독했다.

의사의 시선은 놀랄 정도로 따뜻하고 침착했지만 그는 오랜 침묵을 지켰다. 어쩌면 불쌍한 어린 소녀가 곧 체스 두는 노인들로 가득찬 방에서 안락의자에 앉아 침이나 흘리게 될 거라는 나쁜 소식을 어떻게 전해야 할지 고민하고 있는지도 모른다.

"넌 정신분열이 아니야, 테시. 환청이라면 무조건 정신질환이라고 생각하는 심리학자들이 있다는 건 알고 있어. 하지만 그렇게 생각하지 않는 사람들도 절반쯤 돼. 많은 사람들이 목소리를 들어. 배우자나 자식이 죽으면 떠난 사람들이 하루 종일 계속 말을 걸어. 거기에 응답도 하지. 평생 동안. 그런다고 해서 생활을 꾸릴 수 없는 상태가 되지도 않아. 오히려 그런 대화를 통해 더 나은 삶, 더 생산적인 삶을 살게 된다고 주장하는 사람들도 많아."

난 이 의사가 좋았다. 너무나 좋았다. 정신병원에 안 가도 된다.

"**수잔들**은 내 인생을 낫게 해 주지 않아요. 그냥 유령 같아요."

"전에 말했듯이 초자연적인 현상은 일시적으로 나타나는 정상적인 반응이야."

의사는 내 말을 알아듣지 못했다. "어떻게 없앨까요?" *수잔들*을 화나게 하고 싶지 않아.

"어떻게 하면 없앨 수 있을 것 같니?"

이 경우, 즉각적인 대답이 나왔다. "범인을 교도소에 보내면."

"그럼 넌 잘하고 있어."

"그리고 **수잔들**이 누구인지 알아내면요. 진짜 이름을 찾아 주면."

"그게 불가능하다면?"

"그럼 떠나지 않을 것 같아요."

"테시, 돌아가신 뒤에 네 엄마가 네게 말을 건 적이 있었니? **수잔들 처럼?**"

"아뇨. 한 번도."

"이런 질문을 하는 건, 네가 너무나 어린 나이에 두 번이나 끔찍한 트라우마를 겪었기 때문이야. 어머니의 죽음, 구덩이 안에서의 공포. 말해 보렴. 장례식 전날, 밤샘 추모에서 뭘 했는지 기억하니?"

다시 엄마 이야기다. 나는 어깨를 으쓱했다. "사람들이 가져온 음식을 먹었고, 남동생과 나는 집 앞 진입로에서 농구를 했어요." 나는 의사에게 승리를 넘겨주었다. *우리는 호스 게임을 하는 거야. 점수는 10대 2.*

"아이들은 장례식 날에도 평소처럼 노는 경우가 많지. 그런데 겉모습만 그래. 아이들은 어른보다 훨씬 오래, 더 깊이 슬퍼해."

"그런 것 같지 않아요." 아버지와 힐다가 흐느끼던 끔찍한 소리가 떠올랐다. 누가 내 피부를 벗겨내는 것 같은 소리였다.

"어른들은 처음에는 더 심하게 슬퍼하지만 극복하고 지나간단다. 아이들은 몇 년이고 한 단계에 고착되는 경우가 많아. 분노든, 부정이든. 네 증상의 근본 원인도 거기 있을 수 있어. 기억상실, 시력상실, 머릿속의 **수잔들**, 네가 구덩이에서 만든 암호…."

"난 고착된 게 아니에요." 나는 말을 가로챘다. "메리와 나는 구덩이에서 암호를 만든 게 아니에요. 그리고 엄마 이야기는 하고 싶지 않아요. 엄마는 돌아가셨어요. 내 문제는 단지 이 유령이라고요."

테사, 현재

지금 내가 사는 곳에서 겨우 13블록 거리였다.

리디아의 옛 집.

하지만 100킬로미터도 넘게 떨어진 기분이었다. 나는 그 오랜 세월이 흐른 뒤 처음으로 그녀의 어린 시절 집 앞에 서 있었다. 괴물이 **블랙 아이드 수잔**을 남긴 두 번째 장소, 내가 돌아서서 도망친 첫 번째 장소였다.

리디아는 자기 집을 부랴부랴 준비하는 결혼식 케이크 같다고 불렀다. 가리비 모양의 흰 테두리 장식을 날림으로 붙인 베이지색 2층 상자 건물. 어린 시절 이후 많은 것이 변했다. 장식은 부서지고 있었다. 완벽하게 가꾸었던 녹색 사각형 정원은 이제 불량배들이 피운 마리화나 재로 검게 물들어 있었다. '환영합니다'라는 문구와 노란 해바라기 그림을 그려 땅에 박았던 간판은 보이지 않았다. 리디아는 내가 병원에서 돌아오기 전, 자기 아빠가 간판을 뽑았다고 했다.

"안녕하세요." 자동차 소리도 안 들렸는데 어느새 빌이 이쪽으로 성큼성큼 다가오고 있었다. 기억보다 그는 더 키가 크고 호리호리했다. 검은색 나이키 반바지와 값비싼 운동화 밖으로 드러난 긴 다리 때문인 것 같았다. 모든 것이 축축했다. 머리카락, 얼굴, 목, 팔. 즐겨 입어서 군데군데 헤진 진홍색 하버드 티셔츠 앞자락은 삼각형으로 땀에 젖어 있었다. 드디어 머리는 깎았지만 큼직한 귀에 비교하면 너무 짧았다. 제발 꺼져 줬으면 하는 기분이었다. 동시에 곁에 있어 주었으면 하는 기분도 들었다.

"오지 말라고 했잖아요." 나는 불평했다. "농구 경기를 하시는 줄 알았는데요." 아까 두 번째 신호가 울린 뒤 빌이 응답했을 때 나는 충동적으로 전화한 것을 후회했다. 그는 숨을 몰아쉬고 있었다. 혹시 선량한 동료 자원봉사 변호사와 열정적인 섹스를 하다가 방해받은 게 아닌가 하는 생각이 들었다. 하지만 그는 친목 게임을 하고 있었다고 했다.

"거의 끝난 상황이었어요. 동료 변호사 팀이 고등학생들한테 완패했답니다. 웨스트오브 힐스의 부모님 댁에서 저녁 약속이 있는데 덕분에 잠시 기분 전환을 하게 됐군요. 혹시 저녁 초대를 해 주시면 더 좋고요. 같이 가시든가. 그래, 할 말이 있다고 하셨지요. 무슨 일입니까?"

나는 곧장 울음을 터뜨렸다.

전혀 예상하지 못했던 상황이었고, 표정을 볼 때 빌도 그런 것 같았다. 4년 전 아버지가 췌장암으로 갑자기 돌아가신 뒤 처음으로 눈물이 마치 강물처럼 흘러내렸다. 그는 어쩔 줄 모르고 어색하게 나를 끌어안았고, 나는 더 심하게 울었다.

"이런." 그는 말했다. "나는 지금 땀투성이인데. 여기, 좀 앉으시죠."

그는 나를 도로 연석에 앉히고 어깨에 팔을 둘렀다. 그의 단단한 근육, 친절함이 내 몸의 호르몬이란 호르몬을 모조리 깨우고 있었다. 지금 당장 이 포옹에서 빠져나와야 한다. 복잡한 상황을 만들지 말고. 한데 머리가 돌처럼 옆으로 굴러 그의 가슴에 닿았고, 어깨가 들먹였다.

"아, 콧물을 거기에 닦으면… 겨드랑이다." 그는 말했다. 하지만 내가 이미 닦을 만큼 다 닦은 것을 보고 그는 나를 한층 단단히 껴안왔다.

몇 초 뒤, 나는 고개를 살짝 들고 울음 섞인 목소리로 내뱉었다. "잠시만, 이제 진정했어요."

"네, 이제 진정된 것 같군요." 그는 내 머리를 다시 토닥이며 눌렀다. 그의 얼굴에는 단순히 선량한 친구가 아닌, 어딘가 배고픈 기색이 있었다.

나는 다시 턱을 들었다. 우리의 입술은 겨우 몇 센티미터 떨어져 있었다.

그는 다시 물러나 앉았다. "당신은 온통 빨갛군요. 자두 같아요."

나는 킬킬 웃으며 동시에 딸꾹질을 했다. 킬킬 웃으며 딸꾹질을 하는 자두라니. 나는 치맛자락을 내렸다. 그는 눈길을 피하며 우리 등 뒤의 집을 가리켰다. 겨우 20분 전, 내 부탁으로 GPS에 입력한 주소였다. "이 집은 뭐죠? 누가 사는 곳입니까?" 갑작스럽고 의도적인 화제 전환이었다.

맙소사. 나는 일어섰다.

"어, 거기. 콧물 좀 닦으세요."

창피, 이런 창피가 있을까. 나는 스웨터로 코를 닦았다. 이제 와서는 어디든 상관없었다. 나는 시험 삼아 심호흡을 해 보았다. 다시 눈물이 터져 나오지는 않았다. "일단 제 말을 들어보세요." 나는 뻣뻣하게 말했다. **블랙 아이드 수잔** 살인범은 오랫동안 내게 꽃을 보낸 것 같아요. 요전날 밤이 처음이 아니에요."

"뭐라고요? 몇 군데나?"

"여섯 군데. 이번 내 침실 창문 아래까지 포함해서."

"정말 확실히…"

"바람에 씨앗이 날아와서 아무 데서나 자라는 거 아니냐, 당신 미쳤다, 이 말을 하고 싶은 건가요? 아니에요. 그래서 '보낸 것 같다'고 말하는 거예요. 가장 처음 꽃을 본 건 열일곱 살 때였어요. 테렐의 유죄판결 직후였지요. 살인범은 오래된 약병 안에 시를 적은 쪽지를 넣어뒀어요. 바로 이 집 뒷마당 좁은 땅에 자란 블랙 아이드 수잔을 파내다가 발견했어요." 나는 네 개의 집 건너 길 반대편의 노란 이층집을 가리켰다. "어린 시절 내가 살던 집이에요. 그는 재판이 끝나고 사흘 뒤 내 통나무집 옆에 꽃을 심었어요." 나는 상대가 이 말의 의미를 곱씹을 시간을 주었다. "네, 맞아요. 테렐이 수감된 뒤에요."

"계속 하세요."

"그… 사람은 존 게이라는 18세기 시인의 '블랙 아이드 수잔'이라는 시를 비틀어 경고의 의미를 담은 쪽지를 남겼어요. 내가 입을 다물지 않으면 리디아가 죽을 거라는 의미로." 빌의 얼굴은 무표정했다. 존 게이를 몰라서인지, 분노를 억누르려고 애써서인지 알 수 없었다.

"10년 전까지 나도 존 게이가 누군지 몰랐어요. '거지의 오페라 Beggar's Opera'로 가장 유명한 시인인데, 들어 보셨어요? 매키스 선장? 폴리 피첨? 못 들어보셨나요? 음, 요점만 말하자면 시인은 연인을 바다로 보내는 수잔이라는 검은 눈의 소녀에 대한 발라드를 썼어요. 그 꽃이 '블랙 아이드 수잔'이라는 이름을 얻은 유래에 대한 낭만적인 이론이 있는데…."

나는 나직하게 읊조리기 시작했다. 근처 뒷마당에서 풀 깎는 기계 소리가 들려왔다.

오 수잔, 사랑하는 수잔

나의 맹세는 영원하리

흐르는 네 눈물은 내 키스로 닦으리

다시는 너를 아프게 하고 싶지 않아

하지만 네가 입을 열면,

리디아도

수잔으로 만들 수밖에.

"맙소사, 테사. 아버지는 뭐라고 하셨습니까?"

"말씀드리지 않았어요. 내가 누구에게 말한 건 앤젤라를 제외하면 당신이 최초예요. 그저… 아버지를 더 이상 걱정시킬 수가 없었어요."

"리디아는?"

"우린 더 이상 대화를 하는 사이가 아니었어요."

빌은 궁금하다는 눈으로 나를 쳐다보았다.

"앤젤라에게만, 그녀가 죽기 직전에 이야기했어요." 나는 말을 이었다. "찰리와 나를 걱정하더군요. 마지막에는 이번 일에서 나를 완전히 제외시키는 게 어떨까 하는 생각도 했었어요."

"왜…"

"앤젤라가 당신한테 말하지 않았냐고요? 나를 보호하려고. 하지만 잘못된 판단이었다고 생각해요. 무고한 사람이 죽는데 내가 일조하는지도 모른다고 생각하면 견딜 수가 없어요. 열일곱 살에게는 어려운 결정이 아니었죠. 재판은 끝났고, 나는 모든 것을 일상으로 되돌리고 싶었어요. 그냥 살인 사건에 몰입한 미치광이 짓이려니 생각했죠. 그런 사람은 많았으니까요. 테렐은 그렇다면 어쨌든 유죄였어요. 앨 베가 검사는 확신했어요. 리디아는… 나는 리디아 때문에 화가 났지만 그녀의 목숨을 위태롭게 할 수는 없잖아요."

"잠깐만요."

빌은 일어나서 자기 차로 달려갔다. 작은 검은색 차에는 지극히 평범하고 선량한 사람들을 도로 위의 악마로 둔갑시키는 BMW라는 작은 알파벳 세 개가 박혀 있었다. 그는 멋진 자궁 속으로 잠시 사라졌다. 혹시 바흐를 들으며 시동을 켜고 도망가려는 게 아닌가 하는 생각이 스쳤다. 다시 나타난 그는 왼손에 펜과 수첩을 들고 있었다. 그는 도로변에 다시 앉았다. 벌써 메모가 조금 적혀 있었다. 단어 몇 개가 눈에 들어왔다.

존 게이, 1995.

"계속하세요."

"그래서 최근에 나는 범인이 꽃을 남겨 놓았던 장소 두 군데를 찾아갔어요. 혼자서."

"아니, 잠깐만. 그 장소에 되돌아가다니. 도대체 왜요?"

"알아요, 안다고요. 미친 짓이죠. 첫 번째 꽃을 발견한 뒤로 나는 혹시 그가 다른 걸 묻어 놨는지 굳이 파헤쳐 보지 않았어요. 범인에게 만족감을 주고 싶지 않아서. 그렇게까지 상대의 존재를 믿고 싶지 않아서. 그냥 아이들이 장난친 거려니 생각했어요. 정신병자 같은 인간의 소행이든가. 우리 이야기는 모두 신문에 떠들썩하게 실렸으니까요. 리디아까지." 리디아는 자기 이름을 보면 항상 내게 여기 보라고 가리키곤 했다. 《뉴욕타임스》에 '미스 카트라이트의 이웃이자 절친한 친구'라고 소개되었을 때는 매우 흥분했다.

"나는 부정으로 살아남았어요." 나는 말을 이었다. "그리고… 맞아요. 아직 거기 뭔가 있을 거라고 생각한다면 미친 거죠. 하지만 혹시 있다면? 그냥 뭔가 발견한다면… 테렐에게 도움이 될지도 모른다는 생각이 들었어요." *수잔*들에게도 약속했고요.

"땅을 판다고요? 혼자서? 뭐라도 찾아냈습니까?"

"아뇨. 마음이 놓이기도 하고, 그렇지 않기도 해요."

"예전에 살던 집이 저기라면서 왜 여기 계십니까?"

"여긴 리디아의 집이에요. 예전에 재판 몇 주 뒤 여기서도 블랙 아이드 수잔을 발견했어요."

얼마나 더 설명해야 할까? 어느 금요일 오후, 나는 리디아의 물건을 담은 마분지 상자를 들고 이 집 현관문을 두드렸다. 재판 막바지 우리의 우정이 산산조각난 후, 작별을 상징하는 의례였다. 그녀는 일주일 반 동안 학교에 나오지 않았다. 상자 안에는 비디오테이프 〈라스트 모히칸〉과 〈케이프 피어〉, 항상 리디아가 내 욕실에 놓아둔 예비용 화장품 가방, 미키마우스 잠옷이 들어 있었다.

하지만 오후 3시, 집 안은 잠들어 있었다. 특이한 일이었다. 거실 블라인드가 이렇게 내려져 있었던 적은 한 번도 없었다. 상자를 내려놓고 돌아서서 집으로 달려갈 수도 있었다. 대신, 나는 집 뒤쪽 대문을 열어 보았다. 노란 꽃이 작은 바다처럼 피어 있는 것을 보고, 나는 리디아에게 더 화가 났다. 이런 일이 가능하다고 생각해 본 적도 없었다. *어떻게 이 꽃이 자라도록 내버려둘 수가 있지?* 나는 서둘러 뛰쳐나왔다. 2주 뒤 '매물' 간판이 붙었고, 벨 가족은 작별 인사조차 필요 없다는 듯 사라졌다.

"그냥 잊어버려." 아버지는 충고했다.

"리디아에게 뭔가 돌려주러 뒷마당에 들어갔다가 꽃을 봤어요." 나는 빌에게 말하면서 손가락을 관자놀이에 대고 동심원을 그리며 문질렀다. "어리석은 짓이라고 해도 괜찮아요. 그냥 가죠. 귀찮게 해서 죄송해요."

빌은 일어나서 내 손을 잡아당겼다. 놀라운 대답이 나왔다. "여기까지 왔잖습니까. 확인해 보는 것도 나쁘지 않겠죠."

세 번 노크하자, 짧고 볼품없는 검은 머리의 창백한 여자가 한 뼘 정도 문을 열었다. 그녀는 텍사스 자유주의자들을 보듯 우리를 뜯어보더니 포치 벽에 붙은 우체통 아래 안내문을 손가락으로 가리켰다. 방문 판매원을 사절한다는 안내문과 비슷한 부류였다.

'이 집은 가난함. 투표 안 함. 독실한 신자임. 총에 항상 실탄이 있음.'

빌은 경고를 무시하고 손을 뻗었다. "안녕하세요, 부인. 전 윌리엄 헤이스팅스라고 합니다. 여기 제 친구 테사의 아주 가까운 친구가 오래전에 이 집에 살았습니다. 그 시절 뒷마당에서 뛰어놀던 좋은 추억이 있다는군요. 추억을 더듬는 차원에서 잠시 집 뒤쪽을 좀 둘러볼 수 있을까요?"

문이 약간 더 열렸지만 들어오라는 뜻은 분명 아니었다. 그녀는 약간 돌아서서는 발치에서 어슬렁거리는 노랗고 통통한 고양이를 발로 밀어냈다. 마흔다섯 살 정도, 두 사이즈 정도 작아 보이는 청 반바지 차림이었다. 비쩍 마른 다리에 비해 엉덩이가 푸짐한 것을 보니 집 안에 앉아서 다리만 쳐다보며 자기가 날씬하다고 착각하고 맥주를 마실 것 같았다.

신발은 신지 않았다. 커다란 발가락에 밴드가 감겨 있었다. 탱크톱에 감싼 젖가슴은 평평하고 넙적한 팬케이크 같았다. 빨간 장미 문신이 왼쪽 어깨에서 팔꿈치까지 뱀처럼 감겨 있었다. 장시간 이를 악물고 새겼을 듯한 공들인 문신이었다.

"아니, 곤란해요." 여자는 빌이 내민 손을 무시했다. 그녀는 내 눈 밑의 흉터를 응시하고 있었다. 그 눈빛에 존경심이 언뜻 스쳤다. 술집 싸움을 상상하는 것 같았다.

"궁금한데요, 성함이…."

"깁슨. 내 이름이 당신하고 무슨 상관인지는 모르겠지만."

빌은 법원 신분증을 꺼내 보였다.

"그냥 궁금합니다, 깁슨 부인. 델라 코트 5216번지, 혹시 지난 5년 동안 배심원 의무에 불참하신 적 있습니까? 법원에 친구가 몇 명 있는데 찾아봐달라면 기꺼이 알려 줄 겁니다."

"개자식." 그녀는 분통을 터뜨렸다. "5분. 그 이상은 안 돼요. 옆문으로 돌아서 들어가고, 나갈 때는 반드시 대문을 닫아요. 우리 집에는 개가 있어요." 그녀는 마지막 문장을 협박처럼 뱉고 문을 쾅 닫았다.

"잘했어요." 나는 말했다.

"저런 사람, 여러 번 상대해 봤습니다."

뒷마당 경계에는 예전과 똑같은 철조망 울타리가 서 있었지만 약간 더 녹슬어 있었다. 옆문의 잠금장치는 빌이 주먹으로 세게 두드리니 겨우 풀렸다. 리디아의 아버지가 여기를 열심히 기름칠하던 모습이 떠올랐다.

플라스틱 건물이 너무 많이 서 있는 비좁은 공간이었다. 오른쪽 구석에는 오랫동안 방치된 화초 재배통이 딸린, 가짜 나무 지붕을 올린 헛간이 있었다. 빨간 지붕, 흰 벽으로 된 지저분한 개집이 집 뒤쪽에 포치처럼 깔린 평평한 콘크리트 위에 놓여 있었다.

적참나무 바로 아래 간이 탁자가 놓여 있던 곳에는 이제 1.2미터 크기의 단 위에 날개를 펼친 대머리독수리상이 서 있었다. 잔디는 길고 따끔거렸다. 장님거미처럼 더듬더듬 다리를 타고 오르는 기분이었다. 정말 그런지도 몰랐다. 나는 잡초 재배통으로 변한 장난감 플라스틱 소방차에 걸려 넘어질 뻔했다.

빌은 어마어마한 크기의 푹신한 개똥을 밟고는 커다랗게 욕설을 내뱉었다.

우리는 잠시 그 자리에 서서 개집을 좀 더 유심히 바라보았다. 두 살 난 어린아이가 들어가서 잘 수 있을 정도로 컸다. 빌은 휘파람을 불었다. 개가 집 안 어딘가에서 시끄럽게 짖기 시작했다. 깁슨 부인이 혹시 산탄총을 장전하고 있는 게 아닐까 하는 생각이 불쑥 들었다.

"자, 어디죠?" 빌의 목소리는 내 보물찾기 놀이에 신뢰를 잃어가는 분위기였다. 다시 한 번 나는 그를 끌어들인 것을 후회했다.

나는 정원 왼쪽으로 뒤쪽 끝을 가리켰다. 멋대로 자란 잔디가 양탄 자처럼 무성하게 깔려 있었지만 벨 씨가 '잔디 언덕'이라고 불렀던 솟은 땅은 알아볼 수 있었다. 눈에 띄는 것마다 별명을 붙이던 리디아의 습관은 아버지에서 물려받은 것이었다.

빌은 개똥을 긁어내려고 왼쪽 신발을 질질 끌며 내 뒤를 따라왔다. 나는 갑자기 멈춰 서서 허리를 굽히고 잡초를 뜯기 시작했다.

"도대체 뭐하는 겁니까?" 그는 집 쪽을 다시 흘끗 보았다. 잡초를 뜯어내니 작은 언덕 오르막 아래 비스듬히 묻힌 작은 철문이 드러났다.

녹슨 통자물쇠는 발로 가볍게 차도 부서질 것 같았다. 충동이 일었다.

"이 집이 30년대에 지어질 때 같이 설치된 비상 대피소예요. 리디아네 가족이 여길 사용한 기억은 없어요. 벨 부인은 토네이도 경보가 뜨면 독뱀과 딱정벌레가 득실거리는 컴컴한 구덩이에 들어가는 것보다 욕조 안이 더 안전할 거라고 하셨죠."

"꽃은 어디 있었습니까?"

"언덕 꼭대기에 심어져 있었어요. 콘크리트 위는 항상 흙으로 덮여 있었거든요. 그때도 잔디였어요."

"삽을 안 가져왔군요." 빌은 혼잣말처럼 중얼거렸다. 그는 퍼즐 조각을 맞추고 있었지만 나는 가장 큰 조각을 아직 내놓지 않고 있었다. "그가 대피소 안에… 당신에게 전하는 뭔가를 묻어 놨을 거라고 생각합니까?"

소리치는 배구팀 소녀들과 함께 비좁은 버스에 올라타고 웨이코로 향하는 찰리의 모습이 눈앞에 스쳤다.

이 짓을 하느라 찰리의 경기도 놓쳤는데.

"네." 나는 손목에 손가락 두 개를 대고 맥을 짚어 보았다. 리디아가 언제나 하던 행동이었기 때문이었다. "간밤에 리디아가 이 안에 있는 꿈을 꿨어요. 꽃이 있던 자리가 리디아의 무덤이었어요."

테시, 1995년

"악몽을 꾼 적이 있니?"

오늘 태도가 유난히 뻣뻣하고 사무적인 것으로 보아 의사에게 새로운 목표가 생겼다는 것을 알 수 있었다. 내가 도착하기 직전, 그가 마법서를 아무 페이지나 펼쳐 놓고 칼로 찌르는 모습을 상상해 보았다. 아마 표지는 닳아빠진 빨간색 벨벳에, 빵 덩어리처럼 두껍고 누렇게 뜬 페이지에는 쓸모없는 마법 주문이 수천 가지 수록된 책일 것이다.

"어디 생각해 볼게요." 나는 말했다. 이 소파에서 최대한 빨리 해방되기 위해 수집한 '듣기 좋은 표현' 중 하나였다.

간밤의 꿈은 악몽이 아니었다. 그의 딸 레베카가 등장했다고 대답할 수도 있었다. 나는 여느 때처럼 **수잔들**과 함께 구덩이에 누워 있었다. 창백하고 예쁜 레베카가 엄마의 꽃무늬 교회 드레스 차림으로 우리를 내려다보았다. 그녀는 무릎을 꿇고 앉아 손을 내밀었다. 구식으로 동글동글하게 만 머리카락이 내 뺨을 간질였다. 내게 닿은 손가락은 백열처럼 뜨거웠다. 나는 팔이 타오르는 기분으로 숨을 헐떡이며 잠에서 깨었다.

의사에게 전부 이야기해 줄 수도 있었지만 그러고 싶지 않았다. 그 이야기를 꺼낸다는 건 불친절한 것 같았다. 나는 친절하려고 노력하고 있었다.

"구덩이 꿈은 자주, 많이 꿔요." 이 사실을 인정한 것은 처음이었다. 사실이기도 했다. "꿈은 마지막 부분까지 항상 정확히 똑같아요."

"네가 구덩이 안에 있니? 아니면 위에서 내려다보고 있니?"

"대부분의 꿈에서 나는 그 안에 누워서 기다리고 있어요."

"누가 구출해 주기를?"

"아무도 우리를 구출해 주지 않아요."

"무슨 소리가 들리지?"

트럭 엔진소리. 천둥소리. 불타는 장작처럼 뼈가 타닥거리는 소리. 누가 욕하는 소리.

"마지막에 따라 달라요."

"괜찮다면, 결말이 어떻게 서로 다른지 말해 주렴."

"비가 쏟아져서 진흙탕에 잠겨요. 혹은 눈이 와서 우리 얼굴을 아기 담요처럼 덮고, 앞이 보이지 않기도 하고요." 숨을 못 쉬거나. 나는 의사의 비서가 항상 나를 위해 놓아두는 물을 한 모금 마셨다. 호수 물맛이 약간 났다.

"그럼 분명히 하자면… 꿈속에서 '우리'란… 메리와… 뼈들이겠구나."

"**수잔들**이에요."

"그것 말고 다른… 결말은 없니?"

"농부가 우리를 못 보고 트랙터로 구덩이에 흙을 밀어 넣기도 해요. 누가 성냥불을 켜서 안에 던지기도 하고요. 거대한 검은 곰이 구덩이를 동면하기 적합한 장소라고 생각하고 우리 위에 눕기도 해요. 그건 괜찮은 결말에 속해요. 우린 다 그냥 잠드니까요. 곰은 코를 골아요. 어쨌든 그런 식이에요."

"다른 건?"

"음, 때로는 그가 돌아와서 일을 끝내기도 해요. 우리를 진짜 묻어버리는 거죠." *봉투로, 산더미 같은 거름 봉투로.*

"'그'라면… 살인범?"

나는 대답하지 않았다. 이번 역시 뻔한 대답 같았기 때문이었다.

"얼굴을 본 적이 있니?" 그는 물었다.

아니, 내가 그의 얼굴을 봤다면 진작 말하지 않았겠냐고!! 그래도 나는 그의 질문에 대해 생각해 보았다. 되풀이되는 이 꿈에서 내가 본 유일한 얼굴은 레베카였다. 간밤에 처음 나타난 그녀는 사랑스러웠다. 커다랗고 순진한 눈동자. 코르크 따개 같은 동글동글한 곱슬머리. 아이보리 실크 같은 피부.

영화배우 릴리언 기쉬와 비슷한 용모였다. 리디아와 내가 〈국가의 탄생〉을 막 빌려 봤기 때문에 그랬을 것이다.

리디아는 릴리언 기쉬가 자신의 아름다움에 저항하는 의미에서 고통당하는 캐릭터 연기를 좋아했다고 했다. 기쉬는 이미 세상을 떠났지만 리디아는 자기 아빠가 이 배우를 아주 좋아했기 때문에 알고 있었다. 아빠는 기쉬가 빙하 위에서 의식을 잃고 긴 머리를 뱀처럼 물에 늘어뜨린 채 소용돌이치는 폭포를 향해 떠내려가는 〈동부 저 멀리〉의 마지막 장면을 특히 좋아했다. 내게 그 이야기를 하자마자 리디아는 말하지 말았어야 했다고 후회했다. 내가 이런 상태일 때는 악몽만 더 꿀지도 모른다는 이유였다.

그 말에 화가 났다. 리디아는 그런 식으로 말하는 일이 거의 없었다. 걱정이 밀려왔다. 내가 평소보다 더 '심각한 상태'로 보이는 걸까? 내가 더 쾌활한 게 안 보이나? 난 좋아지고 있지 않나?

어느 쪽이든, 자기 딸이 우리 엄마의 옷을 입고 내 꿈에 무성영화 주인공처럼 등장한다는 이야기는 의사에게 굳이 할 필요가 없을 것이다. 다른 것들도 다 그렇지만 이것도 분명 괴상하고 뜬금없었다.

"아뇨." 나는 말했다. "그의 얼굴은 보이지 않아요."

테사, 현재

이번에도 나는 그늘 속에서 지켜보고 있었다.

처마 밑 차갑고 지저분한 벽면 옆에 몸을 구겨 넣고, 집 앞 도로변에 진을 치고 있는 TV방송국 차량 카메라에 잡히지 않기를 바라고 있었다.

나는 리디아네 마당을 예전 같은 모습으로 상상하면서 마음을 진정하려고 노력하고 있었다. 식물이 많고, 깔끔하고, 늘 나무 그늘이 시원한 공간. 평평한 콘크리트 포치 정면 양쪽 모퉁이의 커다란 점토 화분 두 개에는 빨간색과 흰색 봉선화가 가득 피어 있었다. 늘 빨간색과 흰색이었다. 벨 씨가 현관 처마 선을 따라 매년 달았던 크리스마스 조명도 그랬다. 조명은 전구 열 개가 늘 부족했다. 크리스마스 때가 되어 그집 앞을 차로 지나칠 때마다 아빠는 전통처럼 그 점을 매년 지적했다.

루시와 에셀도 여기 살았다. 벨 씨의 사냥개들이었다. 아저씨가 물러나라고 부르지 않으면 흥분한 개들이 내 정강이에 앞발로 흰 줄을 남기곤 했다. 영원히 7월 4일만 기다리는 낡은 보트는 보통 뒷마당 모퉁이에 끌어올려져 있었다. 벨 씨가 집에 없으면 리디아와 나는 방수포를 걷고 안에서 숙제를 하면서 다리를 햇볕에 태웠다.

하지만 오늘은 여기서 서커스가 벌어지고 있었다. 내 탓이었다. 속이 메슥거렸다. 빌과 조애나는 나 때문에 자기들의 평판을 걸고 있었다.

빌이 판사에게서 리디아의 집을 파헤쳐도 좋다는 허가를 얻어내는 데 3일 걸렸고, 오후 2시로 결정하는 데 24시간이 더 걸렸다. 이제 정확히 14분 뒤면 시작이다. 지방 검사는 놀랄 정도로 협조적이었는데 아마 언론에서 경찰이 매를 맞고 있기 때문인 것 같았다. 한 지방 신문이 사설에서 '**블랙 아이드 수잔** 유골의 신원을 밝혀서 유가족에게 돌려주지 않은 텍사스 주의 당혹스러운 수사 공백'으로 카운티 당국을 비판했던 것이다.

아주 잘 쓴 글도, 꼼꼼한 조사가 돋보이는 사설도 아니고 그저 남부 저널리스트들이 기삿거리가 별로 없을 때 즐겨 쓰는 격문이었다. 하지만 이 사설은 요즘도 신문을 읽는, **블랙 아이드 수잔** 사건을 처음부터 맡아온 해롤드 워터스 판사에게 적게나마 영향을 주었다. 판사는 좋아하는 말, 샐의 등에 탄 채로 서명한 뒤 영장을 건네주었다.

재판 중의 워터스 판사는 기억나지 않지만 단지 판사가 사형 선고에 너무 미온적이라고 걱정하던 앨 베가는 아직 기억에 남아 있었다. 몇 년 전, '24시간 슈퍼 월마트처럼 하늘에 떠 있는 UFO'를 스티븐빌 상공에서 목격했다고 주장하는 판사를 CNN에서 본 적은 있었다.

"더한 판사가 걸릴 수도 있었어요." 빌은 내게 말했다.

그래서 이렇게 된 것이다. 리디아에 대한 나의 꿈 때문에, 미확인 비행접시의 존재를 믿는 판사 때문에.

정복 경찰 두 명이 노란색 출입금지 테이프로 뒷마당을 봉쇄하고 있었다. 조애나는 해녀 유가족과 만난 자리에 참석했던 여형사와 함께 잔디 언덕 위에 서 있었다. 서던메소디스트대학교 지질학과 교수가 대피소 지하실 문을 절대 통과하지 못할 것 같은 최첨단 지질구조 탐사 레이더 장비를 밀고 지나갔다. 대문조차 빠져나오기 힘들었다. 심각한 얼굴을 보니 이럴 줄 알았다는 표정이었다.

조애나는 GPR 레이더 장비가 지하의 오래된 유골 수색에 실질적으로 도움이 된다기보다 아직 이론적인 수준이라고 설명해 주었지만 그래도 그녀와 빌은 동원해서 나쁠 게 없다고 생각한 것 같았다. 지방 검사도 동의했다. 어쨌든 그도 손해 볼 것이 없었다.

교수는 GPR 영상을 판독하는 복잡한 업무에서 인정받는 이 지역의 전문가였다. 그렇지만 땅은 자궁이 아닌데다, 조애나의 말에 따르면 해골의 얼굴을 알아볼 수 있는 그런 기술은 아니라고 했다. 오래전 누군가 무덤을 팠다든가 해서 흙을 파헤친 흔적이 있는지 찾아보는 정도였다. 인간의 형상이 있다면 알아볼 수 있을지도 모르지만 그럴 가능성도 거의 없었다. 교수까지 부른 것도 대체로 보여주기의 일환이었다.

마당은 이제 막 시작되려는 즉석 정원 파티처럼 대화하는 목소리로 웅성거렸다. 빌은 이 정신 나간 사건에 증인으로 참석한 예쁜 지방 검사보와 친목을 나누고 있었다. 그녀의 진짜 얼굴은 두꺼운 남부식 화장술 밑에 가려져 있었다. 나는 두 사람 사이의 거리를 측정했다. 두 발짝, 이제 한 발짝.

깁슨 부부는 일요일에나 입을 만한 가장 말쑥한 댈러스 카우보이 티셔츠 차림으로 정원 의자에 앉아 굴뚝처럼 담배 연기를 뿜어 올리고 있었다. 상황을 즐기고 있는 유일한 사람들 같았다. 부부 중 한 사람이 잔디도 새로 깎아 놓았다.

교수가 갑자기 부부 쪽으로 향했다. 그들은 악수를 나누었다. 커다랗게 손짓하는 것을 보니 교수는 앞마당과 뒷마당 둘 다 기계로 검사하고 싶은 모양이었다. 깁슨 부부는 선뜻 고개를 끄덕였다.

*영화 판권 같은 걸 기대하는 걸까? 그래서 깁슨 부인이 머리도 감고, 샌들도 신고, 발가락에 새 밴드도 붙였을까? 판매원 사절 안내문 밑에 '이 집은 리지 보든*Lizzie Borden, *한 부부가 자신의 집에서 도끼로 잔인하게*

살해당했는데 둘째 딸 리지 보든이 살해 용의자였으나 증거 불충분으로 무죄 판결을 받고 끝내 미국 역사상 가장 유명한 미제 사건으로 남았다*의 집 같은 역사 유적지'*라는 명판이라도 추가하고 싶은 걸까?*

내 등 뒤에서 대문이 열리자 뒷마당에 있던 사람들의 시선이 일제히 이쪽으로 쏠렸다. 네 명이 더 들어왔다. 청바지 차림으로 큰 삽과 금속 탐지기를 든 청바지 차림의 경찰 두 명. 불을 켜지 않은 등불과 큰 카메라를 지닌 현장감식반 보호 장구 차림의 여자 두 명. 그들이 도착했다는 것은 고통스러운 기다림이 거의 끝났다는 뜻이다.

마당 건너편에서는 정복 경찰이 벌써 대피소 자물쇠를 자르고 있었다. 문을 잡아당기자 쉽게 열렸다. 경찰은 뒤로 물러나며 한 손으로 코와 입을 덮었고, 문에서 3미터 내에 있던 사람들도 일제히 코를 막았다. 911 비극 현장에서 맡은 냄새는 절대 잊을 수 없을 거라고 했던 조애나도 마찬가지였다.

모든 것이 너무 빠르게 진행되고 있었다. 현장감식반 한 사람이 바쁘게 마스크를 나누어 주고 있었다. 청바지 차림의 경찰 한 사람이 날렵한 뱀처럼 구멍 안으로 사라졌다. 삽과 등불이 아래로 내려갔다. 이어 감식반 한 사람도 뒤따랐다. 다른 사람들은 모두 지상에 남아 있는 것을 보니 공간이 좁은 모양이었다. 모두들 구멍 안을 향해 활기차게 말을 건넸다.

벨 씨는 리디아와 내게 절대 저 문을 열지 말라고 했다. *냄새가 고약하다, 애들아.*

밖에서 감식반이 빈 비닐봉투를 지하실로 던졌다. 15분 뒤, 두툼해진 봉투 두 개가 올라왔다. 봉투는 뒤쪽 울타리 앞에 나란히 놓였다.

감식반이 구멍에서 머리를 내밀더니 금속 탐지기를 가지고 있는 경찰을 불렀다. *장신구라도 있을까 봐?* 리디아는 항상 할머니의 아주 작은 빨간색 루비가 박힌 얇은 금반지를 끼고 다녔다. 나흘 동안 백 번은 들었던 의문이 다시 떠올랐다. 경찰이 공적 기록에서 벨 가족의 흔적을 찾지 못한 이유는 뭘까? 마치 가족 전부가 지구 표면에서 쓸려 날아간 것 같았다.

조애나는 진흙과 지저분한 것들이 잔뜩 묻은 채 입구로 올라오는 감식반에게 손을 내밀었다. 금속 탐지기를 가진 경찰이 대신 안으로 들어갔다. 깁슨 부부는 플라스틱 통에 담긴 랜치 소스를 이리저리 찍으며 감자칩을 씹고 있었다. 지질학자는 가끔 멈춰 서서 화면을 읽어 가며 장비를 외바퀴 손수레처럼 밀고 왔다갔다 마당을 돌아다니고 있었다.

서커스다.

증거물 봉투가 하나 더 구멍에서 올라왔다. 그리고 하나 더, 하나 더. 전부 다 울타리 앞에 나란히 놓였다. 마침내 다리를 뜯어낸 통통한 거미 몸통 같은 검은 봉투 여덟 개가 모두 올라왔다. 마지막으로, 무릎 아래가 검게 물든 경찰 두 사람이 라텍스 장갑을 벗으며 나타났다. 다들 잠시 모여 짧은 대화를 나누었다.

조애나는 돌아서서 마당을 둘러보다가 내게 시선을 멈췄다. 그녀는 걱정 가득한 얼굴로 나를 향해 다가왔다. 내 평생 가장 먼 20미터 거리였다.

어떻게 리디아를 그렇게 오랫동안 저 아래 내버려둘 수 있었을까? 왜 좀 더 일찍 이 생각을 못 했을까?

조애나의 손이 내 어깨를 묵직하게 짚었다. "아무것도 찾지 못했어요, 테사. 조금 더 깊이 파 보겠지만 이미 1미터나 파 들어갔는데 진흙과 석회암 층이 나왔어요. 살인범이 그 층까지 뚫었다면 시간이 아주 오래 걸렸을 거예요. 그럴 가능성은 별로 없죠."

"봉투 안에는… 뭐가 있나요?"

"누가 지하실을 뿌리 저장고로 사용했어요. 온갖 깨진 병, 썩은 과일, 야채 같은 것이 잔뜩 들어 있네요. 두더지 두 마리가 굴을 뚫고 들어가서 마지막 만찬을 즐기고 죽었고요. 습기가 많아서 부패했어요. 콘크리트에도 금이 갔고."

"저런… 시간 낭비하게 해서 죄송해요."

속마음은 전혀 미안하지 않았다. 리디아가 살아 있을 수도 있다. 그 꽃은 정말 리디아가 보냈을 수도 있다. 예상치 못했던 기쁨이 밀려왔다.

"그래도 저 봉투 안의 내용물을 실험실에 가져가서 분석해 봐야 합니다. 애당초 별 큰 기대 없이 만의 하나라는 기분으로 벌인 일이잖아요. 문자 그대로. 난 모든 가능성을 빠뜨리지 않고 탐색하는 걸 좋아해요."

조애나 뒤에서 지질학 교수가 대피소 입구로 장비를 들여보내고 있었다. 깁슨 부부를 포함해 작은 인파가 출입금지 테이프 아래로 들어와서 모였다. 인파 한가운데에서 누군가 소리를 질렀다. 정복 경찰은 작업 경찰과 삽이 움직일 공간을 마련하기 위해 사람들을 뒤로 밀어내고 있었다.

감식반은 중요한 결정을 내리는 심판에게 자문하듯 교수와 이야기하고 있었다. 그러더니 경찰에게 돌아서서 구멍을 얼마나 더 넓혀야 하는지 지시했다.

경찰들은 고개를 끄덕이고 땅을 조심스럽게 부수기 시작했다.

테시, 1995년

의사는 열두 살 시절의 자기 이야기를 하고 있었다.

물론 뭔가 요점이 있어서 하는 이야기겠지만 제발 빨리 그 요점에 도달해 주기를 바라는 마음이었다. 요즘 그는 약간 횡설수설한다.

의사의 안경에 묻은 얼룩도 짜증스러웠고, 간밤에 리디아가 내 베나드릴을 몽땅 변기에 쏟아버린 것도 짜증스러웠다. *미안해,* 그녀는 말했지만 이건 단순히 소용돌이에 빨려 들어가는 분홍색 알약에 대한 말이 아닌 것 같았다. 무슨 일이 있는 게 분명했다. 지난 2주 동안 리디아는 약속에도 자주 늦었고 때론 아예 취소해버렸다. 얼굴을 붉히고 아랫입술에 묻은 분홍색 립글로스를 이로 긁으며 애매하게 변명하기도 했다. 그녀는 거짓말엔 재주가 없었다. 언젠가 무슨 일인지 털어놓겠지, 나는 굳이 캐묻지 않았다.

의사의 이야기를 두 문장 듣자마자 그 역시 거짓말을 하는 게 아닌가 하는 생각이 들었다. 의사는 자기가 통통한 소년이었다고 했는데 사실 핀에 꽂힌 흰 나비 같은 목깃이 달린 셔츠 안에는 강단 있는 근육이 숨어 있었기 때문이었다. 그의 팔에 한 번 부딪힌 적이 있었다. 콘크리트처럼 꿈쩍도 하지 않는 것이 마치 어깨에 육상선수의 다리가 달려 있는 것 같았다.

"매일 학교를 마치면 빈 집으로 돌아오곤 했어." 그는 말하고 있었다.

멀쩡하게 살아서 눈에 띄는 흉터 하나 없이 내 맞은편에 앉아 있었지만 빈 집에 혼자 있는 소년을 상상하니 더럭 겁이 났다.

"테시, 이야기 계속 할까? 듣기 싫니?"

"음, 아니오. 계속 하세요."

"겨울에 그 집은 항상 컴컴하고 추웠어. 그래서 열쇠로 문을 연 뒤에는 책을 내려놓고 외투를 벗기도 전에 가장 먼저 온도 조절기로 다가가서 온도를 높이곤 했지. 지금까지도 난방기가 쿵 작동하면서 들어오는 열기 냄새는 내게… 외로움의 냄새란다. 테시, 듣고 있니?"

"네. 무슨 교훈을 주려고 하시는 건지 생각하는 것뿐이에요. 뭔가 끔찍한 일이 있었다고 말하려는 줄 알았거든요." 나는 실망했지만 마음이 놓였다. 약간 흥미로웠다.

내가 열에 연관되는 모든 냄새를 사랑한다는 사실을 문득 깨달았다. 쌀쌀한 밤 이쪽으로 흘러오는 벽난로 연기, 토요일 오후를 알리는 바비큐 석탄 냄새. 지글거리는 돼지기름, 바나나보트 선스크린, 낡은 켄모어 건조기에서 돌아가는 뜨거운 수건. 특히 엄마가 돌아가신 뒤, 나는 열에 집착했다. 전기담요는 파란색 옷감이 검게 그을릴 정도로 온도를 높게 설정해서 아빠가 결국 빼앗아야 했다. 아직도 나는 엄마의 옷방 바닥 열기구 옆에 엎드려 책을 읽는다. 방충망으로 된 문을 등 뒤로 닫고 뒷마당 포치 라운지 의자에 앉아 온갖 음울한 생각을 태워 없애는 잔인한 햇빛에 몸을 내맡기지 못했다면 나는 작년에 살아남지 못했을 것이다.

"냄새는 기억과 가장 즉각적으로 연관되는 감각이지. 마르셀 프루스트에 대해 알고 있니?"

"모른다고 하면 시험에 떨어지는 거예요?" 의사가 팔자수염을 기른 우울한 프랑스 철학자 이야기를 꺼냈다고 얼른 리디아에게 말해 주고 싶었다. 이건 큰 발전이었다. 지난번 심리상담사가 내게 『영혼을 위한 닭고기 수프』를 읽으라고 했을 때 리디아는 그녀에게 '치킨 리틀'이라는 별명을 붙였다.

"이건 시험이 아니야. 이 상담실에서는 떨어지고 말고가 없단다, 테시." 그의 말투는 느릿느릿하고 예측 가능했으며 약간 피곤하게 들렸다. "프루스트의 등장인물은 차에 적신 비스킷 냄새를 계기로 어린 시절에 일어난 사건 전체를 회상하게 되지. 이후 과학자들은 이 이론을 연구해왔어. 냄새가 무의식 깊이 박힌 기억을 복구할 수 있다는 이론. 후각은 두뇌에서 과거를 담당하는 부위 근처에 위치해 있기 때문에 즉각 신호를 전달할 수 있다는 거야."

"그럼 시험 맞네요. 나도 냄새를 통해서 과거를 복구할 수 있다는 말이잖아요."

"그럴 수도. 혹시 그 사건 뒤로… 신경 쓰이는 냄새가 있니?"

땅콩버터, 땅콩버터, 땅콩버터. 지난주 아빠는 거의 가득 차 있던 지프 땅콩버터 병이 왜 쓰레기통에 들어가 있느냐고 바비와 나를 추궁

했다. 바비는 나를 고자질하지 않았다.

허벅지와 다리 근육에 갑자기 쥐가 났다.

"테시, 무슨 일이니?"

숨을 쉴 수가 없었다. 나는 무릎을 턱까지 끌어올리고, 손가락으로 귀를 막았다.

"왜 기억이 안 나지? 왜 기억이 안 나지?"

그의 팔이 나를 감쌌다. 그는 뭐라 말하고 있었다. 내 머리가 그의 어깨에 툭 떨어졌다. 그가 약간 굳었다가 다시 긴장을 푸는 것이 느껴졌다. 그의 몸은 뜨거운 물병처럼, 아빠처럼 따뜻했다. 이것이 심리상담사에게 적절한 행동인지는 알 수 없었다. 아무래도 상관없었다.

그는 '열'이었다.

테사, 현재

샤워기 아래에서 45분 동안 서 있었지만 별 도움이 되지 않았다. 나는 집 안을 서성거렸다. 냉장고 문을 열어 오렌지주스 병을 꺼내 벌컥벌컥 마시곤 문을 닫았다. 카운터 위의 전화를 집어 들었다. 찰리에게 전화할까 생각해 보았다. 빌, 조애나…. 그만 두자.

페이스북에 들어갔다. 딸의 오래된 아이팟을 스피커에 연결하고 볼륨을 높여서 켈리 클락슨Kelly Clarkson의 풍성한 비브라토로 두뇌를 마사지했다. 부엌의 조미료통, 잡지, 우편물, 찰리의 널브러진 종이와 공책을 정리했다. 바닥에 떨어진 남은 새틴 조각을 접고 또 접었다. 변덕스러운 생활의 흐름에 따라 여기저기 어긋난 집 안의 모서리를 집요하게 맞췄다.

7시간 전 리디아네 폭풍 대피소 근처에서 발굴한 상자 안의 내용물이 무엇인지 알고 싶었다. 알아야 했다. 처마 밑에 선 상태로는 모서리가 30센티미터 정도 되는 금속, 감식반원이 파란 라텍스 장갑을 낀 손으로 조심스럽게 다루기 쉬운 무게라는 것밖에 알아볼 수가 없었다. 그때 경찰이 뒷마당에서 관계자가 아닌 나 같은 사람들을 몰아내기 시작했다. 조애나는 이쪽을 쳐다보지도 않았다. 빌과 검사보는 다시 나타나서 팔짱을 낀 채 구멍 한쪽에 같이 서서 지켜보기 시작했다.

짧게 세 번 노크 소리에 나는 퍼뜩 정신을 차렸다. 나는 옷차림이 제대로 갖추어져 있는지 내려다보았다. 몸을 덮은 유일한 옷가지는 빅토리아 시크릿 레이스 속옷 10센티미터 아래까지 내려오는 루카스의 낡은 위장복 티셔츠뿐이었다. 브라도 착용하지 않았다. 나는 얼른 소파 위의 깨끗한 옷더미에서 반바지 하나를 집어든 뒤 서둘러 한 다리씩 구멍에 끼워 넣었다.

다시 두 번의 다급한 노크.

반바지는 찰리 것이라 티셔츠 밑으로 언뜻 아무것도 안 입은 것처럼 짧았다. 하지만 이 정도면 충분하다.

나는 문구멍에 눈을 갖다 댔다. 빌이었다.

타원형 구멍에 완벽하게 들어온 그의 모습은 마치 다른 시대에 찍은 아주, 아주 작은 사진 속에 서 있는 것 같았다. 축축한 머리카락은 뒤로 빗어 넘긴 상태였다. 비누 냄새가 풍기는 것 같았다.

리디아에 대해 이야기하려고 온 게 아니라는 것은 알고 있었다. 그 날 도로변에서 우리는 거의 키스할 뻔했다. 그가 내 침실 천장에 늘어진 갤버스턴 조약돌 샹들리에에 머리를 부딪친 이래, 우리 사이에서는 줄곧 말없는 갈등이 오가고 있었다.

나는 문을 열었다. 그는 빛바랜 리바이스 청바지 차림이었고, 오늘 밤 골치 아픈 일이 생길 거라는 것을 예감하게 하는 편안하고 머뭇거리는 미소를 짓고 있었다. 나는 그의 입에서 눈을 뗄 수가 없었다. 그는 양손에 와인을 한 병씩 들고 있었다. 한 병은 레드, 한 병은 화이트였다. 내 취향을 몰랐으니 사려 깊은 행동이었지만 나는 둘 다 좋아하지 않는다. 이런 밤, 나는 무조건 맥주다. 몇 걸음 떨어진 우리 사이의 열기는 이제 눈치채지 못할 수가 없었다. 피부가 달아올랐다. 가식, 부정, 내가 열네 살 아이의 엄마라는 사실, 그가 아직 술을 살 때 신분증을 요구받으리라는 것 모두 내가 그의 품에 몸을 맡기는 순간 그 모든 것이 부정할 수 없이 벗겨졌다. 이후 빌은 내게 불필요한 말을 하지 않았다.

이 순간 우리는 그 도로변에 앉기 전의 우리와 같은 사람들이기도 했고, 아주 다른 사람들이기도 했다.

"이건 좋은 생각이 아닌 것 같아요." 나는 말했다.

"아니죠." 그는 말했다. 나는 문을 더 활짝 열었다.

섹스에 관해서 내게는 세 가지 중요한 원칙이 있다.

서로 사귀자고 약속한 사이여야 한다.

내 집, 내 침대는 안 된다.

어두워야 한다.

빌은 복도 탁자에 와인병을 내려놓고 아무 말 없이 문을 발로 차서 닫았다. 그는 나를 벽으로 밀었다. 그의 몸은 아직 밤공기 때문에 차가웠지만 내 피부에 닿는 손가락과 입술은 스치는 불꽃같았다. 내 팔은 그의 목을 감았고, 나는 고개를 들며 내 몸을 그의 몸에 밀어붙였다. 살아 있다는 사실을 이렇게 생생하게 느낀 것은 아주 오랜만이었다. 약간 어지러웠다.

그는 한 손으로 내 턱을 받쳤다. 아주 길고 지긋한 시선을 보니 자신이 무엇을 하고 있는지 알고 있다는 것을 확신할 수 있었다. 나는 생각했다. *내가 지금 시선을 돌린다 해도, 그만둔다 해도, 그래도 거의 아무 일 없었던 것처럼 괜찮을 거야.* 그러나 그는 고개를 숙여 내게 다시 키스했다. 생각이 사라졌다. 나는 이 복도에서의 은밀한 몸짓이 영원히 계속되기를 바랐다. 그의 손이 내 티셔츠 아래로 미끄러져 들어와 등을 타고 올라갔다.

그가 나를 들어 안고 복도를 걸어갈 때도 나는 만류하지 않았다. 나는 그의 허리에 다리를 감고 그의 입술에서 입술을 떼지 않았다.

내 방에 들어서자, 그는 나를 부드럽게 내려놓았다. 그의 머리가 조약돌 샹들리에에 다시 부딪히자 딸랑거리는 음악 소리가 나직하게 났다. 그는 내 셔츠를 벗겼다. 자기 셔츠도. 나를 헝클어진 부드러운 이불 위에 눕혔다. 우리는 수백 번도 더 사랑을 나눈 사람들처럼 곧장 엉켰다. 나는 눈을 감고 강 밑바닥으로 가라앉았다.

"테사, 당신은 아름다워." 그는 내 목에 숨을 내뿜으며 신음했다. "당신은 날 미치게 해."

미치게 해.

그가 한 마디만 더 한다면. 둘 중 누구라도 정신을 차려야 한다고 마지막으로 한 마디 한다면.

나는 몸을 약간 뗐지만 쇄골 근처의 흉터가 그의 눈에 띌 정도는 아니었다. 지금까지 그는 너무 바빠서 뭘 알아차릴 겨를이 없었다. 나는 언제나 이 부분을 조심했다. 잊어버릴 정도로 사랑이나 성욕에 취했던 적이 없었다. 내 손은 침대 옆 전등 스위치로 뻗어가다가 멈췄다. 전구가 그의 얼굴에 반쯤 그림자를 드리우고 있었다. 온갖 진부한 문구가 떠올랐다. 빛과 그림자, 삶과 죽음, 진실과 거짓, 희극과 비극, 선과 악, 음과 양.

인기 있는 변호사와 악마가 흔적을 남긴 소녀.

나는 한 손으로 머리를 묶은 핀을 잡아당겼다. 나도 내가 무엇을 하는지 잘 알고 있었다. 그의 얼굴에는 이 밤 이후 무슨 일이 일어나든 내가 절대 잊을 수 없을, 영원히 간직할 표정이 있었다.

테렐을 방면하는 데 실패한다 해도.

나의 괴물이 우리 둘 다 잡아먹는다 해도.

나는 손을 뻗어 불을 껐다.

오늘 밤에도 이 규칙만은 깨지 않겠다.

섹스는 내가 어둠을 숭배하는 유일한 시간이니까.

"이거?" 그는 물었다. 그의 손가락은 내 발목의 희미한 선을 따라가고 있었다. 나는 몸을 떨었다.

"수술 때문에. 내 발목이 왜 부러졌는지 알죠… 그날 밤. 여기 올라와요." 나는 그의 머리카락을 잡아당겼고, 그는 나를 무시했다.

"이건?" 그는 내 엉덩이뼈 위쪽의 작은 나비를 손가락으로 눌렀다.

"재판 직전, 충동적으로." 갑자기 바늘의 섬세한 아픔의 기억이 밀려왔다. 문신으로 몸을 뒤덮은 사람들이 서로 다음 문신에 대해 열심히 떠들어대는 모습을 보면 나는 그 중독에 대해 이해한다.

나는 그저 자유롭고 싶을 뿐이야. 나비는 자유거든.

리디아의 목소리가 머릿속에서 울렸다. 그녀는 축제 마당 카니발에서 타투이스트에게 〈황폐한 집〉에 나오는 이 대사를 읊었다. 텐트 입구가 닫히고 안은 오븐처럼 뜨거워졌다. 리디아는 청바지 단추를 풀고 부드럽고 흰 엉덩이 곡선이 약간 드러나도록 바지를 내렸다. 묘한 용기로 내가 먼저 문신을 새긴 뒤였다. 낯선 사람이 리디아의 엉덩이에 똑같이 생긴 나비를 새기는 모습을 보는 동안에도 내 문신의 날개가 욱신거리고 있었다.

빌의 손가락이 내 상념을 현재로 데려왔다. 그는 법정에 제시할 증거를 냉정하게 수집하듯 천천히, 탐색하듯 내 몸을 쓸어 올라오고 있었다. 지난 한 시간 반 동안 내 두뇌가 아직 가동하고 있다는 최초의 조짐이었다.

머리카락이 왼쪽 쇄골 반 뼘 정도 위까지 덮고 있었다. 그는 내 머리카락을 젖혔다. 그도 알고 있다.

"이건 어떻게 된 건지 말해 줘요." 그는 말했다.

내가 가장 수치스럽게 생각하는 흉터였다. 마치 괴물이 직접 새긴 그만의 작품처럼 느껴졌다. 사실 범인이 자기 손으로 내 몸에 새긴 흉터는 하나도 없다. "내가… 발견된 날 밤, 응급실 의사는 당황했어요. 모두 다 그랬죠. 응급요원이 나를 안고 소리를 지르며 응급실 문으로 들어섰어요. 나중에 상담한 심장외과 의사는 길길이 화를 냈죠. 언젠가 심장에 박동기를 달아야 했겠지만 그날 밤 당장은 아니었다고. 그렇게 미리 달 필요는 없었다고. 제거하기 힘든 전선을 사용하는 바람에 그냥 그대로 됐어요." 그가 목을 어루만지자 내 몸이 약간 굳었다. 그가 놀랄 리는 없다. "불쌍한 심장 박동기 소녀. 앨 베가는 법정에서 거듭 강조했어요. 혹시 녹취록에서 읽은 기억 안 나요?"

"네, 하지만 당신에게서 직접 듣고 싶었어요." 그렇다면 빌은 업무 중이다. 사랑의 마법이 빛을 잃은 장식용 반짝이처럼 내려앉았다.

"조애나에게 전화해서 리디아 집에서 발견한 상자에 뭐가 들었는지 물어볼까요?" 나는 화제를 돌렸다. 상처받은 티를 내지 않으려고 애썼다.

"걱정 말아요, 조애나가 전화할 겁니다. 그 생각은 하지 말아요." 그는 갑자기 물었다. "찰리의 아버지는? 혹시 아직 관계가 있는 겁니까? 경쟁해야 한다면 미리 알아두고 싶은데요."

그의 질문은 뜬금없게 들렸다. "루카스는 자기하고 경쟁이 되는 사람은 아무도 없다고 할 걸요. 그는 대체로 자존심이 아주 센 사람이에요. 군인이죠. 그 자아가 그를 살아가게 하는 원동력이에요." 나는 빌의 뺨을 만졌다. "우리는 오랫동안 관계가 없었어요. 이런 관계는."

빌과 나는 어색하게 뒤로 물러나고 있었다. 이건 잘못된 일이었다. 보통 내가 섹스에 대해 분별 있는 원칙을 정하고 따르는 것도 그 때문이었다. 바닥에 떨어진 티셔츠를 주우려고 몸을 숙이는데 한 가지 원칙을 더 만들어야겠다는 생각이 떠올랐다. 남자와 사랑을 나눌 때는 절대 다른 남자의 군용 셔츠를 입지 말 것.

"가지 말아요." 빌은 부드럽게 말했다. "이제 입 다물게요. 옆에 있어 줘요." 그는 나를 다시 잡아당기더니 따뜻한 몸을 내 등에 갖다 대고 담요를 우리 위에 덮었다. 나는 그 열기에 저항할 수 없었다.

잠이 오지 않았다.

나는 빌의 등에 달라붙었다. 눈을 감고 둥둥 떠다녔다.

나는 다시 텐트 안에서 리디아의 나비에 날개가 생기는 모습을 바라보고 있었다. 타투이스트는 그렇게 나이가 많지 않았다. 스물다섯 살 정도. 그녀는 피부를 많이 드러내는 빨간색, 흰색, 파란색 홀터톱 차림이었다. 등에는 오래된 흰 흉터가 잔뜩 나 있었다. 벨트 자국 같았다.

망가진 캔버스 위에는 네 단어로 된 문신이 도전적으로 새겨져 있었다.

나는 아직 여기 있다 I am still here.

테시, 1995년

"테시, 듣고 있니?"

항상 듣고 있느냐는 질문.

내 입술은 데어리퀸 닥터페퍼에 꽂은 줄무늬 빨대에 달라붙어 있다. 상담실 유리창을 스치는 나뭇잎은 지난주에 찬란한 붉은 빛으로 물들었다. 마치 모네가 나무를 골라 성냥으로 불을 당긴 듯, 8월에 단풍이 이렇게 화려하게 드는 광경은 본 적이 없었다. 내가 아직 시력을 잃지 않았다는 것을 감사하라는 뜻으로 하느님이 나무를 이용하는 것 같았다. 하지만 하느님이 변덕쟁이든지, 내가 시력을 잃을 운명이 아니었든지 둘 중 하나일 것이다.

나는 땀에 번져 눈을 따갑게 하는 마스카라 얼룩을 문질렀다. 리디아는 요즘 새 화장품을 시도하는 데 몰입하고 있었고, 나는 존재감이 희미해지기 위해 노력하고 있었다. 그녀는 내 반달 모양 흉터를 완벽하게 가리는 화장품 조합을 개발했다. 메이블린 페어스틱10과 토사물 빛의 녹색 튜브, 그리고 컨실러 뉴트럴라이저730이었다. 그녀는 내게 이 조합을 적어 주면서 바르는 순서까지 알려 주고, 내 욕실 거울 앞에서 자기 몸단장을 했다. 화장을 한 리디아는 멋있었다. 나쁜 뜻은 아니었지만 아빠는 리디아가 입만 열지 않으면 학교 남자애들이 다 쫓아다닐 거라고 한 적도 있었다. 투명한 마스카라와 분홍색 립글로스를 한 겹 바르면서 그녀는 에리카 종Erica Jong, 여성의 성적 환상을 다룬 1973년 소설 『비행공포』로 유명한 미국의 페미니스트 소설가과 지퍼 터지는 섹스에 대해 논했다. 리디아가 성性에 대해 이야기하는 것은 처음이었다. 남아 있던 어린 시절을 총으로 쏴 죽인 것 같았다.

"낯선 사람과의 섹스, 회한 없는 섹스, 죄책감 없는 섹스." 리디아가 액셀을 밟을 때마다 점점 진흙탕 속으로 빠져 들어가는 바퀴 같은 기분이었다.

의사가 내 상념을 깨뜨렸다. "테시, 오늘은 무슨 일이니? 무슨 생각을 하고 있지?"

지퍼 터지는 섹스, 흉터 변장법.

"더워요. 약간 지루하고요."

"좋아, 이건 어떠니? 여기 이틀 전에 온 뒤로 네가 가장 자주 느낀 기분이 뭐지?" *당신이 소파에서 나를 포옹하고 인간처럼 행동한 뒤로?*

"모르겠어요." 나는 움츠러들었다. 1.5미터 거리에서 친밀한 대화를 시작하는 의사의 이 기묘한 습관이 싫었다.

"내가 볼 때 너는 죄책감을 느끼는 것 같구나. 거의 언제나, 그 사건 이후 줄곧. 우리는 그 이야기를 피해왔어."

나는 스티로폼 컵에서 음료를 천천히 빨아 마시며 그를 응시했다. 그 사건, 의사가 이 말을 할 때마다 아직도 미칠 것 같다.

"내가 왜 죄책감을 느껴요?"

"네가 스스로 그런 일이 일어나지 않도록 미리 막을 수 있었을 거라고 믿으니까. 메리에게 있었던 일도."

"난 열여섯 살이었어요. 운동선수였고요. 내게 정확히 무슨 일이 있었는지는 모르지만 주의를 기울였다면 분명 미리 막을 수 있었을 거예요. 내가 무슨 자동차 밑에 인형처럼 던져 넣을 수 있는 두 살짜리 꼬마는 아니잖아요."

의사는 마침내 내 맞은편에 앉았다. "그게 바로 문제의 핵심이야, 테시. 넌 두 살도, 네 살도, 열 살도 아니야, 테시. 넌 십 대 소녀고, 그래서 스스로 상당히 똑똑하다고 생각해. 심지어 어른들보다도 더욱 통찰력이 뛰어나다고. 네 아버지보다, 네 선생님들보다, 나보다. 사실 미안한 이야기인데 네 평생 지금보다 더 스스로 똑똑하다고 느껴지는 시기는 없을 거다."

리디아는 맨발로 구두를 신는 남자들을 혐오했고, 지금 이 순간 나도 마찬가지였다. 나는 뼈가 튀어나온 그의 진주색 발목을 응시하며 인간의 몸에는 흉한 부분이 얼마나 많은지 생각했다. 나는 의사에 대해 너무나 많은 상충하는 감정을 느꼈다. 지금은 남성 전체에 대해 다 그랬다. *정말 하고 싶은 말이 있으면, 제발 그 질문을 하라고.*

"레베카도 자기가 더 똑똑하다고 생각했어." 의사는 말했다.

그의 딸 이름이 습한 공기 속에서 수류탄처럼 폭발했다. 의도였는지는 몰라도 더 이상 지루하지 않았다.

"네가 자기 자신을 탓하려는 데는 이유가 있어." 그는 말을 이었다. "어느 모로 보나 너는 아주 조심성이 많은 소녀야. 자신의 책임을 인정하면—자신이 드문 실수를 저질렀다고 판단하면—그 사건은 무작위적인 일이 아니었다고 말할 수 있게 되니까. 너 자신을 탓하면, 계속해서 네가 자신의 우주를 통제한다고 믿을 수 있으니까. 하지만 그렇지 않아. 영원히 그렇지는 않을 거다."

"그럼 선생님은요?" 나는 물었다. "선생님은 딸이 아직 살아 있다고 믿잖아요. 지금쯤 틀림없이 강바닥에서 썩고 있거나, 코요테한테 잡아 먹힌 지 오래일 텐데. 제가 가르쳐드릴까요? 레베카는 죽었어요."

테사, 현재

햇살이 침실을 분홍빛으로 물들이고 있었다. 할아버지의 말에 따르면, 하루 중 천사와 이야기하며 사진을 찍기 가장 좋은 시간이었다. 아서 코난 도일 경의 표현을 빌리면, 플라밍고 깃털처럼 흘러가는 구름을 감상하기에 가장 좋은 시간이기도 했다.

한밤중의 괴물들을 다시 벽장 안 깊숙이 밀어 넣기에 가장 좋은 시간이기도 하다.

빌은 길고 마른 다리를 청바지에 집어넣고 있었다. 벗은 등은 넓고 근육질이었다. 털이 많지 않고 아프지 않은 사람과 토요일 아침 내 침대에서 깬 것은 정말 오랜만이었다. 나는 내가 느끼는 감정의 정체를 알아내려고 애썼다. 두려움일지도. 희망인가?

찰리는 2시간 뒤에야 버스로 돌아올 예정이었지만 세 번째 느긋한 사랑을 나누는 동안 계속 문자를 보내왔다. 나는 침대 머리맡 나무판에 몸을 기대고 이불을 점잖게 가슴까지 끌어올린 채 엄지로 문자를 넘겨가며 읽었다.

3등! ㅜㅜ 코치는 퇴장당했어. ^^
월요일 생물 실험시간에 파란 헤어젤통을
가져가야 하는데 잊어버렸어. 미안.
저녁은 뭐야?

1965년으로 시간여행을 하지 않고 파란 헤어젤통을 어디서 사나 생각하고 있는데, 침대 옆 탁자에서 빌의 휴대전화가 울렸다. 전화기를 집어 들어 바로 던지는 순간, 발신인이 눈에 들어왔다.

유골 박사.

전화는 담요 위에 약간 못 미쳐서 떨어졌고, 빌은 얼른 숙여 받아냈다. 윙크.

남자가 처음 내게 윙크했던 때가 기억났다. 리디아가 열한 개의 촛불을 입으로 불어 껐지만 한 개가 되살아났고, 그때 리디아의 아빠는 자동차 정비소 사고 이후 매끈하게 채워지지 않는 듬성듬성한 눈썹 밑에서 눈을 감았다 떴다.

유골 박사, 조애나가 상자의 비밀을 알려 주려고 전화한 걸까? 몇 시간 동안 빌의 애무에 정신이 팔려 있는 동안에도 나는 내내 머릿속에서 상자 뚜껑을 열었다 닫고 있었다.

상자는 내 손가락 사이로 폭포처럼 쏟아져 내리는 매끄러운 모래로 가득 차 있었다.

모든 각도에서 사악하게 웃고 있는 소녀들의 턱뼈로 가득 차 있었다.

리디아의 머리카락으로 엮은 검정 반짝이 줄에 묶인 꾸러미도 들어 있었다.

"네." 빌은 낮은 목소리로 전화를 받으며 나를 흘끗 보았다. 그는 최소한 1분 정도 말없이 귀를 기울였다. "네. 내가 테사에게 연락하죠."

그는 전화를 귀와 어깨 사이에 끼우고 청바지 지퍼를 올렸다.

상담 기간 동안 의사는 이 남자와 5년 더 기다렸다가 잠자리를 한다 해도 상대가 진정 어떤 사람인지 모를 수도 있다는 것을 내게 가르쳐 주었다. 물론 의사는 일반론을 이야기한 것뿐이었다. 그는 중대한 위기 상황에서 한 인간의 가장 깊은 장점이 드러나며 그러지 않으면 영원히 묻힌다고 믿었다. 자신이 영웅이라는 사실을 모른 채 세상을 떠나는 평범하고 재미없는 사람들이 많다는 건 서글픈 일이라고 생각하며 그의 상담실을 나섰던 기억이 난다. 소녀가 그들의 눈앞에서 호수에 빠지지 않았다는 이유로, 이웃집에 불이 한 번도 나지 않았다는 이유로.

"한 시간 뒤에 도착하겠습니다." 빌은 말하고 있었다.

좁은 방에 다섯 명이 모였다. 모두 잠을 설친 행색이었다.

조애나는 러닝바지와 '오클라호마 주 무어를 위해 기도를'이란 문구가 적힌 낡은 티셔츠 차림이었다. 빌은 전날 밤과 같은 차림이었다. 바람기 많아 보이는 지방 검사보 앨리스 핀켈은 진한 메리 케이 화장 아래 얼굴을 가리고 빌에게 너무나 노골적으로 관심을 보여 쳐다보기 민망할 정도였다. 카우보이 차림의 엘렌 마이론 경사는 엉덩이에 총을 차고 있었다.

나는 나란히 놓여 있는 비닐봉투 세 개에 주의를 집중했다. 얼른 봉투를 뜯고 음산한 파티를 시작하고 싶어서 손가락이 간질거렸다.

마이론 경사가 헛기침을 했다.

"테사, 리디아 벨의 어린 시절 집 뒷마당에서 발굴한 상자 안에서 세 가지 물건이 나왔습니다. 혹시 알아볼 수 있는지 봐 주셨으면 합니다."

"안에 혹시… 뼈는 없나요?" 나는 물었다. *그냥 말을 해달라고, 젠장. 리디아의 유골을 찾았다고 말해달란 말이야.*

"아뇨, 그런 건 없습니다." 마이론 경사는 봉투 하나를 열었다. 곧장 작은 책이 눈에 들어왔다. 해어진 금박 표지. 녹색 새싹이 제목 쪽으로 가늘게 자라 올라가는 노란 꽃 디자인이었다. 포우의 단편과 시 선집이었다.

"집어 들어도 될까요?" 나는 물었다.

"아뇨. 만지지 마세요. 제가 들어드리겠습니다."

"리디아의 책이 맞아요." 나는 확인해 주었다. "리디아가 이 책을 살 때 내가 같이 있었어요. 그 애 아빠가 아처 시티의 래리 맥머트리 서점으로 우리를 태워 줬어요."

리디아가 왜 이 책을 땅에 묻었을까? 내가 납치된 뒤, 아마 노란 꽃이 그려진 물건이라면 죄다 방에서 치웠을 것이다. 하지만 소중한 책은 차마 버릴 수 없었겠지. 나중에 파내겠다고 타임캡슐로 묻으며 낭만적이라고 느꼈을지도 모른다.

한데 리디아는 돌아오지 않았다.

마이론 경사는 책을 옆에 놓고 엄지와 검지로 다른 봉투를 집어 들었다. "이건 어떻습니까?"

나는 침을 꿀꺽 삼키고 찬찬히 들여다보았다. "열쇠? 이런 열쇠라면 제 집 잡동사니 서랍에 굴러다니는 것도 못 알아볼 것 같아요."

"그럼 모르신다는 말씀이군요."

"네, 모르겠어요."

"어쨌든 확인해야 하니까요."

마이론 경사는 세 번째 봉투에 손을 뻗었다. 그녀는 내 눈에서 15센티미터 떨어진 높이까지 봉투를 집어 들었다.

방 안의 사람들이 내 대답을 기다리고 있었다.

째깍, 째깍, 째깍.

다들 저 소리 안 들리나? 내 심장 박동기 소리 같기도 했지만 심장 박동기는 소리를 내지 않는다. 저 상자 안의 사슴 심장인가.

열 살 때 나는 포의 '고자질하는 심장'을 단어 하나 빠뜨리지 않고 암송할 수 있었다. 물론 리디아가 더 기발했다. 한번은 시끄러운 시계를 내 베개 밑에 숨긴 적이 있었다.

"테사?" 빌은 내 어깨를 잡았다. 현기증이 났다. 시계 소리는 한층 커졌다. 그의 시계가 내 귓가에 있었다. *째깍, 째깍.* 나는 그의 팔을 밀어냈다.

"잃어버린 줄 알고 있었는데." 내 입에서 분한 십 대 소녀의 말투가 흘러나왔다. "그녀가 가져갔었군."

"누가 가져가요?" 경사의 목소리는 날카로웠다.

"리디아, 리디아가 가져갔어요."

테시, 1995년

의사는 소파 바로 옆에 의자를 두고 이미 앉아 있었다. 일어나서 나를 맞이하지도 않았다. 지난주 자기 딸이 코요테에게 잡아먹혔을 거라고 독설을 쏟아부은 일로 아직 화가 안 풀린 건지, 표정으로는 알 수 없었다. 내가 그냥 일어나서 나가버린다 해도 분명 상관하지 않을 것이다.

나는 바닥에 가방을 던지고, 소파에 털썩 주저앉아 훔쳐보란 듯이 치맛자락을 들어 올리며 다리를 꼬았다. 하지만 그는 조금도 관심을 보이지 않았다. 여든 살 친척 아주머니를 보는 눈길이었다. 얼굴이 화끈거리고 화가 났지만 이유를 알 수 없었다. 나는 손가락에 낀 반지를 의사의 목이라고 생각하며 빙빙 돌렸다.

"네 어머니 말이다." 그는 자연스럽게 말했다. "돌아가신 날, 네가 시체를 발견했지."

딸 이야기를 꺼냈다고 이렇게 복수하다니. 그는 오늘 가장 날카로운 칼을 휘두르고 있었다. 어머니를 잃었다는 가장 날카로운 고통이 묻혀 있는 곳을 헤집었다. 비명을 지르고 싶었다. 보이지 않는 고무 밴드로 얼굴에 고정시킨 저 유쾌하고 직업적인 가면을 산산조각내고 싶었다. 때로 나는 내가 그 구덩이에서 죽은 게 아닌가 하는 생각이 들었다. 이 진료실이 지옥이라면, 다른 모든 것—아빠, 동생 바비, 리디아, 오제이 심슨, 괴물—이 악마가 불러낸 잠 속의 꿈이라면. 세로 줄무늬 셔츠 차림의 판사가 나를 **수잔들**이 들어 있는 골방에 가둘지, 영원히

살인마를 추적하도록 풀어 줄지 결정하는 거라면.

"갈래요." 나는 이렇게 말했지만 소파에 계속 앉아 있었다. "선생님의 멍청한 게임에는 질렸어요."

"그것도 네 결정이야, 테시."

나는 통나무집 안에 있었다.

엄마는 부엌 창문에서 내 이름을 불렀다. 나는 엄마가 설거지를 시키려는 거라고 생각했다. 엄마는 늘 부엌을 엉망으로 만들었다. 사방에 널린 기름때와 밀가루. 검댕이가 잔뜩 낀 팬. 싱크대의 지저분한 그릇. 아빠는 비스킷과 설탕을 입힌 사탕과 식은 뒤에도 팝콘처럼 입에 털어 넣는 감자 토마토를 곁들인 튀긴 오크라 스크램블을 실컷 먹었으니 그 대가를 치러야 한다고 했다.

나는 통나무집 안에 있었다. 하지만 나는 그녀의 말을 무시했다.

"넌 엄마를 부엌 바닥에서 발견했어."

심장이 가슴에 쿵 부딪쳤다.

"넌 여덟 살이었고."

그녀의 얼굴은 시퍼런 색이었다.

"엄마는 뇌졸중으로 돌아가셨지."

나는 그녀의 앞치마 자락을 끌어올려 얼굴을 덮었다.

"엄마가 곁에 계시지 않아서 화가 나니? 널 떠나서?"

나는 통나무집 안에 있었다.

그녀가 부를 때 곁에 가지 않았다.

죄책감이 마구 활개쳤다. 거의 참을 수 없을 정도였다.

"네." 나는 내뱉듯이 말했다.

테사, 현재

조애나의 책상 위 세 번째 비닐봉투에 든 것은 나와 그 첫 주인, 오래전 죽어서 땅에 묻힌 프릴 달린 속치마 차림의 어린 소녀 외에는 누구에게도 중요할 것 같지 않은 아주 작은 물건이었다.

열다섯 살 때, 나는 그 반지를 스톡야즈의 한 골동품상 잡동사니 바구니 밑바닥에서 찾았다. 워낙 때에 찌들어 있어서 집에 가져오기 전에는 미세한 거미알처럼 박힌 진주를 못 알아보았을 정도였다. 반지는 내 새끼손가락에 딱 맞았다. 가게 주인은 1800년대 빅토리아 시대에 어린아이가 끼던 반지로, 금장으로 보이기 때문에 35달러라면 팔겠지만 내가 제시한 10달러는 곤란하다고 했다. 리디아는 우리가 가게에 들어오지 않았다면 반지가 거기 있는 줄도 몰랐을 거 아니냐고 그녀에게 항변했다. "테시가 그냥 주머니에 넣어가도 몰랐을 거면서." 리디아가 씩씩거리며 내뱉는 동안 나는 크리스마스 용돈에서 25달러를 더 꺼내 카운터 위에 내려놓은 뒤 내 친구를 가게 밖으로 끌고 나왔다.

블록을 절반쯤 걷다가 리디아는 내가 이 반지를 산 것은 우주의 의지에 거역한 짓이다, 돌려줘야 한다고 주장했다. *누구인지도 모르는 죽은 사람의 장신구를 지니는 건 불운을 불러. 원래 주인에게 어떤 끔찍한 일이 있었는지 누가 아냐고?* 빅토리아 시대에 아이들은 잔인한 유모 손에서 컸고, 부모님은 하루 한 번씩 시간 약속을 해야 만났어. 윈스턴 처칠은 어머니에게 안겨 본 게 손에 꼽을 정도라고 했잖아.

버스 정류장에 도착할 즈음, 리디아는 어느 때보다 더 정신 나간 사람처럼 한층 더 고집을 부리고 있었다. 그녀는 '손가락에 낀 그 작고 지저분한 물건'에서 '불행을 부르는 호프 다이아몬드'로 비약했다. 호프 다이아몬드는 십일억 년 동안 지하에서 자라다가 갑자기 폭발하듯 땅으로 튀어나와서 손을 댄 모든 사람들에게 저주를 내렸어. 마리 앙투아네트는 머리가 잘렸고, 그 공주 친구도 도끼와 창에 찍혀 죽었지. 다이아몬드를 스미소니언에 배달한 무고한 우체부까지 마법에 걸렸어. 가족이 죽고, 본인은 다리가 뭉개지고, 집이 불에 탔다고.

리디아 프랜시스 벨의 말도 안 되는 수다를 믿든 안 믿든 그녀는 잊을 수 없는 말들을 했다. 그녀가 지금 여기 서 있다면 아마 자신이 푹 빠져서 읽고 또 읽었던 무시무시한 이야기 속의 주인공이 됐다는 사실에 절망과 흥분을 번갈아 느끼고 있었을 것이다.

마이론 경사는 진주가 눈을 멀게 하는 것처럼 나를 향하도록 반지를 들고 있었다. 모두들 정중하게 침묵을 지키고 있었다. 기대감의 무게에 숨이 막혔다.

"네, 제 반지 맞아요." 나는 확인했다. "내가 재판에서 증언하기 직전에 잃어버렸어요. 리디아는 그 반지가 불운을 가져온다고 나더러 끼지 말라고 했어요."

"왜 불운을 가져온다고 했지요?"

진주는 눈물을 불러. 자살과 광기, 살인과 교통사고.

"예전에 알던 사람이 아니라면 죽은 사람의 장신구를 지니면 안 된다고 했어요. 리디아에게 역사는 중요했거든요." *그녀가 맞았어,* **수잔**이 귓가에 속삭였다.

사실이었다. 그가 나를 구덩이에 던지는 순간, 반지는 내 손가락에 있었다. 그날 밤 내가 몸에 지니고 있던 다른 모든 것은 사라졌다. 가장 좋아했던 검정 레깅스, 아빠의 미시건 티셔츠, 힐다 아주머니가 신앙 고백식에서 내게 준 십자가 목걸이. 응급실 의사들이 전부 다 잘라 경찰에게 넘겼다.

심장 박동기 수술 두 시간 뒤 수액을 확인하던 야간 당직 간호사가 반지를 맨 처음 발견했다. 그녀가 깃털 같은 손길로 내 손가락을 스치며 반지를 빼내는 것이 느껴졌다. *쉬이, 괜찮아.* 일어나 보니 반지가 있던 자리엔 볕에 그을리지 않아 희게 눌린 자국이 남아 있었다. 한 달 뒤 집에 돌아간 나는 누군가 병원 성경책을 내 여행 가방 주머니에 넣어둔 것을 발견했다. 성경책을 펼치니 시편 23장에 봉투 하나가 테이프로 붙어 있었고, 그 안에 반지가 있었다.

쿵 소리를 듣는 순간, 대뜸 찰리가 요람에서 떨어졌나 하는 생각이 들었다. 곧바로 찰리가 요람에서 졸업한 것은 13년 전이라는 사실이 떠올랐다. 그녀는 담요를 몸에 감고 내 옆에 누워 있었다. 빨강머리는 마치 바닷물 위에 떠 있는 것처럼 파란 베갯잇 위에 펼쳐져 있었다. 그제야 기억이 났다. 간밤에 우리는 늦게까지 팝콘과 체다치즈 칩을 먹으며 〈워킹데드〉를 시청했다. 가장 친했던 친구의 집 뒷마당에서 발굴한 수수께끼의 물건을 알아본 데 대한 해독제였다.

나는 새벽 1시쯤 침실 텔레비전을 껐다. 그게 30분 전 같기도 하고, 4시간 전 같기도 했다. 창밖은 칠흑처럼 캄캄했다. 내가 꿈을 꾸는 게 아닌가 싶어 찰리의 맨 어깨를 가만히 만져 보았다. 벨벳처럼 부드럽고 싸늘했지만 나는 평소처럼 담요를 끌어다 덮어 주지 않았다.

수잔들이 머릿속에 모여 나직하게 도란도란 상의를 하고 있었다. 나는 전화기를 찾으려고 침대를 더듬었다. 보통 전화기도 내 옆에서 같이 잠들어 있다. 3시 33분. 찰리의 숨소리는 규칙적이었다. 나는 그녀를 깨우지 않기로 했다. 아직은.

다시 들렸다. 트렁크 뚜껑처럼 뭔가 묵직한 것이 떨어지는 소리였다. 바깥, 찰리의 방 쪽이었지만 분명 집 안에서 나는 소리는 아니었다. 나는 옷방 쪽으로 다가갔다. 무릎을 꿇고 문짝에 걸린 신발걸이 주변을 더듬었다. 밑에서 두 번째 줄, 네 번째 주머니. 손가락이 22구경 권총을 붙잡았다. 재판 이후 3년 동안 나는 이 권총을 25인치 허리띠에 찌르고 다녔다. 더 큰 총도 생각해 보았지만 앙상한 엉덩이 위로 툭 튀어나온 총이 남의 눈에 띄는 것은 싫었다. 특히 아빠한테는. 실수로 찰리를 만들던 시절, 루카스는 틈틈이 총 쏘는 법을 몰래 가르쳐 주었다. 그는 22구경을 처음으로 내 손에 쥐여 주며 한 가지만 지키라고 당부했다. 교회에 간다고 생각하고 사격장에 갈 것. 일 년에 최소한 52번.

나는 기도하는 것보다 총을 쏠 기회가 더 자주 있으면 좋겠다고 늘 바랐는데, 결국 그렇게 됐다. 루카스는 더 좋은 총으로 바꾸라고 지난 10년 동안 잔소리를 했지만 나는 내 손에 이 총 말고는 상상할 수가 없었다.

나는 찰리의 어깨를 흔들었고, 그녀는 신음했다. "아직 아침 아니잖아."

"밖에서 무슨 소리가 들려." 나는 속삭였다. "슬리퍼 신어라. 이것도." 나는 내 바구니에 걸려 있던 스웨트셔츠를 던져 주었다.

"정말?"

"정말이야. 일어나."

"그런데 왜 경찰한테 전화 안 해?" 그녀는 후드를 얼굴에 뒤집어쓰면서 물었다.

"저녁 뉴스에 나오고 싶지 않아서."

"그건 엄마 총이야? 엄마."

"제발, 찰리. 내가 하라는 대로 해. 뒷문으로 조용히 나가자."

"말도 안 돼. 그건… 밖에 있잖아. 뱀파이어 위켄드 노래를 조금만 크게 틀어도 경보가 울릴 정도로 민감한 방범 시스템을 기껏 설치한 것도 그 때문이잖아. 최소한 창밖을 내다보고 쓰레기차가 아닌지 확인은 해야 하는 거 아니야?"

내 딸이 아름다움과 지능, 운동선수의 우아함이라는 갑옷을 저렇게 자신만만하게 휘감고 있지 않다면 얼마나 좋을까 싶은 것이 바로 이런 때였다. 이런 때 찰리는 사건 이전의 테시 같았다. 창밖의 시끄러운 소리는 그저 비누와 달걀을 든 십 대 소년들일 뿐이라고, 녹슨 삽과 총을 지닌 괴물이 아니라고 우기는 소녀. 대체로 그 말이 옳았다.

"찰리, 제발 내가 하라는 대로 해라. 따라와."

다시 쿵. 이제 똑똑 두드리는 소리.

"아, 나도 들었어. 이상하네." 어둑어둑한 복도와 거실을 지나면서 찰리는 내 뒤에서 한층 빨리 따라왔다. 블라인드는 평소처럼 내려져 있었지만 불은 켜고 싶지 않았다.

"화재 대피 계획대로 하자." 나는 말했다. "에피의 집으로 가. 뒷문을 두드려. 응답이 없으면 에피의 집으로 전화를 하고. 여기 내 전화가 있어. 내가 5분 안에 그리 가지 않으면 911에 신고해."

"엄마가 가져가. 나도 내 전화 있어. 엄마는 어떻게 할 거야?"

"걱정 마, 찰리. 그냥 가." 뛰어가라니까.

나는 칠흑처럼 캄캄한 뒷문으로 찰리를 밀어냈다. 분홍색과 흰색 물방울무늬 잠옷 바지가 옆집 경계선 대신 서 있는 소나무 사이로 사슴처럼 재빨리 움직이는 모습이 마지막으로 눈에 들어왔다.

나는 가시나무 수풀 뒤에 몸을 숨긴 채 조용히 앞마당 쪽으로 움직였다. 쿵쿵거리는 소리는 멈추지 않고 내 몸 안으로, 내 가슴 속으로 옮겨왔다. 총의 안전장치를 풀었다. 끝장내고 싶었다. 오늘 밤에, 영원히. 나는 나뭇가지 틈으로 내다보았다.

대체 뭐야? 회색 사각형 네 개가 마당 한가운데 마치 묘비처럼 나란히 꽂혀 있었다. 그리고 희미한 불빛 아래 작은 그림자 하나가 그 묘비 옆에서 움직이고 있었다. 빅토리아 시대의 시간여행자 소녀가 반지를 찾고 있나? 나는 그녀를 쫓아내려고 눈을 질끈 감았다 떴다. 그런데 그림자가 일어섰다. 유령 아이는 손전등을 든 반짝이는 회색 나일론 스웨트셔츠 차림의 남자로 변했다.

"이봐!" 내 무모한 외침이 공기를 갈랐다.

나이키 문양, 검은 머리카락, 뻣뻣한 턱수염이 언뜻 스치더니 남자는 손전등을 끄고 달리기 시작했다.

그가 달리고 있다면, 젠장 나도 마찬가지다. 마당을 지나, 도로를 따라 달렸다. 발을 쿵쿵거리며. 그는 내 괴물이라기에는 너무 빨랐다. 젊은 다리였다. 마라톤으로 단련된 다리. 나도 아직 빨랐지만 그 정도는 아니었다. 슬리퍼가 발뒤꿈치에서 철벅거렸다.

갑자기 그는 속도를 늦췄다. 혹시 도로에 부서진 구멍을 밟았나. 총을 겨누고 있는지도 모른다. 경고의 뜻으로 22구경 권총을 들어 올리는 순간, 그는 자동차 리모컨을 눌렀다. 도로변에 주차된 세단 미등이 켜졌다. 몇 초 뒤 차 문이 닫히고, 차는 바퀴 긁는 소리를 내며 도망쳤다. 번호판은 알아볼 수 없었다.

나는 돌아섰다. 우리 집 마당은 묘지가 아니었다. 나는 합판으로 만든 조악한 간판을 응시했다. 문구에서 증오가 번들거렸다.

블랙 아이드 수잔넌아

사람을 죽이지 말라.

회개하라!!

너의 손에 테렐의 피를 담아.

그냥 미치광이였다.

마음이 놓이지는 않았다.

갑자기 누군가 지켜보고 있다는 기분이 엄습했다.

찰리!!

옆집은 아직 캄캄했다.

에피의 집을 향해 미친 듯이 달렸다. 집 안에서 덜거덕거리는 소리가 나도록 현관문을 세게 두드렸다. 응답이 없었다.

나는 포치에 슬리퍼를 벗어 놓고 뒷마당으로 달렸다. 내 방 창문 아래 서 있던 괴물이 떠올랐다. 물방울무늬 잠옷을 입고 있던 딸이 떠올랐다.

나는 에피의 뒷문에 주먹을 날렸다. 숨 막히는 정적만이 흘렀다. 나는 뒷마당을 둘러보고, 찰리의 이름을 부르려고 입을 열었지만 아무 소리도 나오지 않았다.

미친 듯한 시선이 뒷마당의 낡은 헛간으로 향했다. 몇 초 뒤, 나는 녹슨 경첩을 절반쯤 뜯어내고 문을 활짝 열었다. 찰리는 구석에서 퇴비 두 봉지 옆에 쭈그리고 있었다. 뺨에 댄 전화가 얼굴 절반을 밝히고 있었다.

"엄마!" 찰리는 내 품에 뛰어들었다. 집 앞 도로에서 자동차 멈추는 소리가 들렸다. 다시 한 대 더. 경광등 불빛이 수풀 틈으로 새어 들어왔다.

커다란 형체가 눈부신 손전등을 들고 우리 쪽으로 다가왔다.

"경찰입니다. 911 신고를 하셨습니까?"

"네, 난 찰리예요. 이쪽은 우리 엄마고요. 우리는 괜찮아요."

말이 나오지 않아 나는 고개만 끄덕였다. 걸걸한 대화 소리가 앞마당에서 들려왔다.

경찰의 손전등은 계속 우리를 비췄다. 다친 데도 없고 위험인물도 아니라고 확신했는지 그는 불빛을 헛간으로 옮겼다.

불빛은 물방울처럼 구석의 벽을 따라 위아래로 움직였다.

경찰은 특이한 점을 발견하지 못했다. 자신이 보고 있는 것이 일상적인 풍경이라고 생각했기 때문이었다.

나는 보고 있었지만 이해할 수가 없었다. 일상적인 풍경이 아니라는 것만 알 뿐이었다.

정원용 모종삽이 줄줄이 걸려 있었다.

가로세로 5센티미터 간격으로 깔끔하게.

테시, 1995년

"악마를 믿니, 테시?"

여기도 이 소리. 힐다 아주머니에게서 귀에 못이 박히도록 듣는 소리다.

"형이상학적인 뜻에서 말이야. 오늘은 **블랙 아이드 수잔** 살인범에 대해 이야기하고 싶어. 증언할 때 그를 좀 더 잘 이해하는 데 도움이 될 것 같아서 말이다. 그가 피와 살로 이루어진 존재라는 것을. 신화 속의 인물도, 파란 수염도 아니라는 것을. 다리 밑에 사는 괴물이 아니라는 것을."

심장이 약간 더 빠르게 뛰었다. 손이 반사적으로 왼쪽 젖멍울 위로, 심장을 최소 분당 육십 회 뛰도록 해 주는 피부 아래 쇳덩어리 위로 움직였다. 나는 직선으로 7.5센티미터 정도 되는 흉터를 신경질적인 손가락으로 어루만졌다. 리디아는 벌써 흉터를 숨길 수 있는 끈이 달린 비키니 수영복을 찾고 있었다.

"괴물에 대해 우리가 아는 건 없잖아요." 나는 뻣뻣하게 답했다. "영원히 모르겠죠. 말도 안 하잖아요. 가족은 그가 평범한 사람이라고만 하고." 나는 그의 이름을 입 밖에 내어 말한 적이 없었다. *테렐 다시 굿윈.*

"예전에 연쇄살인범을 상담한 적이 있었어." 의사는 말했다. "나보다 더 영리하고, 나보다 더 계산적인 사람이었지. 늙은 여자를 홀려서 백만 달러는 뜯어낼 수 있는 사람이었고, 실제로 그렇게 했어. 사람들 틈에 섞일 수도 있고, 단연 돋보일 수도 있는 사람. 그는 피해자와 개인적으로 친해지는 것을 좋아했고, 그렇게 알아낸 정보를 이용해서 겁을 줬어."

"병원으로 왔던 데이지 꽃을 들고 있는 돼지 그림 카드." 불현듯 그 생각이 떠올랐다.

"그가 그 카드를 보냈다고 생각하니?" 의사는 물었다.

"네. 그 카드 때문에 시력을 잃었다고 생각해요."

"좋아, 테시. 몰라보게 진전했다. 그가 보냈든 그렇지 않았든, 그 카드가 너에게 계기가 된 거야. 네 마음을 통제하는 건 너 자신이다, 테시. 잊으면 안 돼."

나는 고개를 끄덕였다. 그의 칭찬에 당황스러워서 얼굴이 약간 달아올랐다.

"다른 환자들은 선악이라는 개념을 이해했는데 그는 아예 관심이 없었어." 그는 말을 이었다. "그는 자신이 어떻게 행동해야 하는지 아주 열심히 연구했단다. 병원 대기실에 정기적으로 앉아서 관찰했기 때문에 공감도 흉내낼 수 있었어. 브룩스 브라더스에서 일 년 동안 정장을 판매하면서 옷 입는 법, 말 하는 법을 배웠지. 여러 곳을 떠돌 때마다 신문을 통해 자기 자신의 일대기를 꾸며내기도 했어. 하지만 연쇄살인범들은 실수를 해. 그도 마찬가지였어. 피해자의 유해를 자기 차 트렁크 안에 넣고 돌아다닌 거야. 그러지 않을 수가 없어서. 요점은… 그들은 자기가 인간이 아니라고 생각하는데, 사실은 인간이라는 거다."

"난 아직도… 이유를 알 수 없어요."

"아무도 몰라. 어쩌면 영원히 모를 수도 있겠지. 한동안 의사들은 골상학과 관계가 있을 거라고 생각했어. 두개골에 튀어나온 부분의 개수. 내 환자는 알고 보니 진부하더구나. 자기 엄마를 탓했어."

"왜…"

"이야기가 약간 지엽적인 데로 벗어가는 것 같은데."

"그 사람을 치료하려고 노력하셨어요?" 나는 끈질기게 물었다. 혹은 *그가 당신 딸을 데려간 사람인지 알아내려고 노력했어요?*

"그래. 온갖 문제에도 불구하고, 심리학의 온갖 원칙에도 불구하고 치료가 가능한지 알아보려고 노력했어. 하지만 잘되지 않았다. 그는

사이코패스였어, 테시. 그는 자기 자신으로 완벽하게 행복한 사람이
었지."

테사, 현재

조애나는 내게 트리니티 파크 오리 연못에서 800미터 정도 떨어진
러닝 트랙 근처에서 만나자고 했다. 약간 이상했다. 다리와 너무 가까
운 지점이었다. 지나친 우연의 일치였다. 혹시 홈스쿨로 공부하는 비
행 청소년 녀석 말고 내가 거기서 땅을 파는 모습을 본 사람이 있었을
까? 빌이 내가 말한 모든 내용을 조애나에게 보고하는 건 아닐까?

수잔들은 오늘 아침 조용했다. 피해망상이 폭풍우처럼 밀려와 숨을
돌릴 수 없을 때, 가끔 이런 일이 있다.

총을 쥐고 앞마당의 유령 같은 형체를 겨눈 이후, 내 몸은 끊임없이
삐걱거리고 있었다. 일요일, 나는 정신을 차리고 딸이 일상을 다시 누릴
수 있도록 노력했다. 빌에게 전화해서 다시는 술을 들고 내 집 문 앞에
나타나지 말라고 했다. 실수였다고, 너무 긴장한 나머지 감정에 휩쓸린
거라고, 스웨덴 과학자와 검사보가 당신에게 훨씬 더 어울릴 거라고 말
했다.

그는 잠시 굳게 침묵을 지키다가 입을 열었다. "우린 와인에 손도 안
댔습니다. 게다가 당신도 나한테 잘 어울려요."

나중에 찰리와 나는 동물 세포 삼차원 재현 실험에 쓸 파란 헤어젤

과 후추, 감초, 리마콩을 찾아 월마트를 휩쓸고 다녔다. 찰리는 골지체 안에 과일 롤업을 집어넣는 과정에 대해 조잘조잘 떠들었다. 나는 형 광등 아래서 컨트리 웨스턴 음악처럼 마음을 달래 주는 주변 사람들의 이런저런 대화에 귀를 기울였다. 냉동식품 코너에서는 *내 동생이 얼 마 전에 집을 잃었어.* 포테이토칩 앞에서는 *하느님이 길을 보여 주실 거야.* 와인 상자 앞에서는 *아빠가 그 사람을 죽일 거야.* 일상이 아무 렇지도 않은 척하는 사람도, 무슨 일이 있다고 해서 세상이 끝나는 것 처럼 호들갑을 떠는 사람도 월마트에는 거의 없다는 사실이 마음을 달 래 주었다. 나는 이 불행과 일상의 골칫거리, 전통적인 불굴의 강인함 이 한데 섞여 부글거리는 스튜 냄비 속으로 카트를 밀고 지나갔다. 월 마트에서는 누구도 내가 누구인지 상관하지 않았다. 나는 1.99달러로 감자 열 개를 사서 집에 돌아온 뒤 엄마 요리법대로 콘 차우더를 만들 었다. 일상으로 돌아가려는 이 모든 노력은 효과가 있는 것 같았다. 탄 수화물과 베이컨 조각으로 배를 가득 채운 찰리는 우리 집에 침입한 나쁜 놈이 그저 형편없는 문법으로 간판이나 만드는 시시한 겁쟁이라 는 믿음으로 마음을 놓고 밤늦게 푹신푹신한 담요 밑으로 들어갔다.

일요일 아침, 조애나와 만나고 싶지 않다고 연락하고 싶었지만 그 럴 수가 없었다. 찰리가 학교에 가자마자 나는 화난 동작으로 운동화 를 신고 머리를 하나로 질끈 묶었다. 아침에 일어났을 때는 마음 깊은 곳에서부터 달리고 싶다, 독소를 마지막 한 방울까지 땀으로 배출하고 싶다는 끈질긴 욕구가 있었다. 달리기는 언제나 효과가 있다. 아직 6킬 로미터를 달려도 발목이 욱신거리지 않고, 그러고도 3킬로미터는 더 달릴 수 있다. 하지만 일단은 조애나를 만나야 했다.

공원 남쪽에는 거의 사람이 없었다. 나는 반짝이는 은색 BMW 옆에 지프를 세웠다. 작은 휴식 공간이 있는 이 공터에는 우리 둘밖에 없었다. 나는 문을 닫으며 BMW 안을 들여다보았다. 타코벨 가방과 빈 닥터페퍼 캔이 바닥에 떨어져 있었다. 콘솔에는 동전 한 주먹과 영화표 조각이 흩어져 있었다. 길을 향해 차 뒤로 돌아가면서 나는 BMW 번호판을 내려다보았다. DNA 4N6.

아, 분명 조애나의 차다. 나는 소리 내어 말해 보았다. "DNA 4N6."

4N6? 나는 다시 읽어 보았다. DNA 외계섹스4N6을 소리 나는 대로 읽으면 Foreign Sex와 비슷하게 들린다? 흠, 그런 뜻일 리야 없겠지만 지금 엉덩이에 차고 있는 총에 대한 생각과 유골 박사의 자동차 트렁크에는 뭐가 들어 있을까 하는 생각을 잠시나마 잊을 수 있었다.

지평선은 검은 직선이었다. 해가 저문 뒤 기온이 30도 급강하고 강추위가 찾아온다는 일기예보가 있었다. 분홍색 운동화를 신은 육십 대 여자가 팔을 열심히 흔들며 내게서 멀어졌다. 나는 쓸 만한 쓰레기가 가득 든 쇼핑 카트를 근처에 세워 놓고 태아처럼 몸을 만 채 콘크리트 피크닉 테이블 위에서 잠든 노숙자 옆에서 멈췄다. 그리고 그가 손에 쥔 빈 커피잔 깊숙이 10달러 지폐를 꽂아 주었다. 그는 움직이지 않았다.

할 수 있을 때는 언제든지 돕는다. 루즈벨트를 위해서. 실종되었다가 발견된 뒤, 나는 리디아에게 루즈벨트가 서 있던 거리 모퉁이에 가 보라고 했다. 그가 걱정할 거라는 것을 알고 있었기 때문이었다. 나는 그에게 작별 인사를 하지 못했다. 그는 재판 일주일 전, 잠든 듯 나무에 기댄 채 시체로 발견되었다.

DNA 4N6. 4-en-6. 법과학forensics 이구나! 이런 바보 같으니.

나는 정확히 약속 지점에서 조애나를 발견하고 걸음을 재촉했다. 한때 교수형 나무였다는 소문이 있는 유명한 참나무 아래였다. 그녀는 양반다리를 하고 의자에 앉은 채 빨간 미생물 주의 스티커를 붙인 녹색 합성고무 물병에서 물을 마시고 있었다. 검정 노스페이스 바람막이 점퍼에는 CSI 텍사스 로고가 붙어 있었다. 물병과 재킷은 법과학 학회 같은 데서 받은 고급 증정품 같았다.

"여기서 만나 줘서 고마워요." 조애나는 마른 다리를 풀고 옆에 앉으라는 뜻으로 의자를 두드렸다. "주말 내내 실험실에서 일하느라 바람을 좀 쐬어야 했어요. 당신 집에서 있었던 사건은 들었어요. 경찰이 범인을 잡았나요?"

"아뇨. 난 잘 보지 못했어요. 나를 정기적으로 언급하는 사형 반대 뉴스레터가 있는데 경찰도 거기 이메일을 확인하고 있어요. 편집자가 가장 최근 블로그에 테렐의 사건에 대해 열변을 토하면서 내 주소를 적었나 봐요. 하지만 기대는 안 해요. 처음 있는 일도 아니고."

"기묘하고 무섭군요. 그런 사람들이 당신을 표적으로 한다는 게." 그녀는 입 밖에 내지 않았지만 나는 무슨 생각을 하고 있는지 알 수 있었다. *피해자.*

나는 어깨를 으쓱했다. 익숙했다. "재판이 많은 분노를 들쑤셨어요. 배심원 대표는 내 증언으로 사건이 뒤집힐 수 있다는 이야기를 공공연히 하고." *나는 그저 배경에 지나지 않는데도.*

그녀는 공감한다는 듯 고개를 끄덕였다. 토요일 밤 있었던 일에 대해서는 정말 말하고 싶지 않았다. 머릿속에서 그 장면이 끝없이 재생되는 것만 해도 충분히 고약했다. 헛간 안에 강박적으로 진열되어 있던 모종삽 아래 찰리가 쭈그리고 앉아 있던 모습. 경찰은 내 요청으로 에피의 집 뒷문을 부수고 들어갔다. 그녀는 이베이에서 주문한 잡음 제거 헤드폰을 끼고 레이지 보이 안락의자에 앉아 잠들어 있었다. "목소리를 안 들리게 하는 거야." 그녀는 경찰이 집을 수색하는 동안 비밀을 알려 주듯 내게 슬쩍 말했다. 아주 잠깐, 혹시 내 머릿속의 **수잔** 이야기를 넌지시 하는 건가 싶었지만 그녀의 시선은 살쾡이처럼 바삐 주위를 둘러보고 있었다. 에피의 삽 도둑은 그녀의 집 지붕 밑에 살고 있었던 것 같았다. 그래서 나는 경찰에게 말하지 않았고, 그 이야기를 에피에게 어떻게 꺼내야 할지 아직도 막막했다.

"어쩌면 좋은 소식이 필요할지도 모르겠다 싶었어요." 조애나는 말했다. "들판 근처에서 발견된 재킷의 빨강 머리카락? 미토콘드리아 DNA 분석 결과 99.75퍼센트의 확률로 당신의 머리에서 떨어진 게 아니었어요. 재킷 자체에서 테렐의 DNA가 검출되지도 않았고요."

"그걸로 테렐 건을 재심할 수 있을까요?" 빌에게도 이 소식을 말했는지 궁금했다.

"그럴 수도 있고, 그렇지 않을 수도 있어요. 텍사스 주에는 옛날 증거를 새로 분석할 수 있는 과학기술이 개발되면 재소자들이 재심을 쉽게 얻어낼 수 있는 비교적 새로운 법이 있어요. 오늘 아침 빌과 이야기해 보니 그는 전에도 사형수 재심을 경험했는데 빨강 머리카락 한 가닥과 과학적 오류에 기반한 허접한 전문가 증언 정도로는 판결을 뒤집기에 충분하지 않다고 단호하게 말하더군요. 판사에게 그보다 더 많은 증거를 제시해야 한다고 해요. 불행히도 해너 스타인이 실종된 시각에 테렐의 알리바이를 입증해 줄 사람은 어머니와 여동생뿐이었어요. 게다가 경찰은 메리 설리번과 해너 사이에 연결점을 못 찾고 있어요. 물론 경찰도 정확히 말해 테렐 편이라고 할 수는 없습니다. 그들의 관심사는 대체로 소녀들의 신원을 찾아내서 유가족에게 알리고, 매년 연례행사처럼 되풀이되는 언론의 관심을 털어버리자는 거니까. 기회를 틈타 텔레비전에 얼굴을 비추고 싶은 지방 검사의 요청으로 일하고 있고. 해너 사건에 대해서 혹시 검사의 기자회견을 보셨나요?" 그녀는 대답을 기대하지 않는 것 같았다. "진짜 살인범을 찾아내자고… 그러면 우리야 좋겠지."

조애나의 냉소가 나를 놀라게 했다. "미안해요." 그녀는 얼굴을 찡그렸다. "나는 대체로 모두가 최선을 다하고 있다고 생각해요. 빌과 앤젤라가 좀 더 일찍 내게 연락했다면 좋았을 것을." 한층 생각에 잠긴 표정이었다. "나는 다른 두 소녀의 신원을 찾기 위해 다른 방법을 시도하고 있어요. 단지 시간이 있을지 모르겠네요."

사건 이야기를 되도록 피하자는 결심에도 불구하고 끈질긴 궁금증이 꿈틀거렸다. *해답을 가진 건 나야.* 그날 실험실에서 **수잔** 중의 하나가 고집을 부렸다. 그건 조잘거리는 내 머릿속의 **수잔**이었을까, 아니면 실종되었다가 뼈 무더기로 발견된 새로운 소녀였을까?

"내가 아는 갤버스턴의 법 지질학자가 유골 증거를 분석하고 있어요." 조애나는 말을 이었다. "어쩌면, 아주 운이 좋다면 피해자가 살았던 지역의 범위를 좁히는 것도 가능할지 몰라요. 그러면 해당 지역에서 발생한 실종 소녀 사건만 확인해 보면 되겠지요."

"DNA 시료를 보내면 혈통을 판독해 준다는 웹사이트를 봤어요. 혹시 그런 건가요?"

"그것과는 전혀 아무 관련도 없어요. 이건 동위원소 분석법을 통해 유골의 구성 물질을 특정 지역과 연관시키려는 연구입니다. 법과학적 신원 분석 분야에서는 아직 걸음마 상태예요. 10년도 더 전에 템스강에서 상체가 발견된 한 소년에게 처음 사용되었어요. 과학자들은 소년의 출신지가 나이지리아라는 걸 알아냈습니다."

"그게 소년의 신원을 파악하는 데 도움이 됐나요? 범인을 잡는 데도?"

"아뇨, 아직은. 이건 하나의 과정이에요. 새로운 기술을 시도할 때 사건 하나하나는 그저 수백만 킬로미터에 달하는 도로 위를 내딛는 한 걸음에 불과하지요." 그녀의 목소리는 부드러워졌다. "인간도 결국 지구의 일부예요, 테사. 고대로 거슬러 올라가는' 과거의 일부. 인간은 자신이 사는 장소의 바위나 흙, 물, 식물, 동물과 똑같은 비율로 스트론튬 동위원소를 뼈에 저장합니다. 동물은 식물을 먹고 물을 마시죠. 인간은 동물과 식물을 먹고요. 스트론튬도 그때마다 전달돼서 그 장소 고유의 비율로 뼈에 축적돼요." 조애나의 설명은 항상 너무나 간단해서 놀라웠다. 틀림없이 좋은 교수일 것이다. "문제는 세상이 너무 넓다는 겁니다. 지질학적 지역을 밝혀낼 수 있는 데이터베이스 규모는 이 시점에 비교적 빈약하고요. 희박한 가능성이에요."

조애나는 입을 다물었다. 그녀가 나를 왜 공원에 불렀는지 아직 알 수 없었다.

"막다른 골목에 부딪히면 어떻게 한다고 하셨는지 다시 말씀해 주세요." 나는 마침내 말했다. "헛된 노력으로 돌아가버리는 일이 너무나 많아요. 더 이상 못하겠다고 생각한 적도 있나요?"

"당신에게도 같은 질문을 할 수 있지 않을까요?"

"하지만 당신은 이 일을 선택했잖아요."

"이 일이 나를 선택했다는 게 맞아요. 나는 열네 살 때부터 이게 내 일이라는 걸 알았어요. 마찬가지 이유에서, 나는 어떤 꼬마가 커서 양키스의 삼루수가 될 거라고 하면 의심하지 않아요. 오클라호마에서 발생한 걸스카우트 살인사건이라고 혹시 들어본 적 있나요?"

"아뇨." 희미하게 기억이 되살아나는 것 같기도 했다. 리디아라면 알 것이다.

"모든 과학자에게는 오랫동안 자신을 놓아 주지 않는 미해결 사건이 있어요. 내 경우 그런 사건이 이 걸스카우트 사건이죠. 내가 고등학교에 다닐 때 걸스카우트 세 명이 털사 근처에서 야영을 하다가 한밤중에 텐트에서 끌려 나갔어요. 범인은 그들을 강간하고 살해한 뒤 유기했지요. 그 지역 사람—유명한 고등학교 풋볼 선수—이 용의자로 지목돼서 재판을 받았지만 결국 무죄로 풀려났고요. 당시에도 DNA 증거를 수집하기는 했는데 그걸 분석할 기술이 전혀 없었어요. 이제 그 증거는 너무 변질돼서 사용할 수 없는 상태죠. 나는 인맥을 총동원해서 당시 범죄 현장 사진과 경찰 보고서, 법과학적 분석 관련 자료를 모조리 찾아봤어요. 요점은 지금 만약 1977년으로 돌아갈 수 있다면 나는 그 부모들에게 대답할 말이 있을 거예요. 실험실의 과학자들이 헛된 일을 계속하기 때문에 가능하게 된 일들이지요. 내 일은 현재는 물론, 미래를 위한 일입니다."

"이해해요." 나는 말했다. "내 경우에도 당장 답이 없을 수도 있겠지요. 아주 오랫동안. 그런데 날 왜 공원으로 부르셨나요? 사건 관련 소식을 전해 주려고?" 약간 무례하게 질문이 나왔지만 의도한 것은 아니었다. 그저 피곤했다.

"아뇨. 언제든지… 궁금한 것이 있으면 내게 찾아오시라고 말하고 싶었어요. 당신이 혼자라는 기분을 느끼게 하고 싶지 않아요."

나 빼놓고 혼자 땅 파지 마라, 이 말이었다. 이 공원이든, 어디든.

"테사, 내게도 당신이 필요할 거라고 생각해 본 적 있어요? 내가 당신 생각만큼 강하지 않을지도 모른다고?"

한파를 실은 첫 바람이 나뭇가지를 흔들었다.

"로리, 도리스, 미셸." 그녀는 나직하게 말했다. "죽은 걸스카우트의 이름이에요. 내 **수잔들**이죠."

테시, 1995년

"증언하지 말까 생각 중이에요."

오늘 아침, 손에 칫솔을 든 채 입가에서 치약 거품을 흘리며 거울 앞에서 연습할 때보다 훨씬 반항적으로 들렸다.

증언하지 않겠어요, 베가 검사님.

그래. 이게 낫다.

나는 좀 더 강조하기 위해 다시 입을 열었지만 지방 검사는 내가 무슨 생각을 하든 아무 관심도 없이 사무실을 호랑이처럼 서성거리고 있었다. 의사는 자기 책상에 서류 폴더를 쌓아 놓고 앉아 있지만 틀림없이 내 말 한 마디 한 마디에 귀를 기울이고 있을 것이다. 그는 가만히 있는 데 선수였다.

"들으셨어요? 더 이상 할 만한 말이 없어요. 덧붙일 말이 없다고요."

나는 말을 더듬었다.

베니타는 '네 마음을 알지만 어쩔 수가 없다'는 듯한 미소를 지었다. 그녀와 베가 검사는 내 증언을 검토하기 위해 여기 와 있었다. 그들이 생생한 정황 묘사를 연습하자고 한 것은 처음이었다. 이렇게 오래 기다린 것은 검사가 내 증언이 최대한 즉흥적으로 들려야 한다고 생각했기 때문이었다. 재판은 2주 남았으니 상당히 즉흥적인 결정인 셈이었다.

"테시, 힘들다는 건 안다." 베가 검사가 말했다. "우리는 배심원단이 너와 함께 그 구덩이에 들어가는 느낌을 받길 원해. 설사 살인범에 대해 세세한 것을 기억하지 못한다 해도 맥락을 더해 줄 수 있어. 너 때문에 실제 사건처럼 생각할 수 있는 거야. 예를 들어, 거기 누워 있을 때 무슨 냄새가 났지?"

산전수전 다 겪은 검사조차 반응할 정도로 강한 구역질이 반사적으로 올라왔다. 이런 극적인 표현이 배심원단에게 미칠 영향을 계산한 의도적인 행동이 분명했다. 나는 아직 그를 좋은 사람이라고 생각했다. 그저 마음이 바뀌었을 뿐이었다. 증언하고 싶지 않았다. 괴물을 마주 보고 앉을 수 없었고, 하고 싶지 않았다.

"좋아, 그 이야기는 나중에 다시 하자. 눈을 감으렴. 넌 구덩이 안에 있다. 고개를 왼쪽으로 돌려 봐. 뭐가 보이지?"

나는 마지못해 고개를 돌렸다. 그녀가 있었다. "메리."

"죽었니?"

나는 눈을 뜨고 의사에게 도와달라는 듯한 시선을 보냈지만, 그는 책상에서 바삐 컴퓨터를 두드리고 있었다. *거짓말을 해야 하나? 검사에게 죽은 메리가 내게 이야기를 했다고 말해야 하나? 물론 그러면 재판에 역효과를 낳을 것이다.*

내가 증언한다면…, 하지만 하지 않겠다.

"죽었는지 아닌지 모르겠어요." 사실이었다. "입술은 푸르스름한 회색이었지만… 파란 립스틱을 바르는 여자애들도 있거든요. 그런 유행을 고스Goth, 1980년대 유행한 록 음악의 한 형태로 가사가 주로 종말, 죽음, 악에 대한 것이며 애호가들은 검은 옷을 입고 검은색으로 화장한다라고 해요." 왜 이런 말을 했는지 알 수 없었다. 공포 영화 소도구처럼 구덩이 안에서 내 옆에 누워 있었을 때만 제외하면 클라리넷을 불고 교회에 다니던 메리는 어딜 봐도 고스가 아니었다.

"그 외에는?"

"눈은 뜨고 있었어요." *뭔가 그녀를 먹고 있었지만 그녀는 의식하지 못했다.*

"무슨 냄새가 났지?"

나는 침을 꿀꺽 삼켰다. "뭔가 상한 냄새요."

"숨을 쉬기가 힘들었니?"

"그냥… 이동식 화장실에서 숨 쉬는 기분이었어요."

"추웠니? 더웠니? 최대한 묘사해 보렴."

"땀이 났어요. 발목이 아팠고요. 그가 발목을 잘랐나 하는 생각이 들었어요. 쳐다보고 싶었지만 고개를 들 때마다 머릿속에서 뭔가 폭발하는 기분이었어요. 너무 무서워서 정신을 잃을 것 같았어요."

"소리를 질렀니?"

"할 수 없었어요. 입에 흙이 있었거든요."

"눈을 감아라. 고개를 오른쪽으로 돌리고. 뭐가 보이지?"

고개를 돌리려니 목이 아팠다. 하지만 숨 쉬기는 더 쉬웠다. "뼈가 보여요. 내 분홍색 립글로스. 뚜껑이 없어요. 어디 있는지 모르겠어요. 초코바, 1978년 25센트 동전, 1센트 동전 3개."

머릿속의 사진들이 갑자기 움직이기 시작했다. 당분을 감지하고 몰려든 개미들이 내 립글로스 위에서 분주하게 기어 다니고 있었다. 한 손이 초코바를 향해 뻗어 있었다. 분홍색 주근깨가 잔뜩 있었고 짧고 단정한 손톱에 하늘색 매니큐어가 깔끔하게 발라져 있는 것을 보니 내 손이라는 것을 알 수 있었다. 색깔은 메리의 입술과 거의 비슷했다. 이로 포장지를 뜯으니 피와 흙, 땅콩버터 맛, 토사물 맛이 났다. 다른 **수잔들**의 유골이 격려하듯 재잘거렸다. *힘을 유지해야 해. 약해지면 안 돼.*

"초코바를 먹던 생각이 나요." 나는 말했다. "먹고 싶지 않았어요." *그런데* **수잔들**이 *그래야 한다고 했어요.*

"전에 네가 이 이야기를 한 기억이 없는데, 혹시 다른 자세한 장면이 기억나지 않니? 범인에 대한 건? 얼굴, 머리색, 뭐든지." 이게 좋은 일이라고 생각하는지, 그렇지 않다고 생각하는지 검사의 목소리만으로는 알 수 없었다.

왜 지금 이런 생각이 나는 걸까? 아무도 시키지 않았지만 나는 다시 눈을 감았다. 밤하늘을 향해 얼굴을 들었다. 그런데 별이 없었다. 해가 내리쬐고 있었다. 나는 구덩이 바깥에 있었다. 다른 곳… 메리와 **수잔들**이 있는, 빛으로 가득 찬 공간에 있었다. 메리는 잠들어 있었고, 나머지는 속닥속닥 들뜬 목소리로 조잘거리며 계획을 짜고 있었다. 그중 하나가 내 위로 허리를 굽혔다. 해골 손가락에 달랑달랑 반지가 매달려 있었지만 보석이 없었다. 그녀는 보석이 빠져나간 부분으로 내 뺨에 반달을 새겼지만 아프지 않았다. 피도 나지 않았다.

그를 잡아야 해, 그녀는 말했다. *우릴 잊지 마.*

이것이 현실이 아니라는 것은 알고 있었지만 **수잔**의 손가락뼈에 끼워져 있던 반지에서 검출된 혈흔은 메리가 아닌 나의 것이었다. 경찰은 내가 구덩이에 버려졌을 때 그 위에 떨어진 것으로 보인다고 논리적으로 추정했다.

구덩이에 다시 떨어져서 기어 나오지 못하게 되기 전에 그만두어야 한다.

"증언하지 않겠어요. 당신을 위해서도, 그들을 위해서도."

베가 검사는 다음 질문을 던지려는 듯 고개를 약간 기울였다.

"테시의 말 들으셨지요." 의사는 책상에서 고개를 들었다. "오늘 면접은 끝났습니다."

테사, 현재

나는 조애나가 길을 따라 사라지고 다시 돌아오지 않는 것이 분명해질 때까지 지켜보았다. 얼음장 같은 바람에 등을 돌리고 잠든 노숙자 옆을 달려서 지나쳤다. 주섬주섬 지프에 들어가 문을 잠갔다. 운전석 핸들에 몸을 기대는데 눈물이 터져 나와서 나 자신도 놀랐다. 친절과 공감, 동지애 때문에 이렇게 되다니.

나는 자동조종장치로 이 사무실까지 차를 몰았다. 오늘 아침에 내가 여기 올 거라고는 꿈에도 생각지 않았다. 방은 작았고 벽은 흰색에 약간 서늘했다. 잡지를 읽는 척하다가 고개를 들고 눈이 마주치는 순간, 맞은편에 앉아 있던 초조해 보이는 삼십 대 여자가 얼른 말을 걸었다.

"힘들지 않나요? 아이가 아프면? 제 아이는 지금 저기 있어요." 여자는 내게서 뭔가 원하고 있었다. 나는 마지못해 눈길을 들고 상대에게 찬찬히 뜯어볼 기회를 주었다. 붉게 부어 있는 내 눈, 흉터. 나는 동의와 공감의 뜻으로 고개를 끄덕인 뒤, 이 정도면 되었겠지 하는 기분으로 다시 기사 제목으로 돌아갔다. '아이들에게 채소를 먹일 때마다 돈을 주는 건 잘못된 일인가?'

"자일즈 박사는 훌륭해요. …자녀분 때문에 처음 상담 오신 거라면." 그녀는 물러서지 않았다. "릴리는 6개월 동안 다녔어요. 정말 꼭 추천하고 싶어요."

나는 조심스럽게 잡지를 덮고 커피 탁자에 둥글게 배열된 읽을거리 사이에 다시 꽂았다. "제가 아이예요." 나는 말했다.

여자는 어리둥절해하며 얼굴을 찡그렸다.

크레용처럼 알록달록한 무늬 옷차림의 릴리로 보이는 소녀가 닫힌 문에서 나왔다. 머리 오른쪽에는 거대한 반짝이 나비가 달려 있었다. 시선을 분산시키는 어지러운 장식에도 불구하고 나는 아이의 순수한 갈색 눈동자에 끌렸다.

그리고 미소. 한때 내가 지었던 미소였기 때문에 알아볼 수 있었다. 방 안에 있는 다른 모든 사람들의 얼굴에 미소를 번지게 하는 미소, 완벽하게 평범하고 행복해 보이는 미소. 하지만 나는 릴리가 겁에 질려 있다는 것을 알 수 있었다.

자일즈 박사는 릴리의 바로 뒤에 서 있었다. 나를 보고도 전혀 놀란 기색을 비치지 않았다.

"잠시만 기다려 주세요, 테사. 다음 약속 전에 20분 정도 여유가 있어요."

"네. 그러죠." 얼굴이 화끈거렸다. 예고도 없이 바쁜 사람들을 불쑥 찾아오다니, 나답지 않았다. 나는 아직 박사에게 1센트도 지불하지 않았다는 사실을 떠올렸다.

자일즈 박사는 릴리의 어머니에게 한 손을 내밀었다. "탠저 부인, 우린 아주 좋은 아침을 보냈습니다. 그리고 릴리, 다음에는 꼭 그림 그려 올 거지?" 어린 소녀는 엄숙하게 고개를 끄덕였고, 박사는 말없이 소녀의 엄마와 눈길을 교환했다. 아버지의 얼굴을 다시 보는 기분이었다. 희망, 걱정, 희망, 걱정, 희망, 걱정.

자일즈 박사는 따뜻한 정글 같은 자기 사무실로 나를 안내했다. 나는 푹신한 의자들 중 하나에 앉았다. 할 말을 미리 연습하지 못했다. 릴리를 만난 순간, 이기적이고 뜨거운 분노가 빠져나갔다고 생각했지만 착각이었다. 손이 갑자기 떨리고 있었다.

"나는 종결을 원해요." 스타카토처럼 툭툭 끊기는 단어. 자일즈 박사에게 책임이 있다는 듯한 요구였다.

"종결은 존재하지 않아요." 박사는 매끄럽게 답했다. "단지… 인식이 있을 뿐이죠. 되돌아갈 수 없다는 인식. 삶의 무작위성이라는, 대부분의 사람들이 모르는 진실을 알고 있다는 인식."

그녀는 의자에서 몸을 내밀었다.

"어쩌면 아직도 그를 용서해야 할지도 몰라요. 분명 전에도 이런 말을 들어 보셨을 겁니다. 용서는 그를 위한 것이 아니에요. 당신 자신을 위한 겁니다." 박사가 마치 손톱으로 등 뒤의 칠판을 긁는 것 같은 기분이었다. 신경 쓰였다. 반쯤 지워진 막대기 그림의 희미한 유령이 여전히 거기 남아 있는 것 같았다. 행복한 태양, 한가운데 눈이 있는 꽃.

"그를 용서한다는 건 상상할 수가 없어요." 내 눈은 아직도 칠판의 꽃에 못 박혀 있었다. 직접 지우개를 들고 모든 것이 검은색으로 변할 때까지 문지르고 싶었다. 깨끗하게 지우고 싶었다.

"그러면 종결지을 수 있는 방법이 있다고 표현하죠. 그런 기회가 생긴다면 어떨까요? 만약에 그가⋯ 당신은 그를 뭐라고 부르나요?"

"나의 괴물." 수치스러움에 목소리가 너무 작게 나와서 박사가 들었을 것 같지도 않았다. *정신도 멀쩡한 성인 여자가 아직도 괴물 이야기를 하다니.*

"좋아요. 당신의 괴물이 바로 지금 저 문을 열고 들어온다면? 그가 자리에 앉았어요. 모든 것을 자백했어요. 당신은 그의 얼굴을 볼 수 있어요. 이름도 알고, 어디서 자랐는지, 어머니가 그를 사랑했는지, 아버지에게서 얻어맞았는지, 고등학교 때 인기가 많았는지, 개를 사랑했는지, 개를 죽였는지⋯ 다 알고 있어요. 그가 바로 저기, 1미터 떨어진 의자에 앉아서 당신의 모든 질문에 대답한다고 생각해 보세요. 그러면 달라질까요? 당신을 만족시킬 대답이 있을까요? 기분이 더 좋아질 수 있는?"

나는 의자를 응시했다.

엉덩이에 찬 총이 철제 쿠키 커터처럼 피부에 느껴졌다. 그 총을 들어 의자의 천에 대고 쏴버리고 싶었다. 흰 솜이 폭발하는 광경을 보고 싶었다.

나는 내 괴물과 대화하고 싶지 않았다. 그저 그가 죽기를 원했다.

테시, 1995년

"긴장되는구나." 베니타의 목소리는 떨렸다.

긴급 면접 시간이었다. 그들은 지저분한 일을 처리하기 위해 베니타를 혼자 보냈다. 내가 증언하지 않겠다고 선언한 지 24시간도 채 지나지 않았다.

눈 화장을 하지 않은 것을 보니 뭔가 대단히 잘못되었다는 틀림없는 징조였다. 그래도 그녀는 예뻤지만 이제 예쁜 고등학생이 아니라 예쁜 중학생 같았다. 나 때문에 베니타를 두렵게 하고 싶지는 않았다. 그녀는 내게 그저 다정하고 친절했다. 이름조차 '축복'이라는 뜻이었다.

베니타는 갑자기 창가에 우뚝 섰다. "난 증언을 하라고 널 설득하러 왔어. 베가 검사와 네 의사는 우리 사이에 여자끼리 뭔가 통할지도 모른다고 생각하는구나. 하지만 솔직히 난 어떻게 해야 할지 모르겠다. 삼촌이 하시는 찬장 제조업에 뛰어들까 생각 중이야."

이야, 이게 무슨 역효과람.

"뭐가 가장 무서운지 네게 물어보라고 했어." 그녀는 의사의 의자에 털썩 앉아 처음으로 내 눈을 바라보았다. "여기 앉아서 대화하라고. 아무리 힘들더라도 증언한 것을 결코 후회하지 않을 거라 설득해 보라고. 그러니 법정에 가는 것이 왜 가장 두려운지 말해 주면 좋겠어. 그분들은 그래도 내가 노력했다는 건 알 테니까."

부드러운 눈에 눈물이 글썽였다. 오늘 아침, 처음 우는 게 아닌 것 같았다. 일어나서 안아 주고 싶었지만 그랬다가는 다른 윤리적인 원칙을 깨뜨리는 게 아닌가 하는 생각이 들었다. 이미 그녀는 몇 개를 깨뜨리고 있었다.

"그 피고 변호사는 사람들을 갈기갈기 찢어 놓는다고 들었어요." 나는 천천히 말했다. "내 친구 리디아가 리처드 링컨에 대해 신문에서 읽은 내용이에요. 그리고 '개자식 딕'이라는 별명이 있다고 자기 아빠가 엄마한테 하는 말을 들었대요. 내가 그런 일을 당해도 싼 사람이라고 배심원단을 설득할지도 몰라요. 전부 내가 지어낸 이야기든가."

"피고 변호사는 개자식이야." 베니타는 동의했다. 그녀는 눈물이 흐르지 않도록 양쪽 눈 아래에 손가락을 하나씩 평행하게 대고 있었다.

나는 상자를 바라보지 않은 채 티슈를 뽑아 건넸다. 크리넥스 상자는 작은 탁자 위 내 팔꿈치 옆에서 1센티미터도 어긋나지 않게 항상 대기하고 있었다. "그리고 난… 이 짓을 저지른 사람과 같은 공간에 있고 싶지 않아요." 나는 말을 이었다. "그가 날 계속 바라보고 있겠죠. 그보다 더한 상황은 상상할 수가 없어요. 그가 다시는 내게 어떤 권력도 느끼게 하고 싶지 않아요."

그녀는 눈물을 훔쳤다. "나도 그래. 끔찍할 것 같구나."

"아빠도 계실 거예요. 상황을 자세히 묘사하고 싶지 않아요. 그 일에 대해 생각하고 말할 때마다 구역질이 나요. 증인석에서 토하는 내 모습이 눈에 선할 지경이라고요."

그녀는 심호흡을 했다. "난 작년에 인턴으로 일하면서 끔찍한 사건을 맡은 적이 있어. 열두 살 소녀가 휠체어에서 일어나지도 못하는 예순다섯 살 난 친척 아주머니에게 추행을 당했지. 혼란 그 자체였어. 가족들이 소녀를 믿는 쪽과 안 믿는 쪽으로 나뉜 거야."

그녀는 힘겹게 내게 다시 시선을 주었다. "어떻게 됐을지 궁금하지? 베가 씨가 검사였어. 탁월한 솜씨였지. 사건이 발생하는 동안 범인이 휠체어를 어떻게 조종했는지 아이에게 아주 자세히 진술하게 했어. 증언이 끝났을 때는 아무도 아이의 말을 의심하지 않았단다."

"그래서 배심원단은 친척 아주머니에게 유죄 판결을 내렸나요?"

"그래. 텍사스 주는 아동 성추행에 대해 엄격하지. 죽을 때까지 감옥에 있어야 해."

"증언한 소녀는요?"

"모르겠다. 그런 뒤에 말이 많았어." 베니타는 약하게 미소 지어 보였다. "찬장을 판매하는 게 훨씬 간단한 일일 것 같아. 문이 제대로 열리고 다시 닫히고, 그러기만 하면 되니까."

"네." 나는 말했다. "하지만 당신은 이 일을 잘하세요."

테사, 현재

"도대체 왜 오바마가 내 허리둘레를 알아야 해?"

텍사스 레인저스 잠옷 바지와 러플이 달린 연분홍 실크 블라우스 차림의 에피는 서류 한 장을 펄럭거리고 소리를 지르며 정원을 서성거리고 있었다. 찰리와 나는 하교 뒤 오래된 남부의 팬케이크 가게에서 이른 저녁을 먹고 막 집에 도착한 참이었다. 우리가 집 앞 진입로에 들어올 때까지 에피가 얼마나 오랫동안 창밖을 내다보고 있었을까, 그 시간이 그녀에게 무슨 의미라도 있을까 하는 생각이 들 때가 있었다. 나는 진심으로 큰 의미가 없길 바랐다.

우리 둘 다 하루 종일 많은 것을 기억해야 했던 긴 하루였다. 에피를 상대하고 싶은 상태는 아니었다. 당분이 많은 음식을 섭취했는데도 머리가 지끈거렸다. 그녀는 씩씩거리며 타자기로 인쇄된 편지를 손가락으로 두들기면서 포치로 다가왔다. "여기 내 체중과 허리 치수, 술과 담배를 좋아하는지 알려달라고 적혀 있어. 연애하자는 것도 아니고 뭐야. 이따금 잘생긴 흑인 남자와 위스키 온더락스 한 잔 하면서 담배 한 대 피우는 건 물론 좋지만." 녹색 아이섀도, 둥근 장미색 볼터치, 커다란 모조 진주 귀걸이를 보니 오늘 모처럼 외출했다가 들어온 모양이었다. 진주 귀걸이는 일요일에 교회에 갈 때마다 서랍에서 꺼내 달았지만, 반짝거리는 아이섀도를 발랐다는 것은 역사 협회 여자들과 입씨름을 벌였다는 뜻이었다. 에피는 생각날 때마다 그 여자들이 '까탈스럽다'고 했다.

나는 에피를 위해 문을 열어 주었다. 찰리는 파란 헤어젤과 질서 있게 배열한 음식물이 들어 있는 투명 플라스틱 상자를 조심스럽게 들고 뒤따랐다.

에피는 신중하게 공기 냄새를 맡았다.

"삼차원 동물 세포 프로젝트예요." 찰리가 말했다. "이제 슬슬 썩으려고 해요."

"음, 여기 카운터에 올려놓고 한번 보자꾸나." 에피는 동물 세포와 삼차원이라는 단어를 듣자 냄새도 사라지는지 관심을 보이며 비닐랩 가장자리를 들어 올렸다. 찰리는 에피의 다른 손에서 문제의 편지를 낚아챘다.

"미스 에피, 이 편지는 보험회사에서 온 거예요." 찰리는 훑어보기 시작했다. "이 서식을 채워 보내고 내용이 승인되면 100달러를 공제하고 25달러 아마존 카드를 증정한다고 되어 있어요. 콜레스테롤 수치도 보내라는데요."

"빌어먹을 첩자들, 다들 첩자들이야." 그녀는 파란 젤에 손가락을 찔러 보았다. "『1984』를 읽어 봐, 찰리. 그 작가는 점쟁이야. 예전에 내 허리둘레는 25센티미터였어. 차트에 그렇게 쓸까 봐. 그런 다음 저쪽에서 줄자로 재어 봐야겠다고 사람을 보내면 경찰을 부르고 성희롱으로 소송하는 거야." 에피의 손가락은 계속 상자를 찌르고 있었다. "세포질 대신 헤어젤이라니, 영리해. 이 프로젝트로 몇 점 받았니?"

"A-. 이 선생님한테는 아주 좋은 점수에 속해요. 그분이 가르친 26년 동안 이 프로젝트의 평균 점수는 C+였어요."

"음, 그건 나쁜 선생님이라는 뜻인데. 마이너스는 왜?"

"핵. 하비로비의 투명한 플라스틱 크리스마스 장식물을 사용했거든요."

"핵의 세포막은 단단하지 않아. 흠, 그건 선생님 생각이 맞군."

"이거 음식물 쓰레기에 버릴까, 엄마? 병에는 헤어젤이 자연유래 성분이라고 되어 있는데."

"지금 상태로는 생물학적 무기에 가까운 것 같은데. 너랑 네 과학자 이웃이 알아서 판단하렴. 나는 옷을 좀 갈아입고 와야겠다." 나는 아스피린 두 알을 입에 털어 넣었다.

어둠 속에서 복도를 지나 침실 불을 켰다. 남자 한 사람이 내 침대에서 자고 있었다. 얼굴은 저쪽으로 돌린 채였다. 하지만 반응 속도가 나보다 빨랐다. 내가 아래를 내려다보며 허리에 찬 총을 더듬거리는 사이, 상대는 벌써 침대에서 2미터 떨어진 지점까지 뛰어 내려와서 내 입에 손을 대고 비명을 막았다.

나는 몸싸움을 벌였다. 남자의 다른 팔이 내 등을 끌어안아 단단한 자기 가슴에 눌렀다. *찰리가 집에 있는데.*

"쉬, 괜찮아?"

나는 꼼지락거리던 것을 멈췄다. 고개를 끄덕였다. 그는 손을 놓았고, 나는 비틀비틀 물러서며 상대를 뚫어지게 노려보았다. 찰리의 아버지였다.

"맙소사, 루카스." 나는 낮게 다그쳤다. "놀랐잖아. 어디로 들어온 거야? 왜 평범한 사람들처럼 노크하고 들어올 줄을 몰라?"

그는 문을 닫았다. "미안해. 여기 오자마자 문자를 보낼 생각이었어. 29시간 비행 동안 난기류가 심했는데 군 조종사가 그걸 지나치게 즐기더군. 2시간 전에 택시에서 내렸어. 침대가 워낙 편안해서 말이야. 곧장 잠들었어. 시트에 모래가 좀 떨어졌을지도 몰라." 그의 얼굴이 필요

274

이상 내 얼굴에 가까이 다가왔다. "딸기 크레페 냄새가 나는데." 순간, 단단한 육군의 근육이 나를 감싸던 기분이 떠올랐다. 문득 찌릿하며 빌이 다시 떠올랐다. 그는 오늘 두 번 문자를 했다. *오늘 어땠어요?* 두 시간 뒤에 다시 *이봐 나비 소녀, 말 좀 해 봐요.*

"왜 또 여기 왔어?" 나는 여러 가지 면에서 진정하려고 애썼다.

"찰리와 스카이프로 통화했는데 신경이 쓰여서. 국내 테러리스트가 요전날 밤에 집을 습격했다면서."

"아." 나는 침대 끝에 앉았다. 아빠와 통화했다는 이야기는 안 했는데, 왜 안 했을까?

루카스는 내 옆에 앉으며 어깨에 팔을 둘렀다. "혹시 내가 필요한데 당신이 부탁하기 꺼리고 있나 싶어서. 게다가 부모로서 당신이 정한 경계선도 존중하고 싶고. 내가 여기 온 게 잘못이라면 갈게. 찰리 모르게. 들어올 때처럼 조용히 나갈 수 있어."

"현관문을 통해서 들어왔을 거 아니야."

"그랬지. 매사에 호들갑을 떨면서 방범 시스템 비밀번호는 왜 안 챙겨? 5년에 한 번 이상 변경해야 해."

"아니야."

"아니라니?"

"몰래 나가지 마. 당신이 여기 온 걸 찰리도 알아야지." *자기를 위해서라면 아빠가 언제든지 온다는걸.*

나는 루카스를 안다. 방금 입에서 무슨 그럴듯한 말이 흘러나왔건 상관없었다. 딸을 위해 바다를 건너와 놓고 조용히 사라질 사람이 아니었다.

그의 손이 내 허리로 내려왔다. 신경 쓰였다. 그는 내 셔츠 아랫단을 들어 올리고 손가락으로 여기저기 짚어 보더니 22구경을 꺼냈다. "총을 빨리 빼는 연습을 해야 할 것 같던데. 바지에서 뽑아 들지도 못하면 가지고 다녀서는 안 돼."

나는 대꾸할 말을 찾았지만 실패했다.

"내일 잠시 가르쳐 줄까?" 그는 물었다.

머리는 더 이상 욱신거리지 않았다. 내가 아직 교회에 다닌다면 이 남자는 하느님이 보낸 선물이었다.

루카스는 내가 정상인지 아닌지 판단하려 들지 않았고, 내게 정신이 나갔다고 한 적도 없었다.

그는 내 손에 총을 쥐어 주었다. "넣어둬."

"내일 아침, 부탁이 있어." 내가 말했다.

"무슨 일인데?"

"땅 파는 일."

내 침실은 아이패드 불빛 외에는 캄캄했다. 나는 베개를 쌓아 놓고 기대앉았다. 침대 옆 탁자 위 손이 닿을 거리에 가득 따른 와인잔이 놓여 있었다. 루카스는 거실 바닥에 더플백 내용물을 쏟아 놓은 채 소파에 널브러져 코를 골고 있었다. 찰리는 이불 밑에서 문자를 보내고 있었다. 아버지와 딸이 한참 내기를 벌인 어쌔신 크리드 게임은 내 눈에는 지나치게 교육적이었다. 루카스가 30분 전 마침내 비디오 게임을 끄고 몇 달 만에 처음으로 십 대 딸을 침대에 데려다줬을 때 나는 마음을 놓았다. 찰리는 이제 다 컸으니 재워 줄 필요 없다고 투덜거렸지만 우리 셋 다 잘 알고 있었다.

모처럼 어둠이 친근하게 느껴졌다. 소파에 누운 남자가 밤의 온갖 나쁜 것들을 걸러내서 자기 베개 안에 숨겨 놓은 것 같았다.

그래도 마음이 놓이지는 않았다. 나는 잠시 과거 여행을 떠나 보기로 했다.

손에 든 사진을 전등에 비추니 그녀의 눈동자가 흔들거렸다. 머리에 두른 스패니시 레이스가 어깨까지 늘어져 있었다. 목에는 작은 로켓을 걸고 있었다. 아름다운 고대 신부로 변신한 현대의 소녀였다.

베니타의 결혼사진을 신문에서 오려 놓은 것은 아주 오래전, 재판 2년 뒤 여름이었다. 신문에는 아주 기본적인 정보만 실려 있었다. 사진 속의 베니타는 아주 백인 같은 이름을 지닌 백인 남자를 향해 환히 미소 짓고 있었다. 신부 부모는 마틴 알바레스 부부, 신랑 부모는 조셉 스미스 1세 부부였다.

흠, 베니타가 미즈 조 스미스가 됐군. 나는 베니타 스미스라는 이름을 아이패드 검색창에 입력하고 '이미지'를 눌렀다. 처음 뜬 스물다섯 개의 얼굴은 내가 찾는 베니타 스미스가 아니었다. 스물여섯 번째 사진은 빨간 메르세데스 자동차였고, 다음 사진은 쇼핑몰 크리스마스트리, 그다음은 진주 팔찌와 아기 발이었다. 더 내리니 선명한 빨간색 수탉 모양 손잡이가 달린 부엌 창고 사진이 있었다. 혹시 정말로 친척의 찬장 사업에 뛰어들었나 싶어 나는 그 페이지를 열어 보았다. 아니었다. 아무 관계없는 베니타 스미스 관련 기사를 수없이 넘겨보다가 나는 페이스북으로 넘어가서 베니타 알바레스 스미스를 검색했다. 없었다. 처녀 시절 이름을 삭제하고 다시 검색했더니 수백 명의 베니타 스미스 페이스북 계정이 떴다.

한편으로는 이 일에 너무 몰입하고 싶지 않았다. *그녀가 테렐을 도울 뭔가를 정말 알고 있을까? 혹시 우연히 들은 게 있을까? 수상했던 내용이라도?*

17년 전, 베니타는 내 인생에서 조용히 멀어졌다. 그럴 만한 이유가 있었겠지? 증언한 뒤 몇 달 동안 우리는 화요일 오후마다 만나 커피를 마셨다. 마지막으로 만났을 때 그녀는 모든 공식적인 가식을 벗었다. 그녀는 몸에 붙은 검은색 청바지와 '셀레나를 기억해' 티셔츠 차림으로 여섯 살 난 여동생을 데리고 카페에 들어왔다. 《텍사스먼슬리》가 그달의 비극적인 표지모델로 나 말고 선택한 것이 셀레나테하노 음악의 여왕으로 알려진 미국 출신의 여가수, 의상담당 매니저 겸 셀레나의 텍사스 지구 팬클럽 회장이었던 '욜란다 살디바'의 부정횡령을 따지던 중 욜란다가 쏜 권총에 맞아 24세 어린 나이에 사망했다였기 때문에 나는 이제 지나간 뉴스거리라는 순진한 안도감에 젖어 있었다.

테렐이 유죄판결을 받은 직후, 셀레나의 살인범이 선고를 받고 게이츠빌에 수감되었다. 그녀는 살해 위협 때문에 하루 23시간 작은 독방에 수용되었다. 수감자들 중에도 욜란다 살디바가 죽을죄를 저질렀다고 생각하는 테하노 음악 팬들이 있었기 때문이었다. 베니타와 내가 그 사건에 대해 소곤거리는 동안 베니타의 여동생은 플라스틱 구슬을 신발 끈에 열심히 꿰고 있었다. 그녀는 보라색과 노란색 벌레 같은 팔찌를 내 손목에 묶어 주었다.

베니타 알바레스가 **블랙 아이드 수잔** 사건 공식 기록에 명시적으로 나올 것 같지는 않았다. 이름이 언급되었다면 빌과 앤젤라가 진작 봤을 것이다. 언론 인터뷰를 한 적도 없었다. 직접 증언하지도 않았고, 내가 법정에 선 이틀만 재판에 참석했다. 베니타는 나 말고 다른 모든 사람에게는 앨 베가, 요즘 이름으로 알폰소라는 천둥에 묻힌 조연이었다. 베가 검사는 100퍼센트 이탈리아 혈통이었지만 텍사스 주 검찰총장에 처음 출마했을 때 히스패닉 유권자들에게 다가가기 위해서 알폰소로 개명하고 당선되었다.

테렐 다시 굿윈에 대한 질문을 받자, 베가는 지금 다시 재판을 한다 해도 검사로서 다르게 기소할 부분은 없을 것이라고 아주 분명하게 답했다. 내가 열여덟 살이 되었을 때 그는 내게 생일 카드를 보냈고, 아버지가 돌아가셨을 때도 부고 카드를 보냈다. 양쪽 다 자기 이름을 적고 그 아래 이런 문장이 있었다. *나는 항상 네 곁에 있을 거다.* 증인석에 억지로 불러낸 모든 피해자들에게 똑같은 문구를 보냈겠지, 내 안의 냉소주의자는 생각했다. 하지만 테시는? 테시는 전화 한 통이면 검사가 지금 당장이라도 문 앞에 나타날 거라고 믿을 것이다.

나는 검색창을 지웠다. 잠시 망설이다가 입력했다. 의사에 대해 십대 시절 느꼈던 불안감은 대부분 사라졌다. 그가 온라인 블로그와 심리학 저널에 쓴 거창한 논문 제목 링크가 줄줄이 떴다. 마지막으로 검색한 뒤, 새로 등록된 제목이 하나 있었다. '콜버트 연애담: 우리는 왜

가상의 보수적인 나르시시스트 프랑스인에게서 우리 자신을 보는가!'

나는 검색창을 지우고, 한층 더 주저하며 다른 이름을 쳤다. 처음으로 맨 위에 뜬 링크를 눌렀다.

리처드 링컨, 개자식 딕 변호사의 주간 블로그였다. 내가 더해 준 조회수가 이 블로그에 아주 작은 힘이나마 보탰을 수도 있다는 것이 곧장 후회스러웠다. 오늘의 글은 '공기를 찾아 헐떡이며'였다. 여기까지 왔으니 외면하기는 힘들었다. 앤젤라는 언제나 내게 그를 만나 보라고 했다. 뭔가 놓친 단서가 있을지도 모른다는 것이었다. 변호사는 변했다.

일대기는 차마 볼 수가 없어서 넘겼다. *리처드 링컨, 십자군. 전국적으로 저명한 사형 선고 전문 변호사.《뉴욕타임스》베스트셀러『내 검은 눈My black eye』의 저자.*

『내 검은 눈』. 재판 1년 뒤 그가 펴낸 회고록이었다. 판매 수익의 절반을 수감 아동에게 기부한다고 듣긴 했지만 서점에 들어갈 때마다 나는 그 책을 피했다. 왜 전부 다 기부하지 않지?

블로그 옆에는 유튜브 비디오 링크도 있었다. 미처 생각하기도 전에 손가락이 링크를 눌렀다. 곧장 목사처럼 가락을 붙여 올라갔다 내려갔다 하는 목소리가 조용한 집 안에 울려 퍼지며 신경을 거슬렸다. 나는 얼른 손가락을 움직여 소리를 죽였다. 그는 익명의 무대에서 방황하는, 직립 보행하는 바퀴벌레 같았다. 팬들은 그를 '링컨 대통령 스타일'이라고 부르는 모양이었다. *나는 테렐 건에서 실패했습니다*, 그는 말하고 있었다. *그 소녀를 파괴했습니다.* **블랙 아이드 수잔** *사건*

은 내 인생의 전환점이었습니다.

더 이상 들을 수가 없었다.

그는 나만 파괴한 것이 아니었다. 내 조부모님도 파괴했다. 그 점에서 경찰과 개자식 딕은 묘하게 손발이 맞았다. 경찰은 조부모님의 성에 들이닥쳐 할아버지가 사랑하던 트럭을 증거물로 압수했다. 유죄라는 사실이 극히 명백하지 않은 이상 텍사스 사람에게서 트럭을 빼앗을 수는 없기 때문에 가장 가깝고 충직하던 농부 친구들조차 반신반의했다. 재판 몇 달 전 경찰은 '실수'였다고 했지만 이미 상관없었다. 개자식 딕은 법정에서 계속 밀어붙이고 있었다. 타블로이드 신문은 대문짝만한 제목을 달았다. '할아버지가 살인범일까?' 지난 13년 동안 리처드 링컨은 DNA 증거를 통해 텍사스 사형수 감옥에 수감 중이던 죄수 세 사람을 석방시켰지만 그래도 나는 용서할 수 없다. 나는 아이패드를 덮었다. 바닥에 베개 몇 개를 밀어냈다. 전쟁터에서 묻어온 모래가 까끌까끌한 시트 아래 더욱 깊숙이 들어갔다. 눈을 질끈 감았다. 의사가 콜버트 재방송 앞에서 오리 그림이 잔뜩 그려진 잠옷 차림으로 서성거리는 모습을 상상했다. 베니타의 인생이 보라색과 노란색 구슬을 꿴 파티처럼 흥겨웠기를 바랐다.

의식의 가장자리에서 떠다니고 있는데 리디아가 작은 벌레구멍을 발견했다.

이미 인터넷에서 수백 번도 더 검색한 이름이었다. 없었다. 리디아의 이름도, 벨 부부의 이름도. 다른 모든 링크는 번쩍이는 네온으로 적혀 있는데 그들 가족만 투명 잉크로 살그머니 숨어 다니는 것 같았다.

벨 가족은 그 당시에도 특이했다. 친척도 거의 없었고, 마을에서 깊은 친목도 거의 맺지 않았다. 리디아의 조부모님들은 친가, 외가 양쪽 다 돌아가셨다. 벨 부인의 먼 친척이 크리스마스에 포인세티아 화분을 보냈던 기억이 어렴풋이 있기는 했다. 하지만 어떻게 한 가족이 그냥 사라질 수가 있지? 아무도 관심이 없었던 것처럼?

오랫동안 나는 그들의 운명을 놓고 온갖 터무니없는 가설을 상상했다. 혹시 리디아가 뭔가 알고 있었기 때문에 괴물이 살해한 걸까? 리디아는 항상 **블랙 아이드 수잔** 사건에 대한 신문 기사를 잘라내서 내가 모를 거라 생각하는 스크랩북에 붙이곤 했다. 여백에는 지적인 필적으로 빽빽하게 휘갈긴 메모가 있었다. 괴물이 그 집 폭풍 대피소를 가족 묘소로 만들지는 않았지만 웨스트 텍사스 사막에 뼈를 내버렸을 수도 있다.

해양 쓰레기와 같이 바다 밑바닥 깊숙이 몇 킬로미터에 걸쳐 시체가 흩어져 있을 수도 있다. 가족 전부 벨 씨가 조종하는 비행기를 타고 휴가를 떠났다가 버뮤다 삼각지대에 가라앉았다든가. 벨 씨는 항해 허가증을 사는 걸 늘 잊곤 했다. 아무 서류도 없이 파도 아래 그대로 침몰했을 수도 있다.

가장 논리적인 가설은 증인 보호 프로그램이었다. 누군가 그 집에 '매물'간판을 붙였다면? 벨 씨는 멕시코 마피아와 비슷한 사람들이 운영하는 고물상에서 중고 자동차 부품을 거래했다. 종종 그들을 만나기 위해 한밤중에 서둘러 차를 몰고 나가기도 했다. 리디아가 내게 백 달러 지폐로 가득 찬 아버지의 서랍을 보여 준 적도 있었다.

이 점은 확실하다. 우리 동네의 다른 가족이 재판 직후 그렇게 몰래 마을을 떠났다면 리디아가 제일 먼저 나서서 그 집 아버지가 **블랙 아이드 수잔** 살인범이 아니었을까 추측했을 것이다. 아내와 딸도 공범이었을 거라고. 내가 살아남았기 때문에 겁을 먹고 이름을 바꾼 채 도시에서 도시로 떠돌아다니면서 계속 여자들을 죽이고 있을 거라고.

담요 밑에서 손전등을 켜고 리디아가 내게 무서운 이야기를 소곤거리던 시절, 딱 그녀가 만들어냈을 만한 이야기였다.

테시, 1995년

1995년 10월 3일, 오후 1시.

오제이는 한 시간 전, 석방되었다. 나는 이 소식에 속이 뒤집어졌다. 몇 분만 지나면, 내가 실수하지만 않으면 나 역시 마찬가지일 것이다.

오늘은 마지막 상담이었다. 의사는 앞으로 2년 동안 6개월마다 계속 상담을 받으라고 권고하고 있었다. 물론 괴로움을 느낄 때면 그 전이라도 언제든지 찾아와야 한다. 의사는 중국에서 안식년을 보낼 계획이기 때문에 없겠지만 내게 완벽한 다른 사람을 추천하겠다고 했다. 사실은 벌써 염두에 둔 사람이 있다고 했다. 간단한 의뢰 서식도 작성해야 하지만 서류는 떠나기 전에 따로 처리하겠다고 했다. *재판이 한 달밖에 안 걸려서 얼마나 다행인지*, 의사는 말했다. 배심원들은 하루 만에 평결을 냈다.

모두가 웃고 있었다. 의사, 아빠, 나도 마주 웃고 있었다. 그러지 않으면 폭발할 것 같았다. *거의 자유다, 거의 자유다, 거의 자유다.*

"증언하겠다는 결정이 얼마나 용감했는지 다시 말하고 싶구나." 의사는 말했다. "정말 꿋꿋이 이겨냈어. 네 덕분에 살인범을 사형수 감옥에 집어넣은 거다."

"네. 마음이 놓여요." 거짓말이었다. 마음이 놓이는 유일한 점은 의사가 중국으로 간다는 소식이었다.

그는 너무나 의기양양하게 앉아 있었다. 그를 그렇게 놓아 줄 수는 없었다. 나 자신을 용서할 수 없을 것이다.

"아빠, 우리 둘만 잠시 작별 인사를 해도 될까요?"

"그럼, 그래라." 아빠는 내 머리에 키스하곤 의사와 악수했다.

아빠는 상담실을 나설 때 문을 단단히 닫지 않았다. 두 뼘 정도 열린 틈을 닫기 위해 의사가 일어섰다. 딸깍. 의사와 환자의 비밀 엄수 문제다.

"왜 레베카 이야기는 안 하세요?" 나는 그가 앉기도 전에 물었다.

"테시, 그건 아주 고통스럽단다. 당연히 너도 이해하겠지. 그 이야기를 꺼내는 게 내 입장에서는 전문가다운 행동도 아니야. 네게 한 말도 사실은 하지 말았어야 했다. 그냥 잊어버려라. 의사와 환자 관계에서 있을 수 없는 주제야."

"그 관계는 이제 끝났잖아요. 바로 지금."

"그래도 마찬가지야. 넌 저 문을 나설 때까지 내 환자니까."

"난 선생님이 그 애와 같이 있는 걸 봤어요."

"정말 걱정되기 시작하는구나, 테시." 의사의 얼굴에 정말 수심이 찼다. "네 말이 맞아. 내 딸은 아마 죽었겠지. 그 애가… 너한테 말을 거는 건 아니겠지? **수잔들**처럼."

"난 아저씨 딸 이야기를 하는 게 아니에요."

"그럼 무슨 뜻인지 모르겠는걸." 그는 말했다.

나는 굳이 입 밖에 내지 않았다. 뭐하러?

우리 둘 다 그가 거짓말을 하고 있다는 것을 알고 있었다.

"다음에 봐요." 나는 말했다.

2부 카운트다운

"《로스앤젤레스타임스》에 따르면, 존 애쉬크로프트 검찰총장은
사형에 대해 보다 '엄격한 입장'을 취할 방침이라고 합니다.
사형에 대해 보다 엄격한 입장이란 뭐죠? 우리는 이미 사형을
집행하고 있지 않습니까. 어떻게 그보다 더 엄격한 입장을 취한다는
말이죠? 먼저 사형수를 간질이기라도 하자는 뜻일까요? 두드러기
유발 가루를 뿌리자? 전기의자에 압정을 설치하자?" – 제이 레노

–2004년 테시, 침대에 누워 〈투나잇 쇼〉를 듣는 중에

1995년 9월

베가: 증언하느라 아주 힘든 날이었다는 건 알고 있다, 테사. 모든 피해자들을 위해 이렇게 기꺼이 나서 준 데 대해 감사를 표하고 싶고, 배심원들도 마찬가지 심정일 거야. 이제 한 가지 질문만 더 하고 싶구나. 그 구덩이에 누워 있을 때 최악의 경험은 뭐였지?

카트라이트: 내가 이대로 포기하고 죽으면 아빠와 남동생이 내게 무슨 일이 있었는지 영원히 모른 채 살아가야 한다는 생각이요. 실제보다 내게 더 끔찍한 일이 있었다고 생각할 거라는 것. 그렇게 나쁘지 않았다고 말해 주고 싶었어요.

베가: 너는 발목이 부러진 채 거의 혼수상태로 한 소녀의 시체와 다른 피해자의 뼈와 같이 구덩이에 누워 있었어. 한데 가족에게 그렇게 나쁘지 않았다고 말해 주고 싶었다고?

카트라이트: 음, 나빴어요. 하지만 평생 무슨 일이 있었을지 상상하는 것이 더 나빠요. 온갖 수많은 가능성으로 머릿속이 가득 차 있는 것 말이에요. 난 그 생각을 많이 했어요…. 가족들이 그렇게 살아야 할 거라고. 구조 팀이 왔을 때는, 그래서 별로 나쁘지 않았다고 아빠한테 말할 수 있어서 마음이 놓였어요.

사형 집행 29일 전

한 달 뒤, 새 무스탕처럼 검게 반짝이는 테렐의 관이 존 디어 트랙터가 끄는 마차에 실려올 것이다. 그는 캡틴 조 버드 공동묘지에서 썩고 있는 강간범과 살인범 수천 명과 나란히 매장될 것이다. 대다수가 생전에 폭력적인 삶을 살았던 남자들이지만 지금은 월트 휘트먼의 꿈에서 불러낸 듯한 이스트 텍사스의 아담하고 예쁜 언덕에 묻혀 있다. 이들은 공식적으로 유해를 찾아갈 가족이 없던 사람들이었다. 테렐의 경우에는 유해를 요청하는 사랑하는 가족들이 있었다. 단지 매장할 돈이 없을 뿐이었다. 텍사스 주가 납세자의 세금 2000달러를 지불해서 놀랄 정도로 품위 있게 일을 대신해 줄 것이다.

재소자들이 트랙터를 운전할 것이다. 그들이 테렐의 관을 멜 것이고, 무덤가에서 고개를 숙일 것이다. 묘비를 깎고, 죄수번호를 새겨 넣을 것이다. 어쩌면 이름의 철자를 틀릴지도 모른다.

그들은 지금 내가 들고 있는 이런 삽을 사용할 것이다.

할아버지가 동화 속의 집 뒤쪽 밭으로 사용했던 검은 흙을 응시하는 동안 내 머릿속은 테렐 생각 때문에 복잡했다.

12년 전 무더웠던 7월의 어느 날, 바로 이 장소에서 나는 블랙 아이드 수잔이 집중적으로 피어 있는 수상한 지점을 발견했다. 괴물이 보내온 선물을 더 이상 파내고 싶지 않았던 바로 그곳. 그래서 이대로 내버려두었던 곳이었다. 그날 그랬듯 상한 수프처럼 속이 부글거렸다.

나는 스물두 살이었다. 힐다 아주머니와 나는 몇 시간 전 '매물' 간판을 집 앞 잔디에 세운 참이었다. 할머니는 8개월 전에 돌아가셨다. 그녀는 동화 속의 성채에서 도로를 따라 12킬로미터 떨어진 작은 시골 공동묘지에 잠든 딸과 남편 곁에 나란히 묻혔다.

바로 그날, 나는 할머니의 보석상자 안쪽 서랍을 열고 강렬한 교회용 향수 냄새를 들이마신 탓에 바람을 쐬러 나갔다. 거의 세 살이 다 된 찰리가 방금 뒤뜰 포치로 나가면서 방충망 문을 쿵 닫았다. 문을 열어보니 딸은 방글방글 웃으며 손을 등 뒤로 돌린 채 계단 맨 아랫단에서 몇 발 떨어진 곳에 서 있었다. 그녀는 블랙 아이드 수잔 한 움큼을 땀에 젖은 주먹으로 꽉 쥐고 내게 내밀었다. 찰리 뒤로 30미터 저쪽에 똑같이 생긴 꽃들—한 줄로 늘어선 시들시들한 콩과 분재 같은 무화과나무 근처에 모여 있는 작고 예쁜 깡패들—이 노란 치마를 펄럭이며 춤추고 있었다.

찰리가 포치에서 바라보는 동안 나는 끓는 물 한 동이를 꽃의 눈에 부었다. 아주머니는 집 안에서 나를 부르며 뭘 하는지 물었고, 나는 불개미 떼를 없애는 중이라고 답했다. 마침 그것도 사실이었다. *찰리가 물리면 안 돼.* 개미 몇 마리는 벌써 죽은 동료를 등에 지고 나르고 있었다.

허브 워무스가 등 뒤로 방충망 문을 닫는 소리에 나는 퍼뜩 현실로 되돌아왔다. 십 년이 지난 지금, 이곳은 할아버지가 아니라 그의 성채였다. 그는 '겨울 햇살은 믿을 수 없다, 아내 베시는 정원을 매년 두 번 경운기로 갈아엎는다'며 나와 루카스에게 몇 마디 한 뒤 안으로 들어갔다. *뭐라도 찾으면 다행이지.* 허브는 시체를 찾는 것이 아니고 언론만 시끄럽게 하지 않는 한 어딜 파든 상관없다는 점을 분명히 했다. 아내가 새 개인 트레이너와 운동을 마치고 두어 시간 뒤에 돌아오기 전에 일을 마치라는 말도 남겼다.

처음 우리가 집 앞 포치에 나타났을 때 허브는 그렇게 달가워하지 않았다. "나도 뉴스를 봤소." 그는 엄숙하게 말했다. "이렇게 세월이 흘렀는데도 당신은 진범을 잡은 게 맞는지 모르겠다며 범인의 변호사와 협력하고 있다지." 그의 시선은 내가 손에 든 삽을 훑어보았다. "정말 그의 소녀 중 한 명이 이 집 뒤뜰에 묻혀 있을 거라고 생각하는 거요?"

"아뇨, 아뇨. 절대 아닙니다." 나는 허브가 사용한 표현에 질색하는 기분을 숨기려고 애쓰며 얼른 대답했다. 그의 소녀라니. 마치 괴물이 우리를 소유했다는 듯이, 나를 소유했다는 듯이. "그랬다면 경찰이 왔겠죠. 말씀드렸듯이 저는 그 괴… 살인범이 뭔가 묻어 놨을 수도 있다고 늘 생각했어요. 나더러 저 정원에서 찾게 하려고요."

허브는 표정을 숨기지 못했다. 이 동네 대다수 주민들이 그렇듯 그 역시 카트라이트 소녀가 애당초 제정신이 아니었다고 생각하고 있었다.

"그러면 약속하시오. 언론은 안 돼. 어제는 **블랙 아이드 수잔**이 살았던 방의 사진을 찍고 싶다는 타블로이드 사진 기자를 몰아내야 했소. 요전날에는 월간 텍사스 소속이라는 남자가 우리 집 앞에서 당신 사진을 찍어도 좋은지 허락을 얻고 싶다고 전화했고. 당신이 그쪽에 다시 연락하지 않았다면서. 너무 고약해서 이 사형 집행 문제가 지나갈 때까지 베시와 함께 플로리다의 콘도에나 가 있을까 생각 중이오."

"언론은 안 옵니다." 루카스는 단호하게 답했다. "테사는 그저 마음의 평화를 얻고자 하는 것뿐입니다." 어린아이처럼 달래 주자는 말투. 짜증이 약간 올라왔지만 이 말은 허브에게 통했다. 그는 루카스를 위해 차고에서 반짝거리는 새 삽까지 꺼내 주었다.

이렇게 허브는 우리만 두고 안으로 들어갔다. 1분 전 방충망 문이 경첩에 통 하고 부딪혔는데도 루카스와 나는 꿈쩍도 하지 않았다. 정원을 둘러보는 대신 루카스는 할아버지의 성채 벽과 창문을 유심히 뜯어보고 있었다. 포트워스에서 차로 겨우 1시간 거리인데도 그는 여기와 본 적이 없었다. 루카스와 내가 자동차 뒷자리에서 뒹굴던 시절, 할아버지는 시력을 거의 잃고 몸이 약해져서 침대에서 일어나지 못했다.

루카스가 이 일을 적극 돕고 있다는 것이 위안이었다. 예전부터 내가 뭐라고 하던 괴물은 대체로 내 머릿속에 있을 뿐이라고 믿은 사람이었지만 나를 그 괴물에게서 보호하려고 작정한 것 같았다.

집은 차갑고 어두운 팔을 내 어깨에 내려놓았다. 나는 이 집을 내 몸처럼 잘 알고 있었고, 이 집 역시 마찬가지였다. 숨겨진 온갖 틈과 함정, 겉보기에 멀쩡한 가면 하나하나. 할아버지의 상상력에서 태어난 온갖 영리한 속임수 모두 다.

삽을 들고 일을 시작할 준비를 마친 루카스가 내 옆으로 다가섰고 나는 움찔했다.

부드러운 흙에 첫 발을 내딛은 순간, **수잔**이 경고를 보냈다.

어쩌면 그는 우리 자매 중 하나를 여기 묻었을지도 몰라.

관절염을 앓는 노파의 형상으로 서 있는 무화과나무가 아니었다면 어디를 파야 할지 몰랐을 것이다. 얼리 걸 토마토와 켄터키 원더 콩, 혀 위에서 용암처럼 흘러내리는 젤리를 만드는 오렌지 하바네로 고추를 할머니가 정확하게 줄 맞춰 심던 시절보다 정원은 이제 두 배쯤 더 넓었다. 무화과나무가 자라난 것을 빼면 오늘 아침 땅은 그저 평평한 갈색 사각형이었다.

나는 이 정원에 서서 상상하곤 했다. 줄지어 날아가는 검은 새는 사실 빗자루에 올라탄 사악한 마녀들이라고. 저 멀리 밀밭은 잠든 거인의 금발머리고, 지평선에서 검은 산맥처럼 피어오르는 구름은 나를 오즈로 실어갈 마법의 구름이라고. 예외가 있다면 움직임이라고는 없는 잔인한 여름날이었다. 아무 색깔도 없는 여름. 무한하고 단조로운 무無가 내 가슴을 아프게 했다. 괴물을 만나기 전의 나는 지루한 것보다 무서운 것이 더 좋았다.

"아주 열린 공간이군, 테사." 루카스는 관찰했다. "집 서쪽에서 창문을 내다보면 누구라도 그가 꽃을 심는 것을 볼 수 있었을 거야. 자신이 존재하지 않는다고 사람들을 속인 범인치고는 상당히 대담한 행동인데." 그는 눈 위를 가리고 위를 올려다보았다. "지붕에 저건 벌거벗은 여자 아닌가? 아니, 정말 그렇군."

"코펜하겐 항구를 내려다보는 인어공주 동상을 본뜬 거야." 나는 말했다. "안데르센의 인어공주. 디즈니 말고."

"그렇군. 아동용은 아니야."

"할아버지가 직접 만드셨어. 크레인까지 임대해서 저기 올리셨지."

나는 무화과나무에서 북쪽으로 정확히 세 걸음 움직였다. "여기쯤이야."

루카스는 번득이는 허브의 쇠 삽을 날카롭게 그리고 깔끔하게 땅에 찔러 넣었다. 내 녹슨 삽은 나무에 기대 서 있었다. 나는 신문 한 묶음, 부엌에서 쓰던 낡은 철제 체, 작업용 장갑을 가져왔다. 나는 바닥에 쭈그리고 앉아 뒤엎은 흙더미를 체로 치기 시작했다. 이렇게 하는 게 아니라는 조애나의 목소리가 들리는 듯 했다.

고개를 드는 순간, 포치 위에 어린 찰리가 서 있었다. 눈을 깜빡였더니, 사라졌다.

곧 루카스는 셔츠를 벗었다. 나는 울끈불끈한 등 근육에서 눈길을 피하며 계속 체를 쳤다.

"이야기 하나 해 줘." 그는 말했다.

"이야기? 지금?" 검은 벌레가 내 청바지를 따라 기어 내려가고 있었다. 눈을 깜빡였더니, 사라졌다.

"응. 당신 이야기가 그리웠어. 지붕 위의 가슴 큰 여자에 대해서 전부 다 말해 봐."

나는 낡고 울퉁불퉁한 금속 한 조각을 꺼냈다. 여러 겹이 중첩된 우화 속에서 몇 개의 겹을 제외하고 이야기할지 생각해 보았다. 루카스는 주의를 집중하는 시간이 짧았다. 그는 그저 내가 다른 데 신경을 쓰도록 하고 싶은 것이다.

"오래전 인어는 자기가 바다에서 구출한 왕자와 미칠 듯이 사랑에 빠졌어. 하지만 둘은 다른 세계의 존재였지."

"벌써 불행한 결말이 예상되는데. 여자 혼자 저 위에서 외로워 보여."

"왕자는 자기를 구출한 게 인어라는 걸 몰랐어." 나는 커다란 흙덩어리를 부수다가 잠시 멈췄다. "그녀는 의식을 잃은 왕자에게 키스하고 해변에 눕힌 뒤 다시 바다로 헤엄쳐 나갔어. 하지만 그와 너무너무 함께 지내고 싶었지. 그래서 마녀의 약을 마시고 아름다운 목소리를 태워 없애는 대가로 인간의 다리 두 개를 얻었어. 마녀는 인어에게 지구에서 가장 우아한 댄서가 될 거라고, 하지만 한 발 디딜 때마다 칼날 위를 걷는 아픔을 느낄 거라고 했어. 상관없었어. 인어는 왕자를 찾아가서 말없이, 사랑한다는 말도 못하고 춤을 췄어. 왕자는 홀딱 반했지. 그래서 그녀는 극심한 고통에도 불구하고 계속 춤을 추고 또 췄어."

"끔찍한 이야기군."

"소리 내서 읽으면 아름다운 이야기야. 내가 전달하면서 매력을 많이 잃었어." 나는 내 예전 침실이었던 작은 탑 창문 쪽으로 시선을 들었다. 블라인드가 약간 내려져 있어서 반쯤 감은 눈처럼 보였다. 할아버지가 스테인드글라스 반대편에서 낭독하던 목소리가 떠올랐다. *가장 아름다운 수레국화처럼 파란 대양. 진주 같은 빙산. 유리종 같은 하늘.*

"그래서 그 왕자 녀석은 사랑에 보답한 거야?" 루카스는 물었다.

"아니. 인어는 왕자를 칼로 찌르고 자기 발에 그 피를 묻혀서 인간의 다리를 지느러미로 되돌리지 않으면 저주를 받아 죽게 되는 운명이었어."

여기서 나는 이야기를 멈췄다. 둘레와 깊이가 작은 플라스틱 수영장만한 커다란 구덩이가 생겨나 있었다. 루카스가 흙을 파내는 속도에

비해 나는 아직 한참 체를 쳐야 했다. 이렇게 수고했는데도 지금까지 나온 것은 한 무더기의 돌멩이, 녹슨 리본 모양의 금속, 플라스틱 팬지 마커 두 개뿐이었다.

루카스는 삽을 내려놓고 내 옆에 무릎을 꿇고 앉았다. "도와줄까?" 나는 그를 잘 알기 때문에 이 말뜻을 해석할 수 있었다. 쓸데없는 짓이라는 뜻이었다. 사실 나도 그닥 열의가 없었다.

문이 삐걱 열리더니 쿵 하고 닫혔다. 허리둘레에 달린 지방 튜브 두 개를 소방차처럼 빨간 운동복으로 덮은 베시 워무스가 이쪽으로 다가오고 있었다. 손에는 얼음과 호박색 액체로 가득 채워진 긴 플라스틱 컵 두 개를 들고 있었다.

"안녕하세요, 테사." 그녀는 환히 미소 지었다. "이렇게 보니 반가워요…, 친구분도."

"저는 루카스라고 합니다. 잔은 제가 받죠." 그는 잔 하나를 받아들고 한 모금에 사분의 일 정도를 비웠다. "맛있군요. 고맙습니다."

베시의 시선은 배꼽에서 시작해 청바지 안으로 사라지는 루카스의 뱀 문신에 고정되었다.

"뭘 좀 찾아냈나요?" 그녀는 루카스의 벨트에서 눈을 들었다.

"화석 몇 개, 플라스틱 식물 마커, 녹슨 금속 조각뿐입니다."

베시는 내가 모아 놓은 것들을 쳐다보지도 않았다. "상자에 대해 말씀드리려고 나왔어요. 허브가 내 상자 이야기는 안 했다고 해서."

"상자요?" 속이 약간 울렁거렸다.

"사실 전부 허접쓰레기에요." 부인은 말했다. "'엄마 말고 아무도 원하지 않는 물건'이라고 표시까지 해 놨어요. 우리가 죽었을 때 아이들이 치우지 않도록. 그 안에 혹시 당신이 관심을 가질 만한 게 있을지도 몰라요."

겨드랑이에 흐른 땀이 얼음처럼 차갑게 느껴졌다. *왜 이러지? 아무도 원하지 않는 물건이라는데.*

"들어가서 가지고 올게요. 컵이랑 같이 들고 나올 수가 없어서. 저기 피크닉 탁자에 앉아 계세요."

"괜찮아? 안 좋아 보여." 루카스는 나를 끌어당겼다. "마침 휴식이 필요해."

"그래, 좋아." 나는 지금 내가 하는 생각을 말하지 않았다. 베시가 열심히 갈아엎은 땅에 대해 안 좋은 예감이 있다는 것을. 우리는 30미터 정도 걸어 녹색 페인트를 대충 칠한 낡은 피크닉 탁자 의자에 앉았다.

루카스는 집 쪽으로 고개를 끄덕였다. "저기 오네."

베시는 낡은 이삿짐 상자를 들고 열심히 숨을 몰아쉬며 정원을 가로질러 오고 있었다. 루카스가 얼른 뛰어가더니 정원 중간쯤에서 상자를 받아들었다. 그는 내 앞에 상자를 놓았지만 나는 손을 뻗지 않았다. 베시의 커다란 대문자 필적만 빤히 쳐다보고 있었다. 정확히 그녀가 말한 그대로 어머니가 돌아가신 뒤 슬픔과 감상에 젖은 아이들이 절대 내다 버리지 않을 만한 제목이 적혀 있었다.

"이건 이사 온 뒤 바깥에 우리 땅에서 발견한 이런저런 잡동사니를 모아둔 것들이에요." 베시는 뚜껑을 열었다. "정말 쓸모없는 옛날 물건들이에요. 오래된 병만 빼고. 그런 건 부엌 창틀에 갖다 놨어요. 하지만 땅에서 나왔는데 꿈틀거리거나 무는 것만 아니라면 여기 다 보관해 놨어요. 연도나 위치별로 분류하지는 않았어요. 그냥 전부 한데 모아 놨어요. 그래서 난 정원에서 뭐가 나왔는지, 잔디 깎는 기계에 뭐가 걸렸는지 전혀 몰라요."

루카스는 상자 위로 허리를 굽히고 뒤져 보았다.

"그냥 쏟아 보세요." 베시가 말했다. "큰일 날 물건은 없어요. 그래야 테사도 같이 보지."

미처 준비도 되기 전에 내용물이 탁자 위로 와르르 쏟아졌다. 철제 스프링, 녹슨 못, 낡고 반쯤 우그러진 노란색과 빨간색 줄무늬 닥터페퍼 캔, 바퀴 없는 파란색 매치박스 자동차. 작은 바이엘 아스피린 통, 개가 씹다 버린 뼈다귀, 금색 줄무늬가 있는 커다란 흰색 돌, 부서진 활촉, 한때 더듬이와 카메라 같은 눈을 달고 돌아다녔을 두족류 화석.

루카스는 부서진 빨간 유리 조각을 조심스럽게 손가락으로 치우고 끝이 뾰족한 작은 갈색 물체를 밀어냈다.

"이빨이군." 그는 말했다.

"내 생각도 그래요!" 베시가 소리쳤다. "허브는 옥수수 캔디라고 했는데."

하지만 나는 탁자 가장자리 쪽에 혼자 떨어져 있는 물체를 응시하고 있었다.

"저거 리디아 물건 같아." 말이 목구멍에서 걸렸다.

"으스스하네." 베시는 작은 분홍색 머리핀을 집어 들고 미간을 찌푸리며 바라보았다. 나는 장갑을 벗고 떨리는 손가락으로 받아들었다.

"무슨 뜻일까요?" 그녀는 물었다. "이게 단서라고 생각해요?" 베시가 숨을 몰아쉬고 있는 것은 나이가 들었거나 루카스의 멋진 몸매에 반해서가 아니었다. 베시는 살인 사건 광이었다. 아마 **블랙 아이드 수잔** 사건에 대한 기사라면 죄다 읽었을 것이다. *어떻게 이걸 진작 눈치채지 못했을까?* 아무도 관심이 없었을 때 할아버지의 집을 사들인 사람이었다. 내가 설명하지 않았는데도 그녀는 리디아가 누구인지 정확히 알고 있는 것 같았다.

루카스는 내 어깨에 손을 얹었다. "이빨과 저… 머리핀 같은 걸 빌리겠습니다. 괜찮으시다면." 그는 베시에게 말했다.

"그럼요, 그럼요. 허브와 제가 도울 일이 있다면 뭐든지 좋아요."

나는 플라스틱에 새겨진 노란 스마일리 얼굴을 손가락으로 멍하니 문질렀다. *아무 의미도 없어,* 나 자신을 꾸짖었다. 아마 괴물이 상상 속의 존재라고 생각했던 그 시절, 숨바꼭질을 하다가 옥수숫대에 걸려 리디아의 머리에서 빠졌겠지.

그래도. 스마일리 얼굴이 그려진 분홍색 머리핀, 빅토리아풍 반지. 포우 책, 열쇠. *도대체 왜 리디아가 미리 정교한 계획을 세워 놓고 나와 게임을 벌인다고 느껴지는 걸까?*

루카스는 내 얼굴을 살폈다. 나머지 흙을 체 칠 필요가 없다는 것은 굳이 말할 필요가 없었다.

나는 고개를 들었다. 지붕 위, 두 소녀가 언뜻 스쳤다. 하나는 불 같은 빨강머리였다. 눈을 깜빡였더니, 그 모습은 사라졌다.

리디아의 머리핀은 휴지에 싸서 가방에 넣었다. 이빨은 루카스의 주머니에 들어 있었다. 25킬로미터 정도 달렸을까, 루카스는 헛기침을 하고 침묵을 깨뜨렸다. "그 인어공주는 그래서 어떻게 됐어?"

내 조수석 창밖은 파란색과 갈색으로 넘쳤다. 유리종 같은 텍사스의 하늘. *오래전 까마득한 바다 밑에 묻혀 있었던 완만한 농지. 인어가 가끔 달아오른 얼굴을 식히기 위해 물 아래로 뛰어들어야 할 것 같은 강렬한 태양.*

할아버지의 목소리가 들려왔다. 나는 두 손을 화끈거리는 뺨에 얹었다. 루카스를 쳐다보았다. 그의 옆모습은 의지할 수 있는 든든한 석상 같았다.

"인어는 왕자를 차마 죽일 수 없었어." 나는 말했다. "그녀는 바다에 몸을 던져 자신을 희생하고 물거품이 되어 사라졌어. 하지만 기적이 일어났어. 영혼이 물 위로 떠오른 거야. 인어는 공기의 딸이 됐어. 죽지 않는 영혼을 얻어 하느님과 함께 살게 된 거지."

공기의 딸. 우리처럼, 우리처럼, 우리처럼. **수잔들**이 속삭였다.

"당신 할아버지는 침례교도였으니 그 이야기를 좋아하셨겠군." 루카스가 말했다.

"그러지 않아. 침례교도는 인간이 선행으로 천국에 들어갈 수 없다고 생각해. 구원받는 유일한 길은 회개뿐이야. 그러면 설사 상냥한 인어를 물거품으로 만든다 해도 천국에 갈 수 있어."

소녀를 뼈로 만든다 해도.

1995년 9월

링컨: 테시, 할아버지를 사랑하니?

카트라이트: 네, 그럼요.

링컨: 할아버지에게 뭔가 끔찍한 일이 생긴다는 건 생각하기도 싫겠구나?

베가: 이의 있습니다.

워터스 판사: 여기서는 약간의 재량을 드리겠습니다만, 링컨 씨, 짧게 끝내십시오.

링컨: 네가 발견된 다음 날 경찰이 할아버지의 집을 수색했지?

카트라이트: 네, 하지만 할아버지가 허락했어요.

링컨: 경찰이 가져간 게 있니?

카트라이트: 할아버지의 작품 몇 개, 삽, 트럭. 하지만 모두 돌려줬어요.

링컨: 삽은 막 씻은 상태였어, 맞지?

카트라이트: 네, 할머니가 전날 호스로 씻어냈어요.

링컨: 오늘 할아버지는 어디에 있지?

카트라이트: 할머니와 함께 집에 계세요. 아프세요. 뇌졸중을 앓았어요.

링컨: 네가 발견되기 2주 전에 뇌졸중을 앓았어, 그렇지?

카트라이트: 네. 저 때문에 매우 걱정하셨어요. 이런 짓을 저지른 사람을 잡아서 죽이고 싶다고 하셨어요. 사형도 충분하지 않다고 하셨어요.

링컨: 그런 말을 했다고?

카트라이트: 친척 아주머니한테 말씀하시는 것을 들었어요.

링컨: 흥미롭구나.

카트라이트: 앞이 보이지 않으면 사람들은 듣지도 못한다고 생각

해요.

링컨: 시력을 잃었던 일은 조금 있다 이야기하자. 할아버지가 특이하다고 생각한 적 있니?

베가: 이의 있습니다. 지금 재판을 받는 사람은 테시의 할아버지가 아닙니다.

링컨: 판사님, 이 질문은 이제 다 끝나갑니다.

워터스 판사: 질문에 대답해도 좋습니다, 카트라이트 양.

카트라이트: 무슨 뜻인지 모르겠어요.

링컨: 할아버지가 그린 그림 중에는 으스스한 것도 있었지?

카트라이트: 그건, 맞아요. 살바도르 달리나 피카소 같은 그림을 모작할 때요. 할아버지는 미술가예요. 늘 실험을 하세요.

링컨: 할아버지가 무서운 이야기도 들려 준 적 있니?

카트라이트: 어렸을 때 동화를 읽어 주셨어요.

링컨: 여자를 납치해 토막 내서 스튜를 끓이는 '강도 사위', 아버지가 소녀의 손을 잘라낸 '손 없는 소녀', 이런 것?

베가: 이건 말도 안 됩니다, 판사님.

카트라이트: 손은 다시 자라요. 7년 뒤에 다시 자랐어요.

사형 집행 26일 전

건조기에서 막 꺼내 아직 따뜻한 옷가지를 개어 쌓는데, 문득 조애나는 지금도 얼음장 같은 실험실에 틀어박혀 옥수수 캔디처럼 생긴 이빨에서 에나멜을 벗겨내고 있을 거라는 생각이 들었다. 내가 12달러짜리 피뇨 와인을 마시며 왼쪽 발꿈치에 구멍이 뚫린 찰리의 분홍색 양말을 버려야겠다고 생각하는 동안 테렐은 얼음처럼 단단한 침상에 앉아 마지막 유언장을 작성하며 생무 맛이 나는 물을 마시고 있겠지. 리디아는 지금 어딘가에서 나를 비웃고 있을까, 혹은 그리워하고 있을까. 아니면 괴물만 아는 장소에서 시체가 썩는 동안 천국에서 죽은 작가들을 괴롭히고 있을까.

사흘 동안, 나는 이빨을 조애나에게 넘길까 고민했다. 망설이는 이유를 루카스에게 설명할 수가 없었다. 내가 정말 원하는 것이 '모르고 있는 것'이 아니라면, 아무것도 숨기지 않고 온갖 시도를 다 해 보는 것이 옳다. 조애나는 몇 시간 전 노스 텍사스 헬스 사이언스 센터 주차장에서 우리를 만나 주었다. 실험실에서 신발 위에 씌우는 흰 커버를 그대로 두른 상태였다. 그녀는 블랙 아이드 수잔에 뜨거운 물을 뿌린 이야기, 베시 말고 아무도 원하지 않는 쓸모없는 물건이 담긴 상자에 대한 장황한 이야기에 말없이 집중해서 귀를 기울였다. 스마일리 얼굴이 그려진 리디아의 분홍색 머리핀 이야기는 하지 않았다. 조애나는 루카스에게서 이빨을 받아들었다. 별말은 없었다.

조애나가 자기를 같이 데려가지 않았다는 걸 용서할까 하는 걱정이 들었지만 지금 그 일은 중요하지 않은 것 같았다. 아무것도 중요하지 않았다. 무감각이 내 몸을 휘감고 느리게 작용하는 독약처럼 **수잔들**을 재웠지만 내 손은 쉬지 않고 옷가지를 접어 작은 탑을 완벽하게 쌓아올리고 있었다. 세탁기 안에서 휘감기던 옷들—루카스의 군용 속옷, 솜사탕 같은 분홍색 양이 그려진 찰리의 플란넬 잠옷, 내 네온색 러닝 반바지.

루카스는 소파 끝에서 CNN을 틀어 놓고 맥주를 마시면서 육군 특수부대 스타일로 팬티를 말아 정리하다가 내 머리와 엉덩이 등 표적으로 할 만한 데에 던지면서 놀았다. 우리는 아무렇지도 않은 척하고 있었지만 째깍거리며 흘러가는 시간은 내 온전한 정신을 위협하고 있었다. 테렐이 죽으면, 그러면 어떻게 하지?

빨래나 계속 개자. 그 순간 초인종이 울렸고, 루카스가 일어나서 문을 열었다. 에피가 또 음식 폭탄이라도 가져왔나 보다. 나는 시계를 보았다. 오후 4시 22분. 연습 중인 찰리를 데리러 가려면 아직 두어 시간

남았다.

"테사, 집에 있습니까?" 목소리가 들리는 순간, 신경이 기타줄처럼 팽팽하게 곤두섰다.

루카스는 의도적으로 문에서 내 시선을 가리면서 발을 옮겼다. "무슨 일로 오셨다고 전할까요?" 느릿한 말투는 그에게서 웨스트 텍사스인의 특징을 모조리 이끌어내고 있었다. 루카스의 왼손이 무심하게 가슴 위쪽으로 올라가더니 거기서 멈췄다. 오른손 손가락은 주먹을 쥐고 있었다. 여차하면 신속하게 바지에서 총을 꺼낼 수 있는 자세였다. 뒷마당에서 그가 내게 시범을 보여 준 지 한 시간도 채 지나지 않았다.

"루카스!" 나는 빨래 탑 세 개를 무너뜨리며 소파에서 벌떡 일어났다. "이쪽은 빌, 테렐 재심 청구를 담당하고 있다고 내가 말했던 변호사야. 앤젤라의 친구." 루카스 너머로 보이는 것은 보스턴 레드삭스 모자뿐이었다. 나는 단단한 근육에 속절없이 밀려 그의 등 뒤에 서 있었다. 그의 허리를 짚어 보니 총은 없었다. 몇 초 전의 동작은 경계 상태의 반사적인 움직임일 뿐이었다. 빌의 위치에서는 내 얼굴이 보이지 않겠지만 루카스의 사타구니 근처에 친밀하게 놓여 있는 내 손은 아주 잘 보일 것이 분명했다.

오래 묵은 분노에 얼굴이 화끈 달아올랐다. 겁 많던 열여덟 살 시절, 루카스의 이 마초적인 어리석음이 애당초 우리가 서로에게 끌린 주된 이유였고 우리가 헤어지게 된 주된 이유였다. 그는 하나, 둘 구호에 맞춰 울리는 군화 소리로 세상을 공포에 떨게 하던 남자들의 후예였다. 모두가 총을 뽑아 들 준비가 되어 있다는 가정하에 세상을 살아가는 남자들. 루카스는 자동차 바퀴 마찰음, 엔진 소음, 노크 소리를 들으면 언제라도 선뜻 달려갔다. 그는 좋은 남자고 탁월한 군인이었지만 일상의 파트너로서는 종종 온몸의 털을 곤두서게 만들었다.

"루카스, 비켜 봐." 나는 조금 더 세게 밀었다.

루카스는 조금 옆으로 움직였고, 나는 그 옆을 비집고 들어갔다.

"빌, 루카스." 내가 말했다. "루카스, 빌."

빌은 손을 내밀었다. 루카스는 무시했다. "안녕, 빌. 안 그래도 만나고 싶었습니다. 무슨 일인지 몰라도 이렇게 늦은 시간에 테사에게 찾아오는 것이 과연 좋은 일인지 궁금한데요. 조용히 내버려두는 게 좋을 거라고 생각하시지 않습니까? 저기 BMW를 타고 떠나시는 게 어떨까요? 테사와 내 딸에게 평화를 좀 주시지요."

잠시 나는 말문이 막혔다. 루카스가 이런 분노를 품고 있을 줄은 미처 몰랐다. 우리 모두가 조금씩 무너지고 있었다. 나는 단호하게 포치로 나섰다. "루카스, 끼어들지 마. 알겠어? 내가 뭘 하든 모두 내 결정이야. 빌이 강요하는 게 아니야."

나는 루카스의 얼굴에 대고 문을 닫았다. 이번이 처음은 아니었다. "그 표정 좀 바꿔요, 빌." 하려던 말은 아니었다. *보고 싶었어요*, 이 말을 하고 싶었다.

"저분이 그 군인입니까?" 빌이 물었다.

"찰리의 아빠냐고 묻는 거라면, 맞아요."

"여기 살아요?"

"잠시 휴가 중이에요. 긴 이야긴데, 찰리가 그날 밤… 침입자가 들어온 뒤로 겁을 먹었나 봐요. 스카이프로 루카스에게 그 이야기를 했더니 곧장 달려온 거예요. 상관이 워낙 이해심이 많기도 하고, 찰리를 방문하기로 한 휴가 일정도 지난 상태라. 내가 초대한 건 아니지만 온 게 싫지는 않아요. 그는… 소파에서 지내요."

"아주 긴 이야기는 아닌 것 같은데요." 빌의 목소리는 차가웠다. "아직 그를 사랑한다면 그렇다고 이야기하세요."

나는 얇은 스웨터 위로 단단히 팔짱을 꼈다. 빌을 집 안에 들여서 두 사람 사이의 대결을 중재하고 싶은 마음은 없었다.

"우리가 이런… 대화를 굳이 할 필요가 있을까요?" 나는 말했다. "당신과 나는… 사귀는 사이도 아니잖아요. 잘못된 이유로 같이 잤을 뿐이에요. 그렇게 충동적으로 행동하는 건 나답지도 않았고." 난 그런 여자가 아니에요.

"질문에 대답하지 않는군요." 나는 그의 눈을 바라보았다. 움찔했다. 거의 견딜 수 없을 정도로 강렬한 눈빛이었다. 루카스는 그런 눈으로 나를 보지 않았다. 그는 오로지 행동과 본능이었다.

"나는 루카스를 사랑하지 않아요. 그는 좋은 남자예요. 당신이 안 좋은 때 마주친 것뿐이에요." 빌의 레이저 같은 눈빛이 진짜인지, 켜기·끄기 버튼이 달린 메소드 연기의 산물인지 벌써 의문이 일었다. 증인을 위축시키거나 상처 있는 여자를 발가벗기는 데는 유용할 것 같았다.

리디아는 영화배우 폴 뉴먼 외의 어느 누구에게도 자기 성기를 보여 주지 않을 거라고 늘 맹세했다. "아무리 노인네지만, 그래도." 리디아는 빌을 만난 적이 없다. 만나게 하고 싶지 않았다. 이것을 더럽히게 하고 싶지 않았다. 이것이 무엇인지는 모르겠지만.

왜 지금 리디아를 생각하고 있는 거지?

빌은 곧장 돌아설 마음은 없는지 그네에 걸터앉았다. 나는 망설이다 반대쪽 끝에 앉았다. 그제야 그가 들고 있는 5센티미터 두께의 커다란 서류 봉투가 눈에 띄었다.

"그건 뭐예요?" 나는 물었다.

"뭘 가져왔어요. 혹시 재판 당시, 당신의 증언 내용을 읽은 적이 있습니까?"

"그 생각은 미처 못 했어요." 거짓말이었다. 아주 여러 번 생각해 보았다. 배심원들은 나를 외계인처럼 쳐다보았고, 법원 스케치사는 길고 날렵한 연필로 내 머리카락을 그리고 있었다. 북적거리는 관객석 맨 앞줄에 앉은 아버지는 화석처럼 굳어 있었고, 싸구려 금색 줄무늬의 파란 타이를 맨 테렐은 앞에 놓은 빈 메모지에 시선을 고정시키고 있었다. 그는 한 번도 나를 쳐다보지 않았고 메모도 하지 않았다. 배심원들은 그것을 죄책감으로 해석했다.

나도 마찬가지였다.

"몇 부분 발췌했어요." 빌이 말했다.

"왜요?"

"당신이 증언에 대해서 워낙 죄책감을 느끼는 것 같아서." 빌은 그네를 갑자기 세웠다. 그는 우리 사이에 놓인 봉투를 두드렸다. "읽어 봐요. 도움이 될 겁니다. 테렐이 교도소에 간 건 당신 때문이 아니에요."

나는 한결 단단하게 팔짱을 꼈다. "내가 과거를 더 많이 생각할수록 테렐을 돕는 데 도움이 될 만한 것을 더 많이 기억할지도 모른다고 생각한 거 아닌가요?"

"그게 무슨 잘못입니까?"

심장이 두근거렸다. 이 자리가 싫었다. "아니, 잘못은 아니에요."

그가 일어나자 그네가 항의하듯 덜컹 흔들렸다. "조애나가 이빨 이야기를 했어요. 할아버지 댁에 간다고 우리에게 말해 줬으면 좋았을 겁니다. 나를 그렇게 의식적으로 따돌리지 않았으면 좋았을 거예요. 또 땅을 팔 계획이 있습니까?" 그는 내가 일어나자 손으로 그네를 잡아 주었다.

"아뇨. 거기는 마지막 장소였어요. 조애나는… 화났던가요?"

"직접 물어보세요."

그는 갑갑한지 잔뜩 곤두서서 멀어지고 있었다. 인생에게서, 나에게서. 나는 그네에 놓인 봉투를 집어 들고 그를 따라 계단까지 갔다. "사실대로 말해 줘요. 테렐에게 희망이 있나요?"

그가 포치에서 내려서려다가 반쯤 돌아서는 바람에 우리는 부딪힐 뻔했다. 나는 겨우 한 뼘 정도 떨어져 있었다. "몇 군데 상고해 볼 데가 있습니다." 그는 말했다. "다음 주에 마지막으로 그를 만나기 위해 헌츠빌로 갈 겁니다."

나는 그의 팔을 잡았다. "마지막? 좋게 들리지 않는데요. 테렐에게… 내가 아직도 기억하려고 아주 애쓰고 있다고 말해 주겠어요?"

빌의 시선이 자기 스웨트셔츠를 쥔 내 손톱에 못 박혔다. 할아버지의 집 정원을 파헤치느라 짧게 잘라 매니큐어를 바르지 않은 손톱에는 아직 흙이 끼어 있었다. "직접 이야기하지 그래요?"

"무슨 소리예요! 그에게 나는 절대 보고 싶지 않은 사람일 텐데."

빌은 천천히 내 손을 떼어 놓았다. 차라리 밀어낸다고 해도 좋을 태도였다.

"내가 제안하는 게 아닙니다." 그는 말했다. "그가 제안했어요."

"테렐이… 나를 미워하지 않던가요?"

"테렐은 누군가를 미워하지 않아요, 테사. 분개하지도 않고. 내가 만나 본 사람 중에 가장 놀라운 사람 중 하나입니다. 그는 당신이 최악의 일을 당했다고 생각하고 있어요. 밤마다 사형수 감옥의 다른 온갖 소리 위로 당신의 울음소리가 들린다고 해요. 자기 전에 당신을 위해 기도한답니다. 내게 강요하지 말라고 했어요."

테렐이 사형수 감옥에서 나의 울음소리를 들었다니. 내가 그를 잠 못 이루게 하고 있었다니. 내 머릿속에 **수감들**이 있는 것과 마찬가지로, 그에게는 내가 머릿속의 메아리였다.

"왜 이 이야기를 진작 하지 않았어요?"

"인간과의 접촉이 없는 곳입니다. 상상할 수 있어요? 음식을 반입하는 좁은 창구가 있는 작은 방에 하루 23시간 갇혀 있는 게 어떨지. 매트리스를 접어 그 위에 올라서야 높은 플렉시글라스 창 너머로 희미하게 경치를 구경할 수 있습니다. 하루 한 시간, 다른 좁은 창살 안에서 빠르게 걷는 걸로 운동을 대신하고요. 매초 죽음에 대해 생각합니다. 그가 최악이라고 말한 게 뭔지 알아요? 남자들의 비명소리, 스스로 목을 조르는 소리, 상상 속에서 체스를 두며 입씨름하는 소리, 끊임없이 타자기 두드리는 소리보다 더 고약한 게 뭔지? 냄새랍니다. 오백 명의 남자들에게서 풍기는 공포와 절망의 악취. 테렐은 사형수 감옥에서 절대 심호흡을 하지 않습니다. 그랬다가는 질식하거나 정신이 나갈 것 같다고. 나는 테렐 생각을 하지 않고는 숨을 깊이 들이쉴 수 없어요. 왜 전에 말하지 않았느냐고요, 테사? 당신 역시 무거운 짐을 잔뜩 지고 있으니까요."

그는 내가 든 봉투를 두드렸다. "읽어 봐요."

그는 작별 인사로 손도 흔들지 않고 집 앞 진입로를 빠져나갔다.

안으로 들어가자 루카스가 소파 등받이에 기대서서 문을 바라보며 맥주를 마시고 있었다. 기다리고 있었다. "무슨 문제야?" 쓰러진 옷가지는 이미 다시 쌓아올려져 있었다. 루카스 식의 사과 표시였다. "원하는 게 뭐래?"

"중요한 건 아니야. 찰리를 데리러 가기 전에 낮잠을 좀 자고 싶어."

"당신 그 남자랑 잤지." 질문이 아니라 단정이었다.

"낮잠을 자야겠어." 나는 그를 지나쳐서 복도로 향했다.

"그가 당신을 이용하고 있을 수도 있어, 테사."

나는 침실 문을 닫은 뒤 등을 기대고 바닥으로 미끄러져 내려갔다. 루카스는 아직도 나를 부르고 있었다. 눈가에 눈물이 고였다.

나는 봉투 덮개 아래에 손톱을 집어넣어 깔끔하게 철한 법원 서류 묶음을 꺼냈다.

빌은 테시에게 죄가 있다고 생각하지 않을지도 모른다. 하지만 나는 그녀가 유죄라는 것을 알고 있었다.

1995년 9월

링컨: 테시, 어린 시절 특이한 놀이를 했니?

카트라이트: 무슨 뜻인지 모르겠어요.

링컨: 이런 식으로 물어 보자. 너는 상상력이 상당히 풍부해, 그렇지?

카트라이트: 그런 것 같아요, 네.

링컨: '앤 불린'이라는 놀이를 한 적이 있니?

카트라이트: 네.

링컨: 그럼 '아멜리아 에어하트'라는 놀이를 한 적이 있니?

카트라이트: 네.

링컨: '마리 앙투아네트'라는 놀이를 한 적이 있니? 나무둥치에 머

리를 얹고 다른 사람이 머리를 자르는 시늉을 하는 놀이?

베가: 판사님! 다시 말씀드리지만, 링컨 씨의 질문은 사건과 관련된 정보와 저 의자에 앉아서 재판을 받고 있는 남자에게서 배심원단의 주의를 다른 곳으로 돌리려는 의도일 뿐입니다.

링컨: 그 반대로 판사님, 저는 배심원들이 테시가 자란 환경을 이해하도록 도우려는 것뿐입니다. 저는 이것이 아주 의미 깊다고 생각합니다.

베가: 그렇다면 테시가 체커와 인형놀이, 소꿉장난, 엄지손가락 씨름, 레드로버 같은 놀이도 했다는 걸 기록에 남겨 주십시오.

워터스 판사: 베가 씨, 앉으세요. 성가십니다. 링컨 씨, 당신도 성가실 정도로 시간을 끌면 중단시키겠지만, 지금도 아주 아슬아슬합니다.

링컨: 감사합니다, 판사님. 테시, 물 한 잔 마시고 계속할까?

카트라이트: 아뇨.

링컨: '땅에 묻힌 보물찾기'라는 놀이를 한 적이 있니?

카트라이트: 네.

링컨: '잭 더 리퍼'라는 놀이를 한 적이 있니?

베가: 판사님…

카트라이트: 네, 아뇨. 우리는 그 놀이를 시작했는데 나는 하기 싫었어요.

링컨: 우리라는 건, 너와 네 단짝. 전에 언급했던 리디아 벨?

카트라이트: 네. 그리고 내 동생, 같이 있던 이웃 아이들도요. 아주 무더운 날이었어요. 우린 심심했어요. 남자애 중 하나가 케첩 병을 꺼냈는데 여자애들 중에서 희생자가 되겠다는 애가 없었어요. 아니, 리디아가 가져왔나. 그러다가 우리는 쿨에이드 팔기 놀이를 했어요.

베가: 판사님, 저는 여섯 살 때 강가에서 살아 있는 올챙이를 해부하고 놀았습니다. 그 사실을 통해 저에 대해 무엇을 알 수 있습니까? 변호사와 배심원단에게 피해자는 여기 테시라는 사실을 일깨워드리고 싶습니다. 증인이 증인석에 올라온 지도 오랜 시간이 흘렀습니다.

링컨: 베가 씨, 그 올챙이 질문에 대해서는 좋은 답변이 있습니다.

하지만 지금은 테시가 어린 시절 폭력적인 죽음과 실종자, 땅에 묻힌 물건에 대한 놀이를 많이 했다는 점만 지적하고 싶습니다. 또한 테시가 구덩이에서 발견되기 아주 오래전부터 예술은 현실을 모방했다는 점도 기억하십시오. 왜 그럴까요?

베가: 맙소사, 아예 자기가 대신 증언하는군. 테시에게 일어난 일을 '예술'이라고 표현하는 거요? 그게 무슨 신의 섭리로 이루어진 운명이라고 말하고 싶은 거요? 개자식 같으니.

워터스 판사: 두 분 잠시 여기 모이세요.

사형 집행 19일 전

테렐과 나는 같은 공기를 호흡하지 않는다. 그것이 처음 든 생각이었다. 우리를 나누는 저 뿌연 유리창에 얼마나 많은 어머니와 연인들이 입술을 갖다 댔을까.

처음 든 느낌은 수치심이었다. 지금까지 나는 그의 얼굴을 정말로 관찰한 적이 없었다. 그가 6미터 정도 떨어져 있던 법정에서도, 유명인사의 결혼 소식처럼 우리의 이름이 울려 퍼지던 텔레비전에서도, 신문에 실린 흐릿한 사진에서도.

그의 눈은 충혈된 구멍이었다. 피부는 반들거리는 검은색 페인트였다. 곰보자국과 칼자국이 털을 따라 우유처럼 흘러내렸다. 나는 그의 흉터를 보았고, 그는 나의 흉터를 보았다. 1분 이상 흐른 뒤, 그는 자기 쪽 벽에 붙은 전화로 손을 내밀었다. 내게도 전화를 집어 들라고 손짓했다.

떨리는 손이 테렐 다시 굿원의 눈에 띄지 않도록 나는 수화기를 들고 귀에 바싹 눌렀다. 그는 유리 반대편의 좁은 칸막이 방 안에 있었다. 작은 환기구에서 찬바람이 뿜어져 나와서 목구멍이 바삭거리는 종이처럼 말라붙었다.

"빌리가 당신이 올 거라고 했어요." 그는 말했다.

"빌리?" 나도 모르게 쉰 목소리가 나왔다.

"네, 그는 그렇게 부르는 걸 싫어하죠. 하지만 싫은 소리도 하는 사람이 있어야 하지 않습니까?"

테렐은 내 긴장을 풀려는 것이다. 나는 애써 미소 지었다.

"그 흉터는 어쩌다 생겼나요?" 턱에 파고드는 내 손톱이 뭉툭한 칼날처럼, 살인마가 피를 보기 전의 위협처럼 느껴졌다.

"열세 살 때 안 좋은 친구들을 만들었다가 얻었어요." 테렐은 편안히 말했다. "일찌감치 하느님의 길에서 벗어났죠. 덕분에 여기 있습니다."

고작 2분이 지났는데 벌써 하느님 이야기가 나왔다.

"구세주 예수 그리스도를 믿습니까?" 그는 물었다.

"때때로."

"음, 저는 여기서 예수 그리스도와 아주 가까워졌습니다. 내가 어떻게 인생을 망쳤는지 이야기할 시간이 매일, 아주 많지요. 약에 취해서 내가 어디 있는지도 몰랐던 밤의 대가를 내 딸과 아들과 아내가 치르게 됐어요." 그의 이마는 이제 유리에 거의 닿을 듯 가까워졌다. "저, 여기 오시는 것이 힘드셨지요. 시간도 별로 없습니다. 할 말이 있어요. 난 당신을 명단에서 지워야 합니다. 내 죽음이 당신의 잘못이 아니라는 사실을 받아들이세요. 누군가의 짐으로 죽고 싶지 않습니다. 아시겠지요?"

"증언하지 말았어야 했어요." 나는 반박했다. "나는 아무것도 기억하지 못했어요. 나는 그저 소품에 지나지 않았어요. 전부 각본이었어요. 배심원들은 나를 보며 자기들 딸을 떠올렸어요."

"그리고 그 딸을 납치한 덩치 큰 흑인 부기맨이 있었지요." 놀랍게도 이 말을 할 때 그는 유감을 내비치지 않았다. "그건 오래전에 마음에서 비웠습니다. 나를 갉아먹는 것 같아서. 매일 밤 나는 미친 사람들의 목소리를 듣습니다. 옆에 없는 사람들과 이야기를 나누는 사람들. 아니면 몇 주 동안 아무 말 없이 조용해서 혹시 뇌가 머리 밖으로 날아가 버리고 커다란 구멍만 남은 게 아닌가 싶을 때도 있고. 나는 그렇게 미치지 않겠다고 결심했어요. 명상을 합니다. 성경책과 『마틴 루터 킹』을 읽어요. 머릿속에서 체스도 많이 두고, 사건 기록도 읽고, 아이들에게 편지도 쓰고."

그는 나를 안심시키려 하고 있었다. "테렐, 나는 오래전에 당신이 무고할지도 모른다고 생각했어요. 그런데 아무 일도 안 했어요. 당신에게는 나를 미워할 권리가 있어요."

"기억나지 않는다면서 그날 밤 당신을 납치한 게 내가 아니라고 어떻게 확신하십니까?"

"범인이 내 눈에 띄도록 블랙 아이드 수잔 꽃을 자꾸 심고 있어요.
첫 번째는 당신이 기소된 지 사흘 만이었어요." 나는 테렐에게 억지
미소를 지었다. "미쳤다고 생각해도 좋아요. 나라면 그럴 거예요." 지
금도 그렇고요.

"난 당신이 미쳤다고 생각하지 않습니다. 악惡은 작은 고양이 발처
럼 살금살금 다가와요. '조용히 웅크리고 앉아 항구와 도시를 굽어본
다.' 그 시에 악이라는 말이 없다는 건 압니다. 작은 고양이 발로 다가
오는 안개에 대한 내용이지요. 안개, 악, 양쪽 다 말이 돼요. 종종 너무
늦을 때까지 전조등이 다가오는 걸 못 보지 않습니까."

침상에 앉은 거인이 칼 샌드버그 시를 암송하는 모습이 어른거렸
다. 남자들이 고양이처럼 벽을 긁는 소리도 들려오는 것 같았다. 나는
눈을 깜빡이며 그 영상과 소리를 떨쳐냈다.

"처음 봤을 때," 테렐은 말하고 있었다. "당신은 예쁜 파란색 원피스
차림으로 증인석에 앉아서 너무나 심하게 떨고 있었어요. 저러다 산
산조각 날 것 같다 싶을 정도로. 내 딸들도 거기 앉아 있었습니다."

"그래서 날 쳐다보지 않았군요." 나는 천천히 말했다. 그 파란 원피
스에 대해서는 격렬한 토론이 오갔다. 모두가 자기 의견이 있었다. 베
가 검사, 베니타, 의사, 리디아, 심지어 힐다 아주머니까지. 레이스 때
문에 가려웠지만 나는 아무에게도 말하지 않았다. 증언할 때는 벌레
가 기어 다니는 기분이 들지 않도록 아무렇지도 않은 척 틈틈이 목과
어깨를 손으로 털어야 했다. 그 파란 원피스는 테시가 실제로 입을 만

한 옷이 아니었다. 배심원들이 발목의 깁스를 볼 수 있도록 옷단은 무릎 약간 위까지 오는 게 좋아. 너무 섹시하지 않게. 깁스를 차고 나가는 거지? 아직도 뼈와 가죽만 남아 있다는 점을 강조하기 위해 허리에 주름을 넣을 수 있을까? 색깔 때문에 피부가 약간 누렇게 보이는 것 같은데…. 그게 좋은 것 같아.

"당신을 더 힘들게 할 일을 하고 싶지 않았습니다." 테렐의 목소리에 나는 다시 현실로 돌아왔다. 그는 씩 웃고 있었다. "난 흉하게 생긴 놈이잖아요."

경비가 테렐의 등 뒤에서 철창을 흔들었다. "이제 가야 돼, 테렐. 일찍 문 닫는다."

"오늘 밤 한 사람이 집행됩니다." 테렐은 건조하게 말했다. "사형수 감옥은 집행이 있으면 유난히 분위기가 팽팽해요. 이번 달에만 두 번째입니다." 테렐은 전화에 대고 이야기하면서 일어섰다. 생각보다 윤곽이 둥글고 부드러운 커다란 몸이 유리창을 가득 채웠다. "여기 오는데 용기가 필요했을 겁니다, 테시. 당신이 이 일에 얽매여 있다는 걸 알아요. 내가 한 말을 기억하세요. 내가 죽으면, 잊어버리세요."

갑작스러운 공황으로 속이 울렁거렸다. 이거다.

여러 말들이 서둘러 절박하게 끓어올랐다. "재심 허가가 나온다면 나는 다시 증언할 거예요. 빌은 훌륭한 변호사예요. 그는 정말… 희망이 있다고 믿고 있어요. 특히 빨강머리에 대해 DNA 분석 결과가 나온 지금은 더욱. 그건 내 머리카락이 아니었어요." 나는 귀 뒤에서 머리카락을 한 가닥 잡아당겼다.

테렐도 모두 다 알고 있었다. 빌이 이미 한 시간 동안 이야기해 주었다. 그는 근처에서 노트북으로 인신보호 청원서를 마무리하고 있었다. 청원서를 뒷받침해 줄 거라고 빌이 희망했던 다른 가능성들은 성사되지 않았다.

"네, 빌리는 좋은 친구죠. 하느님을 손톱만큼도 안 믿으면서 저렇게 하느님의 뜻에 따라 사는 사람은 처음 봤어요. 아직 그도 마음을 돌릴 시간이 있습니다." 테렐은 윙크했다. "몸조심해요, 테시. 잊어버리세요." 그는 전화를 끊었다.

나는 플라스틱 의자에 얼어붙었다. 수화기의 마지막 딸깍 소리와 함께 모든 것이 깔끔하게 결정되어버린 것 같았다. 테렐의 운명, 내 운명.

그는 몸을 숙이더니 내 달 모양 흉터 바로 앞쪽 유리창을 손가락으로 건드렸다. 흉터가 욱신거리기 시작했다. **수잔** 하나가 박자를 맞췄다. *믿을 수 없을 정도로 좋은 사람이잖아. 믿을 수 없어.*

입이 움직이고 있었다. 나는 당황했다. 유리가 사이를 가로막아 들리지 않았다.

그는 신중하게 입 모양을 만들면서 두 번째로 되풀이했다.

"당신은 범인이 누구인지 알아요."

빌은 오늘 밤 나를 여기 데려오지 않으려고 했지만 내가 고집했다. 우리는 몇 시간 전 테렐이 오늘 사형이 집행된다고 했던 장소, '벽'이라는 별명을 지닌 악명 높은 데스하우스에서 겨우 수백 미터 떨어진 곳에 있었다. 벽은 장대하고 고풍스러운, 한숨 쉴 기력조차 없을 정도로 피곤해 보이는 오래된 건물이었다. 일 세기가 넘는 세월 동안 이 건물

322

은 교수형과 전기형, 총살형, 독극물 주사형을 지켜보았다.

바로 옆에는 앞 포치에 포장을 깔끔하게 씌운 바비큐 그릴이 있는 작은 흰색 목조 건물이 있었다. 반대편은 교회였다.

테렐은 겨우 몇 킬로미터 떨어진 사형수 감옥인 원 유닛의 독방에 누워서 슬슬 읽던 책을 덮고 있을 것이다. 영내 통제에 소등 상태더라도 오늘 밤 사형이 집행되면 테렐이 우리보다 먼저 알 거라고 빌이 말했다.

어떻게 그런 일이 가능한지 물었더니 그는 어깨만 으쓱했다. 재소자들은 자기들만의 방법이 있다.

미세한 얼음조각이 재킷에서 버석거렸다. 나는 후드를 뒤집어썼다. 우리는 안에 들어갈 수 없었다. 그냥 구경꾼일 뿐이었다.

일찌감치 무덤의 공기를 호흡한 적이 있었지만 이 공기의 무게만큼 숨이 막히는 분위기는 느껴 본 적이 없었다. 마치 죽어가는 공장이 죽음을 토해내고 비탄과 고통, 희망과 불가피함을 굴뚝으로 뿜어내는 것 같았다. 희망 때문에 공기는 부글거리고 있었다. 이 독한 구름에서 벗어나려면 얼마나 달려야 할까. 어디쯤 가야 연기가 뒤덮인 영역에서 벗어날 수 있을까. 사형 집행장에서 두 블록? 1킬로미터? 우주에서 내려다보면 도시 전체가 연기로 뒤덮여 있지 않을까?

나는 헌츠빌이라는 신화적인 공간에 대해 잘못 알고 있었다. 상상 속에서 헌츠빌은 공포의 집 단 한 채였다. 텍사스 주 정부가 죽어 마땅한 존재들을 가두어 놓는 외딴 벌판의 거대한 콘크리트 덩어리. 톰 행크스 주연의 영화 속에서가 아니라면 나 같은 사람이 알 필요가 없는 일들이 벌어지는 곳.

톰 행크스 광팬이자 신명기 복수 철학의 신봉자였던 리디아의 아버지는 늘 그렇게 말했다.

하지만 그것은 큰 오해였다. 헌츠빌은 덩그러니 서 있는 교도소 건물 하나가 아니라 일대에 흩어진 일곱 동의 건물이었다. 저물어가는 빛 속에서 우리 앞에 우뚝 서 있는 사형 집행장은 외로운 섬이 아니었다.

150년 된 빨간 벽돌 건물인 데스하우스는 시계탑이 달려 있지만 말 그대로 시간이 멈춘 곳이었다. 바로 두 블록 옆 시내 한복판에 고풍스러운 법정 광장이 있었다. 시민들은 지금 이 순간에도 '벽'이 잘 보이는 시내 최고의 식당에서 프라이드치킨 스테이크와 딸기 케이크를 먹고 있었다.

경찰들은 교도소 건물 앞에 범죄 현장 테이프를 쳐서 출입을 차단하고 있었다. 우리는 사형이 집행될 창문 없는 건물 모퉁이에서 소리치면 들릴 정도의 거리에 있었다.

나는 이 모든 사무적이고 효율적인 진행이 얼마나 괴롭게 느껴지는지 빌에게 알리고 싶지 않았다. 빌이 교도소 벽돌 건물 옆면에 차를 대고 지붕 위의 경비에게 여기 주차해도 되는지 물어보는 동안 집행 절차는 곧장 시작되었다. 경비는 중학교 농구 경기를 진행하듯 "네"라고 마주 소리쳤다.

사형 찬성파와 반대파가 건물을 사이에 두고 양쪽 끝에 얌전히 자리 잡고 있었다. 양쪽 사이의 거리는 350미터 정도였기 때문에 링에 오른 선수들이 만날 위험은 없었다.

너무나 시민적이었다. 너무나 야만적이었다. *너무 태평해.*

텍사스 레인저 몇 명이 한가롭게 서서 규모는 작지만 차츰 불어나는 군중을 지켜보고 있었다. 아무도 문제가 생길 거라고 걱정하지 않는 분위기였다. 스페인어 텔레비전 취재팀이 생방송 준비를 하고 있었고, 나머지 검은 머리 기자들은 교도소 건너편의 불 켜진 건물에 있었다. 멕시코 여성 한 무리가 사형수의 대형 사진 옆에 무릎을 꿇고 스페인어로 노래하고 있었다. 사형 반대파 삼분의 이는 멕시코인이었다. 나머지 삼분의 일은 대체로 차분하고 조용한 나이든 백인이었다.

오늘 밤에는 휴스턴 경찰의 머리에 총알 세 발을 쏜 멕시코 국적자가 처형될 예정이었다. 그리고 19일 뒤가 테렐이었다. 그다음은 피자 배달부 여성을 야구배트로 때린 남자, 그다음은 외딴 도로에서 지적장애 소녀를 집단 강간하고 살해하는 데 가담한 남자. 일정은 계속되었다.

몇 분마다 블루나이츠 바이크 팀이 할리를 몰고 모퉁이를 돌아왔다. 경찰 살해를 복수하는 뜻에서 나선 전직 경찰들이었다. 아마 직접 주사를 놓고 싶은 마음일 것이다. 나는 그들이 사형 집행실과 가까운 교도소 저쪽 끝, 찬성파 옆에 자리 잡는 것을 보았다. 경찰과 경비들이 바삐 움직이며 그들에게 약간 더 멀리 주차하라고 지시하고 있었다.

"정말 여기 있고 싶어요?" 빌은 한 번 더 물었다. 우리는 찬성파와 반대파 사이, 비교적 군중과 동떨어진 위치에 서 있었다. "굳이 그래야 할 이유를 모르겠습니다."

당연히 이유는 있어요. 나는 내가 무엇을 믿는지 몰랐어요. 내가

믿고 싶은 것이 무엇인지 알 뿐이에요.

하지만 그렇게 말하지는 않았다. 감정을 덜 내보일수록 좋다. 테렐을 만나고 싶으니 헌츠빌에 데려다 달라고 전화했을 때 우리는 불편한 긴장 완화에 동의했다. 나는 마음을 바꾸지 않겠다고 약속했다. 내 시선은 길 건너 배터리로 작동하는 크리스마스 초를 쥔 남자에게 향했다. 그는 갓 입소한 재소자들에게 수표를 현금으로 바꿀 수 있다고 선전하는 주유소 간판을 등지고 난간에 기대 서 있었다. 그의 양쪽에는 평화로운 분위기를 풍기는 수녀 두 사람과 남자 둘이 있었다. 모두 예순 살이 넘어 보였다.

빌은 내 시선을 따라갔다. "저 사람은 데니스입니다. 절대 빠지지 않아요. 가끔은 혼자 나와 있을 때도 있습니다."

"사람이 더 많을 줄 알았어요. 페이스북에서 소리 지르던 사람들은 다 어디 갔죠?"

"소파에 누워 있겠죠. 소리치면서."

"언제 시작되나요?"

"집행?" 그는 시계를 보았다. "8시군요. 15분 뒤쯤 시작될 겁니다. 보통 6시에 시작해서 7시면 끝나죠. 오늘 밤에는 사형수에게 지적 장애가 있다는 마지막 탄원을 연방 법원이 검토하느라 늦어졌습니다." 그는 도로 건너편을 향해 손짓했다. "데니스와 저 네 사람은 항의보다 추모를 위해 나온 겁니다. 이 시점에서는 뭐, 정해진 거나 다름없으니까요. 데니스는 언제나 마지막의 마지막까지, 아주 드물게 탄원 심사가 자정까지 계속될 때도 자리를 지킵니다. 사형수의 가족이 걸어 나올 때까지 기다리죠. 그들을 위해 자리를 지키는 사람도 있다는 걸 알려 주기 위해서요."

나는 상상해 보았다. 늙고 깡마른 산타, 그의 크리스마스 초, '정지' 신호가 있는 외로운 길모퉁이, 그리고 밤.

"확성기를 든 여자는 글로리아입니다." 빌은 간판을 든 거리의 시위대 쪽으로 내 주의를 돌렸다. 군중은 묘하게 조용했다. 구호도 외치지 않았다. "글로리아도 늘 나오죠. 사형수 전부가 무고하다고 믿는 사람입니다. 물론 대부분 유죄지요. 하지만 워낙 헌신적이라서 사랑받고 있습니다. 곧 그녀가 카운트다운을 시작할 겁니다."

"가족들은 지금 어디 있나요?"

"피해자 가족들 중 참관을 원한 사람은 이미 교도소 안에 들어가 있습니다. 사형수 가족은 길 건너 건물에 있어요. 구티에레스는 어머니에게 참관하지 말라고 했답니다. 오늘 참관자가 있다면 청원이 모두 기각되자마자 기자들 몇몇과 함께 걸어 나올 겁니다. 그게 신호에요." 그는 눈빛으로 시계탑 아래를 가리켜 보였다. 안으로 통하는 계단이 있었다.

새 파란색 수트와 카메라에 잘 나올 밝은 라벤더색 타이 차림의 젊은 텔레비전 기자가 오른쪽에 나타났다. 그는 주지사를 연쇄살인범이라고 주장하는 간판을 든 여자의 얼굴에 마이크를 들이대고 있었다. 카메라가 두 사람의 얼굴에 으스스한 빛을 드리웠다.

시위대 여자의 어깨는 관절염 걸린 산맥처럼 굽어 있었다. 발에는 빨간 카우보이 부츠를 신고 있었다. 수백 번은 더한 대답인지, 그녀는 약간 냉소적으로 느릿하게 기자에게 답했다. *네, 예전에는 사형수가 처형될 때마다 도시 전체가 1초 동안 불을 껐습니다. 네, 매번 나오는 군중들이죠. 네, 칼라 페이 터커는 여자였기 때문에 구경꾼이 많았습니다. 광장에 이런 선전 문구가 나붙기도 했어요. '죽이는 할인행사'라고.*

기자는 그녀의 말을 갑자기 잘랐다.

빌은 내 어깨를 슬쩍 밀었다. 글로리아는 확성기를 입에 갖다 댔다.

길 건너에서 그림자가 움직이고 있었다. 하늘에서는 얼음이 계속 떨어졌다.

갑자기 성난 호랑이 백여 마리가 포효하듯 공기가 진동했다. 너무나 요란하고 강렬해서 뇌와 발, 위장까지 흔들리는 것 같았다.

천둥 같은 굉음에 글로리아의 확성기 소리, 여자들이 배고픈 새처럼 입을 벌렸다 닫았다 하며 부르는 찬송가 소리까지 모두 묻혔다.

블루나이츠가 사형수가 들을 수 있도록 일제히 오토바이에 시동을 걸고 있었다.

죽어라.

1995년 9월

베가: 기록을 위해 정식 이름을 말해 주시겠습니까?

보이드: 유랄 러셀 보이드. 사람들은 '유−올You-All'이라고 부르기도 합니다. 고등학교에서 농구선수로 뛴 뒤로 줄곧. 치어리더가 응원 구호로 만들 정도였지요.

베가: 오늘은 뭐라고 부르는 것이 좋을까요?

보이드: 유올도 좋습니다. 약간 긴장되는군요.

베가: 긴장하실 필요 없습니다. 잘하고 계십니다. 포트워스 북서쪽 약 25킬로미터 지점에 땅 40만평 정도를 소유하고 계시지요. 맞습니까?

보이드: 네. 60년 동안 우리 가족이 갖고 있었습니다. 하지만 사람들은 아직도 젠킨스네 땅이라고 부릅니다.

베가: 1994년 6월 23일 아침, 무슨 일이 있었는지 말씀해 주시겠습니까?

보이드: 네. 제 사냥개 할리가 안 보였습니다. 그날 아침, 아주 일찍 가볍게 사냥을 나갈 예정이었어요. 개를 찾을 수가 없어서 나는 그냥 라모나와 출발했습니다.

링컨: 라모나란…?

보이드: 제 딸아이가 타는 말입니다. 라모나는 그날 아침 승마하기에 가장 상태가 좋았습니다.

링컨: 그 후에는 무슨 일이 있었습니까?

보이드: 거의 출발하자마자 할리가 서쪽 목초지 근처에서 짖기 시작하는 소리가 들렸습니다. 독사라도 만난 모양이라고 생각했어요. 뱀 때문에 문제가 좀 있었으니까요.

베가: 그래서 짖는 쪽으로 가셨습니까?

보이드: 네. 그 녀석이 한번 시작하면 도무지 그치지 않습니다. 아마 라모나의 발굽 진동을 감지하고 우리가 온다는 걸 느꼈을 겁니다. 아주 영리한 개입니다.

링컨: 그게 대략 몇 시경이었습니까?

보이드: 오전 4시 30분경이었습니다.

링컨: 할리를 찾는 데는 얼마나 걸렸습니까?

보이드: 10분 정도요. 어두웠습니다. 개는 저희 땅 제일 끝 모퉁이에

고속도로에서 800미터 정도 떨어진 지점에 있었습니다. 그 자리를 지키고 있었어요.

베가: 뭘 지키고 있었습니까?

보이드: 죽은 소녀 둘, 한 소녀가 살아 있다는 건 몰랐습니다. 살아 있는 것처럼 보이지 않았습니다.

베가: 구덩이에 갔을 때 정확히 뭘 보셨는지 배심원들에게 묘사해 주시겠습니까?

보이드: 우선 할리에게 전등을 비췄습니다. 구덩이 안의 꽃 한 무더기 위에 납작하게 엎드려 있더군요. 개는 움직이지 않았습니다. 개가 손 위에 코를 올리고 있었기 때문에 처음에는 보지 못했습니다. 파란 매니큐어가 발려져 있는 걸 보고 여자 손이라는 걸 알았습니다. 저, 잠시 시간을 주시겠습니까.

베가: 그러십시오.

보이드: (들리지 않게)

베가: 천천히 하십시오.

보이드: 안 좋은 예감이 스쳤습니다. 제 딸이 항상 그 꽃을 꺾었거든요. 집을 나서기 전에 딸의 침대도 확인하지 않았고.

사형 집행 18일 전

빌과 내가 마누엘 아벨 구티에레즈의 죽음을 기다리는 동안 얼음장 같은 가랑비로 인해 고속도로는 번들거리는 얼음 리본으로 변해 있었다. 북부 사람들이 보도에 쏟아진 얼음 한 컵 때문에 임시 휴교령이 내렸다거나 눈송이 하나 때문에 어마어마한 추돌사고가 일어났다는 사진이나 만화를 보면서 페이스북에서 비웃는 그런 종류의 폭풍이었다. 1밀리미터 두께의 얼음이 텍사스에서 얼마나 치명적인지 알면 웃을 수 없을 것이다.

45번고속도로에 들어간 지 6분 만에 빌은 이렇게 미끄러운 도로를 4시간 동안 달릴 수는 없다면서 차를 돌렸다. 그래서 우리는 차츰 옅어져가는 데스하우스의 연기에서 두 블록 떨어진 빅토리아풍 얼음 궁전에 갇혔다. 87세의 여관 주인 먼슨 부인이 밤 11시 26분에 전화를 받은 것이 다행이었다. 고속도로변의 다른 모든 호텔은 예약이 다 차 있었고, 주차장은 설탕과자처럼 눈 덮인 차로 북적거렸다.

빌은 자기 방 욕실에서 물을 틀어 놓고 있었다. 양쪽 방을 연결하는 문 아래 2.5센티미터 정도 되는 틈과 벽을 통해 소리가 들어왔다. 300달러나 되는 요금 수준으로 미루어 짐작하지 못할까 봐 걱정스러웠는지 먼슨 부인은 집 전체에 배관을 새로 했고 중앙난방도 잘 되어 있다고 계단을 올라가는 우리에게 세 번이나 강조했다. 나는 가볍게 침대에 몸을 던지고 노란 튤립 퀼트 문양의 미세한 바늘땀을 손가락으로 어루만졌다. 단 1달러도 아깝지 않은 방이라고 먼슨 부인에게 말해주고 싶었다.

리디아라면 활기찬 레몬색 벽과 화장대에서 이쪽을 응시하는 죽은 사람들의 얼굴을 좋아했을 것이다. 전등갓 가장자리가 금색인 철제 전등은 작은 모닥불처럼 빛났다. 이를 덜덜 부딪치는 소리를 내며 얼음 조각이 창문에 불어닥치고 있었다.

리디아라면 이 침대에 누워서 반쯤 열린 옷장 안에 유령처럼 걸려 있는 하늘하늘한 골동품 웨딩드레스를 바라보며 비극적인 로맨스를 상상했을 것이다. 어둠 속에 숨겨진 다른 차원으로 통하는 문에 대해서 더욱 무시무시한 이야기도 지어냈을 것이다. 어쩌면 그 두 이야기를 하나로 엮었을지도 모른다. 밤새도록 멋지고 흥미진진한 모험이 펼쳐졌을 것이다. 우리는 괴물과 고통스러운 말들을 모르던 소녀로 다시 돌아가서 상상 속에서 하나가 되었을 것이다.

이어지는 문에서 노크 소리가 들렸다.

"들어와요, 빌." 나는 곧장 말했다.

빌은 단추로 채우는 셔츠 안에 입고 있던 티셔츠와 청바지 차림으로 문간에서 망설였다. "욕실 찬장에서 칫솔을 찾았습니다. 하나 줄까요?" 나는 침대에서 내려서서 그쪽으로 다가갔다.

"고마워요." 나는 노란색 말고 파란색을 골랐다. "와인 한 잔 마셔야겠어요. 테킬라나."

"술이 욕실 찬장에 있을 것 같지는 않군요. 복도 작은 냉장고에서 물 한 병 가져오겠습니다. 하나 갖다 줄까요?"

"네."

미처 내 방문으로 나가라는 말을 할 사이도 없이 그는 자기 방 쪽으로 다시 돌아갔다. 우리는 아주 예의바르게 행동하고 있었다. 오늘 밤 사형 집행장으로 출발하기 전, 빌은 자기 컴퓨터에서 버튼을 눌러 테렐의 인신보호 청원서를 연방 법원에 공식 제출했다. 청원서는 빨강머리 DNA 분석에 사용된 과학적 오류와 통계상 목격자가 지목한 범인이 틀릴 가능성이 어마어마하다는 점, 당시 살아남은 피해자가 진짜 **블랙 아이드 수잔** 살인자에게 아직도 스토킹당하고 있다고 증언할 의향이 있다는 내 진술을 강조하고 있었다.

블랙 아이드 수잔 꽃을 심는 수수께끼의 인물이 있다는 이야기나 리디아의 집 뒷마당에 묻혀 있던 포의 시집, 낡은 이삿짐 상자 안에 있던 이빨 이야기는 없었다.

통나무집 아래에서 발견한 오싹한 시가 적힌 종이를 갈기갈기 찢어 약병과 함께 내다 버리지 않았더라면 얼마나 좋았을까, 나는 몇 번이고 생각했다. 워낙 세월이 지났으니 지문이나 플라스틱에서 DNA나 지문을 발견한다는 것은 불가능하겠지만 지어낸 이야기가 아니라는 물리적 증거는 될 것이다.

빌의 청원서는 애당초 이 시점에 제출하고 싶었던 내용에는 못 미쳤지만, 그래도 그는 판사가 재심을 허가하기에 충분하지 않을까 희

망하고 있었다. 그동안 조애나가 유골에서 다른 단서를 찾아내 주기를
바랄 뿐이었다.

"여기요." 빌은 말했다. "케이블 텔레비전도 있군요. 저 침대 나무 기
둥 때문에 보기가 약간 힘들겠지만. 루카스에게 연락했어요?"

"잘 있대요. 그가 다 알아서 했어요. 찰리는 잠들었고."

"잠시 앉아도 될까요?"

"그럼요."

그는 화장대 옆에서 등받이가 꼿꼿한 의자를 가져다가 장미 자수
방석 위에 앉았다. 나는 침대 한구석에 다시 앉았다.

"요전날 희망이 있느냐고 물었죠." 빌이 말했다. "오늘부터는… 정
직하게 말하는 게 더 나을 것 같습니다. 난 테렐이 죽을 가능성이 높다
고 봐요. 이미 기차는 출발했으니. 오늘은 힘들었을 겁니다. 테렐을 만
나는 게, 집행도 그렇고. 사형에 대해 어떤 의견을 갖고 있느냐와 상관
없는 거죠. 나는 5년 전 사형에 전적으로 찬성하던 사람이었지만 어쨌
거나 음침한 건 마찬가지입니다."

나는 이 말에 놀랐다. 그에게 한 점의 의혹이라도 있을 거라고는 상
상하지 못했던 것이다.

"생각이 바뀐 데는 두 번의 계기가 있었어요. 첫째는 돈 많은 백인 남
자는 결코 사형장에 들어오지 않는다는 걸 깨달은 순간. 그리고 두 번
째는 앤젤라를 만나면서. 그녀는 내게 사형수 몇 명을 소개해 줬어요.
마약에 취해 남의 집 뒷마당에 침입했다가 정원에서 휠체어에 앉아 있
는 나이 많은 여자를 총으로 쏘고 집 안으로 들어가서 지갑을 훔친 남

자. 앤젤라는 이 일이 단순히 무죄를 입증하는 일이 아니라는 점을 이해하지 못하면 결코 만족스러운 수준으로 업무를 해내지 못할 거라고 했어요. 정말 자신을 바쳐 일하듯이 해야 한다고. 사형수들은 끔찍한 짓을 저지른 인간이지, 그들 자체가 끔찍한 물건이 아니라는 것을 이해해야 한다고. 내가 만난 사형수들은 범죄를 저질렀던 그때 그 사람과 같은 인간이 아니었습니다. 제정신을 차린 사람들, 새로 태어난 사람들, 회개한 사람들이었어요. 혹은 아예 미치광이거나." 그는 의자에 몸을 기댔다. "혹은 자주는 아니지만 아주 가끔 무고한 사람이거나."

얼마나 오랫동안 그는 이 말을 가슴에 품고 있었을까, 왜 하필 오늘 밤 입을 열었을까, 나는 궁금했다. "사형제도에 대해 내가 어느 편인지는 모르겠어요. 그런 문제는 아니에요." *난 지켜야 할 약속이 있어.*

"테렐은?"

"테렐에 대해서는 뭐라 말할 수 없어요."

그는 고개를 끄덕였다. "이제 눈 좀 붙여요."

그가 우리 사이의 문을 닫자마자 오늘에 대한 모든 것을 씻어내고 싶다는 욕구가 치밀었다. 나는 고풍스러우면서도 현대적인 욕실에 들어가서 옷을 모조리 벗어 카운터 위에 놓았다. 아침에 다시 입을 생각을 하니 두려웠다. 옷은 죽음으로 얼룩져 있었다. 하지만 배낭에 다른 옷은 없었다. 파워바 두 개, 물병, 연습용 레이스 뜨개 실크실 한 타래와 바늘뿐이었다. 짐을 다 챙기고 마지막 순간, 빌이 혹시 읽었느냐고 물어볼까 봐 배낭에 증언록도 던져 넣었다. 읽지 않았다. 봉투를 열고 서류를 꺼냈다가 곧장 다시 집어넣었다.

나는 샤워 커튼을 옆으로 젖히고 수도꼭지를 돌렸다. 실크처럼 부드럽고 뜨거운 물이 곧장 나왔다. 나는 모든 것을 세 번씩 씻은 뒤 희고 매끄러운 타일로 나와서 오늘 입은 속옷과 겨울에 별 효과가 없었던 흰 면 탱크톱을 찜찜한 기분으로 다시 입었다. 머리가 곱슬곱슬 헝클어지도록 수건으로 닦았지만 카운터 위에 놓인 값비싼 드라이어를 사용하기에는 너무 피곤했다.

나는 싸늘한 시트 아래로 들어가서 몸을 떨며 오늘 밤 시체안치소로 달려갔을 비통한 어머니에 대해 생각하지 않으려고 애썼다. 오랜만에 아들의 몸을, 살인자의 몸을… 아직 온기가 남아 있을 때 만지고 싶었을 어머니에 대해서.

오전 4시 20분, 눈이 번쩍 뜨였다. 나는 누가 얼굴을 베개로 짓누른 것처럼 숨을 헐떡이고 있었다.

리디아.

싸늘한 빛이 창밖에서 들어왔다. 겨울 폭풍은 잠들었다. 머릿속에서는 온갖 생각이 오갔다.

안전하게 집에서 담요를 뒤집어쓰고 있을 찰리. 나는 숨을 부드럽게 내쉬었다 들이쉬는 딸의 모습을 상상하며 같이 리듬을 맞춰 호흡했다. 숨 쉬라고 말하며 내 얼굴에 종이봉투를 들이밀던 리디아, 나는 순순히 숨을 마셨다가 뱉었다.

리디아, 리디아, 리디아. 그녀가 이 방에 침입했다. 내 맥박을 짚던 예전의 리디아, 그리고 이후의 리디아. 그녀는 배낭에 든 빌의 봉투에

서 빠져나오려고 종이를 긁고 있었다.

내가 혹시 무슨 단서를 놓쳤나? 단 한 번의 배신으로, 단 하나의 문장으로 다시는 서로 대화하지 않는 사이가 되어버릴 수 있는 걸까? 나는 언제나, 언제나 내 최고의 친구를 변호했다. 리디아의 과격한 상상력을 좋아하던 할아버지조차 확신이 없었을 때도.

할아버지는 이렇게 물었다. "리디아에게서 너는 뭘 보니?"

"그녀는 다른 사람들과 달라요." 나는 약간 빙어적으로 대답했다. "제게 충실한 친구죠."

재판 전 한 달 동안 그녀는 변했다. 이전의 리디아는 뽕브라를 놀려댔다. 자기 젖가슴 아래 손을 갖다 대고 작은 산처럼 들어 올리며 원더브라 모델, 에바 헤르지고바 광고를 조롱했다. *내 눈을 보면서 사랑한다고 말해 봐.* 리디아는 무릎을 굽히고 두 손을 엉덩이에 갖다 대며 가슴을 내밀고 느릿하게 읊었다. *머리 맵시가 안 나도 무슨 상관?*

이후의 리디아는 원더브라를 자기 손으로 사서 가슴에 찼다. 고등학교 남자애들이 원하는 건 연필로 그릴 수 있는 빈 종이일 뿐이라고 불평했다. 성적은 A 마이너스로 내려갔다. 닥터페퍼와 소닉 치즈 감자를 포기했고, 무엇보다 끊임없이 백과사전처럼 떠들어대던 수다가 뚝 그쳤다. 캐물어야 한다는 것을 알고 있었지만 나도 내 머릿속에 갇혀 있었다.

이전의 리디아는 내 모든 비밀을 지켜 주었다.

이후의 리디아는 내 비밀을 세상에 까발렸다.

나는 그의 침대 옆에 서 있었다. 천장을 뚫고 눈이 내리듯 이불이 구겨진 채 조금씩 움직였다. 빌은 반대 방향으로 누워 있었다. 몸이 천천히, 규칙적으로 오르락내리락 하고 있었다.

이런 짓은 나답지 않아. 나는 티셔츠를 벗어서 바닥에 소리 없이 떨어뜨리며 생각했다. 나는 게임을 하지 않는다. 충동적이지도 않다. *나는 그런 여자가 아니야.* 나는 퀼트 자락을 들어 올리고 안으로 들어갔다. 내 맨살을 그의 따뜻한 등에 눌렀다. 그의 호흡이 멈췄다. 몇 초나 그렇게 누워 있었을까. 그는 나를 향해 돌아누웠다. 우리 사이는 겨우 한 뼘 정도였다.

"안녕." 그는 말했다. 너무 어두워서 표정은 읽을 수 없었다.

이건 실수다, 나는 생각했다. 그의 마음은 이미 떠났는데. 그는 나를 밀어내려고 손을 뻗었다.

아니, 그의 손가락이 내 뺨을, 흉터 없는 쪽을 쓰다듬었다. 갑자기 나는 내 얼굴이 젖어 있다는 사실을 깨달았다.

"괜찮아요?" 쉰 목소리였다. 벌거벗고 자기 침대에 들어왔는데도 신사답게 마지막으로 도망칠 기회를 주려는 것이다.

"난 그런 여자가 아니에요." 나는 한층 달라붙었다. 그의 귀를 혀로 쓸었다.

"이렇게 고마울 데가." 그는 대답하며 나를 끌어당겼다.

정적을 가르는 새의 조난 신호에 나는 잠에서 깨어났다. 창가 나뭇가지에서 높다랗게 울려 퍼진 울음소리였다. *왜 내 세상이 꽁꽁 얼어*

있지? 다들 어디 갔을까?

나는 빌의 달콤한 열기를 밀어내고 침대에서 기어 나왔다. 그의 숨결은 규칙적이었다.

나는 옆방으로 통하는 문을 열고 다시 내 방으로 돌아왔다. 방금 있었던 은밀한 순간을 다시 떠올렸다. 사랑에 빠지지 않은 이상, 내가 하지 않는 행동이었다. *어떻게 그가* **블랙 아이드 수잔***이라는 반짝이는 장식물이 아니라 나 자신에게 관심을 갖고 있다고 확신할 수 있을까?*

옷장 문손잡이에 걸린 빨간색 노스페이스 재킷이 피처럼 번들거렸다. 예약했던 방이 아닌데도 흰 난초 생화 한 송이가 호리호리한 꽃병에 꽂혀 있었다. 화장대 위 골동품 액자에서 젊은 여자가 자기 방엔 내 자리는 없다는 듯이 차갑게 나를 응시하고 있었다.

그림 속의 여자는 찰리 또래의 소녀였다. 편두통을 유발하는 굵게 땋은 머리카락이 머리통에 감겨 있었다. 나는 좀 더 느슨하게 머리를 땋고 찰리의 맥 아이섀도를 약간 바른 모습으로 그녀를 상상해 보았다. 사진을 집어 들고 뒤집어 보았다.

메리 제인 휘트포드, 1918년 5월 6일 출생, 1934년 3월 16일, 사탕수수밭을 어슬렁거리던 재소자가 마차 앞에 뛰어들어 말이 놀라는 사고로 인해 사망.

관광객 몰이용 이야깃거리였다. 나 같은 사람을 위한.

리디아가 여기, 이 도시라는 어두운 직물에 뜨개질 소품처럼 수놓인 객실에 따라온 것도 놀랄 일은 아니었다. 선택하는 것은 우리가 아니라는 사실을, 머리를 땋은 예쁜 소녀가 내게 일깨워 주는 이 방에.

3시간 전, 나는 45번고속도로 헌츠빌과 코시캐나 중간쯤에서 거의 죽을 뻔했다. 그랬다면 참으로 얄궂은 마지막이었을 것이다. **블랙 아이드 수잔** 연쇄살인범의 유일한 생존자가 제빵을 가득 실은 18바퀴 트럭에 깔려 세상을 떠나다니. 트럭은 우리 차 30미터 앞에서 얼어붙은 노면에 미끄러져 반으로 완벽하게 접혔다. 도로에서 미끄러지는 것이 올림픽 종목이라면, 그 운전사는 금메달감이었다. 설탕가루를 뿌린 거대한 분홍색 도넛 그림을 향해 날아가는 6초 동안 머릿속을 스친 생각은 오로지 '결국 이렇게 허무하게 끝나는 건가?'뿐이었다.

덕분에 BMW라는 자동차를 완전히 다시 보게 되었다. 이 차를 모는 사람이 잘난 척하는 데는 이유가 있었다.

루카스는 내가 미처 현관문을 열기 전에 문을 열어 주었다. 그의 고집으로 변경한 방범 장치의 새 비밀번호가 기억나지 않았기 때문에 다행이었지만 빌이 내가 안전하게 들어가는지 확인하려고 아직 집 앞 진입로에 있었기 때문에 안 좋은 일이기도 했다. 손을 흔들려고 돌아섰지만 빌은 벌써 도로를 향해 후진하고 있었다. 내가 루카스와 안 잔다고 한 말을 제발 믿어 주었으면 하는 마음이었다.

여관에서의 아침 식사는 약간 어색했다. 우리는 얇은 유리잔과 은제 식기로 격식을 갖춘 식탁을 사이에 두고 마주보고 앉았고, 식탁 주인석에 앉은 먼슨 부인은 재소자들이 우리 등 뒤 찬장에 정교한 장식을 새겼다는 등 연신 수다를 떨었다. 먼슨 부인의 딸이 내놓은 예술작품, 부채 모양으로 자른 딸기를 올리고 설탕가루를 뿌린 더치베이비 팬케이크에 저항한다는 것은 불가능했다.

어쩌면 빌은 혼자 침대에서 깨어 화가 났는지도 몰랐다. 나중에 차에 오른 뒤, 우리는 서로 상대가 먼저 그 은밀했던 30분을 화제에 올리기를 기다리는 것 같았다. 마치 흘러간 시절의 북적거렸던 소음과 의미를 그리워하는 그 집이 불러낸 꿈같은 기억이었다. 그 정원에서 결혼하고, 침대에서 아이를 낳고, 거실에 놓인 관 속에서 안식을 취했던 사람들. 단지 나는 아직도 내 피부에 닿았던 그의 손을 느낄 수 있었다.

사고를 가까스로 피한 뒤, 차 안의 침묵은 더욱 어색해졌다. 빌은 사람을 살리느라 녹초가 된 것 같았다.

아직 죽음을 외투처럼 둘러쓴 채 혼미한 기분으로 남녀 간의 문제에 정신이 팔려 있었기 때문에 잠시 후에야 루카스의 얼굴 표정이 눈에 들어왔다.

"잘 왔어." 불편해 보였다. 그는 배낭을 내 어깨에서 받아들었고, 나는 거실로 몇 발짝 들어섰다.

"무슨 일 있어?"

"누가 당신이… **블랙 아이드 수잔** 살인마가 오랫동안 당신을 위해 꽃을 심은 일로 기분이 어떻다더라 하는 이야기를 흘렸나 봐. 텔레비전에서 정신의학 전문가라는 사기꾼들이 당신의 심리상태가 어쩌고 떠들고 있어. 당신이 예전에 살던 오래된 빅토리아풍 저택에 여자가 삽을 들고 들어가는 희미한 사진도 있고. 그게 당신이라는데. 아니, 당신이야. 한데 알아보기는 힘들어."

"당신은 그 소식을 언제 들었어?"

"일단 앉지 그래."

"난 오랫동안 앉아 있었어."

루카스는 조심스럽게 내 얼굴을 살폈다. "찰리가 문자를 보냈어. 트위터, 인스타그램에 퍼졌나 봐."

"젠장, 젠장, 젠장."

그는 망설였다. "전화선을 뽑아 놔야 했어. 도대체 일반 전화는 뭐하러 아직도 쓰는 거야?"

"지금 이 이야기는 안 하면 안 될까? 중요한 문제도 아니잖아. 테렐은 죽을 거야. 찰리를 보호한다는 건 불가능해." 부엌 아일랜드 작업대 쪽으로 가 보니 루카스가 쌓아 놓은 우편물이 있었다. 그는 내 등 뒤에서 어깨를 어루만지고 있었다. 친절한 손길, 걱정스러운 손길. 하지만 도움은 되지 않았다. 그의 손가락은 옷에 달라붙은 죽음을 내 피부에 문질러 각인시키고 있었다.

나는 최대한 아무렇지도 않게 떨어져 섰다. "이건 뭐야?" 나는 열린 종이 상자를 가리켰다. 새 페이퍼백 한 권이 그 옆 카운터에 놓여 있었다.

"어제 우편으로 왔어. 영어수업 시간에 쓸 캐치-22가 도착한 줄 알고 찰리가 열었지. 일주일 전에 주문해달라고 당신한테 부탁했다면서?"

"잊어버렸어. 캐치-22는 주문 안 했는데. 이 책도 주문한 적 없어."

"주소에 당신 이름이 적혀 있어." 그는 내가 볼 수 있도록 상자를 돌렸다.

"영수증은?" 나는 책표지를 응시했다. 반은 유령, 반은 소녀인 투명한 형체가 바위 해안에서 솟구치는 그림이었다.『아름다운 유령』, 로즈 마일렛.

로즈 마일렛. 의식 한구석에서 뭔가 불쾌한 기억이 꿈틀거렸다.

루카스는 상자 안에 손을 넣었다. "영수증은 여기 있어. 선물 같아. 메시지도 있어. '재미있게 읽기를.' 다른 건 없어."

재미있게 읽기를. 평범한 문구가 거미 세 마리처럼 등줄기를 타고 기어 올라갔다.

"괜찮아?" 그는 물었다.

"그럼." 나는 멍하니 답했다. "그냥 책이잖아, 선물. 옷을 벗어야겠어."

"한 가지 더. 당신 친구 조애나가 잠시 들렀어. 전화해 봐. 그분 친구라는 지구화학자가 도시에 온대. **수장** 유골 작업을 해온 사람. 그가 당신을 만나고 싶어 한대. 아! 그리고 당신 할아버지 뜰에서 나온 이빨, 그건 코요테 이빨이야."

찰리가 학교에서 돌아오려면 20분 남았다. 루카스는 캐치-22를 사고 새 친구—'여자'를 뜻하는 루카스의 암호였다—와 커피 한 잔 마신 뒤 그보다 좀 더 늦게 돌아올 예정이었다.

머리를 말릴 시간이 없었다. 나는 가운 벨트를 허리에 좀 더 단단히 매고 찰리의 서랍을 뒤져 푹신푹신한 양말을 찾아 신은 뒤, 찰리의 헝클어진 침대에 앉아 노트북을 켰다. 내가 없는 동안 노트북은 찰리의 의자 위에서 편안하게 잠들어 있었다.

샤워를 하고 나니 나는 광적인 에너지로 충만했다. 로즈 마일렛에 무슨 의미가 있다는 확신이 들었다. 트위터를 훑어보는 동안에도, 조애나에게 전화해서 신원을 밝혀내는 작업에 별다른 성과가 없었다는 소식을 듣는 동안에도 그 이름은 내 두개골을 끊임없이 쿵쿵 두드렸다. 뼈는 난공불락이었다.

곧장 검색 결과가 나왔다. 처음 뜬 로즈 마일렛은 범죄 실화 작가가 아니었다. 스크린 속의 이미지는 똑똑하고 아름답고 10년쯤 젊어 보이기 위해 애쓰는 작가의 포토샵 사진이 아니었다.

로즈 마일렛은 죽은 사람이었다. 1888년 살해당함. 잭 더 리퍼의 희생자로 알려져 있음. 캐더린, 드렁크 리지, 페어 앨리스로도 불렸던 창녀. 라일락 앞치마와 빨강 플란넬 페티코트, 파란색과 빨간색 줄무늬 양말 차림으로 발견되었고 목에 줄이 감긴 흔적이 있었다.

잠시 열네 살 시절로 돌아가서 교실 두 번째 줄에 앉아 동급생 절반을 악몽에 시달리게 한 리디아의 잭 더 리퍼 보고서 낭독을 듣는 기분이었다.

손가락은 아직 움직이고 있었다. 다음 페이지로 넘어가니 네 번째 링크에 로즈 마일렛, 작가, 『아름다운 유령』, 엘리자베스 베이츠는 50년 뒤 자신의 살인에 대해 무엇을 말하려고 하는가, 라는 항목이 있었다. 내 부엌 작업대에 놓여 있는 바로 그 책이었다. 나는 빠르게 줄거리를 읽었다. 내가 모르는 범죄였다. 노스 데본으로 신혼여행을 갔다가 험준한 해안에서 실종된 젊은 영국 귀족의 이야기였다. 리뷰 184개, 별점 4.6, 5년 전 영국에서 출간. 리디아라면 아마 5점 만점에서 모자라는 0.4점을 놓고 계속 신경을 썼을 것이다. 작가 약력은 없었다. 로즈 마일렛의 다른 저서도 없었다. 웹사이트에는 그저 '이 작가가 마음에 든다면 애니 파머와 엘리자베스 스트라이드도 좋아하실 겁니다.'라는 정중한 안내문이 있었다. 나는 이미 알고 있었지만 얼른 구글로 검색해 보았다. 리퍼의 다른 두 희생자들이었다. 영리한, 아주 영리한 리디아.

리디아가 아닐 수가 없었다. 꽃을 보내고, 내게 읽으라고 책을 주문해 주고.

아직 살아 있었구나. 아직 악의 냄새를 맡고 있었구나. 불쌍한 죽은 창녀들에게서 가명을 훔치고, 가슴 찢는 슬픔으로 돈을 벌고 있었구나. 도대체 무슨 이유에서인지는 몰라도 그녀는 내게 장난을 걸고 있었다.

갑자기 왜 돌아왔지, 리디아?

나는 노트북을 닫았다.

딸이 곧 집에 온다.

소중한 잠깐의 여유, 나는 찰리의 자유분방한 방 분위기에 흠뻑 젖었다. 지난여름 그녀가 직접 벽 전체에 칠한 검은색 칠판에는 이제 풍자 정치 평론가인 스티븐 콜버트 어록과 친구들의 솜씨 좋은 그라피티가 휘갈겨져 있었다. 천장에 압정으로 고정시킨 낚싯줄에는 달과 별 장식물들이 달려 있었다. 창틀에는 다양한 높이로 녹아내린 양초들이 놓여 있었다. 트로피는 '잘난 척하는 것 같다'며 벽장 맨 꼭대기 단에 잔뜩 박아 놓았다.

세탁기에 세제를 급히 넣고 있는데, 현관 자물쇠에서 열쇠 돌아가는 소리가 들렸다.

"엄마?"

"세탁실!" 나는 소리쳤다. 세 번 쿵쿵쿵. 배낭이 바닥에 떨어졌다. 신발 한 짝, 다른 신발 한 짝. 좋은 소리다.

다시는 깨끗해지지 않을 것 같은 옷가지 위에 뚜껑을 덮는 순간, 찰리는 등 뒤에서 내 몸에 팔을 감았다.

"바깥이 왜 이렇게 추워?" 그녀는 물었다. *엄마는 왜 그렇게 유난이야? 어느 집 엄마가 트위터에 올라가? 이런 말이 아니었다.* 나는 찰리의 팔을 한껏 잡아당겼다.

"보고 싶었어." 찰리는 말했다. "우리 뭐 먹어?" 그녀는 끌어안았던 팔을 풀었다. 나는 세탁기 안에 세제를 좀 더 넣기로 했다.

"나도 보고 싶었어. 에갈라를 만들까 하는데."

"맛있겠다." 에갈라는 우리 집에서 즐겨 먹는 가정식 '에그 알라 골든로드'의 준말이었다. 달걀 완숙 흰자를 다져 만든 흰 소스를 흰 토스트 위에 부은 뒤 부슬부슬한 노른자 가루를 뿌리는 요리다. 소금과 후추도 넉넉히 치고, 닥터페퍼를 곁들인다. 내가 시력을 잃었을 때 힐다 아주머니가 일주일에 한 번씩 만들어 주던 음식이었다.

"미안하다… 오늘 일." 나는 말했다.

"별거 아니야. 내 친구들은 안 믿어. 반대 운동을 시작했어. 베이컨도 구워 줘. 알았지? 아니, 세탁기 아직 돌리지 마. 배구 연습복이 잔뜩 있어. 애들이 일주일 내내 뭘 잊어버리고 와서 코치가 계속 달리기를 시켰어. 전부 다 냄새 나. 게다가 어떤 남자애 발에 계속 물집이 생겨서 그 애 엄마가 잔뜩 화가 났어. 스타워즈 우주복 같은 옷을 입은 사람들이 라커룸을 청소해서 이제 학교 사람들한테서 온통 소독약 냄새가 풍겨. 그 남자애는 소독약 냄새에 데오도란트 냄새까지."

"흠, 고약하구나." 나는 뚜껑을 닫았다. "걱정 마. 이거 돌린 뒤에 네 옷도 따로 빨 테니까."

"하지만 빨래가 많지 않은데. 지금 다 가져올게. 내일 아무것도 잊으면 안 돼. 우리 팀은 더 이상 달리기 못 해."

그녀는 벌써 옷을 벗고 있었다. 브라와 팬티, 무릎까지 오는 양말 바람으로 그렇게 서 있으니 쾌활하고 감정이 풍부한 전형적인 미국 소녀 같았다. 14년 전, 그녀는 테시라는 십 대 소녀에게 지구에 계속 머무를 이유가 되어 준, 빨간 솜털이 보송보송한 사랑스러운 분홍색 꾸러미였다.

"괜찮아." 나는 뚜껑을 꼭 닫았다. "이 옷 색깔이 네 옷에 밸까 봐 그래."

거짓말이기도 하고, 사실이기도 했다.

✳✳✳

잠옷을 입은 뒤에야 조애나에게 전화해야 한다는 기억이 났다. 그녀는 한 번 신호음이 울리자 바로 수화기를 들었다.

"테사?" 그녀는 반갑게 물었다.

"일찍 전화 못 해서 미안해요."

"괜찮아요. 빌과 통화했어요. 여행 이야기 들었어요. 얼음과 슬픔 이야기도, 테킬라를 못 마신 이야기도. 힘들었을 것 같더군요. 내일 내 사무실에 잠시 오시겠어요?"

"네, 그러죠." 현관문을 잠그고 영원히 나가고 싶지 않은 기분이었는데도 나는 순순히 답했다.

"그가 발표하는 자리기도 해서 만나기 전에 미리 알리고 싶었어요." 조애나는 빠르게 설명했다. "당신한테 말하지 않은 게 있는데… 약간 부담스러울 것 같아서요. 일주일 반 전, 내 박사과정 학생 하나가 두 개의 관에서 발굴한 피해자들의 유골 목록 작업을 마무리했어요. 아시겠지만 자질구레한 것들이 많잖아요. 흙, 점토, 먼지, 뼛조각. 당시 법의관이 세 번째 오른쪽 대퇴골을 놓친 것을 알고, 마지막 한 조각까지 빠뜨리지 않고 기록하고 싶은 마음이었어요. 동일한 법의관이 담당한 다른 미결 사건을 찾아보니 거기도 다른 실수가 있더군요."

"그냥 본론으로 넘어가세요, 조애나."

"학생은 작은 연골 한 조각이 심상치 않다고 생각했어요. 내가 보니 그 학생 말이 맞더군요. 태아의 연골이었어요. 신원이 밝혀지지 않은 두 소녀 중 하나는 당시 여아를 임신 중이었어요. 방금 아기의 DNA를 테렐의 것과 대조했습니다. 그가 아버지가 아닐 확률이 99.6퍼센트에요. 우리는 그 아기 DNA도 범죄자 데이터베이스에 입력했어요. 혹시 일치하는 사람이 나올지 모르죠. 새로운 단서가."

물론 테렐은 아니다.

나는 머릿수를 세어 보았다. 구덩이 안에는 모두 여섯 명의 소녀가 있었다. 메리와 나. 해너가 세 번째. 신원을 알 수 없는 유골 두 구. 그리고 이제 태아까지. 그중 한 명이 내 머릿속에서 깨어나 내게 상기시키고 있었다. 혹시라도 내가 잊을까 봐.

답을 가진 건 나야.

1995년 9월

베가: 테시, 블랙 아이드 수잔 반짝이에 대해 이야기해 주겠니?

카트라이트: 설명하기 힘들어요. 내 친구 리디아가 이름을 그렇게 지었어요.

베가: 최대한 말해 보렴. 아버지가 들어오라고 했는데도 말을 듣지 않고 바깥에서 심한 폭풍 속에 서 있었던 그때 이야기부터 하면 어떨까?

카트라이트: 그냥 오래 서 있으면 빗물에 블랙 아이드 수잔 반짝이가 전부 씻겨 내려가지 않을까 생각했어요.

베가: 그 반짝이가 보이니?

카트라이트: 아뇨.

베가: 언제 처음 느꼈지?

카트라이트: 병원에서 집으로 돌아간 날. 다시 말씀드리지만 눈에 보이지는 않아요. 한동안 나는 린스라고 생각했어요. 아이보리 비누. 세탁기 세제. 그래서 안 빠지는 거라고 생각했죠.

베가: 지금도 네 몸에 반짝이가 묻어 있니?

카트라이트: 약간. 스파게티에 뿌린 파마산 치즈에 들어 있었을 때가 최악이었어요. 밤새도록 토했어요.

사형 집행 17일 전

조애나의 회의 탁자에 수잔의 유골은 없었다. 그저 갈색 크리넥스 상자만 덩그러니 놓여 있었다. 누가 내 심장에 못을 박은 기분이었다.

회의에 늦을까 봐 걱정했지만 회의실 문을 열어 보니 나 빼고 다른 사람들은 더 늦은 것 같았다. 탁자와 의자만 있고 방은 비어 있었다. 저

번 모임에서 해녀의 어머니와 남동생이 남긴 고통의 진혼곡이 흐를 뿐이었다. 만약 비통과 분노를 드러내는 검은 빛이 있다면 이 벽에는 틀림없이 살바도르 달리Salvador Dali, 스페인의 초현실주의 화가 같은 그라피티가 잔뜩 그려져 있을 것이다. 해녀의 가족뿐만 아니라 사랑하는 사람이 과학의 확고한 법칙으로 환원된 결과를 기다리며 여기 앉아 있었을 다른 모든 사람들의 감정까지.

등 뒤로 문이 닫혔다. 형광등 불빛이 머리로 들어가는 혈액의 흐름을 제한하는 것 같았다. 나는 얼마 전 해녀의 동생이 경찰 정복 차림으로 차렷 자세를 취한 채 앉아 있던 의자에 앉았다. 아무것도 생각하지 않으려고 노력했다.

문이 열리고, 다들 한꺼번에 회의실로 들어왔다. 빌, 마이론 경사, 조애나, 조애나의 러시아인 친구 이고르 아리스토프. 갤버스턴에서 온 천재였다.

"이고르 스트라빈스키의 그 이고르." 혹시 내가 봄의 제전을 작곡한 사람 말고 프랑켄슈타인의 꼽추를 상상할까 봐 조애나는 간밤에 전화로 알려 주었다.

이 이고르는 꼽추도 아니었고, 검은 후드를 입지도 않았고, 골프공 같은 흰 눈알로 나를 겁먹게 하지도 않았다. 키가 크고 탄탄한 몸매, 카키 바지와 빨간색 폴로를 입고 있었다. 다갈색 눈은 따뜻해 보였다. 눈가에 자잘하게 짧은 주름이 있었다. 관자놀이에 희끗희끗한 색깔이 아주 약간 보였다.

그는 곧장 방을 가로질러 내 손부터 잡았다. "당신이 테사군요. 만나서 반갑습니다." 아주 진한 억양, 대부분의 여자들은 그가 자기 이름을 계속 부르며 손을 놓지 않기를 바랄 것 같았다. 나는 아니었다. 내가 여기 참석한 것은 단지 조애나에 대한 예의에서였다. 이고르의 '어쩌면', '만약' 따위를 듣고 싶지 않았다. 이 실험실 천재가 앉은 자리에서 기적을 보여 주지 않는 한, 나는 빌의 말을 들어야 한다. 테렐의 운명을 받아들여야 한다.

마이론 경사가 가장 먼저 의자에 앉았다. 나도 저렇게 피곤해 보일까 싶은 얼굴이었다. "다들 앉으세요." 조애나가 말했다. "최대한 빨리 끝내겠습니다. 마이론은 힘든 밤을 보냈어요."

"결혼한 지 6개월 된 경찰이 아내를 살해했어요." 마이론 경사는 설명했다. "결혼생활을 한 개월 수만큼 아내의 얼굴에 총을 쐈지요. 계속하세요, 조애나."

조애나는 고개를 끄덕였다. 그녀는 손을 둘 자리를 찾지 못하고 안절부절못하고 있었다. 이렇게 눈에 띄게 동요하는 모습은 처음 보는 것 같았다. "보통." 그녀는 말했다. "내가 이고르에게 뼛가루 시료를 보내면 이고르가 분석 결과를 이메일로 보냅니다. 한데 그건 과학자들 사이의 정보 교환이지요. 혹시 여러분도 뭔가 다른 생각이 날지도 모르니, 세 분이 이고르에게 모든 내용을 직접 듣게 하고 싶었어요." 그녀는 내 쪽을 쳐다보지 않았다. 하지만 다른 생각이 가장 필요한 사람이 나라는 것은 명백했다.

이고르는 탁자 상석에 앉았다. "저는 지구화학자입니다. 법지질학자죠. 동위원소 분석의 기본 원리를 이해하십니까?"

"가능한 한 간단하게 이야기하겠습니다." 이고르는 대답을 기다리지 않고 말을 이었다. "유골은 각각 **수잔1, 수잔2**로 부르지요. 저는 **수잔1**의 대퇴골 시료와 **수잔2**의 두개골 및 치아 시료를 받았습니다. **수잔2의** 태아 시료도 받았습니다. 거기서 여자 중 한 사람이 테네시 주에서 오래 살았고 다른 한 사람은 멕시코 출신이라는 게 거의 확실하다는 것을 알아냈습니다."

"뭐라고요?" 빌의 놀란 목소리가 긴장된 회의실에 울렸다. "그걸 어떻게 압니까?"

이고르는 빌에게 평정한 눈빛을 옮겼다. "뼈는 우리가 사는 장소의 흙에 함유된 특유의 화학적 마커를 흡수합니다. 어떤 마커는 강과 산이 형성되던 수십만 년 전부터 똑같은 원소 비율을 유지하고 있습니다. 산소, 납, 아연 등 보다 최신 마커도 있습니다. **수잔1**이 유럽인이 아니라 미국인이라고 판단하는 것은 쉽습니다. 미국과 유럽은 유연가솔린을 생산하는 정유 공급처가 다르니까요."

"공기에서 뼈로 물질을 빨아들인다고요?" 마이론 경사는 갑자기 관심을 보이며 몸을 내밀었다. "어쨌거나 우리는 자동차에 유연가솔린을 더 이상 사용하지 않잖아요."

"상관없습니다." 그는 참을성 있게 대답했다. "금지된 지 오래됐지만 유연가솔린의 잔여물은 아직도 흙에 흡착되고 우리 뼈에 스며듭니다. **수잔1**의 마커를 보면 특정한 광산 근처에서 상당 기간 살았다는 것을 알 수 있습니다. 테네시 주 녹스빌 근처로 보입니다. 얼마나 오래 살았는지는 정확히 알 수 없습니다. 정확히 어디서 죽었는지도. 갈비뼈가 있다면 그것까지 알 수 있을지도 모릅니다. 갈비뼈는 계속 자라고 변화하며 환경을 흡수하니까요. 보통 피해자의 마지막 8년부터 10년 사이의 주거지를 추측하는 데 사용할 수 있지요. 물론 많은 뼈가 유실되었으니 무덤에서 얻을 수 있는 건 어디까지나 무작위적인 퍼즐 조각일 뿐입니다."

"멕시코, 테네시." 빌의 시선은 마이론 경사를 향했다. "당신의 범인은 여행을 좋아했을지도 모르겠군요. 테렐은 여기 토박이였습니다."

"그는 내 범인이 아니에요." 마이론의 냉소에도 빌은 조금도 반응을 보이지 않고 휴대전화에 메모만 입력하고 있었다.

"자, 여러분. 계속 들어 보세요." 조애나가 말했다.

"괜찮습니다." 이고르는 말했다. "솔직히 실험실 밖으로 나올 기회가 생겨서 기쁩니다. 특히 당신을 만나게 돼서요, 테사. 저는 피해자를 만날 일이 거의 없습니다. 덕분에 과학이… 살아나는 것 같군요. 그리고 이 사건은 특히 흥미롭습니다. **수잔2**와 태어나지 못한 그녀의 태아에 대해서는 더 많은 것을 알아낼 수 있었습니다. **수잔2**의 뼈는 옥수수 기반의 식습관과 화산암 유래의 토양 성분을 반영하고 있었습니다. 감히 추측하자면 멕시코시티나 그 근처에서 태어났을 겁니다. 사망 당시 20대 초반이었다는 조애나의 의견에 저도 동의합니다."

"그리고 다른 건?" 빌이 물었다.

이고르는 탁자에 손바닥을 평평하게 펼쳐 놓았다. "무덤에는 두개골이 **수잔2**의 것 하나뿐이었습니다. 나는 조애나에게 모든 치아를 긁어 시료를 보내달라고 요청했습니다. 치아는 시간대를 보여 주거든요." 지금까지 대학 강의를 하듯 단조롭던 목소리가 약간 흥분하는 기색을 띠었다. "우리는 여기서 과학을 통해 정말 흥미로운 사실들을 알아낼 수 있습니다. 어린아이들은 걸핏하면 입에 물건을 집어넣지 않습니까. 이때 치아의 에나멜은 먼지를 흡수합니다. 아기가 세 살이 되면 첫 어금니가 형성되면서 그 시기 동위원소의 특징이 기록됩니다. 그렇기 때문에 **수잔2**의 첫 어금니를 통해 그녀가 유아기에 멕시코에 살았다고 추정하는 것입니다. 앞니는 6세부터 7세 사이에 닫힙니다. 앞니 중 하나의 화학적 마커를 분석해 보니 **수잔2**는 그때도 멕시코에 살았다는 것을 알 수 있었습니다. 세 번째 어금니는 십 대 시절에 성장이 끝납니다. **수잔2**는 그때도 멕시코에 있었습니다. 그 뒤는 알 수 없지요. 십 대 후반이나 이십 대 초반에 이사했거나 납치된 것으로 보입니다."

"놀랍군요." 마이론 경사는 탁자를 둘러보았다. "놀랍지 않습니까?" 진심으로 흥미를 가진 건지, 수면 부족과 장기간 영양 불균형에 시달려서 정신이 혼미한 건지 알 수 없었다.

"멕시코를 떠날 때 살아 있었다는 건 어떻게 확신할 수 있습니까?" 빌이 물었다. "시체들은 최소 한 번은 옮겨졌을 겁니다. 테사가 버려진 그 꽃밭에서 살던 사람은 아닐 테니까요." 그는 내가 같은 방에 있다는 것을 깨달았는지 퍼뜩 올려다보았다. "미안해요, 테사. 내 말은 어쩌면 유골이 국경을 넘어왔을지도 모른다는 뜻으로 한 말입니다."

"태아를 보면 그 부분을 알 수 있습니다." 이고르가 얼른 말했다. "이 젊은 여자는 최소한 사망 전 몇 달은 텍사스에 살았습니다. 우리가 얻을 수 있는 가장 최신 마커가 태아의 뼈이기 때문에 알 수 있는 겁니다.

태아의 뼈는 아직 발달 중이고, 그렇기 때문에 사망 당시의 환경을 계속 흡수하고 있었습니다."

마이론 경사는 부스스하게 빠지는 머리카락을 손가락으로 쓸어내렸다. "**수잔2**가 불법체류자였거나 납치당했다면 신원을 파악하는 건 거의 불가능합니다. 유가족은 불법체류 신분을 밝히려고 하지 않을 것이고, 데이터베이스에 DNA를 등록했을 리가 없어요. 마약상이 딸을 잡아갔다고 생각하고 있다면 가능성은 더욱 희박해집니다. 범죄조직의 비위를 거스르고 싶지 않을 테니까. 다리에 목 없는 시체를 걸어 놓는 사람들이에요. 다른 딸이 있다면 그 애들까지 위험하지 않도록 보호해야 할 겁니다."

조애나는 동의의 뜻으로 고개를 끄덕였다. "맞아요. 후아레스 근처 사막에서 살해 유기된 여자들의 유골을 분석한 적이 있습니다. 가족과도 이야기를 해 봤어요. 겁을 잔뜩 먹었더군요. 사막에는 수백 명의 여자들이 버려집니다. 매년 더해요."

"저는 과학적인 의견만 드릴 뿐입니다." 이고르는 어깨를 으쓱했다. "솔직히 일반적인 미결 사건보다 이 건에서 훨씬 많은 정보를 찾을 수 있었습니다. 이건 법과학 분야에서 상당히 새로운 접근 방식입니다. 이 여자들이 우리가 토양 데이터베이스를 구축해 놓은 지역에서 살았다는 것이 행운이에요. 향후 십년 간 지구 각지의 지질학적 지도를 그리는 것이 제 꿈입니다만 지금은 구멍투성이입니다."

빌의 표정을 읽을 수는 없었지만 나는 그가 무슨 생각을 하고 있는지 알고 있었다. 이 모든 것이 너무 늦었다는 생각. 언젠가 과학은 **수**

잔들에게 이름을 돌려줄 수 있겠지만, 테렐을 제때 구할 수는 없을 것이다.

마이론 경사는 새로 힘이 솟는지 힘차게 일어섰다. 그녀는 빌에게 걸어와서 장난스럽게 어깨를 툭 쳤다. "힘내요. 당신은 진화론을 믿는 몇 명 안 되는 텍사스인이잖아요." 그녀는 좌중의 다른 사람들을 향했다.

"우리는 실종자와 신문 데이터베이스를 신속하게 뒤지겠습니다. 한 시간 내에 테네시와 멕시코 출신의 십 대 후반 혹은 이십 대 초반 실종자 중 시간대가 맞는 여자가 있는지 찾아보죠. 테네시 쪽에 희망이 있을 것 같아요. 잘하셨어요, 프랑켄슈타인 박사. 이건 실질적인 수확입니다. 내가 신경을 안 쓰는 줄 알았죠? 나도 신경 씁니다. 단지 실질적인 정보를 좋아할 뿐이죠."

그녀는 내 머릿속에 들어가고 싶지 않을 것이다. 한데 내 **수잔들** 중에는 스페인어로 말을 거는 사람이 왜 없을까.

✳ ✳ ✳

집에 서둘러 가 보니 사형수 감옥에 입고 갔던 옷이 깔끔하게 개어져 부엌 의자에 쌓여 있었다. 찰리가 따로 정리한 걸까, 루카스가 한 걸까. 둘 다 나를 환히 알기로는 막상막하였다.

찰리의 배구복은 커피 탁자에 쌓여 있었다. 소파 앞 팝콘 조각은 진공청소기로 빨아들여 깨끗했다. 땅과 바람이 얼마나 인간의 뼛속 깊이 연결되어 있는지 탐구하는 동안, 루카스가 평범하지만 중요한 나의 일상을 챙기고 있었다.

이고르 박사의 설명을 믿는 데는 아무런 문제가 없었다. 과학이라고 할 수는 없었지만 누가 우연히 내 어깨를 스치고 지나가거나 악수를 하면 블랙 아이드 수잔 꽃가루가 상대방에게도 끈적한 저주처럼 옮아갈 거라고 믿었던 시기가 있었다. 손을 내밀어도 무시하니 사람들은 내가 강박증이라고 생각했다. 나는 그들을 보호했을 뿐인데.

이제 나는 성인 여자다. 낯선 사람을 만나면 할아버지처럼 손을 꼭 잡고 악수하고, 하루 두 번 딸을 꼭 끌어안으며, 친구들이 내 아이스티를 한 모금 마셔도 아무렇지 않게 그냥 내버려둔다. 그렇다고 해서 내가 **블랙 아이드 수잔**이 아니라는 뜻은 아니다. 그것은 낙인이다. 정신분열증처럼, 뚱뚱한 몸매나 주의력 결핍처럼.

루카스는 소파에서 잠시 일어났다가 나를 보고 다시 앉았다. 가능할 때 언제든지 쉽게 눈을 붙이는 군인의 습관이 있는 그는 곧 다시 잠들었다. 그래서 나는 찰리를 부르지 않았다. 아마 자기 방에서 복잡한 춤 연습이나 하고 있을 것이다. 제인 오스틴, 미적분, 스냅챗, 반복.

이런 순간에는 나 자신에게도 찰리에게도, 왜 루카스와 내가 영구적인 한 팀이 될 수 없는지 설명하기 힘들었다. 여자 속옷을 개어 줄 중령이 몇 명이나 있을까? 전기솥에서 끓고 있는 감자수프 냄새가 났다. 루카스가 요리할 수 있는 저녁 메뉴는 이게 다였다. 감자, 양파, 우유, 소금, 후추, 버터, 찰리를 위한 베이컨 조각. 필요하면 썩 괜찮은 볼로냐와 머스터드 샌드위치도 얼른 만들 줄 알았다.

일상은 언제나 내게 다정하게 다가오려 노력했지만 나는 밀어내는 경향이 있었다. 멀쩡하게 브라우니를 만들던 어머니는 잠시 후 부엌 바닥에 쓰러져 죽어 있었다. 이것이 내게는 일상의 최소 기준선이었다. 그 뒤로는 상당히 들쭉날쭉한 그래프가 이어진다.

나는 부엌 카운터에 가방을 놓았다. 『아름다운 유령』은 뜯지 않은 우편물과 함께 한쪽 옆으로 밀려나 있었다. 읽고 싶었지만 감히 건드릴 수가 없었다. 감히 짐작할 수조차 없는 리디아에 대한 해답이 그 안에 들어 있거나 종이에 손을 대는 순간 저주를 받아 잠들어버릴 것 같았다. 나는 카운터 위에 놓인 은박을 씌운 벽돌을 손가락으로 멍하니 문질렀다. 오늘 아침에는 없던 물건이었다. 마스킹 테이프 표지에 '에피의 캐럽 무화과 빵, 깜짝 선물'이라고 적혀 있었다. 에피의 요리는 거의 대부분 끝에 '깜짝'이라고 적혀 있고, 안 적혀 있어도 늘 사람을 놀라게 한다.

혹시 에피의 딸이 옆집에 찾아와서 지금 예의 바르게 식사 중인가. 아까 집 앞 진입로에 들어오면서 나는 뉴저지 번호판이 달린 포드 포커스가 에피의 집 앞에 서 있는 것을 보았다. 지난주 에피가 딸이 남부로 먼 길을 찾아온다고 흥분한 목소리로 말한 적이 있었다. 그때는 수가 1년 전, 아니면 3년 전에 한 거짓 약속을 헷갈리는 거겠지 생각하고 그냥 넘겼다. 그 오랜 세월 떨어져 살다가 갑자기 찾아온 것이 무엇을 의미하는지 알 수는 없었지만 에피를 위해 좋은 일이길 바랄 뿐이었다. 혹시 수도 에피의 머릿속에 살기 시작한 삽 도둑 이야기를 들었나. 일류 도둑인 것은 사실이었지만 에피가 생각하던 그런 도둑은 아니었다. 그 많은 삽이 한 줄로 늘어서 있던 광경을 생각하면 아직도 소름이 오싹 끼쳤다.

나는 잠든 루카스의 몸에 아프간 코트를 던져 주고 찰리를 확인하러 가기로 했다. 그녀의 침실 문은 단단히 닫혀 있었다. 노크했다. 대답이 없었다. 나는 다시 좀 더 크게 노크한 뒤 손잡이를 돌렸다. 천장에 연결된 흰 조명들이 깜빡였다. 잠시 여기서 진을 칠 생각이었다는 뜻이다. 그러나 찰리는 없었다.

벽 저쪽 내 방에서 작은 소리가 들렸다. 훌쩍거리는 소리. 어디 아픈가? 내가 **수잔들**과 답사 여행을 떠난 동안 내 침대에서 쉬는 게 더 편해서? 죄책감이 온몸을 휩쌌다. 루카스가 내게 전화해서 알려 주었어야 했다. 독감 예방주사도 효과가 없었거나, 알레르기가 도졌거나, 코치의 무신경한 말이 십 대의 연약한 마음에 상처를 준 것이리라.

아니, 아픈 것은 아니었다. 찰리는 예전의 리디아처럼 양반다리를 하고 곱슬머리를 늘어뜨린 채 내 침대에 앉아서 뭔가 열심히 읽고 있었다. 침대 위, 바닥의 깔개 위에는 온통 서류가 널려 있었다. 내 배낭은 찰리 등 뒤 베개에 기대 놓여 있었다. 헌츠빌에서 돌아온 뒤 처음 지퍼를 연 상태였다. 나는 '안 돼'라고 소리치고 싶었지만 너무 늦었다.

찰리의 뺨은 눈물로 젖어 있었다. "형광펜을 찾고 있었어."

그녀는 종이 한 장을 들어 보였다. 그 순간 나는 우리의 관계가 절대 예전으로 돌아가지 못할 거라는 사실을 깨달았다.

"그래서 엄마는 초코바를 안 먹는 거야?" 그녀는 물었다.

뭐라 말하기도 전에 루카스가 와 있었다. 그는 내가 부엌 카운터 위에 놓아둔 가방에서 휴대전화를 꺼내 들고 있었다.

"조애나야. 곧바로 사무실로 와달래. 지금 즉시."

1995년 9월

링컨: 리디아 벨, 리디아라고 불러도 되지?

벨: 네.

링컨: 테시 카트라이트를 알고 지낸 건 정확히 얼마나 됐지?

벨: 2학년 때부터요. 책상이 알파벳 순서로 배열되어 있었어요. 테시의 아주머니는 하느님이 그 자리를 배열했나 보다고 늘 말씀하셨어요.

링컨: 그 뒤로 둘은 단짝이었고? 10년 동안?

벨: 네.

링컨: 테시가 실종됐을 때는 너도 놀랐겠구나.

벨: 곧장 아주 안 좋은 예감이 들었어요. 우린 서로 잘 있다고 알려주는 비밀 신호 같은 게 있었거든요. 우선 전화를 걸어서 두 번 신호

를 울려요. 그런 뒤 5분 기다렸다가 다시 두 번 신호를 울리죠. 어렸을 때 하던 유치한 짓이긴 한데. 그래도 저는 집에서 나가지 않고 기다렸어요.

링컨: 테시가 전화하지 않았니? 넌 집에서 나가지 않았고?

벨: 네. 아니, 테시네 통나무집을 확인하러 10분 정도 나가긴 했어요.

링컨: 통나무집에… 테시가 있나 싶어서?

벨: 나무 사이에 작은 틈이 있는데, 거기에 쪽지를 남기곤 했거든요.

링컨: 쪽지는 없었고?

벨: 없었어요.

링컨: 테시가 실종된 뒤 기다리는 동안 네 아버지와 어머니는 집에 계셨니?

벨: 네, 엄마가요. 아빠는 급한 일로 집을 비우셨어요. 자동차 엔진이 폭발했다나, 뭐 그런 일로. 나중에 집에 오셨어요.

링컨: 음, 그 점은 나중에 다시 이야기하고. 이전 진술서에서 테시가 납치된 뒤 악몽을 꾸었다고 했지. 사실이니?

벨: 네. 하지만 테시만큼 끔찍하지는 않았어요.

링컨: 네 악몽은 어땠는지 몇 개만 설명해 주겠니?

벨: 사실 한 가지뿐이에요. 사실상 매일 밤 꿨어요. 나는 호수 밑바닥에 서 있어요. 프로이트는 별 관심이 없겠죠?

링컨: 테시도 그 꿈에 나오니?

벨: 아뇨. 내 얼굴이 보이는데 사실 내 얼굴은 아니에요. 아빠가 보트에서 손을 내밀고 있고. 아빠는 항상 우리 중 하나가 물에 빠질까 봐 걱정하셨거든요. 어쨌든, 그러다가 아빠의 대학교 때 반지가 물에 빠져서 가라앉기 시작해요. 아빠는 그것도 늘 걱정해서 배를 탈 때는 절대 반지를 끼지 않았어요. 1년 동안 오하이오주립대에 다니셨어요. 정말 자랑스러워하세요. 반지도 아끼고요. 중고 물품 세일에서 사셨대요.

링컨: 힘들다는 건 알지만 대답을 조금만 간단하게 해 주겠니? 말해 보렴. 테시가 네 아버지를 두려워한 적이 있었니?

사형 집행 16일 전

이번에는 내가 회의실에 도착한 첫 번째 참석자가 아니었다. 자정이 약간 지난 시각이었다. 회의 탁자에 놓인 크리넥스 상자는 손을 댄흔적이 있었다. 탁자 맨 끝으로 옮겨져 있었다. 조애나는 라텍스 장갑을 끼고 있었다. 통화할 때 내게 지금 당장 오라고 했지만 내 증언록을침대에 흩어 놓고 읽고 있는 찰리를 그대로 두고 갈 수가 없었다. 이야기를 해야 했다. 찰리는 때로 약간 어린 시절의 나 같은 데가 있다. 지나치게 빨리 '난 괜찮다'라고 어른들을 안심시키려는 성미가 그랬다.

조애나는 나를 왜 부르는지 말하지 않았다. 미칠 지경이었다. *조심해서 운전해요*, 그녀는 말했다. 찰리 일을 해결한 뒤, 나는 무슨 일이기다리고 있을까 생각하며 횡단보도 단속 카메라 두 대를 빛의 속도로지나쳤다. 나의 괴물이 수갑을 차고 있을까? 새로 발견된 **수잔**의 유골이 흉하게 웃고 있을까?

회의실에는 한 사람이 더 있었다. 창가에 서 있는 젊은 여자는 살아있었다. 뒤통수에서 한 가닥으로 묶은 매끄러운 검정 머리가 등 뒤로늘어져 있었다. 그녀는 창 밖 길 건너 창백한 달빛에 비친 현대미술관정원의 은색 나무를 응시하고 있었다. 두 스테인레스 스틸 나무는 자력 때문에 서로 이끌렸는지 가지가 일일이 납땜으로 복잡하게 얽힌 형태였다. 소녀가 나를 얼른 돌아본 순간, 내가 느낀 감정도 그런 것이었다. 낯익다는 느낌이 곧장 스쳤다. 그립다는 느낌도.

"이 젊은 여자분은 오로라 리예요." 조애나가 말했다. "자기가 리디아 벨의 딸이라는군요."

충분히 알아차릴 수 있었을 것 같았다. 머리카락은 더 검었고 피부는 더 희었지만 몽상적이고 지적인 파란 눈동자는 엄마 그대로였다.

게다가 이름, 오로라 리. 리디아가 가장 좋아하던 서사시의 여주인공.

"안녕, 오로라." 나는 인사했다. 속으로는 오로라를 향해 **수잔들이** 소리 없이 던져대는 말들을 억눌러야 했다. *거짓말쟁이*, 한 명이 소리 쳤다. *가짜.*

조애나는 탁자를 손가락으로 두드리며 내 주의를 다시 끌었다. "오로라는 경찰서에 먼저 갔어요. 비번인 마이론 경사에게 연락이 됐고, 경사가 안내 데스크에게 나한테 연락하라고 했다는군요."

"제가 난리를 쳤거든요." 오로라는 가까운 의자에 주저앉으며 구깃 구깃한 휴지 한 움큼을 탁자 위에 놓았다. 붉게 물들어 반짝이는 코에는 작은 은색 피어싱이 달려 있었다. 사랑스러운 눈동자는 충혈되어 있었다. "죄송해요. 이제 한결 진정됐어요."

"당신도 앉아요, 테사." 조애나는 다시 오로라에게 말했다. "내가 설명할까?" 조애나가 어깨를 건드리자 오로라는 움찔했다.

"아뇨." 오로라는 말했다. "괜찮아요. 제가 할게요. 괜찮아요. 정말로요. 난 단지 내 말을 들어 줄 사람이 필요했어요. 당신이 들어 주셨고요." 그녀는 선뜻 나를 돌아보았다. "폭스 뉴스에서 땅에서 파낸 상자 소식을 봤어요. 엄마 물건이잖아요. 이제 제 거예요."

"그렇지만 증거물이라고 설명했어요." 조애나가 말했다. "나중에 받을 수 있을 거라고."

"나중에 받고 싶지 않아요. 지금 보고 싶어요." 사무적인 동시에 고집스러운 말투였다. 찰리를 연상시켰다. 이 소녀는 찰리보다 두 살 이상 더 많을 것 같지 않았다. 열여섯, 최대 열일곱.

"리디아에게 딸이 있었다는 건 몰랐어요." 내 목소리는 놀랄 정도로 침착했다. "어머니는 어디 계시지?"

"난 엄마를 만난 적이 없어요." 공격 같은 말투였다. 심지어 추궁 같기도 했다.

조애나는 전문가다운 가면을 얼굴에 썼다. "오로라 말로는 태어났을 때부터 조부모님과 같이 살았다는군요. 벨 부부. 한데 두 분이 성을 바꿨다는 건 얼마 전에 알게 됐답니다. 어머니는 죽었고 아버지가 누군지는 모른다고 들었다고 해요. 오로라 입장에서는 두 분의 말을 의심할 이유가 없었죠. 그런데 할머니가 돌아가셨어요. 할아버지는 작년에 뇌졸중을 앓아서 요양원으로 들어가셨고. 오로라는 플로리다의 위탁가정에서 살게 됐습니다. 제가 오로라는 잘 있다고 그 가족에게 연락했어요."

"그래서…" 나는 입을 열었다.

"변호사가 한 달 전에 조부모님의 금고를 열었어요. 출생증명서, 세금 관련 서류. 전부 저기 오로라의 가방에 들어 있어요." 조애나는 분홍색 꽃이 그려진 두툼한 토트백을 가리켰다.

"조부모님은 나에게 거짓말을 했어요. 매일같이. 난 오로라 리 그린이 아니었어요. 오로라 리 벨이었지." 오로라는 다시 티슈 한 장을 뽑았다. "나는 사립 탐정을 고용하려고 돈을 모으고 있었어요. 그동안에는 구글로 검색했죠. 리디아 벨이라는 이름이 나오는 걸 보고 깜짝 놀랐어요. 다름 아닌 **블랙 아이드 수잔** 살인 사건 기사에서 말이에요. 그런데 정말 같은 리디아 벨인지 알 수 없었어요. 그렇지 않기를 바랐죠. 그러다 경찰이 우리 조부모님의 옛집을 발굴했다는 기사를 읽었어요. 두 분의 진짜 이름도 텔레비전에서 들었고요. 그래서 알게 됐어요. 더 이상 기다릴 수 없었어요. 위탁모의 지갑에서 버스비를 조금 훔쳐 왔어요." 눈물이 다시 어른거렸다. "날 죽일 거예요. 다시 안 받아 주시겠죠. 그렇게 나쁜 분은 아닌데."

"그분은 네가 무사하다는 걸 알고 그저 기뻐하셨어, 오로라. 말했잖아. 내가 통화했고, 그분은 네게 걱정 말라고 하셨어." 조애나는 오로라를 안심시키고 내게 말했다. "오로라는 자기 어머니가 **블랙 아이드 수잔** 살인범의 희생자였고, 그 때문에 조부모님이 숨어 살게 된 게 아닐까 걱정하고 있어요. 내가 그런 증거는 전혀 없다고 말해 줬고, 당신이 아마 어머니에 대해 가장 많이 아는 사람일 거라고 했어요. 어떤 분이었는지, 누구와 사귀었는지."

나는 입을 열었다가 다시 닫았다.

내가 아는 한 리디아는 딱 한 번, 학교의 스타 삼루수와 삼루 정도까지 진도를 나간 적이 있었다. 리디아는 문자 그대로 삼루라는 점을 재미있게 생각했다. 일루수와 이루수를 만나서 같은 방식으로 진도를 나가 볼까 하는 말도 했다. 그 생각을 하니 가슴이 아팠다. 리디아에게 남자들은 그저 싸구려 흥분만 바랄 뿐이었다. 도끼라도 들고 나타나면 어쩌려고, 예쁜 미치광이에게 어두컴컴한 곳에서 만나자는 족속들.

오로라의 얼굴이 조바심으로 구겨졌다. 꿈에서도 존재할 거라고 생각지 못했던 살과 피를 가진 증거가 여기, 반항기 가득한 모습으로 나타나 있었다. 그녀의 마음을 아프게 하지 않고 대답할 자신이 없었다. 회의실의 눈부신 조명에도 불구하고 오로라의 눈은 백열등을 켠 듯 환한 구멍이었다. 코걸이를 걸고 얼굴을 잔뜩 찌푸리고 있었지만 놀랄 만큼 제어머니와 닮은꼴이었다.

"조애나, 왜 장갑을 끼고 있어요?" 나는 물었다.

"오로라의 DNA를 채취하려던 참이었어요. 내가 증거를 제시할 수는 없지만 데이터베이스에 DNA를 검색해 볼 수는 있어요."

"그러면 내 아버지를 찾을 수 있을지도 모르잖아요. 출생신고에는 공란이었어요." 오로라는 희망에 가득 차 있었다. 순진무구했다. "아마 나에 대해 모르고 있을 거예요."

"넌 몇 살이지?" 나는 물었다.

"열여섯."

리디아는 임신한 상태에서 허겁지겁 마을을 떠난 거였다. 상황이 보다 분명해졌다. 벨 가족이 왜 도망쳤는지. 벨 부인은 결혼식 날까지 신부가 처녀막을 지켜야 한다고 생각하는 사람이었다. 정자와 난자가 만나면 순간 미세한 인간이 생겨난다. 임신한 딸은 그녀의 세상에서는 극한의 수치였을 것이다. 낙태는 절대 있을 수 없는 일이었다. 하지만 이름을 바꾼다면?

"조애나는 두 분이 단짝이었다고 했어요." 리디아의 딸은 내게 애원하고 있었다. 무슨 이야기라도 해달라고.

오로라의 등장은 약간 지나친 우연의 일치 같았다.

사실대로 말하고 있을 수도 있다. 하지만 어쩌면 제 어머니가 보낸 장기말일지도 모른다.

"충직한 친구였어." 나는 거짓말을 했다. "둘도 없는 친구였지."

1995년 9월

벨: 아니요. 테시는 우리 아빠를 무서워하지 않아요. 아빠는 맥주 몇 잔 하시면 약간 거칠어지긴 하지만, 그래도 테시를 괴롭힌 적은 없어요. 가끔 테시는 정말 강해요. 누구한테든 굴하지 않아요. 한번은 테시에게 내가 그 무덤에서 깨어났다면 아마 절대 못 버텼을 거라고 말한 적도 있어요. 오해하지 마세요. 물론 지금 테시는 엉망진창이죠. 보통 사람들 같은 인간이니까. 하지만 나 같으면 완전히 돌아버렸을 거예요. 그랬더니 테시가 뭐라고 했는지 아세요? 그렇기 때문에 내가 아닌 자기한테 그런 일이 생긴 거라고 했어요. 내게 죄책감을 느끼게 하고 싶어서도 아니고, 성자 흉내를 내려던 것도 아니고, 그저 다른 사람이 속상한 모습을 보고 싶지 않아서. 이건 아셔야 해요…. 테시는 정말 최고예요.

링컨: 다시 말하지만 짧게, 질문에 대한 대답만 해다오. 베가 검사한

테서도 들었을 텐데.

베가: 이의 없습니다.

링컨: 리디아, 이 질문을 하고 싶은데. 너는 혹시 네 아빠를 무서워한 적이 있니?

벨: 가끔, 술 마실 때요. 하지만 지금은 중독 치료를 받고 계세요.

링컨: 리디아, 내가 듣기에 네 꿈은 상당히 무서운데. 호수 밑바닥에 가라앉아서 아무도 구하러 오지 않는다니.

벨: 아무도 구하러 오지 않는다는 말은 아니었어요. 아빠가 언제나 물에 뛰어들어요.

링컨: 진술서에서는 그런 결말을 적지 않은 것이 흥미롭구나. 아버지가 그렇게 아꼈다는 대학교 때 반지를 찾으러 뛰어든 게 아니라고 어떻게 확신하지?

베가: 판사님, 지금 이의 있습니다.

사형 집행 12일 전

"기억 복원은 이런 식으로 하는 게 아닙니다." 자일즈 박사는 말했다. "이건 마법이 아니에요. 그리고 난 빛 최면 전문가가 아닙니다. 말씀드렸습니다만."

나는 지난번 자일즈 박사가 내 괴물이 앉아 있다는 상상을 하고 질문을 던져 보라고 제안했던, 바로 그 벨로아 의자를 내려다보고 있었다. 구석에는 터치다운을 선언하듯 팔을 쭉 뻗은 금발의 바비 인형이 놓여 있었다. "그러면 어떻게 하는 건지 말씀해 주세요." 나는 사정했다.

"어떤 치료사는 밧줄이나 사다리 이미지를 사용해요. 혹은 고통스러운 사건을 관찰자처럼 위에서 내려다보라고 하기도 하고요. 이런 유명한 구절도 있어요. 트라우마의 기억이 일련의 정지 사진이나 무성영화 같은 것이라면 치료요법의 역할은 거기에 음악과 언어를 찾아 입히는 거라고요."

"그럼, 음악을 찾아보자고요." 나는 말했다. "그리고 그림도. 나는… 위에서 내려다보겠어요. 내 영화를 만들어 봐요."

플로리다의 위탁가정에 무사히 돌아간 오로라 이야기는 박사에게 하지 않았다.

오늘 리디아에게 주연을 맡기겠다는 이야기도 하지 않았다. 그녀는 주연을 원했지만 내가 늘 빼앗았다. 나는 엄마를 여읜 어린 소녀였다. 게다가 난 **블랙 아이드 수잔**이었다.

리디아가 의자에 나타나 내가 모르는 뭔가를 이야기해 주었으면 하는 마음이었다. 그녀는 종종 그랬다.

"정말로 최면 요법을 시도하겠다면 다른 치료사를 소개해드릴게요. 나는 빠집니다. 이건 제 분야가 아니에요. 이 점을 이해하실 줄 알았는데요."

"다른 치료사는 필요 없어요."

이마에 땀이 맺히기 시작했다. 나는 어둠 속의 박쥐처럼 천장에 늘어져 있었다.

거기 내가 있다. 주차장 뒤쪽. 크리스마스 양말 안에 들어 있던 아디다스 신발 분홍색 끈을 묶고 있다. 위를 올려다본다. 뭔가로 입에 재갈이 물린 메리가 파란 밴 뒤의 유리창에 얼굴을 누르고 있다. 나는 달린다. 끈적한 공중전화에 매달린다. 밴에서 시동을 거는 형상이 나를 보지 못하기를 기도하며. 갑자기 발목에 지독한 통증이 올라온다. 콘크리트에 쿵 쓰러진다. 그의 얼굴이 내려다본다. 힘센 팔이 나를 들어 올린다. 시야가 캄캄해진다.

"테사, 뭐가 보여요?"

아직은. 영화를 멈추고 말할 수가 없었다. 더 보고 싶었다. 나는 타오르듯 밝은 불빛을 향해 눈을 감았다. 리디아가 **수잔들**과 같이 춤을 추고 있다. **수잔들**을 바닥에서 밀어낸다. 내 부엌에서 마돈나에 맞춰 디스코 춤을 춘다. 두피가 따끔거리도록 내 머리를 빗어 준다. 윙클 코치의 섹스 이야기를 흉내낸다. 네 놈들이 그걸 하는 생각을 할 때마다 내 머리 사진이 불쑥 나타났으면 좋겠다. 이렇게 말하는 거야. '성병

사마귀, 성병 사마귀!'

이미지가 내 뇌에 철썩 들어왔다. 리디아가 그린 빨강머리 소녀와 화난 꽃 그림, 취한 벨 아저씨, 깽깽거리며 미친 듯이 뱅글뱅글 도는 개들, 울고 있는 벨 부인. 리디아와 나는 앞쪽으로 낮게 무게중심을 두고 최대한 빨리 페달을 밟아 우리 집으로 자전거를 달린다. 우리가 꽃 정원에 숨어 있는 사이, 벨 아저씨의 포드 머스탱이 집 앞 진입로에서 용처럼 김을 내뿜는다. 우리 아빠는 포치에서 침착한 목소리로 그에게 뭐라 말한다. 그를 보낸다. 어느 하룻밤의 일이었지만 수백 번 있었던 일이기도 했다.

내가 보호자였지. 목구멍에 흐느낌이 걸렸다.

컷. 다른 장면. 의사가 들어온다. 정확히 신호에 맞춰. 전에 이 부분은 본 적이 있었다. 리디아가 보인다. 그리고 저기, 나무 밑에는 오스카와 내가 있다. 산책하기 좋은 예쁜 교정이었다. 오스카가 잡아당기는 대로 다른 쪽으로 갔더라면 나는 두 사람을 보지 못했을 것이다.

카메라가 화면을 확대했다. 리디아가 겨드랑이에 끼고 있는 도서관 책 제목까지 거의 보일 것 같았다. 대학생인 척하고 있는 리디아. 평소처럼 진심으로 열렬히 지껄이고 있다. 바삐 어딘가로 가던 의사는 정중하게 응대하지만 빨리 벗어나고 싶은 생각뿐인 것 같다.

1995년 9월

링컨: 재판장님, 증인을 적대적으로 간주해도 좋다는 허락을 요청합니다. 인내심을 가지려고 노력했습니다만, 이제 신문의 마지막 단계입니다. 증인은 마지막 다섯 개의 질문에 대한 대답을 회피했습니다.

워터스 판사: 링컨 변호사, 몸무게가 45킬로그램밖에 안 나가는 안경 쓴 소녀에게서 적대적인 부분은 전혀 보이지 않는군요. IQ가 당신보다 높아 보인다는 점만 제외하면.

링컨: 이의를 제기합니다, 판사님.

워터스 판사: 벨 양. 대답해야 합니다. 테시가 이 사건에 대해 거짓말을 한 적이 있습니까?

벨: 네, 판사님.

링컨: 좋아, 한 번 더 질문하지. 테시가 그림에 대해 거짓말을 했니?

벨: 네.

링컨: 시력이 돌아왔을 때도 거짓말을 했고?

벨: 네.

링컨: 그리고 사건 전에도, 어디로 달리러 가는지에 대해서도 거짓말을 했지?

벨: 네, 가끔.

링컨: 그리고 네 아버지도 가끔 자기가 어디로 가는지에 대해서 거짓말을 했지?

베가: 판사님, 이의 있습니다.

사형 집행 9일 전

사형 집행일은 일주일 조금 넘게 남았고, 나는 에피의 냉동실을 비우고 있었다.

판사는 5시간 전 테렐의 인신보호 청원서를 기각했다. 심장이 뱃속 밑바닥까지 가라앉았다. 빌이 전화로 이 소식을 전했다. '기각'이라는 단어가 들린 뒤에는 거의 아무 말도 귀에 들어오지 않았다. 판사도 판단하기 까다롭다는 의견이었지만 테렐이 무죄고 배심원이 잘못된 판단을 내렸다는 설득력 있는 증거가 없다, 뭐 그런 내용이었다.

경찰은 이고르의 새 가설을 아직 추적 중이었다. 68개의 이름이 떴는데, 모두 십 대 후반에서 이십 대 초반—조애나는 유골의 나이를 이 정도로 추정하고 있었다—사이 멕시코와 테네시 출신으로서 80년대 중반부터 후반에 실종된 여성이었다.

문제는 이 목록에 있는 68명의 실종자 가족 중 이사를 갔거나 죽었거나 전화를 받지 않거나 유골의 신원을 알아내는 데 도움이 되도록 DNA를 등록하지 않은 사람의 숫자가 수백 명에 달한다는 점이었다. 지금까지 경찰이 연락한 15명은 아직 용의자로 등록된 사람들이었다. 그중 몇몇은 우리가 찾는 사람이 아닐 뿐 살인자일 수도 있었다. 목록에 등록된 소녀 중 11명은 단순 가출자로 생존해 있었지만 실종자 데이터베이스에서 삭제되지 않은 상태였다. 토양 동위원소 분석을 통해 그들 모두의 거주지를 알아내는 것은 수개월, 수년이 걸릴지도 모르는 느린 작업이었다. 불가능해 보였다. 에피의 냉동실에서 보라색 아이스 캔디즙을 벗겨내는 가장 좋은 방법이 무엇인지조차 알 수가 없었다.

"에피! 둘까요, 버릴까요?" 답은 알고 있었지만, 그래도 계속 묻고 있었다. 나는 낡은 『머나먼 대서부Lonesome Dove』 페이퍼백이 든 비닐봉투를 들어 올렸다. 주인공 거스 맥크레이와 피 아이 파커는 포일로 몇 겹 싸인 채, 얼음 결정이 털처럼 덮인 물건들 안쪽에서 몇 년 째 돌처럼 얼어붙은 상태였다. 포일로 싼 물건들은 에피에게 굳이 묻지 않고 바깥 쓰레기통에 내다 버렸다.

"그냥 둬." 에피는 내게 말했다. "『머나먼 대서부』는 내가 가장 좋아하는 책이야. 어디 있는지 확실하게 알려고 거기 넣어 놨어." 에피의 이런 설명은 도대체 진심인지 핑계인지 알 수 없었다.

테렐의 사형 예정일 이틀 뒤, 에피는 뉴저지 딸의 집으로 옮길 예정이었다. 이 집에 에피의 영혼이 없는 모습은 도저히 상상할 수가 없었지만 어쨌든 나는 친구가 자신의 인생을 상자 안에 포장하는 일을 돕고 있었다. 어쨌든 그것이 원래 계획이었다.

지금까지 에피는 살림을 전혀 버리지 않았다. 각자 나름대로 사연이 있는 거의 똑같이 생긴 검은색 프라이팬 네 개도 그랬다. 그중 하나는 남편이 죽던 날 에피가 서프라이즈로 블루베리 팬케이크를 만들었던 팬이었다. 손잡이가 약간 녹슨 프라이팬은 어머니가 쓰던 물건이었다. 음식이라고는 전혀 만들 줄 모르던 자매는 장례식이 끝난 뒤, 이 프라이팬을 놓고 주먹다짐까지 벌일 뻔했다. 나머지 두 개는 아주 바삭바삭하고 거의 바싹 탄 오크라와 콘브레드를 만들 수 있는 팬이었다. *오크라는 항상 두 팬은 먹어 줘야지.*

에피는 낡은 빨간색 실크 잠옷 차림으로 옛 할리우드 디바처럼 부엌 바닥에 우아하게 아무렇게나 널브러져 있었다. 60년 동안 쌓인 냄비와 팬에 둘러싸인 채, 누렇게 바랜 흑백 리놀륨에 앉아 있는 것을 그렇게 볼 수 있다면. 부엌은 나머지 집 안 공간과 마찬가지로 엉망진창이었다. 사흘 내내 찬장과 선반, 옷장에 든 물건들을 모조리 끌어내서 침대 위, 바닥, 탁자, 기타 공간이란 공간에 다 늘어놓았기 때문이었다. 회오리바람이 골동품상을 휩쓸고 간 것 같은 풍경이었다.

"수, 유난히 조용하구나. 테렐 굿윈 일 때문이니?"

포크로 냉동실을 긁어내던 손이 멈췄다. 머리가 냉동실에서 튀어나왔다. 지금 우리 관계에서 가장 껄끄러운 질문을 던지면서 에피는 나를 수, 자기 딸의 이름으로 부른 것이다.

"너무 놀라지 마. 내 머리는 그렇게 맛이 가지 않았어. 그날 밤 경찰이 이 집 문을 부수고 들어와서 내 귀에서 이어폰을 뽑았을 때 당신이 마침내 그 이야기를 해 주지 않을까 생각했는데 말이야. 안 하더군. 괜찮아. 그 문제는 당신이라는 사람의 극히 일부에 지나지 않으니까. 아, 난 당신이 정말 그리울 거야. 찰리도. 그 애가 자라는 걸 보고 싶었는데. 찰리는 나한테 스카이 뭔가 하는 통신 프로그램도 가르쳐 줬어. 내가 수의 약혼자 이야기 했던가? 간밤에 아주 기분 좋게 이야기를 나눴어. 5세대 뉴저지 이탈리아계야. 자기 가문에서는 원래부터 노인을 돌보는 게 영광이고 특권이라고 했어. 어쨌든 그런 요지였던 것 같아. 절반은 알아들을 수가 없었어. 대화를 시작하고 처음 15분 동안은 언어장애가 있는 것 같더라고."

나는 웃었다. 에피가 느릿한 이스트 텍사스 억양으로 프랑스어를 능숙하게 지껄이는 것도 본 적이 있었지만 그래도 호보켄 억양이 가장 듣기 좋았다. 속마음을 다 털어놓는 감동적인 작별을 연출하고 싶지는 않았기 때문에 약간은 불편한 웃음이기도 했다. 에피의 꿈자리를 괴롭히고 싶지 않았다. 블랙홀처럼 팽창하는 내 눈동자를 보여 주고 싶지도 않았고, 그녀가 죽음의 향기를 품은 노란 꽃이 끝없이 핀 들판을 걷는 것을 바라지도 않았다. 그녀가 그 꽃향기를 맡으며 잠에서 깨기를 바라지도 않았다.

마침 카운터 위에 한데 섞여 굴러다니는 양념통 근처에서 전화가 울려 마음이 놓였다. 내 휴대전화는 누렇게 뜬 커피 주전자 사용설명서와 닥스 게이 샐러드 요리법 아래에 있었다. 전화를 어디 아래 놓아둔 기억은 전혀 없었다. 부엌이 무슨 칡덩굴로 변해서 겹겹이 자라나고 있는 것 같았다.

조애나의 이름이 화면에 떴다. 한 줌의 희망이 섞인 두려움이 와락 엄습했다.

"여보세요." 나는 말했다.

"안녕, 테사. 빌이 판사의 결정에 대해 당신에게 알린다고 하던데요. 실망스럽죠."

"네, 그가 전화했어요." 더 말하고 싶었지만 옆에 에피가 있었다.

"빌 때문에 약간 걱정돼요. 며칠 동안 잠을 못 잔 것 같아요. 사건 때문에 이렇게 되는 건 본 적이 없어요. 앤젤라를 잃은 슬픔과 얽혀서 더 그렇겠죠. 실망시키고 싶지 않은 마음이랄까."

지금 빌이나 테렐에 대해 뭔가 느끼기 시작한다면 안 느끼는 감정이 없게 될 것이다. 눈 뒤에 뜨거운 물이 고이기 시작하는 것이 느껴졌다.

"전화한 이유가 하나 더 있어요." 조애나는 말을 이었다. "경찰이 당신 마당에 간판을 박아 놓은 남자를 찾았어요. 버니에 사는 카톨릭 사제의 마당을 훼손하다가 잡혔대요. 당신도 접근금지 조치를 원할 것 같아서요. 지금은 보석으로 석방됐어요. 이름은 재럿 레스터. 아마 감옥살이보다는 거액의 벌금이나 사회봉사 명령을 받을 것 같아요."

"아, 고마워요. 생각해 보죠." 지금 당장 그를 의도적으로 흥분시킬 일은 피해야지.

"한 가지 더. 그는 자기가 몇 주 전 당신 유리창 아래에 블랙 아이드 수잔을 심었다고 상당히 자랑스럽게 주장하고 있어요. 확인해 봤는데 그의 차고 원예용 흙은 그날 내가 당신 마당에서 채취한 시료와 기본 특성이 같아요. 거짓말을 하는 것 같지는 않아요. 경찰 심문 도중 자진 해서 실토했으니까요. 중요한 건, 그는 스물세 살이에요." 내 괴물은 아니라는 뜻이다. 나는 숫자 계산을 해 보았다. 내가 그 무덤에 던져 넣어졌을 때 그는 다섯 살이었다.

에피는 맥박이 팔딱거리는 내 목덜미를 유심히 바라보았다. 쿨에이드 얼굴 만화가 그려진 누런 커피 주전자 사용설명서 위에 눈물이 한 방울 떨어졌다. 나는 양념통을 나란히 세우기 시작했다.

조애나는 언제부터 알았을까? 경찰이 그를 잡아서 심문하고 보석으로 석방했다면 상당히 오랜 기간이다. 원예용 흙 시험을 충분히 할 수 있을 정도로 긴 시간이다.

물론 조애나를 이해해야 한다. 흙 시험을 진행하면서 그녀는 결과가 나를 그다지 안심시킬 수 없을 거라는 점을 알았을 것이다.

내 괴물은 아직 어딘가에 있다.

문이 열렸다. 이번에는 밖에 서 있는 쪽이 나였다.

나는 그의 얼굴을 살폈다. 심장이 부서지는 것 같았다.

나는 그에게 내 모든 것을 보라고 소리 없이 애원했다. 죽은 사람들과 대화하는 **블랙 아이드 수잔**, 내면 어딘가에 존재하는 아름다움을 표현하려고 그림과 실을 고문하는 반달 모양의 흉터가 있는 예술가, 아버지가 좋아하는 텍사스 너클볼 투수의 이름을 따서 딸에게 찰리라는 이름을 붙인 어머니, 결코 달리기를 중단하지 않았던 달리는 소녀.

"당신, 엉망이에요." 나는 말했다.

"웬일이에요?" 그는 이렇게 말하며 문지방 너머 자기 팔 안으로 나를 끌어당겼다.

지난 며칠 동안 우리는 통화나 문자를 별로 주고받지 않았다. 빌은 그동안 샤워를 제대로 하지 않은 것 같았다. 상관없었다. 그에게서는 살아 있는 사람의 냄새가 났다. 턱이 사포처럼 내 뺨을 비볐다. 아주 오랫동안 우리의 입술이 맞붙었다.

"이건 좋은 생각이 아니에요." 그는 내게서 물러서며 말했다.

"그건 내가 늘 하던 대사네요."

"정말입니다. 난 지금 힘이 없어요. 맥주 마시면서 이야기나 하죠."

"테렐 일은 정말 유감이에요." 나는 그를 따라 안으로 들어갔다. "모든 게 다 유감이에요." 부적절한 내 말도.

"네, 나도 그래요." 그의 목소리는 침울했다.

"전화는 그렇게 짧게 끊을 생각이 아니었어요. 그냥… 충격을 받아서."

그는 어깨를 으쓱했다. "다음은 연방 항소법원입니다. 얼간이 여럿이 고무도장을 쥐고 있어요. 인신보호 명령이 그나마 가장 가능성이 있었는데…. 앉아요. 내가 맥주를 가지고 올 테니까."

빌은 아치형 통로로 나갔고, 나는 그의 생활공간을 처음으로 유심히 관찰했다. 다른 사람들이라면 책장이나 CD 컬렉션을 슬쩍 훑어보 겠지만 나는 벽에 걸린 미술품을 열심히 보았다. 빨간색, 녹색, 금색의 괜찮은 현대 복제화 몇 점이 있었다. 빌의 영혼을 들여다볼 수 있게 해 주는 작품은 없었다. 혹시 있다고 해도 나는 아직 부푼 꿈에서 벗어나 고 싶은 생각이 없었다.

버터처럼 흰 가죽의자에 앉는데 혹시 착하고 젊은 법률회사의 인턴 케일리에게 빌의 집 주소를 달라고 억지를 부려서 그녀가 곤란해진 건 아닌가, 뒤늦은 걱정이 스쳤다. 아까 앤젤라의 지하실에 가 보니 케일 리는 빌 못지않게 녹초가 되어 있었다. 나는 충혈된 눈동자와 운전면 허증, 아직까지도 앤젤라의 책상에 붙어서 돌에 맞아 죽어가는 성 스 티븐에 대한 장광설로 케일리를 귀찮게 해서 결국 굴복시켰다. 케일리 는 내 흉터를 빤히 쳐다보지 않으려고 애썼지만 전설 속의 인물을 만 난다는 신기함을 숨기지 않았다.

이 모든 상황을 거쳐 이제 나는 1960년대 차고를 개조한 이 집에 와 있었다. 족히 육십만 달러 이상은 될 것 같았다. 구불구불한 수로와 터 틀크리크Turtle Creek의 숲, 인디언들의 옛 야영지, 댈러스에서 유명한 유 서 깊은 부자 동네였다. 단단한 마룻바닥에 어른거리는 불빛, 쇠살이 재로 덮인 흰 벽돌 벽난로, 심지어 커피 탁자 위에 펼쳐 놓은 노트북 근 처의 커피잔 자국조차 좋았다. 미술 작품은 그렇게 마음에 들진 않았 다. 쿠션과 잘 어울리는 그림이었다.

빌이 세인트 파울리 걸 맥주 두 개를 들고 나타났다. 혹시 내가 좋아 하는 맥주를 눈여겨보고 미리 준비한 게 아닐까 생각하고 싶었다.

"혹시 궁금할까 봐 하는 이야기인데." 그는 맥주를 가리켰다. "나는 이 집에 무단 점거 중입니다. 아버지가 은퇴 후 주택을 개조한 뒤 되파는 일을 하십니다. 촉토에서 바카라나 하시는 것보다는 낫겠죠. 어머니는 실내 장식을 하시고요. 그래서 저는 집이 팔릴 때까지 사람이 사는 것처럼 보이려고 들어와 있어요." 그는 맥주를 한 모금 마시며 내 바로 맞은편 소파에 앉았다.

"고백할 게 있습니다." 그는 말했다. "케일리가 당신이 올 거라고 미리 경고해 줬어요."

"그렇다면 총이라도 꺼내 놨어야죠." 나는 미소 지었다.

"글쎄요, 처음 겪는 일은 아니라서요."

나는 화제를 테렐에게로 돌렸다. "사형 집행을 취소시키는 데 성공한 경우는 몇 번이나 있었나요?"

"형 집행 취소? 다섯 번인가, 여섯 번인가. 대부분 그게 진짜 목표죠. 최대한 삶을 연장하는 것. 텍사스 주에서 사형 선고를 받으면 대체로 언젠가는 형장에서 죽게 됩니다. 프랭크 카프라의 영화 같은 결말은 딱 한 번 있었어요. 앤젤라가 팀장이었습니다. 나는 이 일만 전업으로 하지 않으니까요. 당신도 알다시피."

"그 한 번은 정말… 뿌듯한 기분이었겠어요." 나는 말했다.

"뿌듯하다는 건 적당한 단어가 아닙니다. 피해자가 끔찍하게 살해당했다는 사실에는 변함이 없으니까요. 유가족은 영원히 우리가 살인범을 놓아줬다고 생각할 겁니다. 그러니 아주, 아주, 아주 마음이 놓였다고 말해두죠. 앤젤라는 하이파이브는 우리끼리 있을 때만 해야 한다고 했어요." 빌은 소파 옆자리를 두드렸다. "이리 와요. 그렇게 멀리 앉아 있지 말고."

나는 아주 천천히 일어났다. 그는 나를 팔에 끌어당겨 안고 입술에 키스했다. "누워요."

"나는 이게 좋은 생각이 아닌 줄 알았는데."

"좋은 생각입니다. 우리는 잘 거예요."

세차게 문 두드리는 소리에 우리 둘 다 잠에서 깨어 몸을 일으켰다.

빌은 베개를 베고 아무렇게나 널브러진 나를 남겨둔 채 소파에서 벌떡 일어났다. 내 발이 바닥에 닿기도 전에 그는 이미 문구멍을 통해 밖을 내다보고 있었다. 눈 깜짝할 사이, 나는 그의 옆에 있었다. "당신은 부엌으로 가요." 그는 지시했다. "우리 둘 사이를 비밀로 하고 싶으면."

나는 물러서지 않았다. 그는 손잡이를 돌렸다.

눈부신 라임그린 색깔이었다. 눈 덮인 경사면에서 구조 헬기의 눈에 잘 띄게 하기 위한 스키 재킷. 조애나의 머리가 재킷에서 튀어나와 있었다. 그녀는 전에 와 본 것처럼 자연스럽게 방으로 들어왔다.

그녀는 곧바로 내가 여기 있다는 것이 무엇을 뜻하는지 알아차렸다. "테사? 왜…" 그녀는 고개를 저었다. "아, 됐어요. 상관없어요. 당신도 알아야 하니까."

"뭘요?" 나는 어색하게 머리를 쓸어내렸다.

"오로라에 대해서."

"뭐가 잘못됐나요? 다쳤어요?" 아니면 죽었나요?

"아뇨, 아뇨. DNA 때문에요. 일치하는 사람을 발견했어요. 한데 이상해요."

"빨리 말해요, 조애나. 무슨 일입니까?" 빌은 답답한 듯 말했다. 내 얼굴을 바라보면서.

"오로라는 **블랙 아이드 수잔** 무덤에서 나온 태아의 뼈와 유전자가 일치했어요. 두 사람은 아버지가 동일해요. 이복자매 간으로 추정돼요."

"리디아의 딸과… 유전자가 일치한다고요?" 빌은 믿기지 않는다는 듯 되물었고, 나는 무슨 뜻인지 이해하려고 애쓰고 있었다. 리디아와 고등학교 남학생이 벌거벗고 뒹구는 모습을 머릿속에서 몰아내려고 애썼다.

리디아는 살인마와 잤다. 아니면 강간당했다.

내가 해답을 가지고 있어, **수잔** 중 하나가 속삭였다.

빌의 전화가 울렸다. 그는 짜증스러운 태도로 주머니에서 전화를 꺼내 화면을 보았다. 그러곤 얼굴이 갑자기 굳어졌다.

"이 전화는 받아야 합니다." 그는 조애나와 나를 손으로 가리켰다. "통화가 끝날 때까지 말하지 말고 기다려요."

조애나는 내 팔꿈치를 잡고 소파로 향했다. **수잔들**은 내 통나무집의 작은 구멍을 통해 불어가는 바람처럼 아주 나지막하게 속삭이고 있었다.

그날 밤, **수잔들**이 나의 꿈에 찾아왔다. 젊은 팔다리를 버둥거리고 밝은 치맛자락을 휘날리며 광적으로 뛰어다니는 모습이 그 어느 때보다 더 살아 있는 것 같았다. 내 머릿속에 튼 둥지가 곧 영원히 폭발하기라도 한다는 듯이 그들은 사방 구석에서 내 괴물을 찾고 있었다.

그들은 서로를 향해, 나를 향해 소리 지르며 욕을 하고 있었다.

일어나, 테시! 그들은 외쳤다. *리디아는 뭔가 알고 있어!* 그들은 군인들처럼 흩어졌다. 벽장문을 열었다 닫고, 침대 커버를 끌어내리고, 상들리에의 거미줄을 청소하고, 정원에서 잡초를 뽑았다. 메리, 사랑스러운 메리는 하느님의 자비를 구하기 위해 무릎을 꿇고 있었다.

수잔들 중 하나가 불렀다. *여기야! 내가 괴물을 찾았어!* 오래 붙잡고 있을 수 없으니 *빨리, 빨리, 빨리* 오라고 내게 외쳤다.

나는 꿈과 현실의 경계에서 흔들거리고 있었다. **수잔**은 빨간 치마를 피처럼 괴물의 몸 위에 펼친 채 그를 누르고 있었다. 내가 볼 수 있도록 있는 힘을 다해 그의 목을 돌리려고 애쓰고 있었다. 벌레 한 마리가 그의 입에서 나왔다. 얼굴은 진흙으로 덮여 있었다.

나는 흐느끼며 잠에서 깼다.

내 괴물은 아직도 가면을 쓰고 있었다. 리디아는 그가 정확히 누구인지 알고 있었다.

1995년 9월

링컨: 이제 다 끝난 것 같구나, 벨. 증언 고맙다. 네게 힘든 하루였을

텐데 미안하구나.

벨: 어렵지 않았어요. 한 가지 더 있어요. 테시의 일기장 이야기예요.

링컨: 일기장이 있다는 건 몰랐는데.

베가: 이의 있습니다. 저는 일기장에 대해 아는 바가 없습니다. 증거로 채택되지 않았고 사건과 어떤 관계가 있는지도 모르겠습니다, 판사님.

워터스 판사: 링컨 변호사?

링컨: 생각 중입니다.

워터스 판사: 음, 생각하시는 동안 내가 증인에게 몇 가지 질문을 하겠습니다.

베가: 이의 있습니다. 이건 약간 선을 넘으시는 것 같습니다, 판사님. 일기장이 존재한다는 것은 증인의 말뿐 달리 확인된 바가 없습니다.

링컨: 저도 반대해야 할 것 같습니다, 판사님. 내용을 모르니까 저 역시 베가 검사와 마찬가지로 조심스러운 입장입니다.

워터스 판사: 진실 추구에 대한 두 분의 공통된 의견 감사합니다. 날 보세요, 벨 양. 아주 일반적으로 말해 보세요. 이 재판과 관계된 내용이 있다고 생각해서 일기장 이야기를 꺼냈습니까?

벨: 대부분은 달리기 시간, 개인적인 내용이에요. 가끔 테시가 내게 읽어 주기도 해요. 자기가 지어낸 동화 이야기. 혹은 자기가 그린 작은 스케치를 보여 주기도 하고요. 혹은…

워터스 판사: 잠깐만, 벨 양. 카트라이트 양이 자기 일기를 읽으라고 한 겁니까?

벨: 정확히는 아니에요. 하지만 테시가 이상한 행동을 하면 내가 그냥 읽어 봤어요. 베나드릴 같은 걸 숨겨 놓지는 않았나, 가방이나 서랍을 뒤져 보기도 했고요. 단짝이라면 그렇게 해야 하는 거잖아요.

워터스 판사: 벨 양, '네' 혹은 '아니오'로 대답해야 합니다. 그 일기에 이 재판과 관계된 내용이 있다고 생각합니까?

벨: 뭐라 말하기는 힘든데… 네, 그런 것 같아요. 전부 다 읽지는 않았어요. 대충 훑어봤죠. 종종 일기를 같이 쓰기도 했거든요. 우리의 일과 중 하나였어요.

워터스 판사: 테시의 일기가 어디 있는지 알아요?

벨: 네.

워터스 판사: 어디죠?

벨: 테시의 정신과 의사에게 줬어요.

워터스 판사: 왜 그랬지요?

벨: 시력을 잃었을 때, 빨강머리 인어가 할아버지의 집 지붕에서 뛰어내리는 그림을 거기다 그렸거든요. 그러니까… 자살하는 장면을요.

3부 테사와 리디아

꽃을 바라보면 평온해진다. 감정도, 갈등도 없으니까.

−1993년 15세의 리디아,
아버지의 배에서 느긋하게 지그문트 프로이트의 글을 읽던 중에

테사, 현재 _ 오전 1시 46분

에피가 두툼한 갈색 꾸러미를 들고 내 집 앞 포치에 서 있었다. 하늘 하늘한 가운 자락이 뒤로 휘날리고 있었다. 가로등 몇 개가 켜져 있을 뿐 동네는 고요하게 잠들어 있었다. 그녀가 노크하기 전에 나는 말똥 하게 깬 상태로 『골드핀치The Goldfinch』를 읽으려고 노력하고 있었지만 테렐에 대해 계속 생각하고 있었다.

사흘 남았다.

"이걸 진작에 준다는 걸 잊고 있었어." 에피는 내 팔에 꾸러미를 밀었다. "보라색 원피스를 입은 소녀가 내려놓더군. 정장 차림의 잘생긴 남자였어. 어쨌든 오늘 오후 당신 포치에서 이걸 봤어. 아니, 어제였나. 일주일 전인지도 몰라. 어쨌든 갖다 줘야 한다고 생각했어."

"고마워요." 나는 다른 데 정신이 팔린 채 답했다.

앞면에 '테시'라고 손으로 적혀 있었다. 소인도, 반송 주소도 없었다. 푹신푹신했고, 가운데에 뭔가 딱딱한 것이 있었다.

열지 마. **수잔**이 내게 경고했다.

나는 에피를 지나 어두운 정원을 바라보았다. 양쪽 집 경계선 사이에 웅크리고 있는 풀숲을 살폈다. 집 앞 진입로에서 그림자가 소리 없는 리듬에 맞춰 춤을 추고 있었다.

찰리는 친구 집에 자러 갔다. 루카스도 데이트가 있어서 내일 온다고 했다. 빌은 테렐의 애원으로 헌츠빌의 데이즈 인에 머물고 있었다.

에피는 이미 정원을 건너 돌아가고 있었다.

이건 내 단짝 친구가 아니다.

이건 물체다. 어릿광대 보조 가발을 쓰고 힘없이 축 처진 얼굴이 달린 물체, 워터파크 놀이기구처럼 사방으로 연결된 튜브에 노란색과 빨간색 물이 흐르는 장치를 단 물체.

나는 테시의 손을 잡은 채 시계를 확인하며 계속 한 번씩 꽉 움켜쥐고 있다. 힐다 아주머니가 그러라고 했기 때문이었다. 일 분에 한 번씩, 힐다는 그렇게 일렀다. *우리가 여기 있다는 걸 알려 줘야 해.* 붕대가 약간 분홍색으로 물들어 있는 부분은 움켜쥐지 않으려고 애쓴다. 무덤 밖으로 기어 나오려다가 그랬는지 테시의 손톱이 빠졌다는 간호사의 말을 언뜻 들었다. 머리의 상처에 달라붙은 노란 꽃잎도 일일이 빼냈다고 했다.

"발톱이 다시 자라려면 18개월이나 걸릴 수 있대." 힐다 아주머니가 말을 계속하라고 했기 때문에 나는 큰 소리로 말한다. *테시가 얼마나 듣고 있는지 알 수 없으니까.* 게다가 손톱이 자라려면 6개월밖에 안 걸린다는 말은 이미 했기 때문에.

테시가 실종되었다는 소식을 듣는 순간, 나는 구역질을 했다. 12시간이 지나자 무언가 사악한 존재가 그녀를 데려갔다는 확신이 들었다. 장례식에서 무슨 말을 할 것인지 글을 쓰기 시작했다. 테시의 손가락이 내 머리를 어루만지는 기분도 더 이상 느낄 수 없고, 30초 만에 아름다운 것을 그려내는 재주도, 달릴 때 동물처럼 변하는 얼굴도 볼 수 없겠지. 이 낭송을 들으면 사람들은 흐느낄 거야.

초서Chaucer, 영국 시인와 예수 그리스도를 인용하고, 친구의 살인범을 찾는 데 평생을 바치겠다고 쓸 생각이었다. 침례교회 연단에 서서 범인이 혹시 듣고 있다면 경고를 보낼 생각이었다. 살인범들은 보통 그렇게 하니까. '평화롭게 잠들기를' 이렇게 기도하는 대신 좌석에 앉은 사람들은 서로를 놀란 눈으로 돌아보며 지금까지 자기 옆집에 어떤 인간이 살고 있었는지 의문을 품기 시작할 것이다. 부엌 서랍마다 칼이 있고, 침대마다 베개가 있고, 차고마다 부동액이 있다. 무기는 사방에 널려 있다. 여러분, 범인을 찾아서 물리칩시다! 이것이 내 메시지일 것이다.

테시는 인간은 기본적으로 선하다고 생각했다. 아직도 악이 단순한 일탈이라고 생각하는지 너무나 묻고 싶지만 내가 아픈 데를 건드린다고 생각하게 하고 싶지는 않다.

침대 위의 모니터에서 다시 삑 소리가 났다. 나는 깜짝 놀랐지만 테시는 움직이지 않는다. 모차렐라 치즈를 쥐고 있는 느낌이다. 테시가 영원히 예전처럼 돌아오지 못할 것이라는 두려움이 다시금 엄습한다. 얼굴에는 붕대가 감겨 있어서 상처가 보이지 않는다. 테시는 더 이상 예쁘지도, 재밌지 않을지도 모른다. 내 문학 인용구를 다 알아듣고 내가 괴짜라고 생각하지 않는, 세상에서 유일한 사람이 아닐지도 모른다. 우리 아빠도 가끔 나를 모티샤만화가 찰스 애덤스가 뉴요커 지에 연재한 만화 〈애덤스 패밀리〉의 엄마 캐릭터로 일반적으로 무섭고 어두운 여자를 말한다라고 부르는데.

삑삑거리는 소리가 그치지 않는다. 나는 다시 호출 버튼을 후려쳤다. 간호사가 문을 열더니 어른이 언제 돌아오시느냐고 묻는다. 내가 문제라는 듯이.

다시 대기실로 돌려보내지고 싶지 않다. 거기에는 수많은 사람들이 있다. 그중 테시의 육상부 코치를 보면 미칠 것 같다. '갈보리calvary 갈보리 언덕, cavalry 기병대를 착각하고 하는 말'가 늦지 않게 테시를 구출해서 얼마나 다행이냐고 끝도 없이 떠들어대고. *갈보리는 예수 그리스도가 십자가에 못박힌 곳이고, 이 멍청아.* 몇 분 전에 했던 이야기지만 나는 테시에게 다시 들려준다.

테시의 눈꺼풀이 파들거린다. 힐다 아주머니가 정기적으로 그런다고 알려 줬다. 정신이 든다는 뜻이 아니라고.

나는 2학년 때 테시를 골랐다. 내가 그녀 옆 책상에 앉은 순간부터.

나는 그녀의 손을 잡는다. "돌아와도 돼. 절대 널 해치지 못하도록 내가 지켜 줄 테니까."

테사, 현재 _ 오전 1시 51분

나는 문을 닫고, 방범 비밀번호를 눌렀다.

돌아서는 순간, 숨이 멎을 뻔했다.

메리의 얼굴이 벽에 걸린 거울에 달라붙어 이쪽을 내다보고 있었다.

약국 주차장의 자동차 유리창에 얼굴을 대고 있던 날 밤처럼 유리 반대쪽에 갇혀 있었다. 나 같은 사람이 우연히 지나가다 구출해 줄지도 모른다는 마지막 희망으로, 파란 스카프로 재갈이 물린 채 약에 취한 반죽음 상태로 뒷자리에서 몸을 일으키느라 얼마나 안간힘을 썼을까. 내 머릿속의 모든 **수장들** 중에서 메리는 가장 덜 보채고 나를 가장 덜 비난하는 존재였다. 죄책감이 제일 심했다.

괜찮아, 나는 부드럽게 말하며 그녀 쪽으로 다가갔다. *네 잘못이 아니야. 미안한 건 나야. 내가 널 구해야 했어.*

손바닥을 펼쳐 유리를 눌렀을 때 메리가 있던 자리에는 이미 헝클어진 빨강머리, 녹색 눈동자, 움푹 들어간 목 부분에 구불구불한 금목걸이를 건 창백한 여자의 모습이 비치고 있었다. 내 숨결에 거울이 부옇게 흐려지고 내 모습도 사라졌다.

메리는 전에 두 번 나타난 적이 있었다. 열일곱 살 시절 시력을 되찾은 지 닷새 후, 의사의 사무실 유리창에 나타났다. 그리고 4년 전, 그녀는 아버지의 장례식 날 교회 성가대 뒷줄에서 '나는 날아가리I'll fly away'를 부르고 있었다.

나는 부엌 서랍으로 가서 칼을 꺼내 꾸러미를 갈랐다.

머릿속에서 **수장들**의 웅성거림이 점차 커지고 있었다.

리디아, 16세 _ 재판 6개월 전

나는 문을 두드리며 테시의 이름을 외쳤다.

테시는 나를 두고 문을 잠갔다. 나는 유치한 동화 같은 분홍색 침실에 갇혀 있다. 우리가 열 살 때는 그 방도 괜찮았다. 잠에서 깨어 보니 테시는 침대에 없었고, 테라스로 나가는 문이 열리지 않았다. 나는 테시에게 시력을 잃어서 위험하고 내게 널 돌볼 책임이 있으니 오늘 밤에는 혼자 밖에 두고 싶지 않다고 말했다. 하지만 사실 할아버지 집 지붕에서 뛰어내리려는 게 아닐까 걱정되어서였다.

오늘도 슬픈 날이었다. 벌써 26일째 슬픈 날이다. 나는 테시가 딱 한 번이라도 미소를 보일 때마다 달력에 스마일리 얼굴을 그려 놓는다. 달력에 스마일리 그림을 그리는 사람은 나 말고 없지만 테시가 오늘 밤 자살한다면 그건 리디아 프랜시스 벨의 잘못이 될 것이다.

리디아는 원래부터 좋은 영향을 끼칠 만한 친구가 아니었어. 음침한 생각을 너무 많이 하잖아. 리디아가 테시를 아주 조금이라도 자극했을 수 있어.

나는 문에 귀를 갖다 댔다. 아직 살아 있었다. 플루트로 장송곡 같은 노래를 불고 있다. 플루트로 소리를 내려면 숨을 힘껏 쉬어야 한다. 너무 가까이 서 있다가 냄새를 맡고 싶지 않다. 테시는 엿새 동안 양치질을 하지 않았다. 그 숫자를 세는 사람도 나쁘다. 테시 일을 통해 배운 인생의 교훈이 있다면 몸에서 냄새가 날 때 누군가를 사랑한다는 것은 어렵다는 사실이다. 물론 좋은 부분도 많다. 《피플》지에 '동화 같은 친구'로 등장하는 것은 멋진 일이었다. 바다를 바라보며 얼마나 깊고 검은지, 그 물 밑바닥에 무엇이 도사리고 있을지 생각할 때처럼 남몰래 간질간질한 흥분도 느낀다. 사람들은 언제나 테시를 주인공이라고 생각하겠지만 나는 끔찍한 소설 속에서 걸어 다니고 그 소설을 살고 매일 아침 새로운 페이지를 써 내려가기 위해 일어나는 것이 좋다.

문이 조금 열려서 나는 엉덩이를 더 세게 들이밀었다. 주말에 테시를 이 성에 데려온 것은 테시네 조부모님의 한심한 생각이었다. 물론 그들은 9시 30분에 잠들었고 아무 소리도 못 들었다.

내가 저녁식사 자리에서 한 프리다 칼로Frida Kahlo 이야기 때문에 뛰어내릴 리는 없겠지. 할머니는 나를 매섭게 쳐다보았다. 아니, 그 화제를 꺼낸 건 할아버지였는데.

할아버지는 프리다 칼로가 열여덟 살 때 끔찍한 버스 사고를 당한 뒤 전신 깁스 상태로 침대에서 그림을 그렸다는 이야기를 했다. 프리다의 어머니가 침대에서 사용할 수 있는 특별한 이젤을 만들어 주었다고. 할아버지도 테시에게 그 비슷한 걸 만들어 줄까 물었다. 격려하려고 꺼낸 이야기였지만 내 귀에는 우연한 버스 사고로 일생이 망가진 프리다 칼로처럼 테시도 평생 그런 꼴이 될 수 있다는 교훈으로 들렸다. 나는 그저 칼로는 문자 그대로 '죽도록 자화상을 그렸으니' 자살도 괜찮았다고 말했을 뿐이다. 농담으로 한 이야기였다. 프리다 칼로 자화상은 쓸데없이 많지 않은가.

문이 갑자기 열려서 나는 테라스로 비틀거리며 쓰러졌다. 테시는 할아버지의 흰색 특대 헤인스 티셔츠를 뒤집어쓰고 꼬마유령 캐스퍼 같은 모습으로 등을 이쪽으로 돌린 채 난간에 앉아 있었다. 오늘 여기 자러 오면서 잊어버리고 잠옷을 안 가져왔기 때문에 할아버지의 서랍에서 셔츠를 빌려 입은 것이다.

자살하려면 더 좋은 방법이 많아, 나는 생각했다. 그리고 나라면 그 옷은 안 입겠어.

어쩌면 뛰어내리게 두어야 할지도 모른다. 그런 생각이 그냥 떠올랐다.

뛰어내린다면 아마 휠체어 정도로 끝날 것이다. 운이 좋다면. 혹은 운이 나쁘다면. 소름 끼치는 대사다. 본인은 틀림없이 그 무덤에서 그냥 잠들어 다시는 깨어나지 않는 것을 원했을 텐데, 살려내자고 그 난리를 피우다니.

오늘 밤 나는 정말, 정말 열받았다. 평소보다 더. 나는 울고 있다. 얼마나 더 견딜 수 있을지 모르겠다. 신문에 실리는 그 모든 이야기들, 실리지 않은 그 모든 추한 이야기, 진짜 이야기들.

그녀는 아직도 그 한심한 플루트를 불고 있다. 그 소리를 들으니 나까지 뛰어내리고 싶어진다.

"제발, 난간에서 떨어져." 나는 간신히 말했다. "제발."

테사, 현재 _ 오전 1시 54분

나는 꾸러미 안에 손을 넣어 비닐봉투를 꺼냈다.

안에는 셔츠가 들어 있었다.

피가 말라붙은.

나는 그 셔츠를 알아보았다.

리디아, 17세 _ 재판 10주 전

오늘은 달력에 스마일리 얼굴을 스무 개쯤 그릴 수 있었다.

엄마가 빨대를 꽂은 얼음 같은 콜라 캔과 칩스아호이 한 접시를 우리에게 갖다 주셨다. 우리가 다시 깔깔거리며 웃는 소리를 들으니 좋다고 하셨다. 그 뒤에 나는 문을 잠갔다. 새 의사에게 보여 줄 엉터리 그림을 그리자는 건 놀랍게도 테시가 먼저 꺼낸 생각이었다. 원래 이런 건 내가 할 만한 제안인데. 테시는 절대 거창한 거짓말을 하지 않는 성격이었지만 어떤 목적을 이루기 위한 수단이라면 내게는 아무 문제가 없다. 테시는 새 의사에게 아직 영혼 깊숙한 곳을 보여 줄 준비가 안되어 있다고 했다. 영혼이 어쩌고 하는 건 바로 이전 의사를 흉내내는 말장난이었다. 그 멍청이는 높은 다이빙대에서 뛰어내려 물 밑에서 눈을 뜨면 시력을 회복할 수 있을 거라고 했다. 내가 그 이야기를 전했을 때만큼 테시의 아빠가 화를 내는 모습은 본 적이 없었다. *차라리 그 애에게 자살하라고 하는 게 나았을걸.*

테시는 힐다 아주머니가 선물한 어벙한 흰색 레이스 잠옷을 입고 있다. 앞을 볼 수만 있다면 테시도 절대 저런 옷을 입고 죽으려고 하지는 않을 것이다. 하지만 볼 수가 없다. 조금은 귀엽기도 했다. 세상이 끝나지는 않는다는 듯 순진무구해 보였다.

"검은색 마커 갖고 있니?" 테시가 물었다.

"응." 나는 꽃에 찡그린 얼굴을 그린 뒤 마커를 건넸다.

이번에는 테시와 같은 방에서 그림을 그리는 것이 민망하지 않다.

테시가 시력을 잃었기 때문이다. 그녀가 그리는 그림은 언제나 너무 완벽했다. 나는 이 그림이 좋았다. 테시와 경쟁하지 않을 때 나는 그림을 훨씬 더 잘 그린다.

그래도 이 그림은 아직 너무 문자 그대로다. 괴물 꽃밭, 찡그린 소녀. 드라마가 더 필요하다.

나는 한 소녀 위에 다른 소녀를 겹쳐 그렸다. 빨간색을 칠했다. 서로 죽일 듯이 싸우고 있나? 한쪽이 다른 쪽을 죽이고 있나? 작은 꽃들은 사실 걱정스러워서 싸움을 멈추고 싶은 걸까?

하하. 고민하라지.

테사, 현재 _ 오전 2시 3분

내 시선은 분홍색 셔츠에 말라붙은 갈색 자국에 못 박혀 있었다. 내 셔츠였다. 리디아가 아주 오래전에 내게서 빌린 뒤 돌려주지 않은.

피가 잔뜩 묻어 있었다.

처음이 아니다. 나는 리디아가 살해당하는 생각을 멍하니 떠올렸다. *리디아는 케첩을 좋아했어,* 나는 상기했다. 콘시럽과 빨간색 물감도, 조작과 추측 게임도.

꾸러미 안에는 다른 것도 있었다.

줄무늬가 그려진 대학 공책. 나는 공책도 알아보았다. 예전에 이런 공책이 한 상자나 있었다.

이 공책 앞장에는 날짜가 적혀 있었다. 이름도.

L자 끝부분은 고양이 꼬리처럼 말려 올라가 있었다. 그녀가 L을 이렇게 쓰는 것을 수백 번은 보았을 것이다.

내 손은 공책과 휴대전화 사이로 향했다.

어떻게 대응할까 생각했다.

리디아, 17세 _ 재판 3주 전

"리디아 프랜시스 벨입니다." 이름을 말하면서 프랜시스는 넣지 말걸, 하는 생각이 들었다. 리디아도 빼버릴걸. 진짜 내 이름이라는 느낌이 든 적이 없었다. 내게는 차라리 오드리아나, 비올레타, 달리아 같은 이름이 어울린다. 그냥 가짜 이름을 말할 걸 그랬다. 테시라면 애당초 그에게 이름을 말한 것이 멍청했다고 할 것이다. 화를 낼 것이다. 나는 테시에게 딱 한 번 의사의 수업에 참석할 거다, 절대 손도 안 들 거라고 했다. 하지만 나는 그 뒤로 두 번이나 왔다. 테시 때문에 미칠 지경이었다. 간밤에 땅콩버터 샌드위치를 만들어서 방으로 갖고 가니까 테시는 내 머리를 물어뜯을 기세로 화를 냈다. *아니, 제발 좀. 그냥 샌드위치라고.*

오늘 나는 처음으로 그의 진료시간에 예약했다. 준비는 완전히 다 된 것 같았다. 그에 대해 알아낼 수 있는 모든 것을 다 조사했다. 그의 강연 시리즈 '마릴린 먼로부터 에바 브라운까지: 역사상 가장 강력했

던 섹시한 여자들'도 다 읽었다. 의사가 테시의 심리치료사 후보 명단
에 올랐을 때 만장일치로 선정된 이유가 됐던, 양아버지의 손에 산 채
로 땅에 묻혔다가 살아난 소녀의 사례연구도 섭렵했다. 그는 아이비리
그대학 세 곳에서 방문교수로 초대된 적이 있었다. 제목에 '기초'라는
표현이 들어간 강좌는 절대 가르치지 않았다. 사적인 내용은 별로 찾
을 수 없어서 실망스러웠고 실종된 딸에 대한 정보는 전혀 없었지만
사생활을 중요하게 생각하고 평생의 일에 자신을 온전히 바치는 사람
같았다.

"들러 줘서 고맙구나, 리디아." 그는 말했다. "앞줄에 앉아 있는 걸
봤어." 그의 미소는 한 가닥 햇살 같았다. 키츠의 시를 연상시키는 사
람이었다.

나는 내가 얼마나 착실한 학생인지 곧바로 알아볼 수 있도록 '어둠
의 3대 성격특성'에 대한 마지막 강의에서 적은 방대한 노트를 내려놓
았다. 그는 인간은 불운 앞에서 속수무책이 아니라는 마키아벨리의 말
에 동의하는지 내게 물었다. 대답을 기다리지 않고 계속 말하는 걸 보
니 수사적인 질문이 분명했다. 네 음절 단어를 매끄럽게 발음하는 그
의 목소리가 좋았다. 그는 나의 뇌와 섹스하는 것 같았다.

그에게 깊은 인상을 남기기 위해 열 가지 멋진 질문을 준비했지만
단 하나도 묻지 않았다.

그는 책상 뒤에서 의자를 끌고 나왔다. 그의 무릎이 내 다리를 지그
시 눌렀고, 짜릿한 쾌락과 고통이 엄습했다. 무릎과 무릎이 맞닿아 있
으니 아무 생각도 할 수 없었지만 그는 무릎을 조금도 의식하지 않는

것 같았다.

내가 테시의 가장 친한 친구 리디아라는 것을 알려야 한다는 건 알지만, 그가 나를 저렇게 바라보고 있으니 그럴 수가 없다.

다음번에.

테사, 현재 _ 오전 2시 24분

나는 페이지를 펄럭거리며 넘겼다. 내용은 잔인했다. 나를 칼로 베고 찌르고, 배를 차고 있었다. 키스도 몇 번 날렸다. 사랑과 분함, 온갖 감정이 섞여 있었다.

내가 열여섯이던 시절, 전혀 다른 리디아가 숨 쉬고 있었다. 그림 뒤의 또 다른 그림. 나는 우리가 속마음을 죄다 까발렸다고 생각했던 테라스에서의 그날 밤을 떠올렸다. 털어놓지 않았던 분노의 조약돌 마지막 하나까지. 우리의 우정이 시작된 뒤로 같이 자라났던 양성 종양—모든 관계의 표면 아래 조용히 숨어 있다가 용서 못할 일순간 구성 성분이 완전히 변해버리는 마지막 한 조각 암세포—까지 나는 우리가 그모든 것을 털어놓았다고 생각했다.

내가 틀렸다. 훨씬 더 많은 것이 있었다.

나는 이 공책 속의 소녀와 갈색 종이봉투를 내 입에 대며 호흡을 돌려주던 소녀가 동일인물이라고 생각하려 애썼다. 어머니가 돌아가셨을 때 밤새도록 나를 안아 주던 소녀. 시력을 잃었을 때 내 머리를 땋아

주던 소녀. 구두점 없는 시를 내게 읽어 주던 소녀. 에드가 앨런 포에
나오듯 햇빛에 비춰 보아야 읽을 수 있는 레몬주스 잉크로 내게 암호
쪽지를 써서 다음 날 찾도록 통나무집 안 틈새에 끼워 놓던 소녀.

속이 메슥거렸다.

전화가 울렸다. 깜짝 놀라 일어서는 바람에 물병을 쓰러뜨렸다.

리디아의 잉크가 흐려지기 시작했다.

나는 미친 듯이 페이지를 닦았다.

전화가 다시 날카롭게 울렸다. 끊겼다.

나는 발신자를 확인했다.

@에피

최소한 사분의 일 분량은 남았다. 리디아의 이야기가 어떻게 끝나
는지 나는 아직 모른다. 일기를 언제까지 읽을 수 있을지도. 빨리, 아주
빨리 알아내야 할 것이다.

나는 수화기를 들었다.

"수? 수?" 잔뜩 당황한 에피의 목소리였다

그녀는 목소리를 낮췄다.

삽 도둑놈이 여기 있는 것 같아.

리디아, 17세 _ 재판 2일 뒤

테시는 내게 고함을 지르고 있었다.

내 일기를 의사한테 갖다 줬다고? 네가 내 물건을 뒤졌단 말이야?

"배심원들에게 전체적인 상황 설명을 해야 했어." 맙소사, 테시는 흥분하고 있었다. 알아들을 줄 알았는데. "나는 널 보호하려고 일기를 갖다 줬어. 테렐의 유죄판결을 받아내는 데 도움이 되려고 증언한 거라고."

"그래, 그랬겠지. 그래서 내가 목욕도 안 한다는 이야기를 했단 말이야? 내 머리에서 이가 나왔다는 이야기도? 내가 힐다 아주머니의 약장에서 진통제를 훔쳤다는 이야기도?"

"남자애들이 널 수지 스카페이스라고 부른다는 이야기를 한 건 미안해. 아주 운 나쁜 기사 제목이었어."

"애들이 정말 날 그렇게 불렀다고, 리디아?" 테시는 울음을 터뜨릴 것 같았다. 하지만 물러설 수 없었다. 테시는 항상 이것도 저것도 마음대로 하려고 한다.

"넌 너 자신을 위해 증언했어." 테시는 말하고 있다. "네가 스타가 되려고 증언한 거라고."

이전에도 수없이 그랬던 것처럼 우리는 할아버지의 테라스에 서 있었다. 그녀는 부들부들 떨고 있었고, 내게 미친 듯이 화가 나 있었다. 하지만 나도 시간이 지날수록 더 화가 났다. 내가 자기를 위해서 해 준 모든 일을 이해 못하는 걸까? 그녀는 소리를 질렀고, 나도 마주 소리쳤다. 세기의 싸움이었다. 마침내 테시는 대꾸하지 않았다. 그저 침묵과 캄캄한 밤이 흐를 뿐, 우리는 숨을 몰아쉬고 있었다.

"네가 의사랑 같이 있는 걸 봤어." 그 말투에 소름이 끼쳤다.

"무슨 소리를 하는 거야?" 당연히 나는 테시가 무슨 말을 하는지 알고 있었다. *하지만 언제? 얼마나 알고 있지?* 나는 공격했다. "내가 네 일기를 의사에게 줄 때 말이야?"

"그렇겠지. 난 대학에서 오스카와 같이 산책하고 있었어. 도대체 무슨 짓을 한 거냐고, 리디아? 나가."

테시의 할머니가 갑자기 뒤에 나타나서 내 어깨를 움켜잡았다. 계단을 올라오느라 숨을 약간 가쁘게 쉬고 있었다. 원래 할머니는 나를 별로 좋아하지 않았다. "애들아…"

"나가, 리디아." 테시는 흐느꼈다. "나가! 나가! 나가! 나가!"

테사, 현재 _ 오전 2시 29분

나는 마당을 가로질러 달렸다. 맨발로. 꿈속 같았다. 별이 총총한 밤하늘이 머리 위에 펼쳐져 있었다. 달콤하고 속이 메슥거리는 향수 냄새가 떠돌았다.

나무마다 드리운 그림자가 나를 질식시키려는 것 같았다. 나는 에피의 부엌 창문에서 흘러나오는 작은 불빛에 집중했다. 손에 쥔 차가운 쇠에 집중했다. 에피가 괴물과 단 둘이 있는 광경에 집중했다. 그녀의 뇌를 파먹는 괴물, 소녀들을 해골로 만든 괴물, 내 머리를 빗겨 주고 몰래 내 약점을 경멸하던 괴물. 어쩌면 그 셋 모두.

괴물은 나를 기다리고 있었다. 에피를 미끼로.

땅에 이건 뭐지? 나는 허리를 굽혀 손가락으로 잔디를 쓸어 보았다. 반짝이 종잇조각이었다. 반짝이는 내 집과 에피의 집 사이에 한 가닥 길처럼 뿌려져 있었다. 나는 조각을 손가락 사이에서 비볐다. 반짝이가 번득이는 추상적인 생각처럼 아래로 하늘하늘 떨어져 내렸다.

종잇조각이 아니었다.

잔디 위에 뿌려진 것은 블랙 아이드 수잔이었다.

누군가 꽃잎을 뜯어 우리 집까지 길을 만들어 놓은 것이다.

나는 희박해져 가는 공기를 헐떡이며 들이마셨다.

반 고흐의 그림 같은 하늘이 머리 위에서 회오리치고 있었다.

머릿속이 온갖 이미지로 가득 차 폭발할 것 같았다. 그중 하나의 그림이 차츰 또렷해졌다.

마침내 괴물은 얼굴에서 진흙을 닦아냈다.

내 괴물. **블랙 아이드 수잔** 살인범.

깔끔하게 면도한 얼굴. 미소 짓는 표정.

수잔들은 환호성을 질렀다. *이 사람이야, 이 사람이야, 이 사람이야!*

그의 팔이 내 어깨를 감싸는 것이 느껴졌다. 정장 코트에서 향수 냄새가 났다.

느릿하고 믿음직스러운 말투가 들렸다.

네게 세 가지 소원이 있다면, 뭘까?

우리는 두 번 사랑을 나눴다. 그는 벌써 침대 가장자리에 앉아 있었다.

"나는 샤워하러 가, 자기." 그는 말했다. "그런 다음 난 뛰러 가야 해. 그러니까 준비해라. 알겠지?"

자기. 1940년대 정부를 부르는 말투다. 신화적인 호칭은 없을까? 유리디스? 이졸데? 리디아 프랜시스 벨은 까칠까칠한 시트와 '준비해라', '자기'보다 나은 대접을 받을 자격이 있다.

욕실에서는 샤워하는 소리가 벌써 들리고 있었다.

나는 벌거벗은 채 떨면서 침대에서 내려왔다. 그는 항상 자기 아파트를 얼음장처럼 차게 유지한다. 난로가 켜졌다, 꺼졌다 하는 소리가 듣기 싫다고 했다. *그러든가 말든가*. 나는 바닥에서 그의 셔츠를 집어 팔을 넣었다. 긴 소매가 새처럼 펄럭거렸다. 오늘은 그가 중국 안식년을 맞아 마지막으로 출근하는 날이다. 그는 우리가 같이 자는 것을 테시가 알 필요는 없다고 했다. *큰 문제니까*. 테시가 재판 증언만 이겨내고 나면. 한 달 정도면 되겠지.

이삿짐 꾸리는 상자가 사방에 널려 있다.

좀 훔쳐볼까. 그가 굳이 찾지 않을 물건을 기념으로 챙기는 것도 좋겠지.

나는 노친네 분위기가 풍기는 그의 정장 주머니에 손을 넣었다. 내가 옷을 입혀 줬으면 좋겠다. 셔츠는 풀을 너무 많이 먹였다. 목이 쓸려 아팠다. 나는 지루하기 짝이 없어 보이는 교과서 한 무더기를 대충 넘겨보았다. 사각팬티 서랍장도 여기저기 훔쳐보았다. 평범, 평범, 평범.

물소리가 계속 들렸다.

나는 빈 서랍을 열었다가 닫았다. 냉동고를 확인했다.

우편물도 훑어보았다. 쳇, 테시도 이보다는 놀랄 점이 많은데.

부엌 싱크대 아래 찬장은 그냥 지나칠 뻔했다.

바로 거기서 나는 발견했다.

제멋대로 자란, 검은 눈이 박힌 노란 꽃들이 어둠 속에 웅크리고 있었다.

테사, 현재 _ 오전 2시 34분

나는 무릎을 꿇고 있었다. 손에 달라붙은 꽃잎 한 장을 응시했다. 분노가 꿈틀거렸다.

그에 대한 분노. 모두 다 알고 있었지만 보는 것이 두려웠던 나 자신에 대한 분노.

리디아에 대한 분노.

시간이 얼마나 흘렀는지 알 수 없었다. 몇 초? 몇 분? 에피의 부엌에서는 아직 불빛이 계속 흘러나오고 있었다.

네 마음을 통제하는 건 너 자신이다, 테시. 의사의 목소리. 내 머릿속에서 들려왔다. 조소하는, 조롱하는 목소리.

나는 의지력을 동원해서 나 자신을 일으켰다.

꽃잎이 사방에 붙어 있었다. 내 무릎에, 맨발바닥에.

털어내려고 손을 뻗었다.

꽃잎이 아니다.

비틀어진 작은 크리넥스 조각이었다. 세탁기 안에서 흐물흐물 해체된 티슈 조각. 에피의 가운과 스웨터 주머니에 오랫동안 들어 있던 휴지.

이건 에피의 흔적이었다. 티슈 조각은 테시가 잠들었던 그 무덤에서 몇 킬로미터 떨어진 에피의 현관문으로 이어져 있었다.

단지 지금 테시는 깨어 있었다. 남자들보다 빨리 달렸던 그 시절의 테시. 느린 심장 박동도 이겨내고 온갖 딱지와 상처도 무릅쓰고 결승선 너머에서 돌아가신 어머니가 응원하고 있었기 때문에 지지 않았던 테시가.

눈부신 햇살 아래 트랙 출발선에서 웅크리고 있는 테시가 보였다. 아지랑이 같은 열기가 땅에서 올라온다. 시선은 아래를 향하고 있다. 가장 먼저 결승점을 통과하려면, 허들을 넘을 때 공중에 떠 있는 시간을 최소한으로 줄여야 한다.

손가락 끝이 더러운 흙 위에서 중심을 잡고 있다.

내 손가락은 에피의 문손잡이를 돌리고 있었다.

우리 둘 다 총성이 울리기를 기다리고 있었다.

리디아, 17세 _ 재판 10일 후

연쇄살인범 미스터 다시처럼, 그는 삐걱거리는 선창에서 흔들리는 보트에 올라탈 때 내게 손을 내밀어 도와주었다. 우리는 오두막에서 꼬불꼬불한 오솔길을 따라 여기로 나왔다. 오두막을 임대하자는 것은 그의 생각이었다. 중국으로 가는지 사실 어디로 가는지는 몰라도 우리 둘만의 특별한 작별의 밤이라고 했다. 여기는 아주 외진 곳이다. 다른 여자들도 여기로 데려왔을까? 아니면 매번 새로운 장소를 고를까? 모든 것이 캄캄했다. 물도, 하늘도, 우리 등 뒤의 숲도. 보트 바닥에 깔아 놓은 저 방수포는? 정말 리디아 벨이 이렇게 멍청하다고 생각하는 걸까? 물론 나는 지금 연쇄살인범과 한 배를 타고 있지만 확실한 증거가 없고 나야말로 범인의 정체를 알아낼 최후의 희망일 때는 그렇게 해야 한다.

"조심하렴." 그는 내가 배에 올라타자 경고했다. "직접 몰아 볼래?" 나는 자리에 앉았고, 그는 엔진에 달린 줄을 잡아당겼다. 시동이 잘 걸리지 않았다. 내가 조언할 수도 있었지만 하지 않았다.

"아뇨, 됐어요." 나는 말했다. "무서울 것 같아요. 나는 그냥 앉아서 달이 보이는지 찾아볼래요. 손전등도 있어요. 책이나 읽어드리죠." 나는 손에 든 책을 흔들었다. 사진기 같은 기억력을 가지고 있는데다 수억 번은 읽은 책이었지만 나는 『연애시 모음집: 브라우닝부터 예이츠까지』를 가지고 나왔다.

"네가 무서운 게 다 있는 줄은 몰랐구나." 그는 나를 놀렸다.

"어둠 속에서 호수에 나가면 정말 좋을 거다." 그는 말했다. "딱 네 스타일이야. 좋은 자리를 찾을 때까지 책 읽는 건 잠시 접어두렴. 엔진을 끄고 잠시 조용히 떠 있자꾸나. 와인도 조금 마시고."

3킬로미터 정도 나갔을까, 그는 속도를 늦추었다. 나는 손전등을 켜고 책을 펼쳐 읽기 시작했다. "나를 사랑한다, 나를 사랑하지 않는다." 엔진 소음 소리에 목소리가 묻혔다.

"뭐라고?" 짜증스러운 목소리. "아직 읽지 말라고 했잖아."

나는 입을 다물었다. 힘들었다.

그는 호수 한복판에서 엔진을 껐다.

나는 물론 준비가 되어 있었다. 열 가지 질문이 머릿속에 나란히 숫자가 매겨져 타이핑되어 있었다. 나는 책을 접었다.

질문 1. "당신이 소녀들을 죽였어요?"

"무슨 소녀?"

"내가 당신을 더 이상 사랑하지 않을 거라고 생각했어요? 내가 다른 사람들한테 말할 거라고?"

"리디아. 그만."

"내가 상담실에 찾아간 첫날, 내가 누구인지 알았나요? 테시의 단짝 친구라는걸?" 나는 그가 아니라고 대답하기를 바랐다. 설명해 주기를 바랐다.

컴컴해서 얼굴이 잘 보이지 않았다. 몸에는 긴장한 기색이 전혀 없었다. "물론 알고 있었지. 너와 테시에 대해서는 전부 다 알고 있어. 완전히 미친 애들이잖아."

나는 돌돌 만 밧줄을 만지작거리는 그의 손을 바라보고 있었다.

확실해졌다. 리디아 프랜시스 벨은 연쇄살인범을 사랑했다.

심장이 쿵쿵거리고 있었지만 예상했던 일이었다. 나는 밧줄에 시선을 집중했다. "그 비행기 편으로 사실은 어디로 가는 거예요?"

"넌 머리가 좋으니까 그보다는 좋은 질문이 있을 텐데, 리디아. 하지만 대답하자면… 아직 결정하지 않았어."

"모두 열 가지 질문이 있어요."

"해 보렴."

"정말 레베카라는 딸이 있었나요?"

"아니." 그는 씩 웃고 있었다.

"가족은? 친구는?"

"그런 건 필요 없어. 안 그래?"

"다른 질문 세 개는 필요 없어요."

내 손가락이 코트 주머니에 들어 있는 아빠의 총을 움켜잡았다.

"나 임신했어요." 나는 말했다.

이제 총은 그의 가슴을 겨누고 있었다.

피는 그의 어깨에서 흘러내렸다.

발사되는 소리도 미처 듣지 못했다. 호수에서 총을 쏘면 하늘이 쪼개지는 것 같은 소리가 난다. 빗물이 유리조각처럼 떨어지는 소리. 테시는 그렇게 말하곤 했다.

나는 다시 겨냥했다.

"잠깐, 자기." 그는 애원하고 있었다. "말로 풀자꾸나. 너와 나, 우린 같은 사람들이야."

테사, 현재 _ 오전 2시 44분

현관은 캄캄했다.

"에피?" 나는 불렀다.

"부엌에 있어, 수." 목소리가 옆방에서 흘러나왔다. 노래하듯 기분 좋은 말투였다. 두려움은 느껴지지 않았다. 뭔가 타는 냄새가 났다.

혹시 화약 냄새 아닐까. 늘 그러지 말라고 말리는데도 침대 옆 작은 탁자에 늘 장전한 상태로 보관하는 진주 손잡이의 소형 리볼버로 삽 도둑을 쏴 죽인 게 아닐까.

할 수 있어. 찰리를 위해서.

나는 모퉁이를 돌았다.

일상적인 풍경이었다.

그리고 오싹한 풍경도.

리디아가, 살아 있는 리디아, 금발머리 리디아가 탁자 앞에 앉아 있었다.

에피는 활짝 웃는 얼굴로 그 앞에 파란 꽃무늬가 그려진 도자기 접시를 놓고 있었다.

"왔구나!" 에피는 선뜻 말했다. "내가 착각했어. 삽 도둑놈이 아니었지 뭐야. 리즈였어. 얼마나 반가운지."

리디아는 미소 짓고 있었다. 묘비 없는 구덩이에 묻히지도 않았고, 망가지지도 않았다. 미안해하지도 않았다. 모든 것에 그녀가 있었다.

입술에는 밝은 빨간색 립스틱을 바르고 있었다. 윗입술에 남자아이가 진드기라고 놀렸던 작은, 아주 작은 검은색 점이 보였다. 그녀는 일주일 동안 입을 손으로 가리고 다녔다.

왼쪽 다리는 약간 비틀린 각도로 오른쪽 무릎 위에 겹쳐 올려져 있었다. 어느 해 여름, 리디아는 아빠의 벨트 버클 자국을 가리려고 딱 저런 자세로 앉았던 적이 있었다. 그러다 떨칠 수 없는 습관이 되었다.

나는 그녀의 습관들을 알고 있었다. 그녀를 울부짖게 하는 비밀을 알고 있었다. 나는 그녀를 갈기갈기 찢어버릴 수 있었다.

리디아는 나를 찬찬히 바라보고 있었다. 아직 아무 말도 하지 않았다.

내 총이 바닥에 떨어졌다.

나는 움직이지 않았다. 그것이 내 움직임이었다.

"뭘 떨어뜨렸어." 에피가 말했다. "안 주울 거야? 내가 리즈 이야기 했던 거 기억나지? 이따금 날 찾아오는 전국 역사협회 연구원이야. 포트워스 연구 자료가 든 상자를 얼마 전 우리 집 헛간에 보관했어. 전국 각지의 협회를 방문하는 분이라고!"

기억이 났다. *단단하게 테이프로 봉한 상자들. 찰리가 에피와 낯선 여자를 도와 상자를 헛간으로 나르던 모습.*

"리즈가 오늘 상자에서 꺼내갈 게 있다고 찾아왔는데 날 깨우고 싶지 않았던 모양이야." 에피는 말을 이었다. "텍사스에서는 그렇게 살금살금 돌아다니면 안 좋다고 알려 줬어. 평소에는 워싱턴이나 런던 같은 고상한 곳에서 더 오래 지내신다니까. 그렇죠, 리즈?"

염색한 리디아, 미소 지으며 고개를 끄덕이는 이 리디아가 에피의 인생에 숨어들어 있었다. 진짜 자신이 아닌 다른 사람인 척하며. 늘 그랬듯이 탐색하고 있었다. *나를 바라보고, 찰리를 바라보았다. 자기 일기장을 내 집 문간에 배달하고, 빨간색으로 물든 내 셔츠를 돌려주었다. 특유의 작은 게임을 벌였다.*

"그는 어디 있지?" 나는 나직하게 힘주어 물었다.

의사의 이름을 입에 올리지 말라고 늘 내게 말했던 것은 리디아였다. *네가 통제권을 잡아. 그의 권력에 선을 그어.*

"삽 도둑은 여기 없어." 에피는 해명하려고 애쓰고 있었다. "말했듯이 뒷마당에 있던 건 리즈야. 우리는 포트워스 시내에 살인 저택을 지으려고 했던 그 시카고 연쇄살인범 머젯에 대해 이야기하고 있었어. 리즈는 포트워스의 역사에 대해 모르는 게 없어. 머젯이 여자를 죽이는 공장을 계획했던 그 공터에 명판을 붙여야 한다는 의견은 나도 동감이야."

"연쇄살인범에 대해서는 모르는 게 없을 거예요." 나는 그녀에게서 눈을 뗄 수가 없었다. 반짝거리는, 낯익은 눈동자. 값비싼 거북 등딱지 안경테. 유행하는 복잡한 모양으로 묶은 머리. 손목에 묵직하게 매달린 브라이틀링 가죽 시계. 오른손에는 납작하고 넓게 편 은제 밴드 모양 팔찌.

"그는 죽었어, 테시." 리디아가 17년 만에 내게 처음 건넨 말이었다. 승리감에 가득 찬 목소리. "내가 죽였어."

"그럼 죽었지." 에피가 맞장구쳤다. "머젯은 1896년 감옥에서 죽었어. 모야멘싱에서 교수형에 처해졌지요, 리즈. 15분 동안 몸부림을 쳤다고 당신이 방금 이야기했잖아요."

리디아, 17세

나는 방아쇠를 4번 당겼다.

텍사스 미친년 살인 사건치고는 간단했다.

나는 그의 몸을 넘어 조종간으로 기어갔다.

어둠 속에서 호수를 돌아 덤보를 찾는 데는 11분이 걸렸다. 내 이정표였다. 가지 하나가 코끼리 코처럼 곡선을 그리며 하늘로 뻗은 서쪽 해안의 커다란 나무.

여기는 호수에서 가장 으스스한 곳이었다. 죽은 남자의 삼각지대. 낚시하기 좋은 곳이었지만 여기서 물에 빠지면 대체로 다시는 올라오지 못한다. 조종간 너머를 볼 수 있을 만큼 자란 뒤로 그리고 아빠가 주정뱅이가 된 뒤로 나는 이 호수에서 계속 배를 몰았다. 사실상 태어나자마자 줄곧 몰았다는 뜻이다. 아빠와 나는 이 호수에서 가장 즐거운 시간을 보냈다. 나는 구역질을 하지 않고 생선을 손질했고, 아빠는 콜라 캔에 보드카를 담아 마셨다. 늘 그랬다.

머릿속은 너무나 고요했다. 그 어느 때보다도 더 고요했다. 이상했다. 나는 엔진을 껐다. 잠시 물 위를 떠다녔다. *이제 일을 시작하자. 그*

를 보트에서 밀어내는 것은 어렵지 않았다. 퐁당. 그는 일 분도 지나지 않아 가라앉았다. 그가 가라앉는 것을 바라보는 동안, 아무런 느낌도 들지 않았다. 부엌 싱크대 아래에서 블랙 아이드 수잔 꽃잎과 같이 발견한 낡은 책도 던져 넣었다. 대프니 듀 모리에Daphne Du Maurier의 『레베카』. 뻣뻣해진 제본에 피가 스며들지 않았다면 아마 챙겼을 것이다. 이 책은 8, 9, 10번째로 하려던 질문이지만 그가 내 목에 밧줄을 감을 참이었기 때문에 그럴 여유가 없었다.

다시 시동을 건 뒤 보트에서 방수포를 걷어내고, 오두막의 개인 물건을 모두 챙기는 데는 오래 걸리지 않았다. 오전 11시까지 비울 것. 문 뒤쪽의 안내문에는 이렇게 적혀 있었다. 보트를 제대로 정박했는지 확인할 것. 오두막 열쇠는 탁자 위에 놓아둘 것.

그의 자동차 열쇠로 시동을 걸 때쯤에는 이가 덜덜거리고 손과 발에 감각이 없었지만 그래도 상당히 뿌듯했다. 나는 레이크 텍소마 주립공원 캠핑장까지 차를 몰고 가서 방수포와 그의 여행 가방을 캠핑장 양쪽 끝에 위치한 거대한 쓰레기통 두 군데에 각각 버렸다.

그의 차를 돌려놓기 위해 캠핑장까지 절반쯤 돌아갔을까, 기름이 다 떨어졌다.

테사, 현재 _ 오전 2시 52분

괴물은 죽었다.

내 단짝 친구는 살아서 흰 냅킨을 반듯하게 접고 있다.

한데 왜 이렇게 도망치고 싶다는 무시무시한 충동이 이는 걸까?

에피를 향해 소리치고 싶었다.

도망쳐.

리디아, 17세

나는 아빠가 나를 죽이려 들 거라고 생각했다. 아빠는 셔먼의 왓어 버거 매장으로 나를 데리러 오기로 했다. 나는 6킬로미터나 걸어야 했다. 얼굴과 옷에는 피가 묻어 있었다. 나는 계산대 뒤의 여자에게 전화를 써도 되느냐고 물으면서 케첩 포장이 터졌다고 둘러댔다. 아빠는 그보다 더 영리했다.

늘 그랬듯이 아빠는 나를 야단쳤다. 나는 너무 피곤했다. 움직일 힘조차 없었다. 아빠가 나를 심하게 협박할 필요는 없었다. 테시한테 전화라도 걸 수 있으면 좋을 것 같았다.

아빠는 집으로 돌아오는 길에 수많은 말을 했다. *네게는 그가 살인범이라는 증거가 없지 않니. 어떤 경우라도 낙태는 절대 안 된다. 하느님 아버지, 리디아. 하느님 아버지.*

아빠가 폐차장 친구 두 명에게 전화하는 소리가 들렸다. 의사의 렌트카에 기름을 넣고 반납하면 돈을 주겠다는 이야기였다.

아무리 애써도 몸이 따뜻해지지 않는다.

헛간 뒤에 서서 그가 테시의 통나무집 아래 꽃을 묻는 것을 엿보았던 일이 백만 년 전처럼 느껴졌다.

이제 부모님은 소파에 앉아 계획을 짜고 있고, 나도 나름대로 작게 묻으려고 뒷마당에 나왔다. '나쁜 것들'을 모아 놓은 작은 상자다. 카운터에 놓아두는 것을 깜빡 잊어버린 오두막 열쇠. 테시에게 불운을 가져오기 때문에 훔쳐서 보석함 구석에 넣어둔 테시의 반지. 그리고 에드가 앨런 포 책. 오늘 밤 이 책을 책장에 그대로 두면 째깍거리는 소리가 들릴 것 같다. 남은 평생 그 소리를 들으면서 살 수는 없다. 나는 테시처럼 미치지는 않을 것이다.

테사, 현재 _ 오전 2시 53분

미쳤다. 리디아는 미쳤다

내가 언제 알아차렸어야 했을까? 2학년 때 얼음송곳처럼 날카롭게 깎은 반짝이 빨간색 연필을 들고 내 옆에 앉은 순간부터?

지금 그녀는 사실을 털어놓을 때 언제나 그랬던 것처럼 정신없이 지껄이고 있었다. 키츠에 대해서, 호수 위에서 쪼개지던 하늘에 대해서. 마지막으로 본 그의 모습은 큰 모기에게 물린 자국처럼 머리가 벗겨진 부분이었다는 이야기. 그리고 어둠, 어둠, 어둠.

의사, 나의 괴물, 그녀의 연인.

호수 밑바닥. 내가 찰리에게 썰매타기를 가르쳤던 곳이다. 아마 의사 바로 위를 지나쳤을지도 모른다.

진즉에 죽었다니.

안도감이 나를 휩쓸었다. 이어 지옥 같은 깨달음이 엄습했다.

내 괴물을 계속 살려두었던 것은 나였다.

내 단짝은 그 상황에서 아무런 손도 쓰지 않았다. 내가 고통받는데도. 테렐이 자기가 저지르지 않은 짓에 대해 대가를 치르는데도.

탐욕스러운 꽃, 리디아. 그 무덤에 묻혔던 그 누구보다, 그녀야말로 **블랙 아이드 수잔**이었다. 척박한 토양에서 번성하며 조종하는 꽃.

"우리가 마지막으로 사랑을 나누고 네 시간 뒤, 그가 네 통나무집 아래 블랙 아이드 수잔을 심는 걸 봤어." 리디아는 계속 차분하게 말했다. "찬장 아래 작은 플라스틱 화분에 있더군. 뒤따라가서 그가 구멍을 파는 것도 봤어. 뻔하잖아." 그녀는 피식 웃었다.

그는 내 딸을 건드리지 못한다, 나는 생각했다.

그는 시체다.

리디아는 그를 사랑했다.

"이상해 보이는구나, 수." 에피가 말했다. "피곤해 보여. 좀 앉지 그래."

"꽃은…" 나는 리디아를 향해 말을 더듬었다.

"왜?" 갑갑하다는 말투. 뭔가 기다리는 기색이었다.

감사, 리디아는 감사 인사를 기다리고 있었다. 믿기지 않는 기분과 분노가 밀려와서 온몸이 굳었다. 17년간이나 내 온전한 정신 상태를 볼모로 잡고 있었으면서 이제 내게 감사를 바라다니. 그녀의 뺨을 때

리고, 윤기가 흐르는 가짜 머리를 쥐어뜯고, 에피의 낡은 집이 기초부터 흔들릴 때까지 왜 그랬느냐고 소리치고 싶은 충동이 일었다.

리디아는 벌써 조바심이 나는 것 같았다. 나는 분명히 해야 했다. "리디아." 나는 다시 입을 열었다. "그가 죽었다면… 그동안 내가 사는 곳에 블랙 아이드 수잔을 심은 건 누구지?"

리디아의 눈이 나를 똑바로 쳐다보았다. "내가 그런 짓을 했다는 거야? 내가 어떻게 알아? 그건 그냥 꽃이야, 테시. 넌 요즘도 땅콩버터 샌드위치만 보면 화들짝 놀라니?"

"리즈의 업무는 식물과는 관계가 없어." 에피가 끼어들었다. "야생화를 담당하는 건 정원협회의 마저리 슈웝이지. 블랑쉬 뭐라든가 하는 사람이 샌드위치를 배달하고. 글래디스였나? 그리고 리디아가 아니라 리즈야, 수."

"괜찮아요, 에피." 나는 말했다.

리디아는 냅킨으로 입술을 토닥였다. 한층 가식적인 동작. 에피가 접시에 담아 내놓은 것은 전혀 손도 대지 않았다. "네가 화났다는 건 알아, 테시. 하지만 완전범죄는 우연히 생기는 게 아니야. 타이밍이 전부지. 셔츠를 보관한 건 정말 오제이 같지 않니?"

"그건… 셔츠에 묻은 건 그의 피군." 나는 천천히 말했다. "네가 그를 죽인 날 밤."

"일기장은 아직 다 못 읽었어?" 그녀는 물었다. "내가 45분이나 여유를 줬는데."

내 사고는 차츰 리디아를 몰아내고 있었다. 아직 중요한 단 하나에

레이저처럼 집중했다. 아직 바로잡을 수 있다. *테렐.*

분홍색 셔츠에 묻은 의사의 피. 무덤 속의 태아. 오로라의 DNA.

모두 하나로 연결되어 있었다. 과학이 테렐에게 자유를 줄 수 있다. 리디아가 말하는 것이 사실이라면 셔츠에 묻은 피가 그 모든 것을 하나로 연결한다. 의사가 리디아의 딸뿐만 아니라 살해당한 **블랙 아이드 수잔**의 아이 아버지이기도 하다는 점이.

"내가 왜 여기 왔는지 안 물어볼 거야?" 리디아는 열 살, 열두 살, 열여섯 살 소녀처럼 하소연하는 말투였다. "나는 지난 3년 동안 저 헛간에서 의사에 대해 뒷조사를 했어. 그가 가르쳤던 대학에 대해서. 재직 당시 실종된 여자들에 대해서. 정황증거지만 잘 들어맞아. 게다가 물론 호수 바닥을 수색할 수도 있어. 나도 심문을 당하겠지만, 정신적인 충격이 너무나 심해서 모든 것을 다 털어놓지는 못하겠다고 하면 되겠지." 리디아다운, 들뜬 목소리. "내가 찾아온 건 이유가 있어서야, 테시. 마지막 순간 집행이 연기된다면 내 신간에는 최고의 결말 아닐까. 사형이 집행된다 해도 나는 어쨌든 노력한 영웅이 될 거야. 이 책의 주인공은 그동안 아무도 모르고 있던, 살아남은 **블랙 아이드 수잔**이야. 바로 나. 현대 페미니스트 버전의 동화 같은 책이라고나 할까. 너도 좋아할걸. 요점은 괴물이 제대로 당한다는 거니까."

"당신이 역사협회 사람이 아니라는 생각이 점점 들기 시작하는데." 에피가 말했다.

리디아는 에피의 케이크를 포크로 찔렀다. 케이크는 거의 입술에 가 닿았다.

나는 그녀를 저지하지 않았다.

아주 오랜만에 처음으로 나는 희망을 느꼈다. 차가운 바람이 불어와서 머릿속을 깨끗하게 쓸어 주는 것 같았다.

괴물, 1995년

1995년 10월 3일, 오후 1시

방금 자유인으로 법정을 걸어나간 오제이에게 축하를.

마지막 상담이었다. 테시의 뺨에는 홍조가 또렷이 떠올랐다. 불쾌한 것이다.

주근깨가 촘촘히 박힌 하늘에 뜬 초승달처럼 그을린 피부에 작은 흉터가 도드라졌다. 오늘은 화장으로 가리지도 않았다. 마음에 든다. 자신감을 회복했다는 표시다. 반짝이는 에메랄드 빛 눈동자는 날카롭고 집중력이 있다. 화려한 구리 빛 머리카락은 육상대회에 참전할 때처럼 머리에 달라붙게 묶은 상태다. 얼굴의 근육은 팽팽하고 결의에 찼고, 처음 이 상담실에 들어왔던 날처럼 활기 없이 축 늘어져 있지 않다. 아직 손톱을 물어뜯지만 예쁜 라벤더색 매니큐어로 꼼꼼하게 칠했다.

그녀에게 말하고 싶은 것이 너무나 많다.

원래는 그녀를 갈기갈기 찢어버릴 생각이었다고… 하지만 그 조각을 다시 붙이는 것이 훨씬 흥미진진했다고.

레베카는 게으른 기자에게 던진 경솔한 거짓말이자 모든 것에 대한 은유였다고. 레베카는 내 인생 최악의 밤에 곁에 있었던 유령이었다고. 레베카는 내가 평생 가질 일이 없을 아내이자 딸, 내 수업에 앉아 눈길을 들고 자신의 운명을 보지 못했던 그 모든 특별한 소녀라고.

가끔—여러 번—테시에게 미안하다고 말하고 싶었다.

방과 후 외로운 집에 혼자 들어와서 난방을 트는 슬픈 소년에 대한 이야기도 마치고 싶었다.

테시는 그 소년에 대해 걱정하고 있었다, 나는 알 수 있었다. 슬플 때, 그녀의 얼굴은 언제나 종이접기처럼 예쁘게 일그러진다.

소년의 어머니는 일할 때 언제나 그에게 불쾌한 깜짝 선물을 남겼다. 베개 위에 죽은 아기 새라든가. 화장실에 살아 있는 물뱀이라든가. 트윙키 상자에 고양이 똥이라든가. *장난이야*, 그녀는 말했다.

그녀가 『레베카』 136페이지를 펼쳐 놓고 잠든 어느 토요일 밤, 소년은 어머니의 싸구려 레드 와인잔에 수면제 20알을 으깨 넣었다. 대프니 듀 모리에. 그녀는 돌대가리 돼지답게 두메이어라고 발음했다.

베개를 불룩하게 하고, 한겨울에 에어컨을 세게 틀었다. 그리고 책을 끝까지 다 읽은 뒤, 그는 경찰에 신고해서 엄마가 벌써 오래전부터 자살하려 했다고 증언했다.

"난 선생님이 그 애와 같이 있는 걸 봤어요." 테시는 비웃었다.

테시의 무릎에 손을 얹고 망치처럼 부들거리는 떨림을 진정시키고 싶었다.

그녀의 손에 손때 묻은 책을 쥐여 주고 싶었다.

레베카에게는 노란 꽃이 아니라 빨간 꽃에 특별한 의미가 있다고
말하고 싶었다.

곧, 내가 그녀의 엉덩이에 새긴 나비 문신을 손가락으로 문지를 거
라고 말하고 싶었다. 리디아의 문신과 똑같은 문신을.

에필로그

물론 상상력만 있으면 어떤 문이든 열 수 있다.
열쇠를 돌리면, 공포가 곧장 들어온다.

−1994년 16세의 리디아,
사건 열흘 전 트리니티 파크 다리 아래에서
테시가 달리기를 마치길 기다리는 동안 『냉혈한』을 읽고

테사

한 번에 하나씩, 춤추러 나서는 수줍은 소녀처럼 조각들이 모습을
드러냈다.

리디아는 냉혈한 살인과 의사와의 관계를 자백했지만 블랙 아이드
수잔을 자기 집 뒷마당과 내가 살던 옛 아파트, 내 할머니의 죽은 토마
토 덩굴 옆, 대양처럼 우르릉대는 교량 아래에 심은 것은 자신이 아니
라고 부인했다.

그녀의 말이 사실이라면 의사는 정확히 단 한 번, 처음에만 꽃을 심
었다. 나머지는 바람과 사형제도 반대파 미치광이의 짓으로 볼 수밖에
없다. 나는 십 년 이상 머릿속에 사악한 정원사를 키웠던 셈이다. 그림

형제처럼 무고하고 일상적인 물건에 권력을 부여한 것이다. 아! 손거울 하나로, 완두콩 한 알로, 눈 하나 달린 꽃으로 불러낼 수 있는 지옥이여.

어느 날, 엄마가 쓰던 시리얼 그릇에 찰리가 프로스티드 치리오를 담아 먹는 것을 보고 있다가 나는 문득 메리가 입고 있었던 티셔츠를 떠올렸다. 셔츠에는 '선샤인 캠프에 오신 것을 환영합니다'라고 적혀 있었지만 흙과 핏자국 때문에 SUN밖에 보이지 않았다. S-U-N. 소녀들의 어머니 이름을 기억하겠다는 필사적인 기억술은 단지 고장난 뇌 부품이 일으킨 오류에 불과했다. *생존 도구예요*, 자일즈 박사는 말했다.

자일즈 박사는 상담 시간마다 내 머릿속의 **수잔**은 실재가 아니라는 점을 납득시키려고 애썼다. 하지만 나는 절대 믿지 못할 것이다. 내게 **수잔**은 그 어떤 존재 못지않은 실제니까. 나는 한밤중에 눈을 말똥말똥하게 뜬 채, 내 머릿속을 어두운 방과 복도가 있고 **수잔들**이 각자의 침대에서 잠자고 깨어나는 할아버지의 집으로 상상하곤 했다. 이제 달빛이 그 창문을 통해 녹은 버터처럼 흘러 들어오고 있다. 바닥은 빗질을 해서 깨끗하다. 침대는 정돈되어 있다. 벽장은 텅 비었다.

수잔들은 내 머릿속에서 날아갔지만 그것은 내가 약속을 지켰기 때문이었다. 만에 하나 동화 속 세상에 갇힐 경우에 대비해서 할아버지가 알려 준 생존 비결이었다. *약속을 지켜라. 약속을 지키지 않으면 나쁜 일이 벌어진다.*

무덤에서 발굴한 다른 두 **수잔**의 신원은 공식적으로 텍사스대학 멕시코 교환학생 카르멘 리비에라, 밴더빌트 대학에서 인지과학을 전공

430

한 그레이스 닐리로 밝혀졌다. 토양 특성 분석은 놀랄 정도로 정확했다. 리디아의 꼼꼼한 뒷조사를 통해 다른 세 주에서 발견된 신원미상 여성 여덟 명도 추가로 알아낼 수 있었다.

다행히 베니타 알바레스 스미스는 교회 인명록 말고 다른 사진 명단에 등장하지 않았다. 루카스가 나를 위해 그녀를 추적해 주었다. 그녀는 라레도에서 두 자녀의 어머니로 행복하게 결혼 생활을 하고 있었고, 다음 달 부모님을 만나러 포트워스에 올 때 잠시 만나 커피나 한 잔 하기로 했다.

물론 가장 잘된 일은 테렐이었다. 리디아의 백과사전 같은 뒷조사 덕분에 테렐은 풀려났다. 셔츠의 핏자국과 태아의 DNA가 일치한다는 사실 때문에 주법정이 집행 연기 결정을 내릴 만한 합리적인 의혹의 여지가 생겨난 것이었다. 6주 뒤 테렐은 방면되었다. 나는 사흘이라는 촉박한 시간 동안 텍사스 주의 사형 기차에 브레이크를 걸 수 있을까 걱정했지만 빌은 사형수 감옥에서 사흘은 영원과 같다고 했다.

요즘 테렐은 토크쇼에 출연해서 대중의 심금을 울린다. 목적 있는 삶과 하느님, 용서, 기타 인종차별적 시스템의 무고한 피해자였던 사람의 입에서 나오지 않을 것 같은 온갖 가치를 설파하고 있다. 카메라가 돌아가지 않을 때 테렐은 아직 폐쇄공포증을 떨칠 수가 없어서 혼자 방에 틀어박힌 채 블라인드를 내리고 소파에서 잠든다.

텍사스 주에서 배상금 백만 달러와 평생 매년 팔만 달러의 연금도 받게 되었다. 가장 많은 사형을 집행하는 주가 그 실패에 따른 보상도 그렇게 후할 줄 누가 알았을까.

찰리와 나는 에피를 그리워하고 있다. 그녀는 분홍색 플라스틱 파마 기구로 머리를 만 채 우리에게 스카이프로 연락하고, 우편요금도 아랑곳없이 음식 꾸러미를 보내고, 계속해서 집 안의 요정들과 싸우고 있다. 옆집 새 주인은 역사와 아무 상관없는 노트르담 파란색과 금색으로 집을 새로 칠했다. 그들이 데려온 꼬마 악마 세 명은 에피가 가꾸어 놓은 정원을 모조리 망가뜨렸다. 찰리는 시간당 20달러라는 제안에도 아이 봐주기를 정중하게 거절했다.

조애나는 매일같이 흰 실험복을 뒤집어쓰고 신원 미상자의 뼈를 갈며 끝나지 않는 괴물과의 전투를 계속하고 있다. 우리는 달리기 친구, 어쩌면 그 이상의 존재가 되었다. 리디아가 거창하게 등장하기 전날 밤, 조애나가 우리 집에 들렀다. 그녀는 DNA 금목걸이를 풀더니 부적 삼아 내 목에 둘러 주었다.

나는 스스로 인정하기 싫을 정도로 리디아 프랜시스 벨, 일명 엘리자베스 스트라이드, 일명 로즈 마일렛에 대해 오랜 시간 생각한다. 그녀는 피핀과 젤다라는 이름의 고양이 두 마리와 함께 영국에서 살고 있다. 아니, 어쨌든 이번 《뉴욕타임스》 베스트셀러 『비밀의 수잔』 뒤표지 약력에는 그렇게 되어 있었다. 찰리는 리디아의 책을 몰래 읽는다. *읽게 두세요*, 자일즈 박사는 설득한다.

찰리와 오로라는 규칙적으로 문자를 주고받는다. 온갖 언론의 관심이 우리 모두에게 집중되었던 두 달 동안, 그 둘은 페이스북에서 서로를 팔로우하기 시작했다. *오로라는 정말 고약한 삶을 살았는데, 나는 안 그렇잖아.* 찰리는 우정을 변명이라도 하려는 듯 내게 설명했다. *간*

호사가 되고 싶대. 위탁부모가 이번에 낡은 노란색 비틀 자동차를 사줬대. 아직도 엄마가 전화해 줬으면 하는 마음이래.

두 아이의 관계를 보면 한편으로는 행복하고, 한편으로는 불편하다.

내 시선은 출렁거리는 흐린 만 너머의 수평선 끝을 향하고 있다. 어떻게 그려야 할지 생각하는 중이다. 어둡고 무모한, 추상적인 붓질이 좋을까? 수면 아래의 모든 생명을 부활시키는 눈부신 예수 그리스도의 하늘?

오늘 예수 그리스도는 강림하지 않았다. 한 시간 전 상어의 습격이 보도되었기 때문에 해안에는 아주 용감한 몇몇 사람들이 알록달록하게 점처럼 찍혀 있을 뿐이었다. 구름 낀 하늘이었다. 햇살이 반짝이는 날씨에도 갤버스턴의 바다가 종종 그렇듯 물은 무거운 납빛이었다. 모래밭에는 해초가 널려 있어서 우글거리는 뱀 사이를 맨발로 지나가는 기분이었다.

찰리와 나는 여전히 매년 일주일씩 이 낡은 임대주택을 찾는다. 단단하고 굵은 모래는 성을 쌓기에 완벽하다. 평화롭게 앉아서 지켜보는 석양은 일 초도 놓치기 싫을 정도로 아름답다. 밤에는 방파제에 내려가서 달빛 아래 수면에서 펄떡거리며 뛰어오르는 물고기를 헤아릴 수도 있다. 그곳은 흉하고 아름다운 섬, 우리처럼 깊고 어둡고 괴짜 같은 역사를 지닌 섬이다.

처음으로 우리는 조심스럽게 동행을 초대했다. 빌이 이번 주말에 들르기로 했다. 나는 테라스에 앉아 찰리가 친구 애너와 함께 물가를 따라 달리는 모습을 바라본다. 엄마가 빅 걸프 다이어트 콜라와 보드카를 섞어 마시는 습관 때문에 3개월 동안 재활 센터에 가 있는 동안 애너는 우리 집에 와 있다. 지나치는 어떤 사람도 저 십 대 소녀 둘 사이에 마찰이 있다고 생각하지는 않을 것이다. 아이들은 파도를 발로 차며 웃고 있다. 갈매기 소리와 아이들이 조잘거리는 소리가 한데 섞여 들려온다.

나는 다른 두 소녀를 떠올린다.

비행기를 타기 전, 리디아는 경찰에 출두해서 **블랙 아이드 수잔** 살인범을 죽인 날 밤에 대해 구구절절하게 설득력 있는 해명을 제시했다. 정당방어, 강간, 부모님의 조종. 경찰은 기소할 생각조차 하지 않았다. 내가 온라인에서 발견했던 의사 이름으로 작성된 심리학 논문을 경찰이 우연히 발견했을 때도 리디아는 솔직히 자기가 썼다고 인정했다. "그의 이름으로 작성하니 내가 그의 피해자라는 기분이 덜 들더군요." 그녀는 말했다. "설명할 수 없어요." 그래서 경찰은 그것조차 그냥 눈감고 넘어갔다.

사형제도 반대파는 아직도 리디아를 고소하라고 테렐을 설득하고 있다. 시시한 여성 토크쇼 호스트들은 리디아가 이 일로 돈을 챙기는 것이 못마땅한 것 같았다. 가정폭력 방지 단체는 여전히 리디아의 든든한 지원군이다. 어쨌든 그녀는 살인범에게 성적으로 조종당한 십 대 소녀다. *그렇기도 하고, 그 반대기도 했겠지.* 나는 생각한다. 의사가 얼마나 교묘하고 영리했는가에 대해서는 많은 말들이 오갔다. 수사를 따돌리기 위해 그가 감수한 위험. 지방 검사와 헌신적인 아버지조차 속여 넘긴 능력. 내 선택을 받기 위해 정신 상담 의사 후보 명단에 몰래 자기 이름을 올리기까지 했으니.

나는 분노를 외딴곳에 잠가 놓고 점점 덜 들른다. 나는 그가 가르쳐 준 비법을 사용한다. 내 머릿속에 슬그머니 기어 나올 때 그는 살아 있는 사람처럼 생생하다. 그는 윈슬로 호머 그림 아래에 앉아서 다리를 쭉 펴고 나를 기다린다. 캄캄한 호수 밑바닥에서 슬그머니 기어 나와서. 지금까지 경찰은 첨단 장비로 텍소마 호수 밑바닥을 세 번이나 훑어서 오십 대의 신원미상 여성과 지난 가을 물에 빠진 두 살짜리 남자아이의 두개골을 건졌지만 괴물의 유골은 나오지 않았다.

이렇게 되면 당연히 궁금해진다.

리디아의 입에서 나온 거의 모든 말이 거짓이 아니었을까.

그녀의 주머니는 씨앗으로 가득 차 있는 게 아닐까.

리디아와 나는 정말 이대로 완전히 끝난 걸까.

만에 하나에 대비해서 나는 결정적인 무기를 지니고 있다. 리디아의 일기장이다. 나는 공책을 둘둘 말아서 할아버지 집 지하실 벽 속의 비밀 장소에 넣어두었다. 필요할 때 망설이지 않고 그 무덤을 열어젖힐 것이다. 그녀의 어둠과 허영심을 백주 대낮에 환히 드러낼 것이다. 리디아 자신의 언어로 그녀를 무찌를 것이다. 나 말고 아무도 놀아 주는 사람이 없던 창백한 괴짜 소녀로 벌거벗길 것이다.

잠들 때마다 한 가지만은 확신한다.

리디아가 어디에 있든, 펜을 들고 혼자 있든 부드러운 모래사장에 누워 있거나 꽃밭에 널브러져 있든, **수잔들**은 그녀의 머릿속에서 조용히 벽돌을 하나씩 쌓아올리며 새 집을 짓고 있을 것이다.

저것 봐, 바지를 내리고 있는 남자 머리를 총으로 쐈으면
절대 텍사스에서 잡히면 안 돼.

—1992년 14세의 리디아와 테시,
브라조스 드라이브인 픽업트럭 뒷자리에 앉아
〈델마와 루이스〉를 보다가